Inge Lempke

Mörderische Habgier

Viel Spa[illegible] u Lesen

Die Autorin **Inge Lempke** wurde 1954 in Bonn-Oberkassel geboren und studierte bis zur Geburt ihrer Tochter Physik an der Friedrich-Wilhelm-Universität in Bonn.
Im Laufe der Jahre schrieb sie zahlreiche Horrorgeschichten und unheimliche Erzählungen, aber heute hat sie sich auf Kriminalromane, deren Handlung in Bonn und Umgebung spielt, spezialisiert.

Impressum

Math. Lempertz GmbH
Hauptstr. 354
53639 Königswinter
Tel.: 02223 / 90 00 36
Fax: 02223 / 90 00 38
info@edition-lempertz.de
www.edition-lempertz.de

Umschlagentwurf und Layout: Ralph Handmann

Text: Inge Lempke
Lektorat: Sabine Becker-Blass
Printed and bound in Germany

ISBN: 978-3-939908-85-2

Inge Lempke

Mörderische Habgier

1

Köln, Altstadt
Samstag, 17. März, 1.55 Uhr

Conny zog an seiner Zigarette und sah gleichzeitig auf seine Armbanduhr. Kurz vor zwei. Hoffentlich ließ der Typ ihn nicht zu lange warten – das konnte er auf den Tod nicht ausstehen! Außerdem war es arschkalt in dieser Scheißeinfahrt!

Conny trat aus der zugigen Einfahrt heraus und stellte sich rechts an die Hauswand. Hier war es deutlich wärmer. Alle paar Minuten tauchte ein Auto auf. Gerade fuhr ein unbeleuchtetes Fahrrad klappernd vorbei und ein Pärchen kam lachend und engumschlungen von links heranspaziert. Dann kam ein Mann von rechts. Das könnte er sein.

Conny zog sich wieder in die Einfahrt zurück und trat die Zigarette auf dem Asphalt aus. Der Mann hatte ihn ebenfalls gesehen und folgte ihm.

Obwohl es nicht regnete, hatte er die Kapuze seiner weiten Regenjacke hochgeschlagen und festgezurrt, wodurch nur noch ein kleiner, runder Ausschnitt seines Gesichts zu sehen war. Und das hatte er auch noch mit einer Brille und einem schwarzen, buschigen, verdammt unecht aussehenden Schnauzbart verkleidet.

Conny fand das ziemlich überflüssig. In der Toreinfahrt war es so dunkel, dass sowieso keiner den anderen erkennen konnte.

„Sie haben was zu verkaufen?“ fragte der Typ höflich und mit fester Stimme.

Aus der erstbesten Gosse war der jedenfalls nicht gekrochen. „Ja, hab ich,“ bestätigte Conny und traute sich nicht einmal, seinen `Kunden´ zu duzen. „Haben Sie das Geld dabei? Kann ich mal sehen?“

Der Mann knöpfte die Regenjacke ein Stück auf und griff in eine Innentasche. Zum Vorschein kam ein weißer Umschlag, den er öffnete. Er ließ Conny einen Blick hinein werfen. Sah nach 500 Euro aus.

„Ok. Hier ist die Pistole mit fünf Magazinen." Conny hielt ihm eine buntbedruckte Plastiktüte hin.

Der Typ nahm die Tüte entgegen, schaute hinein und reichte Conny den Umschlag. „Danke," sagte er wohlerzogen. „Vielleicht brauche ich noch mal was von Ihnen."

„Kein Problem."

Conny steckte den Umschlag ein, drehte sich um und marschierte durch den Hinterhof zur nächsten Toreinfahrt. Er kannte sich hier aus. Zu Hause würde er erst einmal überprüfen, ob das Geld echt war. Und wehe, wenn nicht! Er hatte Kumpel, die diesen Typen aufspüren würden! Und zwar über seine verdammte E-Mail-Adresse!

*

Bonn-Beuel, Bankfiliale
Freitag, 23. März, 8.45 Uhr

Kareen Müller-Richter registrierte besorgt, dass sie nun schon zum fünften Mal an diesem Morgen zur Toilette musste.

Sie warf den Kugelschreiber auf den Kundenvertrag, der vor ihr auf dem Schreibtisch lag. Nein, das hielt sie nicht mehr aus! Vermutlich hatte sie sich am Sonntag, als sie abends mit Gaby bis nach zehn Uhr draußen vor dem Restaurant gesessen hatte, die Blase verkühlt.

Sie stand auf und ging Richtung Toilette. Im vorderen Eingangsbereich der Bank hielten sich zu dieser frühen Stunde nur zwei Kunden auf: eine ältere, schick angezogene Frau mit ziemlich weißen Haaren, und ein junger Mann, Jeans, schwarze Jacke, schütteres Haar. Die Frau bediente den Überweisungsterminal, der Mann stand vor dem Kontoauszugsdrucker.

Als Kareen an ihnen vorbeieilte, sah sie aus dem Augenwinkel den Transporter vor der offen stehenden Eingangstür vorfahren, der die Scheine für die Geldautomaten brachte. War der Seiteneingang etwa wieder zugeparkt? Da sollte endlich mal jemand ein Schild aufstellen!

Eigentlich war es ihre Aufgabe, Fahrer Gianfranco mit dem Geld in die hinteren Räumlichkeiten einzulassen, ein wenig mit ihm zu plaudern, ein paar Komplimente über ihre wunderschönen langen Locken und ihre unvergleichlich grünen Augen einzuheimsen und ihn wieder nach draußen zu begleiten.

Aber würde ihre Blase so lange durchhalten? Oder sollte sie nicht lieber Dominik, den aufstrebenden, schleimenden Liebling des Chefs, darum bitten, ihre Aufgabe zu übernehmen? Sie sah, dass Dominik gerade neue Immobilienangebote in den Schaukasten neben der Tür hängte.

Währenddessen eilte Gianfranco in seiner stahlblauen Uniform bereits mit dynamisch federnden Schritten durch den Eingang auf sie zu, ein breites Lächeln unter seinem pechschwarzen Schnurrbart.

Kareen lächelte automatisch zurück ... bis plötzlich dicht hinter Gianfranco jemand im grauen Anzug durch die Tür eilte. Vor dem Gesicht eine Karnevalsmaske, in der Hand eine Pistole.

Gott im Himmel, war das ein Überfall?! Kareens Herz begann zu rasen, aber ihr Körper schien wie erstarrt. Um Himmelswillen, was tat man bei einem Überfall?! Sie versuchte nachzudenken, doch ihr Kopf war wie leer gefegt. `Was tust du jetzt .... was tust du jetzt´, hallte es durch die Leere.

Gerade rammte der Bankräuber, der Gianfranco im Vorraum eingeholt hatte, diesem seine Pistole in den Rücken. Er flüsterte ihm etwas ins Ohr. Gianfranco stellte abrupt sein Lächeln ein und blieb ebenso abrupt stehen.

Kareen wagte kaum zu atmen. Und plötzlich purzelten ein paar Gedanken durch ihren Verstand: `Nicht aufs Klo gehen, jetzt nicht den Raum verlassen, sonst schießt er dir in den Rücken, ruhig bleiben, unauffällig bleiben, vielleicht sieht er dich dann nicht, starr nicht so zu ihm rüber, sieh die Kunden an, zeig ihnen, wie ruhig du bist, in einer Minute ist alles vorbei, keine Panik, es wird dir nichts passieren!´

Irgendwie schien das Licht im Raum dunkler zu werden. Oh Gott, sie fiel doch jetzt nicht in Ohnmacht?! Mit kleinen Schritten tastete sie sich rückwärts, bis sie mit dem Hinterteil an einen der Schreibtische stieß. Dort stützte sie sich ab und holte einmal tief und geräuschlos Luft. Es war unheimlich still in der Bank, alles lief ab wie in einem Stummfilm ohne Klavierbegleitung. Weder Gianfranco noch der Bankräuber gaben einen Laut von sich. Niemand hustete, niemand schrie.

Das lag vielleicht auch daran, dass die Kunden bisher gar nichts vom Geschehen mitbekommen hatten: die ältere Frau arbeitete noch an ihrer Überweisung, der junge Mann studierte seine Kontoauszüge – bis er sich auf einmal umdrehte, genau in dem Moment, in dem der Mann mit der Maske Gianfranco den Geldkoffer aus der linken Hand riss. Der Kunde wurde noch blasser, als er sowieso schon war, hielt stumm vor Schreck die Kontoauszüge in beiden Händen vor der Brust und machte keine Bewegung mehr.

Kareens strohblonde Kollegin Anita, die sich im Hauptraum an einem der Schreibtische aufhielt, schien auch erst eben bemerkt zu haben, was los war: ihre Augen waren weit aufgerissen, eine Hand vor den Mund geschlagen. Ob sie den Alarmknopf schon gedrückt hatte?

Der Bankräuber stand immer noch hinter Gianfranco. Mit dem Koffer in der Hand. `Dreh dich um und geh!´ betete Kareen. `Dreh dich um und geh! Nein, du nimmst keine Geiseln! Ich will keine Geisel sein! Bitte! Geh doch einfach!´

Dann sah Kareen etwas, das ihr nicht gefiel: Dominik, der neben der Eingangstür vom Bankräuber anscheinend noch nicht bemerkt worden war, griff nach einem schweren Schirmständer aus Metall und hob ihn langsam empor.

Wollte er den Bankräuber damit außer Gefecht setzen?! Den

Helden spielen? Den Chef beeindrucken? Der Vollidiot – was, wenn das schief ging?!

Kareen sah mit zusammengepressten Lippen zu ihm hinüber und schüttelte andeutungsweise den Kopf. Dominik bekam es nicht mit, dafür aber der Bankräuber, der sich alarmiert umdrehte, gerade als sich Dominik mit drohend erhobenem Schirmständer auf ihn stürzen wollte.

Ein Schuss fiel. Laut, unerwartet, schrecklich.

Es war grotesk: Dominik stoppte in jeder Bewegung, Arme hochgereckt, Schirmständer in der Luft. Er entglitt seinen Händen, sauste haarscharf an seiner Nase vorbei nach unten, polterte zu Boden, während plötzlich Dominiks Arme herabfielen, und er ächzend zusammenbrach.

Der Bankräuber gab Gianfranco einen Stoß in den Rücken, dass der nach vorn auf die Knie fiel, hastete mit dem Koffer in der Hand durch die Eingangstür aus der Bank auf die Straße, wandte sich nach rechts und war weg.

Immer noch herrschte gespenstische Stille. Immer noch hatte niemand geschrieen, niemand sagte ein Wort. Bis Gianfranco, der auch nicht mehr der jüngste war, sich fluchend aufrappelte, sich die Knie rieb, sich umwandte und schimpfend auf die Tür zuhumpelte. Nun endlich trat Herr Wasser, der Chef, in Erscheinung, der vermutlich hinten in seinem Büro erst durch den Schuss aufmerksam geworden war.

„Was ist denn hier los?!" verlangte er zu wissen, marschierte zum Vorraum, sah Dominik am Boden liegen, durchschaute die Situation erst nicht und rief hinter Gianfranco her: „Mann, bleiben Sie stehen!"

Gianfranco gab die Verfolgung auf und machte kehrt.

„Wieso haben Sie auf Henseler geschossen?!" fuhr Herr Wasser den Mann an.

„Sie nicht richtig ticken, was?" rief Gianfranco aus und gestikulierte wild herum. „Da war hinter mir Mann, hat geklaut Geld und erschossen den Dominik!"

Der Chef schaute zu Anita hinüber, die eine Hand auf ihren Magen und die andere auf ihr Herz gelegt hatte und heftig nickte.

„Verdammt noch mal!“ schimpfte Herr Wasser und fragte Anita: „Ist die Polizei alarmiert?“

Wieder nickte Anita, und sie sah aus, als müsse sie sich jeden Moment übergeben.

„Gut, dann rufen Sie auch einen Krankenwagen, aber schnell!“ Der Chef beugte seinen langen Körper zu Dominik hinunter, der auf dem Rücken lag, die Beine halb unter sich begraben. „Du lieber Himmel, ich glaube, er ist tot,“ murmelte Wasser und prüfte mit zwei Fingern den Puls an Dominiks Hals.

Kareen blickte zu der Frau am Terminal hinüber. Vermutlich hatte sie sich umgedreht, als der Schuss fiel. Ihre Hände versuchten, den ausgedruckten Beleg zu falten, aber sie zitterten derart, dass das Papier herunterzufallen drohte. Ihr Mund stand offen, aus ihren Augen sprach das Entsetzen.

Der junge Mann mit den Kontoauszügen bewegte sich erst nicht, doch plötzlich stopfte er mit fahriger Bewegung seine Auszüge in eine Tasche seiner Jacke, zog gleich darauf eine Schachtel aus einer anderen und zündete sich eine Zigarette an.

Wasser, der immer noch mit verzweifelter Hartnäckigkeit nach einem Lebenszeichen bei Dominik suchte, reagierte erst, als er den Qualm roch. Er richtete sich auf und informierte den Kunden höflich, aber bestimmt: „Sie dürfen hier nicht rauchen.“

Der junge Mann nahm noch einen Zug und fuhr ihn an: „Wissen Sie, wie scheißegal mir das im Moment ist?! Aber wenn Sie wollen, kann ich auch nach Hause gehen!“

Wassers Gesichtsausdruck schwankte zwischen Verärgerung und Verständnis. Letzteres siegte. „Gut, aber Sie bleiben hier! Die Polizei muss alle Zeugen befragen!“

Die erschrockene Kundin kam mit einem Mal zu sich und sagte verunsichert: „Wir müssen hier bleiben? Das kann ich nicht ... ich hab einen Termin ... ich muss ... ich kann nicht ....“ Sie wurde immer blasser um die Nase, taumelte leicht zur Seite und ließ den Beleg fallen, der wie ein Herbstblatt vom Baum langsam zu Boden segelte.

Der Chef eilte auf die Frau zu, packte sie am Ellbogen, stützte sie und forderte sie mit beruhigender Stimme auf: „Kommen Sie, wir gehen jetzt alle weg von der Leiche, dort hinüber, da hinten können Sie sich setzen und einen Schluck Wasser trinken. Kommen Sie bitte alle mit."

In dem Moment erinnerte sich Gianfranco daran, dass er ebenfalls Raucher war, denn mit den Worten: „Ich brauche jetzt auch eine, ich hab im Wagen!" lief er, immer noch leicht humpelnd, nach draußen, sah sich nach allen Seiten um und war eine Minute später mit einer brennenden Zigarette zwischen den Fingern wieder zurück.

Aber nicht nur er, auch die ersten Neugierigen, die draußen etwas mitbekommen hatten, betraten hinter Gianfranco die Bank.

Wasser schritt ein. Er komplimentierte die Leute hinaus, schloss die Eingangstür ab und kehrte zurück zu dem Häufchen Zeugen, das im hinteren Teil der Bank schweigsam beisammen saß, den Schock noch verdauen musste und mit ungläubigem Schrecken im Blick auf die Polizei wartete.

Gianfranco und der junge Mann rauchten eine Zigarette nach der anderen, wohingegen Anita jetzt wahrscheinlich gern ein Schnäpschen zu sich genommen hätte. Kareen am liebsten auch.

Doch auf einmal meldete sich ihre Blase. Wenn gleich die Polizei kam und sie stundenlang verhörte, musste sie unbedingt vorher zur Toilette! Also stand sie auf und ging davon, obwohl hinter ihr eine aufgeregte Stimme rief: „Frau Müller-Richter! Wo wollen Sie denn hin?! Sie können doch jetzt nicht –"

Aber Kareen konnte nicht nur, sie musste.

*

Bonn-Oberkassel
Freitag, 7.50 Uhr

Wie jeden Morgen war Andreas zu Fuß unterwegs zum Polizeipräsidium. Er spazierte die verkehrsberuhigte Königswinterer Straße entlang Richtung Norden, immer geradeaus. Ein kühler Wind blies ihm unter dem graubedeckten Himmel entgegen.

Seine Gedanken waren abwechselnd bei Sabine und bei seiner Mutter. Er mit Sabine im Restaurant, er mit Sabine im Kino, im Konzert, beim Spaziergang, er mit Sabine im Bett. Alles ungezwungen und für beide Seiten zufriedenstellend. Und da fragte ihn doch am Vorabend seine Mutter, wann er denn die Absicht habe, ihr diese Sabine endlich vorzustellen!

„Vorläufig gar nicht," hatte er geantwortet. „Wir wollen weder heiraten noch Kinder zeugen. Wir bringen uns gegenseitig nur ein wenig Freude in unseren grauen und grausamen Alltag. Ich hab keine Ahnung, wie lange so was hält."

Seiner Mutter hatte es, was selten vorkam, die Sprache verschlagen. Allerdings nur vorübergehend. Sie hatte ihn angesehen, als habe er sie schwerwiegend beleidigt, und ihn schließlich wissen lassen: „Entschuldige, dass ich es gewagt habe, mich auf so ungeheuer schreckliche Weise in dein Privatleben einzumischen und mich für deine Freunde und Freundinnen zu interessieren!"

Dieser nicht ganz untypische Wortwechsel hatte im Treppenhaus stattgefunden, und innerhalb von Sekunden hatte sich jeder in seine eigene Wohnung verdrückt.

Andreas bog nach links in die Heinrich-Konen-Straße ab und nahm einen Seiteneingang ins Gebäude. Als er sein Büro betrat, staunte er: Sascha war heute nicht als erster da. Was mochte ihm zugestoßen sein? Annika in Unterwäsche?

Andreas hängte seine neue Jacke auf, nahm die Kaffeemaschine in Betrieb, setzte sich an seinen Schreibtisch und schlug die Akte vom Vortag auf: eine sehr verärgerte Ehefrau hatte ihren Ehemann („Der Mistkerl betrügt mich seit fünf Jahren, und ich hab es nicht mal gemerkt!") im Schlaf erstochen („Als er wieder anfing zu schnarchen, ist das Fass übergelaufen!"), hatte dann mit großer Mühe seine Leiche in mehrere Teile zersägt, in der Tiefkühltruhe gelagert („Wohin denn sonst damit?! Hätte ich ihn kochen und essen sollen?!") und alle zwei Wochen je einen Körperteil des Ehemanns in der Restmülltonne entsorgt („Da gehört er hin – in den Müll!"). Bei den ersten beiden Teilen verlief die Beseitigung problemlos, der dritte Teil war in der Tonne mehrere Stunden der schon starken Märzsonne ausgesetzt, und der Geruch machte sogar die Männer von der Müllabfuhr misstrauisch. Sie sahen nach und riefen die Polizei. Die Frau gestand sofort.

Als Mann sollte man sich heutzutage gut überlegen, mit welcher Frau man zusammenleben wollte, und wenn –

Die Tür ging auf, und herein kam Sascha in seiner Jeansjacke und mit betont sachlichem Ausdruck im Gesicht. „Morgen," grüßte er und wandte sich gleich der Kaffeemaschine zu.

„Morgen. Für deine Verhältnisse kommst du recht spät," stellte Andreas fest. „Was ist passiert?"

Sascha goss sich Kaffee in einen feuerroten Becher. „Nichts Besonderes. Annika und ich haben uns gestritten ... und anschließend mussten wir uns wieder versöhnen."

Andreas nickte verständnisvoll. Seit er diese lockere Beziehung zu Sabine hatte, empfand er gar keinen Neid mehr, wenn Sascha solche Bemerkungen machte. „Worüber habt ihr denn gestritten?"

„Das verstehst du nicht. Du kannst ja in deinem Badezimmer machen, was du willst."

„Ach komm, jetzt sag schon – was hast du Schlimmes verbrochen?"

Sascha setzte sich ebenfalls an seinen Schreibtisch, fuhr mit der Hand einmal über sein kurz geschnittenes, hellblondes Haar, strich mit dem Finger über eine Seite seines kaum sichtbaren Errol-Flynn-Bärtchens, und sein Gesichtsausdruck entglitt ihm vorübergehend zu missmutig. „Ich hab ein paar Bartstoppeln im

Waschbecken liegen lassen. Annika fand das natürlich ekelhaft."

„Ist es ja auch. Aber die Grundbedingung fürs Zusammenleben ist nun mal eine schier grenzenlose Toleranz."

Sascha prostete Andreas mit seinem Kaffeebecher zu. „Komisch, irgendwie hab ich noch im Ohr, dass du vor Monaten das genaue Gegenteil behauptet hast."

„Geh mal zum Ohrenarzt," murmelte Andreas und schlug die Akte zu. „Was macht der Fall `Krause´?"

„Du meinst den angeblich absichtlich angefahrenen Rentner? Keine neuen Hinweise oder Spuren. Aber du weißt ja selbst, wie Zeugenaussagen sind: der eine hat einen roten Sportwagen mit Münchner Kennzeichen gesehen, der andere einen grünen Lastwagen aus Bochum."

„Lass uns trotzdem noch mal alles durchgehen, ok?"

Das taten sie sorgfältig wie immer, bis gegen neun Uhr die Nachricht hereinkam, in Bonn-Beuel habe ein Bankraub mit einem Toten stattgefunden.

„Da fahren wir hin," entschied Sascha.

Andreas war einverstanden und verschwand für zwei Minuten auf der Toilette, um sein Haar zu kämmen und die Fingernägel sauberzumachen. Kurz darauf saßen sie im Auto und fuhren am Kreuz Bonn Ost auf die A 59 Richtung Köln.

Es war recht kühl und grau an diesem Morgen. Letzte Woche hatte man noch glauben können, der Frühling sei im Anmarsch mit blauem Sonnenhimmel und Temperaturen um die 15°, aber am Sonntag hatte es gegen Abend einen Temperatursturz und ein Gewitter mit Hagel gegeben – gerade als Andreas Sabines Wohnung in Königswinter verlassen hatte. Fast 15 Minuten musste er im Auto sitzen bleiben, bevor er sich traute loszufahren. Aber wenn es nötig gewesen wäre, hätte er auch im Wagen übernachtet. Jedenfalls nicht in ihrem Schlafzimmer! Die Vorstellung, mit irgendjemandem ein Zimmer zum Schlafen zu teilen, war für ihn ebenso absurd wie die, Sascha könne zum Angeln fahren und stundenlang reglos und schweigsam an einem See hocken!

Jedenfalls hatte das Thermometer draußen am Küchenfenster heute morgen kaum 4° angezeigt. Das waren Wintertemperaturen, und das –

„Sollten wir nicht eine Fahndung einleiten?“ fragte Sascha unerwartet.

„Ja, ok. Gib mir mal den Wagentyp, Farbe und Kennzeichen, dann erledige ich das.“

„Haben wir nicht? Also gut, reden wir von was anderem .Was haben du und deine Altenpflegerin denn letztes Wochenende so gemacht?“ Sascha überholte schimpfend sechs Lastwagen, die hintereinander in Kolonne fuhren.

Andreas hielt sich am Griff über dem Fenster fest und versuchte, nicht nach rechts auf die riesigen, rollenden Räder zu starren, an denen sie vorbeizogen. War Kolonnefahren nicht verboten?!

Er sah geradeaus. „Nichts, was auch nur im Entferntesten mit deinen Action- und Horrorthrillern konkurrieren könnte.“

„Wenn es um dein Liebesleben geht, schraube ich meine Erwartungen natürlich zurück. Also, was habt ihr gemacht?“

„Brauchst du Anregungen oder was? Wir sind spazieren gegangen, haben irgendwo eine Kleinigkeit gegessen, sind später zu Sabine nach Hause gefahren und haben uns Klaviermusik angehört und ein Gläschen Rotwein dazu getrunken. Anschließend sind wir uns ein bisschen nähergekommen.“

Letzteres erschien Sascha nicht weiter erwähnenswert, aber er fragte verwundert: „Rotwein zur Klaviermusik? Was für Klaviermusik?“

Andreas überlegte kurz, ob er dazu etwas sagen sollte, denn Sascha hatte für diese Art von Musik garantiert keinerlei Sinneszellen. Aber ein Hauch von Kultur konnte niemandem schaden.

„Klassische Klaviermusik. Übrigens ist Klassik nicht gleich Klassik,“ belehrte er Sascha. „Es gibt da verschiedene Stilrichtungen: z. B. Barock, Klassik, Romantik, Spätromantik, Impressionismus.“

„Ich entnehme deinen Ausführungen, dass du dich in das Thema bereits eingelesen hast," bemerkte Sascha, und es klang, als amüsiere er sich.

Andreas sah ihn an: ja, Sascha grinste. „Nicht nur gelesen, sondern auch gehört," stellte er klar. „Sabine steht besonders auf diese hochemotionalen Klavierkonzerte der Spätromantik, Tschaikowsky, Brahms, Grieg, du weißt schon."

„Ich? Auf dem Gebiet bin ich ein Komplett-Ignorant."

„Was hörst du dir denn an? Metallica?"

„Dir ist ja wohl auch kein Klischee zu abgedroschen, was? Ich höre keine Musik, weil ich selbstverständlich meine gesamte Freizeit vor der Glotze verbringe!"

„Ach, stimmt ja ... aber eigentlich bist du, als Widder, wie geboren für Heavy Metall. Hör doch mal rein."

„Danke für die Beratung, aber ich habe meinen eigenen Geschmack."

„Was denn? Na, nun sag's schon!"

„Nein."

„Komm schon, mit mir kannst du über alles reden. Deutscher Schlager?"

„Nein."

„Um Gotteswillen, Sascha, du wirst doch nicht etwa Volksmusik hören?!"

„Nein."

„Was dann? Lionel Richie?"

Sascha schaute ihn an, schweigend und viel zu lange.

„Mann, guckst du wohl auf die Straße!" Andreas umklammerte den Griff fester.

Sascha fuhr an der Ausfahrt Pützchen von der Autobahn. „Du kannst dich wieder entspannen. Und reiß den Griff nicht ab."

Andreas rückte seine Brille zurecht, obwohl das bei der neuen gar nicht mehr nötig war. Er wusste es und tat es trotzdem. „Deine Fahrkünste bringen uns noch ins Grab!"

„Welche Planetenkonstellation ist eigentlich zuständig für übertriebene Ängstlichkeit und maßlose Übertreibung?"

„Tolles Ablenkungsmanöver.“

Sascha war endlich auf der Pützchens Chaussee gelandet und suchte rechts nach der Markstraße. „Jetzt mal ehrlich: gefällt dir klassische Musik wirklich, oder hörst du das Zeug nur wegen Sabine?“

Schwang da etwa ein Quäntchen Interesse mit in der Frage? „Mit Sabine hat das nichts zu tun. Ich hab mich mit ein paar von Beethovens Klaviersonaten angefreundet: die sind technisch brillant und erfreuen das Herz, ohne allzu schwer aufs Gemüt zu schlagen.“

Wie schade, dass die Bank gerade in Sicht kam, sonst hätte Andreas ihm noch weitere Empfehlungen gegeben.

In der Seitenstraße, die vor der Bank nach rechts führte, standen bereits zwei Streifenwagen und ein Krankenwagen. Auf der Hauptstraße zu parken war unmöglich, also bog auch Sascha nach rechts ab und fuhr auf den Parkplatz hinter der Bank. Vor der Bank hatten sich gut zwei Dutzend Schaulustige eingefunden, die von drei Streifenbeamten im Zaum gehalten werden mussten.

Vor dem Haupteingang an der Vorderseite verschaffte sich Andreas einen groben Überblick: das Bankgebäude besaß, wie so viele andere auch, eine breite Fensterfront, die noch nach links um die Ecke ging und mit bodenlangen Vorhängen ausgestattet war. Die automatische Eingangstür stand weit offen und führte in einen Vorraum mit Kontoauszugsdrucker, Terminal und Geldautomat.

Andreas trat ein. Mitten in diesem Vorraum lag ein Mann auf dem Rücken, dessen Alter schwer zu schätzen war, denn sein Gesicht war durch Blut und Gewebeteile nicht zu erkennen: anscheinend hatte die Kugel seine Nase zerfetzt. Er trug einen hellen Anzug mit zartblauem Hemd, und beides war mit roten Spritzern übersät. Er lag leicht verdreht auf seinen Beinen, neben ihm ein leerer Metallschirmständer.

Andreas sah von der Leiche hoch in den hinteren Hauptraum. Dort saßen drei Frauen, neben einer von ihnen hockte der Notarzt in seiner orange-weiß gestreiften Jacke und schien den Blutdruck zu messen. Zwei weitere Männer lehnten, Zigaretten rauchend, an einem Schreibtisch, während ein dritter Mann, lang und schlank von Gestalt, im dunkelgrauen Anzug, mit schwarzer, breitrandiger Brille und einem unsicheren Lächeln im Gesicht, mit ausgestreckter Hand auf ihn zueilte.

„Guten Morgen, ich bin Filialleiter Sigmund Wasser. Sie sind von der Mordkommission? Ich hab hier ein paar Augenzeugen, die können Sie befragen, was vorgefallen ist."

Er packte Andreas' dargebotene Hand und drückte sie, als wolle er sie zerquetschen.

„Guten Morgen. Ich bin Andreas Montenar von der Bonner Kripo, und das ist mein Kollege Sascha Piel." Er entzog Herrn Wasser seine Hand, die dieser anscheinend gar nicht mehr hergeben wollte, und bewegte unauffällig die Finger. Nein, nichts gebrochen. „Herr Wasser, wer ist denn der Erschossene hier auf dem Boden?"

Sascha hatte bereits Notizblock und Stift gezückt, während Wassers Gesicht ernst wurde.

„Das ist einer unserer Mitarbeiter, Dominik Henseler, 30 Jahre alt, gerade Vater geworden ... mein Gott, wie soll ich das nur seiner Frau beibringen!"

„Das werden wir schon übernehmen. Wie ist das überhaupt passiert?"

„Tut mir leid, das weiß ich nicht, ich saß dort hinten im Büro und bin überhaupt erst durch den Schuss auf den Überfall aufmerksam geworden." Er runzelte die Stirn. „Das ging alles rasend schnell, als ich hier ankam, war der Bankräuber schon zur Tür hinausgelaufen. Aber die Frau Müller-Richter, die hat alles von Anfang an gesehen." Er zeigte hinter sich. Die restlichen fünf Leute schauten bleich und angespannt herüber.

Andreas runzelte die Stirn. „Ist jemand von den Leuten dort drüben verletzt worden?"

„Nein, nein, das ist mehr der Kreislauf und so."

„Gut, dann sagen Sie mir mal, wie viel Geld gestohlen wurde."

„Wochentags kriegen wir normalerweise 30.000 € für den Automaten, aber heute war das Geld für's Wochenende dabei, also rund 60.000 €."

„Nicht übel. Dann schicken Sie bitte diese Frau Müller zu mir." Andreas zog es vor, mit Zeugen einzeln zu reden, damit sie nicht durcheinander plapperten und sich gegenseitig beeinflussten.

„Wäre es nicht besser, Sie sprechen in meinem Büro mit den Leuten? Da sind Sie ungestört ... und vor allem die Damen müssten sich die Leiche nicht noch mal ansehen," schlug Wasser vor, und Andreas hielt das für eine vernünftige Idee.

Allerdings machte der Filialleiter Anstalten, mit ihnen ins Büro zu gehen, nahm aber nach einem überraschten Blick von Andreas davon Abstand. Kurz darauf saßen sich Andreas und Frau Müller-Richter auf modernen Chromstühlen an Wassers Schreibtisch gegenüber. Sascha blieb stehen und machte sich Notizen.

Kareen Müller-Richter war 29 Jahre alt, kinderlos verheiratet und wohnte in Beuel. Sie arbeitete seit vier Jahren in dieser Bankfiliale und zwar gerne, wie sie betonte. Dann warf sie mit anmutiger Handbewegung zwei lange, braune, lockige Haarsträhnen, die von strassbesetzten Spangen aus dem Gesicht gehalten wurden, nach hinten und berichtete, dass sie um kurz vor neun auf dem Weg zur Toilette den Geldtransporter habe ankommen sehen, und dass sie kurz stehen geblieben sei, um Gianfranco mit dem Geldkoffer in Empfang zu nehmen.

„Der Geldtransporter kommt immer um die gleiche Zeit?" wollte Sascha wissen.

„Ja, je nach Verkehr zwischen 8.45 und 8.55 Uhr."

„Und er hält auf der Hauptstraße vor der Bank?"

„Ab und zu schon , wenn nämlich der Seiteneingang zugeparkt ist."

Da sollte doch mal jemand nachgucken. Andreas verließ kurz den Raum und beauftragte einen der Streifenbeamten nachzusehen, ob und wodurch der Seiteneingang verstellt war. Danach fuhr er mit der Befragung von Müller-Richter fort.

„Der Fahrer, dieser Gianfranco ...“

„Massini.“

„Wie lange arbeitet Herr Massini schon für die Transportfirma?“

„Mindestens so lange, wie ich in der Bank arbeite.“

„Aha. Erzählen Sie doch bitte weiter.“

Frau Müller-Richter begann am Kragen ihrer weißen Bluse zu nesteln. Ihr hübsches Gesicht war gerötet, sie wirkte jetzt nervöser als vorhin.

„Der Bankräuber war ungefähr mittelgroß und irgendwie ... dick. Er hatte so eine Plastikkarnevalsmaske auf, so ein hässliches Schweinegesicht“ sagte sie mit etwas wie Ekel in der Stimme. „Und er trug einen grauen Anzug, irgendwie altmodisch ... und er sah darin aus wie ... ich weiß auch nicht, und schwarze Handschuhe, und natürlich hatte er eine Pistole. Er kam direkt hinter Gianfranco in die Bank , als hätte er draußen auf ihn gewartet. Dann war er bei ihm und murmelte ihm von hinten etwas ins Ohr, aber was konnte ich nicht verstehen. Gianfranco blieb stehen, und der Mann riss ihm den Koffer aus der Hand. Gianfranco trägt ihn immer mit Links, damit er die rechte Hand frei hat für seine eigene Waffe, hat er mir mal erklärt.“

Sie schwieg für einen Moment, bevor sie auf einmal klagte: „Ich bin schuld, dass Dominik erschossen wurde! Er stand direkt hinter der Tür und wollte dem Bankräuber mit dem Schirmständer eins überziehen ... aber ich dachte, das ist doch viel zu gefährlich, und habe zu ihm hingeschaut und nur ein ganz kleines bisschen den Kopf geschüttelt, um ihn davon abzuhalten. Aber das hat der Bankräuber auch gesehen, und der dreht sich um und drückt einfach ab! Mein Gott ... ich hab Dominik auf dem Gewissen!“ Sie presste eine Hand auf den Mund, ihre schönen, grünen Augen füllten sich mit Tränen.

„Frau Müller-Richter, Sie befanden sich in einer absoluten

Ausnahmesituation, und da tut man nicht immer das Richtige," versuchte Andreas sie zu beruhigen. „Sie brauchen sich keine Vorwürfe zu machen."

Müller-Richter nahm die Hand vom Mund und rieb sich mit den Fingern in den Augenwinkeln herum, was ihrem Make-up nicht gut bekam.

„Geht's wieder?" fragte Andreas. Die Frau nickte. „Der Bankräuber ist also, nachdem er geschossen hat, aus der Bank gelaufen?"

„Ja ... nein, er hat erst noch Gianfranco, bevor der sich umdrehen konnte, einen Stoß in den Rücken gegeben, so dass er zu Boden stürzte, und weg war der Bankräuber." Frau Müller-Richter rutschte unruhig auf ihrem Stuhl hin und her. „Kann ich jetzt gehen? Ich muss zum Arzt, ich hab ein Problem mit der Blase."

„Ja, sicher, gute Besserung. Schicken Sie mir doch bitte Herrn Massini herein."

Die Frau schien es wirklich eilig zu haben. Sie sagte nur „Wiedersehn" und hastete aus dem Raum.

Herein kam allerdings zehn Sekunden später nicht Massini, sondern der Polizist, der den Seiteneingang hatte in Augenschein nehmen sollen.

„Also, Herr Kommissar," begann er und verschränkte die Arme, „da ist kein Fahrzeug. Aber quer über die Tür wurde ein Kreuz aus zwei dünnen Latten befestigt, mit doppelseitigem Klebeband, so als sei der Eingang verschlossen."

„Mit Klebeband?!" staunte Andreas. „Ja klar, es musste schnell gehen. Ist eigentlich die Spurensicherung schon da?"

„Vor einer Minute eingetroffen."

„Dann sagen Sie bitte dem Mann, der draußen wartet, er soll hereinkommen."

Gianfranco Massini marschierte herein, ein drahtiger, mittelgroßer Mann um die Fünfzig in dunkelblauer Uniform, mit schwarzen Haaren und schwarzem, buschigem Schnauzbart. Verheiratet, drei Kinder, wohnhaft in Siegburg, gab er an. Er sprach mit kaum hörbarem, italienischem Akzent, wenn auch grammatikalisch nicht immer einwandfrei.

Er lamentierte temperamentvoll darüber, dass ihm so etwas noch nie passiert sei, und dass er den Bankräuber überhaupt nicht gesehen habe, weil der immer hinter ihm war, und dass er, als der Schuss fiel, dachte, er sei getroffen worden, und dass er viel zu wenig Geld für einen so gefährlichen Job bekam, und dann schimpfte er gleich in einem Aufwasch über die deutsche Justiz, die viel zu lasche Strafen verhänge.

Da allerdings fiel ihm Andreas ins Wort. „Herr Massini, Sie parken sonst immer vor dem Seiteneingang?“

„Ja, genau. Heute ich bin in die Seitenstraße gefahren, ich habe gesehen, dass Tür ist vernagelt. Ich denke, was ist das? Bauarbeit? Dann ich habe gewendet und gehalten vor Haupteingang.“

„Könnte man Sie nicht genauso gut am Seiteneingang überfallen?“

Massini warf ihm mit schwarz funkelnden Augen einen Blick zu, als halte er diese Frage für die dämlichste, die je im Universum gestellt worden war. „Seitentür jemand muss aufmachen für mich, ich geh rein, Tür fällt zu, keiner kann folgen. Haupteingang ist immer offen. Sie sehen, was passiert!“

„Ja, danke für Ihre Erklärung. Und Sie haben nichts von dem Bankräuber gesehen?“

Massini wirkte ein wenig gereizt. Seine Hände hoben sich in einer ungeduldigen Geste. „Ich sage doch, nein! Er war hinter mir, und dann er hat mich gestoßen, dass ich bin gefallen auf Knie! Ich lasse mich krankschreiben! Ich muss mich erholen von diese Schock!“

„Das ist eine gute Idee, Herr Massini,“ befand Andreas. „Wir wünschen Ihnen gute Besserung.“

„Danke. Sie werden bald fangen diese dumme Mann!“

„Wieso `dumm´?“

„Er weiß nicht, dass er wird nicht haben viel Spaß mit Geld. Ist doch mit Farbe markiert!“

„Ach, das war ein Koffer mit Farbauslösemechanismus?“ meldete sich Sascha zu Wort.

„Natürlich, was sonst?“ Massini grinste. „Wenn ich lasse los Griff, ohne zu deaktivieren, peng - platzt Farbpatrone! Farbe ist auf Geldscheine! Kriegst du nicht ab!“

Sascha ließ ein skeptisches Lächeln sehen. „Prima, dann wollen wir hoffen, dass unser Bankräuber demnächst auf die Idee kommt, das Geld auszugeben.

„Danke, Herr Massini,“ verabschiedete sich Andreas von ihm. „Ich gebe Ihnen meine Karte, falls Ihnen noch was Wichtiges einfällt.“

Als nächste befragte Andreas die andere Bankangestellte, die den Alarmknopf betätigt hatte. Eine pummelige Mittvierzigerin mit blondierter Dauerwellfrisur und reichlich Make-up im Gesicht, die so ziemlich das gleiche erzählte wie Frau Müller-Richter.

Anschließend erkundigte sich Andreas beim Notarzt, ob er die Kundin mit den weißen Haaren vernehmen könne, aber der Arzt hielt es zumindest für angebracht, seine bleiche Patientin in Wassers Büro zu begleiten. Dort lauschten alle interessiert der Aussage der Frau, die sich in nichts von den bisherigen Aussagen unterschied.

Doch dann erwähnte sie etwas, das Andreas aufhorchen ließ. Irgendwie habe der Mann so ausgesehen als sei er nicht wirklich dick, sondern als habe er seinen Anzug nur ausgestopft ... ja, so sei es ihr vorgekommen.

*

Mit zittrigen Händen zündete sich Christoph die wer-weiß-wie-vielte Zigarette an und sah zu, wie der Arzt auf der einen und der Kommissar auf der anderen Seite die ältere Frau beim Arm nahmen und sie in dieses Bankbüro führten.

Er selbst war das reinste Nervenbündel. Mann, was für eine

Scheiße! Er hatte noch nie einen Toten gesehen! Oder einen Erschossenen! Einen Ermordeten!

Christoph blies den Rauch weg von den beiden Banktypen, die ihn immer wieder anstarrten, als wär er ein Penner, der sich in ein Luxushotel verirrt hatte. Keiner redete. Er sah auf seine Uhr. Verdammt, Felix dachte sicher, er würde nicht mehr kommen. Christoph holte sein Handy aus der Jackentasche, rief seinen Freund an und erzählte, was passiert war. Felix versprach, zur Bank zu kommen.

Christoph steckte sein Handy ein, drückte die Zigarette aus, stieß sich vom Schreibtisch ab und spazierte ein paar Schritte im hinteren Teil des Raums herum. Im vorderen Teil hatte sich die Spurensicherung breit gemacht.

Vor einem vergitterten Fenster, durch das man auf den Parkplatz gucken konnte, blieb Christoph stehen ... aber sein Blick ging irgendwie ins Leere. Er war sich so gut wie sicher, dass er den Bankräuber erkannt hatte. Die große Frage war nun, ob er das der Polizei sagen oder nicht lieber Kapital aus seinem Wissen schlagen sollte.

*

Andreas bedankte sich bei Frau und Notarzt und bat den letzten Augenzeugen herein, einen jungen Mann namens Christoph Heisterbach, 23, abgebrochene Elektrikerlehre, zur Zeit arbeitslos, der in Dottendorf zu Hause war und nur deshalb seine Kontoauszüge in der Beueler Bankfiliale geholt hatte, weil er sich mit einem Freund treffen wollte, der zwei Querstraßen weiter wohnte.

Heisterbach trat gelassen auf, aber Andreas roch den Zigarettengestank, von dem der ganze Mann eingehüllt war. Wer derart viel rauchte, konnte unmöglich so gelassen sein, wie er vorgab.

Während sich Andreas den Überfall aus Heisterbachs Sicht schildern ließ, musterte er ihn eingehend: der junge Mann hatte ein nichtssagendes Gesicht, schmale Lippen, kleine, blassblaue

KG Lustige Brüder

SOMMER PARTY

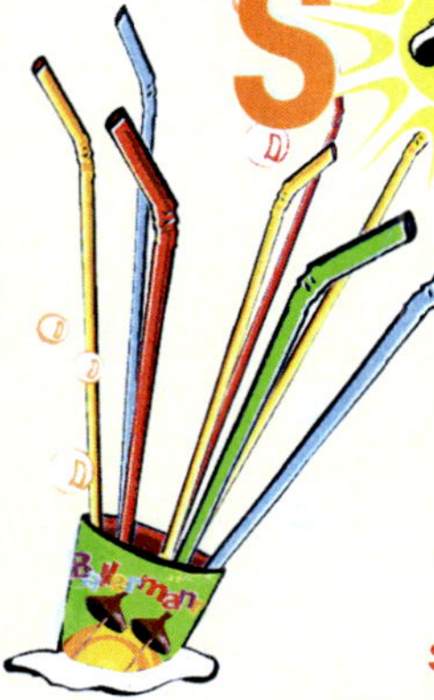

13. / 14. August 2011
Im Treffpunkt Rosen

Samstag:
Bunter Abend
Cocktail-Bar

Sonntag:
Kölsche Mundartmesse
Kaffee und Kuchenbuffet
der Appelkörner
Viel Spiel und Spaß
für unsere kleinen Gäste

Samstag ab 19:00 Uhr - Sonntag ab 10:00 Uhr
An beiden Tagen ist für das leibliche Wohl bestens gesorgt: Gekühlte Getränke, Leckeres aus der Grillhütte

Augen und für sein Alter reichlich dünnes, dunkelblondes Haar mit einer Frisur, als hätte sich irgendjemand an einem modisch fransigen Schnitt versucht. Auffallend war einzig seine gerötete, klobige Nase.

Seine Aussagen unterschieden sich kaum von denen der anderen Zeugen, was beim wenig komplexen Verlauf des Geschehens nicht überraschte. Doch plötzlich meinte er: „Wissen Sie, was mir am Täter auffiel?"

Sein Gesicht wirkte bei dieser Frage angespannter als vorher, und Andreas wurde das Gefühl nicht los, dass Heisterbach im Begriff war, ihm etwas zu erzählen, das nicht ganz stimmte.

Er kratzte sich nämlich an der unförmigen Nase und schaute dann seine Hände an. „Ich hab den Täter ja nur von der Seite gesehen ... der stand ja keine drei Meter von mir entfernt ... also, der hatte da so einen kleinen, silbernen Totenkopfstecker im Ohrläppchen."

„Das ist eine sehr interessante Beobachtung, Herr Heisterbach." Andreas tat begeistert. „Das bringt uns vielleicht weiter." Und vor allen Dingen würde er diesen jungen Mann genauer unter die Lupe nehmen. War es nicht doch ein wenig verdächtig, dass er gerade heute, am Tag des Banküberfalls, in einer fremden Filiale Kontoauszüge holte?

Andreas entließ ihn und begab sich mit Sascha im Gefolge zurück in den Hauptraum der Bank, wo er Wasser fragte, ob er wohl die Aufzeichnungen der Überwachungskameras mitnehmen könne, um sie sich im Präsidium in Ruhe anzusehen.

Wasser eilte davon, um das Gewünschte zu besorgen, und Andreas sprach Peer an, der mitten zwischen den Schreibtischen stand, Hände in die Hüften gestützt, und sich stirnrunzelnd umsah.

„Morgen," grüßte Andreas.

„Morgen, ihr beiden. Hier werden wir wohl außer der Patronenhülse und der Kugel, die sich noch im Schädel des Toten befinden muss, nicht viel finden," meinte Peer. Seine wulstigen, gut durchbluteten Lippen boten einen reizvollen Kontrast zu dem grasgrünen Pullover, den er trug. „Allerdings sagte man uns, dass heute morgen vor dem Öffnen der Bank der Boden gesaugt wurde ... den untersucht Renate jetzt auf Spuren, die von den Schuhen des Täters hereingeschleppt worden sein könnten."

Ach ja, die hellblonde Renate. Andreas schaute ihr kurz dabei zu, wie sie auf Knien den grauen Teppichboden in der Nähe der Eingangstür absuchte, gerade etwas mit einer Pinzette aufklaubte und in ein Plastikröhrchen gab. Die Frau hatte noch einmal gute 10 Kilo abgenommen und konnte inzwischen vermutlich in Kleidergröße 44/46 schlüpfen. Aber machte sie das tatsächlich attraktiver als vorher?

Jedenfalls hielt sie, seit sie gehört hatte, dass Andreas eine Freundin hatte (und wer hatte das nicht gehört?), Distanz zu ihm. Das war auch besser so. Sie sah auf, als hätte sie gespürt, dass jemand sie beobachtete. Ohne zu lächeln nickte sie Andreas und Sascha zu.

„Hallo, schon was gefunden?" sprach er Renate an und setzte ein freundliches Lächeln auf.

Sie suchte weiter den Boden mit Blicken ab. „Ja, ein paar Pflanzen- oder Blütenfasern und Schmutzkrümel. Vielleicht können wir irgendwas dem Täter zuordnen."

„Wie ich euch kenne, könnt ihr das bestimmt."

Da sich Renate von diesem Lob nicht weiter beeindrucken ließ, nahm Andreas Kurs auf die Eingangstür, die immer noch offen stand. Spannungen am Arbeitsplatz konnte er nicht leiden. Draußen hatten inzwischen zwei Streifenbeamte eine Absperrung aus rotweißem Band befestigt, die die wachsende Menge Schaulustiger zurückhielt.

Andreas rief einen der Polizisten zu sich und beauftragte ihn, die Leute zu fragen, ob jemand dem Bankräuber in die Arme gelaufen war, als der das Gebäude verlassen hatte, und denjenigen dann zu ihm in die Bank zu schicken.

Zunächst aber trafen ein Polizeipsychologe und ein Seelsorger ein, um sich um die zu kümmern, die den Überfall und den Mord miterlebt hatten.

Zwei Minuten später eilten - Andreas stand gerade bei Peer im Hauptraum - zwei Männer, zwei Frauen und eine Jugendliche auf ihn zu, die alle behaupteten, wertvolle Hinweise geben zu können. Andreas nahm sie sich in Wassers Büro einzeln vor. Es stellte sich schnell heraus, dass die zwei Frauen und einer der Männer lediglich glaubten, etwas von weitem gesehen zu haben, das aber bei den Ermittlungen nicht im Geringsten weiterhalf.

Die Jugendliche hingegen war vom Bankräuber beinah über den Haufen gerannt worden. Der Mann sei mit einem silberfarbenen Koffer aus der Bank gestürmt und habe sich - die Pistole noch in der Hand haltend - mit einer schnellen Bewegung etwas vom Gesicht gerissen. Dadurch habe er sie wohl nicht gesehen, jedenfalls habe er einen knappen Meter vor ihr abgebremst und sei nach links in die Seitenstraße hinein gehastet. An dieser Stelle nun erhoffte sich Andreas eine richtig gute Personenbeschreibung.

Julia, 15 Jahre alt, für Ihr Alter sehr groß, kurze, schwarze und rot gefärbte Haare, sehr schwarze Kleidung, verzog leicht angewidert den schwarzbemalten Mund. „Der Typ sah echt komisch aus ... der hatte so `ne schmale Brille mit schwarzem Rand an ... und unter der Nase so `nen schwarzen Schnauzer, also der war bestimmt nicht echt, weil auch die anderen Haare mehr so braun waren . Ach ja und dann hatte er noch so Haare hier – wie heißen die Dinger noch mal?“ Sie führte ihre Zeigefinger auf beiden Seiten des Gesichts von den Ohren bis fast ans Kinn hinunter.

„Meinst du Koteletten?“ warf Sascha ein.

„Ja, dieser Elvis Presley, der hatte doch auch mal so was, so richtig lang, und bei dem Typ waren sie auch noch so struppig!“ Man konnte ihr den Widerwillen förmlich ansehen und anhören.

Andreas ärgerte sich: das klang ja fast nach einer Verkleidung unter der Verkleidung! Wie umsichtig!

„Wie alt und wie groß war der Mann ungefähr?“

Julia kniff die Augen ein wenig zusammen und neigte den Kopf nach rechts. „Keine Ahnung vierzig oder fünfzig? Sehr groß war der nicht, aber dick."

„Wie sieht's aus, Julia, musst du heute noch zur Schule?" wollte Sascha wissen. „Wir schicken dich nämlich gleich ins Polizeipräsidium, damit du dir ein paar Fotos ansiehst, und dann kannst du uns helfen, ein Phantombild zu erstellen. Du kriegst natürlich für deine Lehrer eine Entschuldigung."

„Krieg ich auch `ne Belohnung, wenn ihr den Kerl schnappt?" erkundigte sie sich vorsorglich.

„Dafür sind wir nicht zuständig, da musst du mit der Bank reden." Sascha notierte sich ihre Personalien.

Beim zweiten Zeugen handelte es sich um einen Herrn Kirsch, 52, Inhaber eines Fliesenfachgeschäfts, der gerade dabei gewesen war, die Seitenstraße zu überqueren, um zu seinem Auto auf dem Parkplatz hinter der Bank zu gelangen, als der Bankräuber aus dem Gebäude kam, etwas aus dem Gesicht entfernte, etwas in die rechte Anzugtasche stopfte und die Straße entlang trabte.

Er beschrieb den Täter wie Schülerin Julia auch: unförmig, mittelgroß, heller, altmodischer Anzug, schwarzer, unecht wirkender Bart, schwarze Brille, lange, braune, buschige Koteletten (wie Mungo Jerry in seinen wildesten Zeiten, schwärmte Kirsch), Koffer, keine Pistole.

„Sehr schön, Herr Kirsch," lobte Andreas seine Beobachtungsgabe. „Dann können Sie uns sicher auch sein Auto genau beschreiben."

Kirsch, der wohl den halben Winter auf der Sonnenbank verbracht hatte und eine schwere Goldkette um den Hals trug, guckte überrascht. „Sein Auto? Welches Auto? Ich kann Ihnen sein Fahrrad beschreiben."

Sascha verdrehte die großen Augen gen Himmel. „Auch das noch!"

Andreas nickte missmutig. „Na, dann beschreiben Sie mal das Fahrrad und erzählen Sie uns, wie es weiterging."

Kirsch kratzte sich in den kurzen Haaren und konzentrierte

sich. „Das Rad war türkisfarben und hatte kleine Räder, mehr konnte ich leider nicht erkennen. Es stand nämlich in der Seitenstraße neben der Bank, ganz weit hinten, noch hinter dem Wendehammer. Da ist ein Durchgang zur nächsten Straße, da sind zwei oder drei Pfosten, damit da kein Auto durchkommt ... und genau da ist der Mann hergefahren."

Sascha hatte alles mitgeschrieben, strich sich über sein blondes Bärtchen und gab einen Kommentar ab. „Eine Fahndung nach `dickem Mann auf Fahrrad´ können wir uns also schenken. Der hat bestimmt sein Auto irgendwo geparkt, sein Klapprad eingeladen, sich seine tolle Verkleidung vom Gesicht gerissen und rast jetzt als brillen- und bartloser Magersüchtiger Richtung Autobahn."

„Möglich," murmelte Andreas. „Herr Kirsch, hatten Sie den Eindruck, dass sich der Bankräuber den Anzug mit irgendwas ausgestopft hatte, um dicker zu wirken?"

Kirsch holte sich anscheinend den Anblick des Täters ins Gedächtnis zurück, denn es dauerte ein paar Sekunden, bis er antwortete. „Ja, kann gut sein. Als er da so die Straße entlang trabte, kam er mir recht fit vor und gar nicht außer Atem und sein Gesicht wirkte auch nicht besonders dick."

„Können Sie uns was zum ungefähren Alter des Mannes sagen?"

„Na ja, schätzungsweise zwischen 25 und 35."

„Danke, Herr Kirsch, das hilft uns zwar alles nicht weiter, aber jetzt wissen wir wenigstens, warum." Andreas verließ zusammen mit Kirsch und Sascha das Büro.

Walter von der Spurensicherung stand mitten im Vorraum der Bank und hielt nach einem Betätigungsfeld Ausschau. Peer fingerte am Kopf der Leiche herum, Renate untersuchte den Teppichboden, und die Zeugen waren entlassen. Die Zahl der Schaulustigen vor der Bank hatte allerdings zugenommen, wie Andreas bemerkte, als er mit Sascha aus dem Gebäude kam. Ein paar Fernsehsender sowie Radio Bonn-Rhein-Sieg waren hinter der Absperrung auch schon da, und hielten ihnen von weitem Mikrofone entgegen.

Andreas schüttelte den Kopf und rief ihnen zu: „Unser Pressesprecher wird Ihnen nachher was dazu sagen."

Sie schritten die Seitenstraße hinunter bis zum Wendehammer, und wie beschrieben führte die Straße gewissermaßen geradeaus weiter, war aber durch drei Pfosten gegen das Durchfahren von Autos gesichert.

„Machen wir einen kleinen Spaziergang und sehen nach, wo wir rauskommen," ordnete Andreas an.

Ein paar Minuten später landeten sie auf der Siegburger Straße.

„Der hatte garantiert hier irgendwo sein Auto geparkt," mutmaßte Sascha, schaute nach rechts, schaute nach links, als halte sich der Bankräuber noch in der Nähe auf, ganz wild darauf, endlich von der Polizei verhaftet zu werden.

Andreas holte Sascha in die raue Wirklichkeit zurück. „Der Mann kann sein Auto genauso gut ein paar Kilometer weiter Richtung Siegburg oder Bonn abgestellt haben. Lassen wir es gut sein."

Also spazierten sie zurück zum Tatort und nahmen das aufgezeichnete Material aus den Überwachungskameras, das Wasser ihnen aushändigte, an sich.

„Wir fahren zum Präsidium und gucken uns an, was die Kameras aufgenommen haben," informierte Andreas Peer, nachdem dieser auch nicht viel zu berichten hatte – schließlich war klar, wer der Tote war, und wie er zu Tode kam.

Kurz darauf saßen sie im Wagen, und Sascha hatte ernsthaft Mühe, aus der Seitenstraße herauszukommen, in der sich nun ebenfalls die Neugierigen drängten. Er schaffte es bis auf die Marktstraße, ohne jemanden zu überfahren, was er, seinen Verwünschungen zufolge, wohl gern getan hätte. Er bog nach rechts ab und gab Gas.

Sie fuhren nun, da Sascha inzwischen gemerkt hatte, dass dieser Weg kürzer war, über die Königswinterer Straße zurück.

Unterwegs begann Sascha in seinem reichhaltigen Filmwissen über Banküberfälle zu kramen, was aber letztlich nirgendwohin führte, da Filmbanküberfälle meistens furchtbar spektakulär und voller Action waren (er erwähnte `Stirb langsam 3´, den Andreas natürlich nicht gesehen hatte) und oft auch äußerst raffiniert ausgeklügelt, wie die Raubzüge des `Danny Ocean´. Wer um Himmelswillen war `Danny Ocean´?!

Der vorliegende Fall schien eher einfach gestrickt zu sein. Allerdings bewies die Sache mit der verbarrikadierten Tür, der Flucht mit dem Fahrrad, dem möglicherweise ausgestopften Anzug und der doppelten Maskierung, dass der Mann intelligent war. Was wiederum im Gegensatz zu Massinis Bemerkung stand, der Mann sei dumm. Hatte dieser Widerspruch etwas zu bedeuten? Andreas notierte sich diese Frage im Hinterkopf.

Zwanzig Minuten später sahen sie sich im Präsidium die Kameraaufzeichnungen an. Die eine Kamera überwachte den Vorraum mit dem Geldautomaten, die andere den Hauptraum mit den Angestellten. Die Aufnahmen bestätigten die Zeugen und gaben leider noch weniger her als deren Aussagen.

Eine Fahndung anhand dieser Aufnahmen in Zeitung und Fernsehen hielt Andreas für ziemlich sinnlos.

Zurück im Büro ließen sie sich auf ihren Schreibtischsesseln nieder, lehnten sich zurück, schwiegen und dachten nach. Wie und wo konnte man ansetzen? Das Motiv war klar: der Mann brauchte Geld, aber dieses Motiv hatte er mit gut der Hälfte der Deutschen gemein. Sascha prüfte nach, ob gegen Heisterbach, Massini oder einen der anderen Leute aus der Bank etwas vorlag, aber alle hatten eine weiße Weste.

Das einzige, was Andreas sonst noch einfiel, war nachzusehen, ob einer ihrer einschlägig vorbestraften `Kunden´ als Täter in Frage kam.

Plötzlich verkündete Sascha: „Ich werde mal unsere Bonner Bankräuber unter die Lupe nehmen. Vielleicht finden wir Übereinstimmungen."

„Die Idee hatte ich auch gerade."

„Ach was, ich dachte, du hättest bessere Ideen."

„Danke, aber manchmal bin sogar ich ratlos," gab Andreas zu, verschränkte die Hände hinter dem Kopf und reckte und dehnte seinen verspannten Rücken. „Vielleicht sollten wir die gewaltbereiten Räuber der näheren und/oder weiteren Umgebung dazupacken."

„Du redest vom Großraum Köln/Ruhrpott? Dem Ballungszentrum des Verbrechens? Dem Mekka für Mörder, Räuber, Zuhälter und korrupte Politiker?"

„Bitte? Das ist Diskriminierung. Das klingt ja, als sei hier bei uns nichts los!"

„Jetzt, wo du's sagst." Sascha trank mit leicht abwesendem Blick seine Tasse leer. „Vielleicht sollte ich mich in meine alte Heimat versetzen lassen."

„Ja, geh zurück nach Bochum, dann hast du gar keine Freizeit mehr."

„Stimmt auch wieder: du bist ja hier derjenige, der keine Freizeit braucht. Also dann, überprüfen wir unsere Bankräuber!"

Sascha schien auf einmal schwer motiviert, holte zwei Tassen frischen, heißen Kaffee, und dann machten sie sich an die Arbeit. Gegen fünf Uhr nachmittags waren sie auf insgesamt drei Straftäter gestoßen, die eventuell, vielleicht, unter gewissen Umständen in Frage kommen könnten.

Und so schickte Andreas Petra, Jörg und Ulli los, um die drei Vorbestraften zu befragen.

*

Königswinter-Vinxel
Freitag, 17.20 Uhr

Sascha war auf dem Heimweg. Er kroch im Schneckentempo hinter einem Tanklaster die Langemarckstraße hinauf. Das machte ihn wahnsinnig. Ähnlich wahnsinnig machte ihn zur Zeit Annikas Besessenheit, die neue Wohnung mit österlichem Schmuck zu verunstalten.

Wohin man sah und trat, überall Osterhäschen, Osterglocken, Osterküken, kunstvoll von ihr selbst bemalte Ostereier, mit Ostermotiven beklebte Fensterscheiben. Noch hatte sie sein Zimmer verschont.

„Wenn ich auch nur einen Osterhasen bei mir entdecke, zieh ich aus!" hatte er am Vortag gedroht. Annika hatte ein schelmisches Lächeln um ihren schönen, vollen Mund spielen lassen, und abends hatte er einen kleinen Strauß Frühlingsblumen auf seinem Beistelltischchen stehen. Das hatte er gerade noch durchgehen lassen.

Der Tanklaster vor ihm schnitt in abenteuerlicher Weise die Kurven. Es gab keine Möglichkeit, ihn zu überholen. Sascha fluchte. Er hätte den Laster anhalten und den Fahrer aufklären können, wer hinter ihm fuhr, und dass er in Kürze eine Anzeige am Hals hatte. Aber dadurch ging noch mehr Zeit verloren, die er eigentlich in den Film `The Punisher´ mit John Travolta und Tom Jane hatte investieren wollen. Den musste er unbedingt noch sehen, bevor Annika nach Hause kam - das hatte er sich nach dem Frust dieses Tages wohl verdient! Kein Bankräuber, keine Spur, keinen Plan!

Herrgott, konnte dieser Scheißlaster nicht schneller fahren! Wurde der Fahrer nach Stunden bezahlt oder was?!

Sascha gelang es erst, ihn mit riskantem Manöver zu überholen, als sie aus dem Wald herauskamen und zwischen frisch umgepflügten Feldern entlang fuhren. Hinter der nächsten Kurve erwartete ihn allerdings eine Überraschung: ein mit Heu voll beladener Traktor, der sich gemächlich und mit erheblicher Überbreite auf Vinxel zu bewegte.

Sascha seufzte, ergab sich in sein Schicksal, schlich hinter dem Traktor her und dachte noch ein paar Minuten über den Fall nach. Der Traktor bog schließlich nach links in die Holtorfer Straße ab, Sascha fuhr noch einige Straßen weiter und parkte kurz darauf seinen Wagen in der neuen Garage. Natürlich hatte es einen Kampf um die Garage gegeben: zwei Autos, eine Garage, unterschiedliche Arbeitszeiten. Sie hatten sich letztlich darauf geeinigt, sich tageweise abzuwechseln.

Sascha kletterte aus dem Wagen und atmete zweimal tief durch. Die Luft hier war auch nicht besser als unten in Dollendorf. Stiegen Abgase nicht nach oben?

Er begab sich in den ersten Stock des Neubaus. Die Differenzen wegen der Garage waren läppisch gewesen im Vergleich zu den Diskussionen über die Gestaltung der Zimmerwände! Und letztlich hatte sich Sascha mit seinen Farbwünschen nur in einem einzigen Zimmer durchgesetzt: seinem eigenen. Das Wohnzimmer war nun in blassem Grün gestrichen, das Schlafzimmer in dezentem Aprikosenton, ähnlich die Küche, nur das künftige Kinderzimmer (Sascha überlief ein Frösteln) lag noch brach.

Er schloss die Wohnungstür auf und betrat den Flur, der - ein Kompromiss, was sonst - einen sonnengelben Anstrich erhalten hatte, und sein Blick fiel auf die Garderobe: ein Symbol für den Zusammenstoß zweier Welten des Einrichtungsgeschmacks. Metall und Glas gegen Holzmöbel. Also bestand die Garderobe aus einem Eisengestell mit Holzelementen. Nicht wirklich schön, das Ding.

Sascha hängte seine Jacke daran auf, holte sich aus dem Kühlschrank in der Küche, die er einigermaßen in Ordnung fand, eine Flasche Cola und zog sich in sein Zimmer zurück.

Alle Wände feuerrot, was natürlich nach Andreas' Horoskopanalyse auf sein feuriges Wesen zurückzuführen war. Davor schwarze Metallregale, Musikanlage, Fernseher, DVD-Rekorder, drei Meter DVDs, gekauft, kopiert, selbst aufgenommen. Er suchte den Film, den er sehen wollte, aus seinen Beständen heraus, setzte sich auf das kleine, schwarze Ledersofa, das man zum Schlafsofa ausziehen konnte - für den Fall, dass man nach schwerer Meinungsverschiedenheit nicht im gemeinsamen Schlafzimmer nächtigen mochte - und sah sich den Film an.

Wie meistens kam Annika um Viertel nach sieben nach Hause. Ihr Chef hielt eisern an der altbewährten Ladenschlusszeit von 18.30 Uhr fest. Sascha blieb erst einmal sitzen und wartete ab, ob Annika nach ihm suchte.

Eine Minute später öffnete sie die Zimmertür und meinte stirnrunzelnd: „Ach hier bist du. Ich dachte, du hättest schon was in die Mikrowelle getan,. aber du hast sicher wieder die Zeit vergessen, stimmt's?"

Sascha quälte sich ein falsches Lächeln ins Gesicht. „Weißt du, ich hab dich vermisst, und deshalb musste ich mich von meinem Schmerz ablenken, solange du nicht da warst."

Darauf erwiderte sie erst einmal nichts, sondern fixierte ihn mit dem glühenden Blick ihrer schwarzen Augen, stand einfach da im Türrahmen in ihrem pinkfarbenen, tiefausgeschnittenen Pullover, während ihr pechschwarzes, zum Zopf geflochtenes Haar über eine ihrer wunderschönen, runden Schultern nach vorne fiel, was Saschas Blick sofort wieder auf den Ausschnitt lenkte ... was hatte so ein Ausschnitt überhaupt bei der Arbeit zu suchen?! Hob er den Umsatz?! Verkaufte ihr Chef mehr Schuhe, wenn sie in dieser Aufmachung durch den Laden turnte?!

„Was geht da wieder in deinem Kopf vor?" fragte Annika. „Du guckst so komisch." Ihre Stimme war plötzlich sanft wie die von Cate Blanchett im Film `The Gift´, ihr Blick wurde liebevoll. „Komm jetzt, hilf mir beim Abendessen, und anschließend machen wir es uns so richtig gemütlich."

Sie lächelte auffordernd, aber Sascha dachte ernsthaft darüber nach, sie schmoren zu lassen. Wieso bestimmte dauernd sie darüber, was getan wurde?! Und so sagte er freundlich, aber bestimmt: „Geh schon mal vor, ich mach mir gerade noch ein paar Gedanken."

Annikas Reaktion kam ihm ein wenig befremdlich vor: sie wurde nicht wütend, nein, sie schenkte ihm ein nachsichtiges Lächeln, als sei er ein bockiges Kind, drehte sich um und machte sogar die Tür wieder zu.

Das Wort `Kind´ waberte noch ein bisschen beunruhigend durch sein Gehirn und tat sich allmählich zusammen mit der Verwunderung über Annikas untypisch sanftmütiges Verhalten. Plötzlich kam ihm ein furchtbarer Verdacht. Was, wenn sie schon schwanger war, ohne es mit ihm abgesprochen zu haben?!

2

Bonn-Oberkassel
Samstag, 24. März, 15.30 Uhr

Andreas spazierte mit Sabine durch die Unterführung zum Rheinufer hinunter. Genau in diesem Moment donnerte ein Güterzug über ihre Köpfe hinweg, der Sabine fast zu Tode erschreckte. Behauptete sie jedenfalls.

„Tut mir leid, dafür kann ich nichts," fühlte sich Andreas verpflichtet zu sagen. Es war nicht das erste Mal an diesem Tag, dass Sabine nörgelte.

Auf dem Promenadenweg angekommen, bot sich beiden das altbekannte Panorama: rechts die Südbrücke, geradeaus die grüne Seite Bad Godesbergs und links die perfekt geschwungene Hügelkette des Siebengebirges vor einem blauen Himmel mit dicken, weißen Wolken.

Die meisten Bäume trugen bereits zarte, hellgrüne Blätter, und es hätte ein schöner, warmer Frühlingstag sein können, wenn nicht ein sehr frischer Wind am Rhein entlang gepfiffen hätte. Vielleicht hätten sie doch lieber im Wald oberhalb des Steinbruchs spazieren gehen sollen.

„Mensch, ist das kalt hier," beschwerte sich Sabine auch schon.

Andreas legte einen Arm um ihre Schulter und drückte ihr ein Küsschen auf die Wange. „Lass uns doch da vorne wieder hoch gehen, da gibt's ein Café, wo wir uns ein bisschen aufwärmen können, ok?"

Fünf Minuten später half Andreas ihr im Café aus dem Mantel. Sie trug wieder eine ihrer engen Blusen, vorne weit aufgeknöpft.

Bei Kaffee und einem Stückchen Kuchen berichtete Sabine Neues aus dem Leben ihrer Söhne und von der Arbeit im Altenheim, in dem sich anscheinend dauernd skurrile, lustige und erschütternde Geschichten abspielten.

Aber außer „Ach ja?“ und „Na so was“ sagte Andreas nicht viel dazu.

Zunächst schien es Sabine nicht zu irritieren, dann wurde ihr Redefluss spärlicher. Schnell erkundigte sich Andreas nach seiner Oma Elli, die ja bekanntlich das Altenheim, in dem sie lebte, für ein Hotel hielt und sich selbst für dessen Inhaberin.

„Sie hat schon wieder zwei Leute vom `Personal´ gefeuert, weil sie ihr die Bücher mit den Abrechnungen nicht vorlegen wollten,“ amüsierte sich Sabine. Sie mochte seine Oma. Andreas wiederum mochte Sabine, aber die Gespräche mit ihr gerieten in letzter Zeit mehr und mehr zu sich ständig wiederholenden Belanglosigkeiten.

Dieser Gedanke spiegelte sich womöglich auf seinem Gesicht wider, denn Sabine verstummte überraschend. Es entstand eine Gesprächspause, die sich in die Länge zu ziehen drohte. Andreas trank langsam ein paar Schlucke Kaffee und zerbrach sich den Kopf, worüber er nur reden sollte ... Astrologie? Das interessierte sie nur, solange es sie selbst betraf. Astronomie? Nicht wirklich ihr Lieblingsgebiet. Politik? Zu gefährlich. Zukunftspläne? Das war zu früh. Sie kannten sich doch kaum fünf Monate. Medizin? Gesundheit? Ja, das war ein Feld, auf dem sich Sabine auskannte.

Also fragte er, ganz Mitgefühl: „Wie geht es eigentlich deinem Rücken?“

„Im Moment lässt es sich ertragen.“ Sabine klang zurückhaltend.

„Nimmst du noch Tabletten?“

„Ab und zu.“

Seit wann war es ihr unangenehm, über ihre Wehwehchen zu sprechen? Oder drückte der Schuh ganz woanders? Hatte er etwas Falsches gesagt? Nein, er hatte keine Lust auf Rätselraten. „Was ist los? Dich stört doch was! Du kannst mir offen und ehrlich sagen, was es ist ... wirklich.“

Sabine zauberte ein sparsames Lächeln auf ihre Lippen und sah auf den leeren Kuchenteller. Nach einer Weile des Nachdenkens rückte sie mit der Sprache heraus. „Ich habe in letzter Zeit das Gefühl, dass dich das, was ich erzähle, nicht besonders interessiert - und sag jetzt nicht, das stimmt nicht!“

Das war ja exakt das, was er vorhin gedacht hatte. Aber so einseitig war die Sache eben nicht. Wie also reagierte man am besten auf solche Anschuldigungen? Mit einem Gegenangriff.

„Du hast Recht. Aber umgekehrt ist es genauso!“ klärte er sie mit einer Spur Aggressivität in der Stimme auf. „Die Filme, die ich mag, gefallen dir nicht, die Besichtigung der Sternwarte neulich war ein Reinfall, und wenn ich mal über Politik oder meine Arbeit reden will, bist du drei Sekunden später bei einem anderen Thema!“

Immer noch kein Blickkontakt. „Und was machen wir jetzt?“

Hörte er da ein wenig Angst heraus? Er ließ sie einen Moment zappeln und trank seinen Kaffee aus, bevor er antwortete. „Wenn wir so weitermachen wie bisher, wird das nichts mit uns. Probieren wir doch mal was anderes aus: konzentrieren wir uns nur auf das, was uns beiden Spaß macht.“

Zunächst starrte sie weiter auf den Teller. Ihre Finger spielten mit der goldenen Kette, die in ihr atemberaubendes Dekolleté herabhing, ihr Haar schimmerte ebenfalls golden im Licht der Lampen. Dann ein fast böser Blick von unten herauf, dicht gefolgt von einem komischen, irgendwie schrägen Lächeln: „Du meinst, keine Spaziergänge und Kinobesuche mehr? Keine mühsamen Gespräche? Kein gemeinsames Musikhören und auch kein Smalltalk mehr? Sondern gleich ab ins Bett?“

„Richtig. Was meinst du dazu?“

Sabine wandte sich um und winkte der Kellnerin. „Der Herr möchte zahlen.“

Andreas war unbehaglich zumute. Würde sie jetzt Schluss machen? Wortlos bezahlte er Kaffee und Kuchen und steckte sein Portemonnaie ein.

Endlich sah sie ihn wieder an. Ihr Blick war irgendwie lasziv.

„Wollen wir jetzt zu dir gehen? Ich kann heute nicht lange bleiben, ich hab morgen sehr früh Dienst."

Sie stand auf, und auch Andreas erhob sich und flüsterte ihr, während er ihr in den schwarzen Mantel half, ins Ohr: „Gut, dann lass uns mal aus der wenigen Zeit, die du hast, das Beste machen."

*

Köln-Godorf
11.45 Uhr

Am Vormittag hatte Annika darauf bestanden, zu IKEA zu fahren, um noch ein paar Kleinigkeiten für die Wohnung zu kaufen. Sascha hasste solche Einkaufsfahrten. Aus vollem Herzen.

Sie waren jetzt schon seit zwei Stunden in dem Laden unterwegs. Gedränge, viele laute Kinder, und immer noch fand Annika Dinge, die sie in Entzücken versetzten und die sie unbedingt haben musste: hier ein Lämpchen, dort ein Kissenbezug, hier ein Bilderrahmen, dort ein Väschen. Von der Osterdekoration ganz zu schweigen.

Die Schlangen an den Kassen raubten Sascha die Lebenskraft, und dann wollte Annika, zu seinem großen Entsetzen, auch noch dort zu Mittag essen! Aber glücklicherweise waren alle Tische besetzt, und an eine weitere Schlange wollte sich auch Annika nicht anstellen. Und so erhörte sie Saschas Flehen, woandershin zum Essen zu fahren.

Am Nachmittag musste sie noch ein paar Stunden im Schuhgeschäft arbeiten, und als sie am Abend zurück war, servierte sie ein extrem spartanisches Abendessen aus Salat, Äpfeln und Brot mit magerem Schinken.

Sascha beschwerte sich. Vorsichtig. „Ich finde es bewundernswert, dass du so diszipliniert bist ... aber ich verhungere demnächst."

Sie sah ihn an, als habe er ihr vorgeworfen, zwölf Menschen abgeschlachtet zu haben. Doch auf einmal lächelte sie zuckersüß und meinte unschuldig: „Ach, das tut mir leid, aber ich dachte tatsächlich, du hättest dir, während ich arbeiten war, mal wieder den Bauch vollgeschlagen ... das machst du doch sonst auch immer."

„Ja, aber heute nicht," murmelte Sascha, stand auf, holte sich Leberwurst und strich sie einen halben Zentimeter dick aufs Brot.

Beim Essen redeten sie so sachlich wie möglich über die zu hohe Garagenmiete, über die Schuhmode des kommenden Sommers und über berühmte Banküberfälle gestern und heute. Als Annika schließlich die Wurst in den Kühlschrank räumte, rang sich Sascha endlich dazu durch, die Frage zu stellen, die ihm (neben der Leberwurst) schwer im Magen lag. „Sag mal, Annikaschätzchen, äh ... kann es sein, dass du schwanger bist?"

„Also hör mal, so dick bin ich ja nun auch wieder nicht!" sagte sie in den Kühlschrank hinein.

„Nein, um Himmelswillen, das meine ich doch nicht! Ich rede von richtiger, echter Schwangerschaft!"

Annika drehte sich langsam um, Verwunderung in den schwarzen Augen, öffnete den Mund, hielt inne, schloss ihn wieder, dachte nach. Und fragte, jetzt mit Herausforderung im Blick, zurück: „Und was würdest du, Saschaschätzchen, dazu sagen, wenn ich schwanger wäre?"

Anscheinend war sie es nicht, aber die Beantwortung ihrer Frage war in jedem Fall so etwas wie der Lauf über ein Minenfeld. Am besten wäre es sicher gewesen, den Mund zu halten. Aber das konnte Sascha nicht.

„Wir hatten abgemacht, noch ein bisschen damit zu warten," erklärte er ganz ruhig, sehr ernst und durchaus sanft. „Aber wenn es nun mal passiert ist, übernehme ich natürlich die Mitverantwortung ... und ich würde mich sicher früher oder später auch darüber freuen."

„Da hast du dich aber wieder fein rausgeredet!“ Die schwarzen Augen funkelten. „Keine Angst, ich bin nicht schwanger!“

Sascha verkniff sich das „Gott sei Dank“ gerade noch und gab sich Mühe, die Stimmung zu entspannen und Annika ins Schlafzimmer zu locken, aber sie fühlte sich angeblich an diesem Abend zu müde für irgendwelche körperlich anstrengenden Aktivitäten, und Sascha wurde den Verdacht nicht los, dass sie ihn für sein Fehlverhalten bestrafte.

*

Bonn-Dottendorf
14.00 Uhr

Christoph Heisterbach stand auf der großen Terrasse in der Sonne, die gerade für fünf Minuten hinter den Wolken hervor schaute, und rauchte die ca. zwanzigste Zigarette an diesem Tag. Weit hinten links über den Dächern der Stadt erhob sich fremdkörperartig der Post-Tower.

Genauso fremd wirkte die Erinnerung an den gestrigen Morgen. Nach dem Bankraub hatte Christoph richtig weiche, zittrige Knie gehabt. Er war seinem Freund Felix dankbar dafür, dass er bei ihm zu Hause zwei Stunden über nichts anderes als über den Scheiß-Überfall hatte reden können.

Natürlich hatte Christoph ihm nicht auf die Nase gebunden, dass er wusste, wer der Bankräuber (der Mörder!) war. Die Kommissare hatte er falsch informiert. Nein, er würde das auf seine Weise regeln. Er brauchte Geld.

Die Sonne versteckte sich wieder hinter einer Wolke, und sofort bemerkte man den kalten Wind. Christoph nahm einen letzten Zug und drückte seine Zigarette im Aschenbecher aus, der auf einem schäbigen, ehemals weißen Plastiktisch stand. Dann eilte er zurück in die Küche, in der seine drei Mitbewohner Micha, Sven und Kenan bei einer Tasse Kaffee saßen und ziemlich lautstark über Nephrosklerose diskutierten, was immer das sein mochte.

Christoph war sich sehr wohl bewusst, dass er mit seiner abgebrochenen Elektrikerlehre in diese Medizinstudenten-WG passte wie der Spatz zu den Schwänen. Aber das würde sich schon noch ändern.

Er ließ sie reden, durchquerte die große Küche, die an diesem Tag leidlich aufgeräumt und sauber war, und setzte sich in seinem Zimmer gleich wieder an den PC, um sein Autorennen weiterzuspielen und sich abzulenken, weil er sich sonst vor Aufregung glatt in die Hose gemacht hätte.

Er versuchte, sich auf das Spiel zu konzentrieren ... doch seine Gedanken sprangen immer wieder zu dem, was er vorhatte. Obwohl er auch nicht gerade ein Unschuldslamm war, hatte er so etwas noch nie getan. Und er hatte Angst davor. Christoph schrak zusammen, als plötzlich jemand an seine Tür klopfte. „Ja, herein?" rief er und stand auf.

Aber es war nur Kenan, der seinen Kopf ins Zimmer steckte. „Sven und ich gehen ins Kino, kommst du mit?"

„Nee danke, ich hab `ne Verabredung."

„Ach so. Dann mal viel Spaß," grinste Kenan und zog die Tür zu.

Christoph ließ sich auf seinen Sessel fallen. Sein Magen schmerzte. Verdammt, er sollte sich irgendwie absichern! Warum holte er sich nicht Micha zu Hilfe? Weil das nicht einfach sein würde – Micha verbrachte 90 % des Tages und die halbe Nacht in seiner Bude, arbeitete seine Bücher durch, hörte lautstarke Musik und kiffte gerne mal dazu. Kino, Kneipe, Disco, brauche er nicht, behauptete er immer.

Aber dann versuchte es Christoph doch. Um Viertel vor drei klopfte er an Michas Zimmertür. Einmal, zweimal, beim dritten Mal lauter. Immer noch keine Reaktion, also rein ins Zimmer. Ja, so hatte er sich das vorgestellt: Micha lag bequem auf seinem Bett, Kopfhörer in den Ohren, Augen zu, die Musik sicher wieder voll aufgedreht.

In 10 Jahren würde der Typ taub sein wie Beethoven, daran würde auch das Gras nichts ändern, nach dem es hier roch. Christoph rüttelte an Michas Fuß.

Micha schreckte auf, setzte sich hin, nahm die Kopfhörer aus den Ohren und beschwerte sich: „Kannst du nicht anklopfen?!“

„Hab ich ungefähr 200 Mal gemacht. Wie sieht's aus, brauchst du Nachschub?“

„Nee, das reicht noch `ne Weile.“

„Kannst du mir trotzdem `nen Gefallen tun?“

Man sah Micha die Lustlosigkeit förmlich an. „Was denn?“

„Kommst du mit in mein Zimmer? Ich kriege gleich Besuch, und du sollst einfach nur dabei sein.“

Micha griff nach der Wasserflasche neben seinem Bett und trank ein paar Schlucke. „Du hast doch hier keinen illegalen Scheiß am Laufen ... aus so was halt ich mich nämlich raus.“

„Ach ja? Und was ist mit dem Kiffen?“

„Blödsinn, das macht doch jeder mal!“

Jetzt musste Christoph wohl einen anderen Ton anschlagen. „Ok, wenn das nichts Schlimmes ist, kann ich ja mal mit deinen Eltern drüber reden.“

Micha starrte ihn, als wolle er ihm an den Hals springen ... was Micha natürlich nie tun würde. Er war ein Feigling. Und schon schaute er auf seine Wasserflasche und nörgelte: „Ich will aber zuerst wissen, was du vorhast!“

„Ich will einem Arsch ein bisschen Kohle abknöpfen.“

„Und wozu brauchst du mich?“

„Ich will eben nicht mit dem Kerl allein sein.“

„Ach so – gefährlich ist der also auch noch! Hast du sie nicht alle?! Mach deinen Kram alleine!“

Da brauchte Christoph wohl ein neues Argument. „Ich geb dir 3.000.- Euro ab ... was sagst du nun?“

Für einen Moment sah er die Gier in Michas Augen aufleuchten. „3.000.-? Das ist verdammt viel Kohle ... ok, gehen wir rüber.“

Kaum hatte Micha einen Fuß in Christophs Zimmer gesetzt, als er angeekelt die Nase rümpfte. „Mann, Chris, mach mal das Fenster auf! Der Gestank zieht einem ja die Socken aus!"

Christoph riss sein Fenster auf und rauchte dort gleich die nächste Zigarette, während sich Micha auf Christophs ungemachtem Bett niederließ, aus der Wasserflasche, die er immer mit sich schleppte, ein paar Schlucke trank, sein rotblondes Haar aus dem Pickelgesicht strich und wieder anfing, dumme Fragen zu stellen. „Also erzähl mal, was geht hier ab?"

Nein, für so was hatte Christoph jetzt echt nicht den Nerv! „Lass dich überraschen!"

Micha warf ihm einen skeptischen Blick durch seine runde Brille zu. „Was für eine Überraschung?"

„Mann, jetzt scheiß dir doch nicht in die Hose! Warte doch einfach mal ab!" Christoph grinste Micha an, obwohl ihm alles andere als zum Grinsen zumute war. Schließlich traf er sich nicht jeden Tag mit einem Mörder. Verdammt, hatte er das Richtige getan? Aber jetzt war es zu spät, gleich war es drei Uhr.

„Hör zu," sagte er zu Micha. „Du brauchst gar nichts weiter zu tun, als hier zu sitzen und auf mich aufzupassen, klar?"

Er sah noch einmal auf die Uhr: 15 Uhr. In allerletzter Sekunde lief er in die Küche und holte sich ein langes, scharfes Fleischmesser aus dem Messerblock, das er sich hinten in den Hosenbund steckte und mit dem T-Shirt verbarg, bevor er zurück in sein Zimmer eilte.

*

Bonn-Dottendorf
Sonntag, 25. März, 13.45 Uhr

Als Kenan sich vom Bett erhob, begann sein Kopf zu pochen und zu dröhnen als hätte er ihn mehrmals mit Wucht gegen die Wand geschlagen.

Stöhnend suchte er sich einen Weg zwischen mehreren Wäsche- und Bücherstapeln und zog die Rolllade am Fenster hoch. Die Sonne schien ihm mitten ins Gesicht. „Verdammte Scheiße!" schimpfte er, kniff die Augen zusammen und hielt sich den Kopf.

Warum hatte er sich nur wieder derart voll laufen lassen! Das war Svens Schuld, der hatte ihn noch zu irgend so einer beschissenen Party mitgeschleppt! Nicht mal ordentliche Weiber hatte es da gegeben! Das einzige, was er mit nach Hause gebracht hatte, war dieser Erste-Klasse-Extra-Kater!

Rasch zog er eine Jeans über seine Unterhose, streifte ein blaues, schon mehrmals getragenes T-Shirt über, ging zuerst ins Bad, dann in die Küche, nahm zwei Aspirin und machte sich einen starken Kaffee. Schließlich saß er am Tisch, schlürfte seinen Kaffee und schaute auf die große, sonnige Terrasse hinaus, die der Hausbesitzer irgendwann über den drei ans Haus angebauten Garagen hatte anlegen lassen. Für diesen Luxus musste man natürlich ein paar Euro mehr hinblättern. Trotzdem – näher an der Stadtmitte zahlte man glatt das Doppelte für so eine Wohnung, sie hatten schon unverschämtes Glück gehabt!

Kenan sah auf die Küchenuhr, die über der Tür zur Terrasse hing, eine Funkuhr, die absolut genau ging. Viertel nach zwei?! Wieso war es schon so spät?! Er warf einen Blick auf seine Armbanduhr: Viertel nach eins. Es dauerte drei Sekunden, bis der Groschen fiel: ab heute galt Sommerzeit. Mist, hatte er glatt vergessen.

Plötzlich fiel ihm auf, dass es geradezu unheimlich still in der Wohnung war. Wo steckten die Typen? Klar, Sven schlief garantiert seinen Rausch aus, aber wo waren Micha, der Streber, und Christoph, der Freak? Ok, Chris ging meistens eigene Wege, aber Micha? Wann war Micha, außer zu Vorlesungen natürlich, das letzte Mal aus dem Haus gegangen? Vor zwanzig Jahren?

Kenan grinste und machte sich einen Toast mit Schokocreme und noch einen Kaffee. Er biss gerade zum zweiten Mal in seinen Toast, als er hörte, wie jemand die Badezimmertür zuknallte. Fünf Minuten später stand Sven in der Küche, in Jeans und einem seiner exakt gebügelten, schicken Hemden, aber mit derart dunklen Ringen unter den Augen, dass Kenan sofort Mitleid bekam.

„Mann, siehst du beschissen aus!" begrüßte er Sven.

„Vielen Dank!" knurrte Sven und tat das gleiche wie Kenan vorhin: er nahm zwei Tabletten und machte sich Kaffee. Dann setzte er sich mit seiner Tasse zu Kenan an den Tisch, schwieg eine Weile, rieb sich mit einer Hand durchs Gesicht, warf mit einer immer wieder verdammt arrogant wirkenden Kopfbewegung den langen, schrägen Pony zur Seite, gähnte und stellte fest: „Scheißalkohol!"

„Ach nee, und warum trinkst du dann so viel?"

„Aus dem gleichen Grund wie du, weil's schmeckt!"

Diese Antwort führte zu einer halbstündigen Diskussion über Sucht und Abhängigkeit im Allgemeinen, bis Sven plötzlich meinte: „Ich muss was essen! Wo sind unsere beiden Mädels? Die sollen uns beim Kochen helfen."

Kenan sah zur Spüle hinüber. Dort stand das Geschirr vom Vortag, aber keine Tassen und Teller vom Frühstück. „Hab noch keinen von denen gesehen. Schlafen vielleicht noch oder sind irgendwo zusammen essen gegangen."

Sven schüttelte den Kopf, und der blonde Pony fiel ihm wieder halb vors rechte Auge. „Quatsch! Chris vielleicht, aber doch nicht Micha! Der verlässt doch am Sonntagmorgen nicht das Haus! Und schon gar nicht mit Chris! Ich geh die zwei Penner mal wecken!"

Sven verließ die Küche mit der Tasse in der Hand, und Kenan hörte ihn aus dem Flur sagen: „Mann, was stinkt das hier!" Sven klopfte an Türen und rief: „Aufstehen, ihr zwei Schlafmützen! Mittagessen wartet!"

Dann war es schätzungsweise eine Minute ganz still. Bis Sven sagte „Kenan, kommst du mal", auf eine Weise, dass Kenan eine Gänsehaut über den Rücken lief. Von einer Sekunde zur nächsten war er überzeugt davon, dass etwas ganz und gar Entsetzliches passiert sein musste.

Er erhob sich, ging in den Flur, und sein Puls beschleunigte sich. Sven stand am Ende des Flurs vor der linken Tür zu Christophs Zimmer und zeigte hinein. Die Augen weit auf, im Blick ungläubiger Schrecken.

„Sieh dir das an," flüsterte er.

Kenan wurde flau im Magen, noch bevor er irgendetwas gesehen hatte. Er bewegte sich wie am Faden gezogen auf Sven zu. Hier roch es wirklich komisch, natürlich stank es auch nach Rauch ... aber war das wirklich nur Zigarettenrauch? In Kenans Kopf formte sich ein Bild von Christoph, wie er im Bett geraucht hatte, eingeschlafen und kurz darauf von Flammen verschlungen worden war. Ja, sicher, und dann hatte das Feuer freundlicherweise den Rest der Wohnung verschont! Blödsinn ... vielleicht hatte er sich ja aufgehängt aus Verzweiflung über seine Arbeitslosigkeit, oder er hatte ... Kenan erreichte Christophs Zimmertür und lugte um die Ecke.

Was er sah, war im ersten Moment unfassbar. Denn das konnte nicht sein. Das war eine Halluzination, jemand hatte ihm am Abend vorher Drogen in den Alkohol gemischt: Chris lag in der Nähe der Tür auf dem Boden. Pistole in der Hand. Loch im Schädel. Blut auf dem Teppich. Auf dem Bett Micha. Loch in der Brust. Das weiße T-Shirt vorne blutrot. Das konnte nicht sein.

Kenan starrte ins Zimmer und hörte von weither Sven sagen: „Ich rufe die Polizei! Fass nur ja nichts an!"

*

Königswinter
Sonntag, 16.10 Uhr

Andreas stieg eben in seine Jeans (ja, er wunderte sich immer wieder selbst: er trug neuerdings Jeans!), als sein Handy klingelte.

Sabine lag leicht schläfrig neben ihm im Bett, sie musste gleich noch weg zur Geburtstagsfeier ihres jüngeren Sohnes Alexander.

Also war Andreas um drei Uhr zu ihr gefahren, und sie waren gleich zur Sache gekommen.

„Ja? Montenar hier."

„Hallo Andreas, ich bin's, Manfred. Ich bin mit Jörg in Dottendorf, und wir haben hier zwei Erschossene. Vermutlich Mord mit anschließendem Selbstmord ... und vorhin kam raus, dass einer der Toten Zeuge bei dem Banküberfall von Freitag war ... du bearbeitest das doch, oder?"

„Stimmt. Bin schon unterwegs, gib mir mal die Adresse durch." Er bedeutete Sabine, ihm einen Kugelschreiber und Papier zu besorgen, aber Sabine blieb lächelnd liegen.

„Manfred? Ich rufe gleich zurück, hab gerade nichts zu schreiben da."

Er legte auf, während Sabine, immer noch lächelnd, kundtat: „Ich bin doch nicht deine Sekretärin. Hattest du etwa die ganze Zeit dein Handy an?"

„Ich gebe zu, ich habe vergessen, es auszumachen. Ist das schlimm?"

Da das alte Haus am Ende des Städtchens keine Rollläden besaß, hatte Sabine im Schlafzimmer die dicken Samtvorhänge zugezogen, so dass das Licht im Raum ziemlich gedämpft war. Trotzdem reichte es aus, um ihre entsetzlich umfangreiche Puppensammlung in den Regalen an den Wänden zu erkennen. Er musste weg hier.

Andreas setzte sich auf die Bettkante, um Strümpfe und Schuhe anzuziehen, und Sabine strich ihm ein paar mal zärtlich über den Rücken.

„Weißt du, ich finde, du hast dich äußerlich unheimlich positiv verändert," eröffnete sie ihm gut gelaunt. „Mit den neuen Klamotten und der schicken Brille siehst du mindestens genauso gut aus wie Robert Redford in seinen besten Zeiten!"

Andreas lachte. „Du übertreibst maßlos." Er schnürte seine Schuhe zu. „Aber jetzt verstehe ich endlich, warum mir neuerdings die Frauen in Scharen nachlaufen."

Diesen kleinen Scherz hätte er besser nicht gemacht, denn Sabine schien ihn ernst zu nehmen. Ihr Lächeln verblasste, und sie sagte fast gar nichts mehr. Andreas verabschiedete sich von ihr mit einem lauen Küsschen auf den Mund.

„Wir telefonieren," ließ er sie wissen, und saß kurz darauf in seinem alten, grünen Opel, von dem er sich vermutlich demnächst trennen würde. Die Reparaturkosten überstiegen in letzter Zeit den Wert des Wagens.

Bevor er losfuhr, ließ sich Andreas von Manfred die Adresse des Tatorts und ein paar Details durchgeben, dann rief er Sascha an und informierte ihn.

„Mist!" stellte Sascha fest. „Annika besucht eine Freundin, und ich wollte mir in der Zeit noch mal `Arac Attack´ angucken!"

„Ist das nicht dieser alberne Spinnenfilm?"

„Ja, aber ich wüsste nicht, was daran albern ist!"

„Das ist ein Kinderfilm, Sascha, für kleine –"

„Hast du ihn gesehen?"

„Ich hab Ausschnitte ge- "

„Dann hör auf, mich und die Filme in Schubladen zu stecken! Wo bleibt deine grenzenlose Toleranz?! Hast du die nur bei Verbrechern?!"

Na, da schien ja jemand nicht gut gelaunt zu sein. „Wenn du lieber den Film gucken möchtest, bitte. Ich kann mir den Tatort durchaus auch allein ansehen. Ich bin übrigens mit meinem eigenen Auto unterwegs. Wir treffen uns also in Dottendorf in der Winzerstraße. Oder auch nicht."

Er legte auf, machte sich noch schnell die Fingernägel sauber, kämmte kurz über sein Haar und nahm von Königswinter aus die Autobahn Richtung Südbrücke.

Draußen schien die Sonne von einem prachtvoll blauen Himmel, überall sprießte und blühte es, zartes Grün und rosa und weiße Blüten an Büschen und Bäumen. Ohne den kalten Wind wäre es fast sommerlich gewesen. Irgendwie kurbelte die Sonne die Hormone an, denn als Andreas über die Südbrücke fuhr, dachte er an Sabines weibliche Rundungen, die er jetzt viel lieber begutachtet hätte als zwei erschossene Menschen.

Inzwischen war er auf der August-Bebel-Allee angelangt und sich nicht wirklich sicher, wo er abfahren musste. Also kurvte er ein bisschen herum, bis er auf ein beachtliches Aufgebot an Streifen- und Krankenwagen stieß, das die Winzerstraße verstopfte. Hier war er richtig.

Er stellte das Auto irgendwo am Straßenrand ab und stieg aus. Hier befand man sich definitiv mitten in Alt-Dottendorf mit seinen kleinen Häuschen, Fachwerk, Gässchen. Dazwischen gab es allerdings auch Häuser neueren Datums, die das gemütliche Gesamtbild trübten.

Das Haus, das er jetzt betrat, gehörte dazu: nicht wirklich ein Neubau, aber auch nicht alt, blassgelber Anstrich, abblätternder Putz. An der Seite eine breite Garageneinfahrt. Im Hausflur kamen ihm Manfred und Jörg entgegen.

Manfred, die Enden seines Schnauzbarts wie immer waghalsig nach oben gezwirbelt, zeigte mit dem Daumen hinter sich und grinste: „Sascha ist schon da und hat den Fall übernommen, also beeil dich, sonst löst er ihn ohne dich."

„Das schafft er nicht," gab Andreas zurück, stieg aber doch ein bisschen schneller in den ersten Stock hinauf.

Vor der offenen Wohnungstür standen neben einem uniformierten Kollegen zwei Männer, die Andreas nicht kannte: ein älterer, kleiner mit Kugelbauch und Glatze, sowie ein jüngerer mit schwarzen Haaren und dunklen Augen leicht asiatischen Einschlags.

„Guten Tag, ich bin Kommissar Montenar von der Kripo," stellte sich Andreas vor. „Und wer sind Sie?"

Der ältere hob den Zeigefinger. „Ich bin der Vermieter," führte er im schlimmsten Bonner Platt aus. „Und ich habe bisher noch nie Ärger mit meinen Studenten gehabt! Und ich –"

„Danke," fiel ihm Andreas ins Wort und wandte sich an den zweiten Mann. „Und wer sind Sie?"

„Ich wohne im Parterre und –"

„Gut. Dann warten Sie doch bitte auch hier. Ich bin in ein paar Minuten zurück."

Andreas betrat den Flur der Tatortwohnung, der sehr lang war und im Moment von mehreren Deckenspots beleuchtet wurde, denn Fenster gab es hier nicht. Nur ein paar offen stehende Türen, an denen Andreas vorbeikam. Für eine Studenten-WG sah es recht ordentlich aus, wenn auch eher einfach und improvisiert eingerichtet. Am Ende des Flurs tauchte Saschas Kopf aus einem Zimmer auf der linken Seite auf.

„Da bist du ja endlich! Unsere Leichen sind hier. Findest du nicht auch, dass es hier irgendwie nach Hasch riecht?"

„Woher weißt du das?"

„Hat man doch alles mal ausprobiert in seiner Jugend," behauptete Sascha.

„Ich hatte anscheinend keine Jugend."

Saschas Kopf verschwand wieder, und Andreas folgte ihm in den Raum, in dem es nach kaltem Zigarettenrauch und beginnender Verwesung stank, denn hier lagen die zwei Toten: rücklings über dem Bett ein bleicher, junger Mann mit Pickeln, rotblondem Haar und einem Einschuss in der Herzgegend, auf dem Boden der junge Mann mit dem nichtssagenden Gesicht und der klobigen Nase und einem Loch in der rechten Schläfe. In der rechten Hand hielt er locker eine Pistole, nicht weit entfernt lag ein langes Küchenmesser.

Peer war auch schon da und beugte sich über den Mann auf dem Bett, Renate suchte wie immer erst einmal den Fußboden ab, und Wilfried fahndete auf glatten Flächen nach Fingerabdrücken. Andreas stellte sich zu Sascha neben die Tür und fragte: „Wie hieß dieser Zeuge noch mal? Ich hab mir ja am Freitag Dutzende von Namen merken müssen."

„Ja, ja, in deinem Alter wird das zunehmend schwieriger." Sascha klang verständnisvoll. „Der Tote auf dem Boden heißt Christoph Heisterbach, und er war kein Student, sondern arbeitslos."

Andreas' Blick fiel auf einen silberfarbenen, aufgeklappten Koffer auf dem Schreibtisch am Fenster. „Wer hat den aufgemacht?"

„Ich," antwortete Sascha.

„Der Koffer vom Banküberfall. Was ist drin?"

„Ein halbes Dutzend rotgefärbte Banknoten."

„Dann muss es also irgendeine Verbindung von Heisterbach zum Bankräuber geben."

Peer, der ein wild kariertes Freizeithemd trug, schnitt eben das weiße, vorne blutrote T-Shirt des jungen Mannes auf dem Bett auseinander, um das Einschussloch zu begutachten.

Andreas verschränkte die Arme vor der Brust und fragte ihn: „Kannst du uns schon was sagen?"

„Ja," meinte Peer, ohne sich umzudrehen. „Die beiden hier sind seit gut 24 Stunden tot."

„Also ist es gestern Nachmittag passiert. Sieht so aus, als hätte Heisterbach erst seinen Mitbewohner erschossen und dann sich selbst ... aber kommt da nicht sehr schnell die Frage auf, warum? Heisterbach kann nicht der Bankräuber gewesen sein, aber er könnte mit ihm zusammengearbeitet haben. Ich hatte schon am Freitag den Eindruck, dass der Mann nicht die Wahrheit sagt."

Sascha schaltete sich ein. „Ist ja alles schön und gut, dann wäre der Bankräuber eben der andere Tote namens ..." er sah auf seinen Notizblock, „Michael Lehmann, 24, Medizinstudent. Aber selbst wenn sich die beiden um die Beute gestritten haben sollten, warum hätte Heisterbach Selbstmord begehen sollen? Aus Reue und schlechtem Gewissen? Oder vielleicht aus Wut, wegen der Farbmarkierung des Geldes? Das ist Unsinn!"

„Richtig. Ich nehme an, die beiden haben nicht allein in dieser großen Wohnung gelebt." Andreas tippte auf Saschas Notizblock, auf dem noch mehr Namen standen.

„Ja, hier wohnen noch Sven Obermüller und Kenan Özkan, beide 25, beide Medizinstudenten."

„Hat einer von denen in etwa die richtige Statur, um unser Bankräuber zu sein?“

„Ja, beide.“

„Wo sind die zwei?“

Sascha zeigte zur Tür hinaus. „Im Zimmer gegenüber. Sie haben ausgesagt, dass sie gestern am frühen Nachmittag das Haus verlassen haben, um ins Kino zu gehen. Zu diesem Zeitpunkt hätten die beiden definitiv noch gelebt. Obermüller und Özkan sind angeblich erst in der Nacht gegen drei Uhr nach Hause gekommen und haben heute bis fast zwei Uhr im Bett gelegen. Dann haben sie sich Kaffee gemacht und die Leichen erst eine halbe Stunde später entdeckt. Wenn du mich fragst, die beiden sehen echt fertig aus.“

„Ja, vielleicht weil sie ihre beiden Kollegen erschossen haben. Ich knöpf sie mir mal vor.“

Andreas schob sich an Sascha vorbei zur Tür hinaus und war mit wenigen Schritten im gegenüber liegenden Zimmer, einem mittelgroßen Raum mit Bett, Schreibplatz, vielen Büchern in Regalen sowie Bücher- und Wäschestapeln auf dem Boden und drei Gitarren.

Sven Obermüller und Kenan Özkan saßen wie die Hühner auf der Stange nebeneinander auf dem Bett. Ihre Mienen waren bedrückt. Özkan, der sein tiefschwarzes, langes Haar im Nacken zusammengebunden hatte, spielte mit mädchenhaft zarten Fingern an seinem Silberarmband herum. Der blonde Obermüller hingegen hob den Kopf, beförderte mit ruckartiger Bewegung den langen, schrägen Pony aus dem Gesicht und schaute Andreas erwartungsvoll an.

Andreas stützte die Hände auf die Hüften. „Hallo, ich bin Kommissar Montenar von der Kripo Bonn. Haben Sie irgendeine Erklärung für das, was hier passiert ist?“

Sven Obermüller, ein möglicherweise etwas eitler junger Mann, im dezent gemusterten, schwarzen Hemd, ein schwarzes Tüchlein um den Hals, schüttelte den Kopf: „Ich kapier einfach nicht, wieso jemand den Micha ermordet haben soll! Das will mir echt nicht in den Kopf! Das war ein richtig friedlicher Kerl, der hatte mit keinem Stress! Auch nicht mit Christoph, der war das bestimmt nicht! Die zwei haben sich zwar nicht gerade geliebt, aber gehasst auch nicht ... jedenfalls nicht so, dass ich was davon gemerkt hätte!“

Özkan nickte zustimmend. Ohne aufzusehen.

Andreas konnte sich ein kleines, müdes Lächeln nicht verkneifen: junge Männer in diesem Alter bemerkten so manches nicht. „Und Sie beide waren also gestern im Kino. Haben Sie die Eintrittskarten noch?“

Jetzt lächelte auch Obermüller. Sein Gesicht wirkte ein wenig kindlich und naiv durch den angedeuteten Silberblick seiner veilchenblauen Augen. „Ich hab meine weggeworfen. Wenn ich natürlich gewusst hätte, dass ich heute des Mordes verdächtigt würde, hätte ich sie behalten.“ Er sah seinen Kollegen Özkan an.

Özkan, von genauso unmuskulösem Körperbau wie Obermüller, kniff die schwarzen Augen ein wenig zusammen und antwortete mit leicht aggressivem Unterton: „Ich habe meine Karte auch nicht mehr! Und jetzt? Haben Sie ein Problem mit Ausländern?“

„Mein lieber Herr Özkan, bitte nicht in diesem Ton!“ Andreas war solche Sprüche durchaus gewöhnt. Da half nur Strenge. „Für mich sind Ausländer nicht automatisch verdächtig!“ Er machte eine Pause. „Aber sie sind auch nicht automatisch unverdächtig! Und jetzt hören Sie mit dieser Ausländermasche auf!“

Das schien Özkan halbwegs einzusehen. Er guckte zwar ein wenig beleidigt, hielt aber den Mund.

„Ich fasse noch mal zusammen,“ fuhr Andreas fort. „Sie geben sich also für gestern ab 14.30 Uhr gegenseitig ein Alibi. Hat Sie jemand im Kino gesehen, der Sie kennt?“

„Glaube ich nicht,“ murmelte Obermüller, dann wurde er lauter. „Können Sie uns bitte einen einzigen vernünftigen Grund nennen, warum wir die beiden hätten erschießen sollen?!“

Andreas überlegte nicht lange. „Möglicherweise waren Sie alle an dem Banküberfall von Freitag beteiligt und haben sich dann zerstritten."

Aber Obermüller warf mit dieser affektiert wirkenden Kopfbewegung seinen blonden Pony zurück und dachte mit. „Ich will Ihnen ja nicht zu nahe treten, Herr Kommissar, aber das ist die blödeste Theorie, die ich seit zwei Jahren gehört habe! Erstens: wenn wir wirklich Bankräuber wären, würden wir dann unsere Kumpel erschießen und anschließend die Polizei rufen, statt die Leichen unauffällig verschwinden zu lassen?! Und zweitens: Chris hat uns erzählt, dass nur ein Mann die Bank ausgeraubt hat und anschließend mit einem Fahrrad abgehauen ist! Was sollen wir drei anderen denn solange gemacht haben?! Zugucken und aufpassen, dass genug Luft in den Reifen ist?!"

„Vielleicht haben Sie auf der Siegburger Straße in einem Kleintransporter auf Michael Lehmann gewartet, sein Fahrrad eingeladen und dann das Weite gesucht," sagte jemand hinter Andreas. Sascha. Er wollte wohl gerne mitdiskutieren. „Übrigens," fügte er hinzu, „wo waren Sie beide am Freitagvormittag?"

„In einer Vorlesung!" ließ Obermüller verlauten.

Überraschenderweise war es Özkan, der diese Aussage relativierte. „Nee, weißt du nicht mehr? Die erste Vorlesung ist ausgefallen, und wir haben bis fast elf Uhr zu Hause rumgehangen."

„Tja, ich denke, Sie beide kommen morgen mal aufs Präsidium." Andreas wandte sich an Sascha. „Draußen im Hausflur warten zwei Herren auf mich ... kommst du mit?"

„Klar."

Die beiden `Herren´, der Vermieter und der Erdgeschossbewohner, hatten sich nicht von der Stelle gerührt. Zuerst wurde der Vermieter befragt, der sich ständig mit einem Tuch über die Glatze wischte und angab, hauptsächlich zu Kenan Özkan Kontakt gehabt zu haben, einem freundlichen, gescheiten, jungen Mann, der anscheinend dafür gesorgt hatte, dass alle vier WG-Bewohner immer pünktlich die Miete überwiesen hatten.

Was er sonst noch erzählte, war für die Ermittlungen eher uninteressant: er beschwerte sich über bestimmte Mieter in seinen diversen Mietshäusern, über faules, unverschämtes Pack, das sich wie Ungeziefer in seine Wohnungen eingenistet hatte, alles kaputt machte, und das er am liebsten umgehend auf die Straße gesetzt hätte.

In seiner grauen, unter dem Bauch hängenden Hose und dem billigen, blauen Hemd sah er eher aus wie ein langjähriger Hartz-IV-Empfänger als ein mehrfacher Hausbesitzer. Andreas stoppte seinen Redefluss mit einem „Ja, ja, als Vermieter hat man's nicht leicht," und wandte sich der Befragung des Erdgeschossbewohners zu, der mit Frau und drei Kindern unter der WG wohnte.

Der Mann kniff ein wenig die schräg stehenden Augen zusammen, als versuche er, sich genau zu erinnern, und berichtete, dass er am Vortag kurz vor 15 Uhr hörte, wie die Haustür zugeschlagen wurde und jemand durch den Flur und die Treppe hinaufging. „Das Haus ist nämlich keineswegs so gut schallisoliert, wie hier gerne behauptet wird."

Ein irritierter Blick des Vermieters, während der Hausbewohner weiterredete. „Es dauerte nicht lange, da knallte es irgendwo über uns. Kurz darauf noch mal. Ich hab mir wirklich nichts dabei gedacht! Das hätte auch ein Schuss im Fernseher sein können, oder was weiß ich! Man glaubt einfach nicht, dass hier in dieser ruhigen, ordentlichen Gegend in der Wohnung über einem geschossen wird! Da sucht sich der Verstand gleich eine andere Erklärung!" Der Mann guckte nervös in der Gegend herum. „Nach dem zweiten Schuss war erst mal alles still da oben ... nach zehn, fünfzehn Minuten kriegte ich mit, dass jemand das Haus verließ. Mein Gott, wenn ich mir vorstelle, dass wir einen Killer hier im Haus hatten!"

„Dann lassen Sie es doch," empfahl Sascha und meinte zu Andreas: „Die Selbstmordtheorie fällt immer mehr in sich zusammen. Wir sollten ein paar Nachbarn befragen, ob jemand einen Mann aus dem Haus hat kommen sehen, oder ob einem ein fremder Wagen in der Straße aufgefallen ist."

„Ja, oder ein fremdes Fahrrad," fügte Andreas verstimmt hinzu.

„Du meinst, der Bankräuber war hier? Ich befrag mal die Leute."

Andreas nickte. „Gut, ich sehe mich ein bisschen in Heisterbachs Zimmer und in der übrigen Wohnung um."

Im Flur begegnete er der hellblonden Renate, der Fußbodenspezialistin, die gerade in ungewohnt stehender Position einen Fleck an der Wand begutachtete.

„Seid ihr fertig mit Heisterbachs Zimmer?" fragte er in sachlichem Ton.

Sie sah ihn mit ihren himmelblauen Augen ernst an und schob die zusammengebundenen, langen, glatten Haare, die über eine Schulter nach vorn hingen, zurück auf den Rücken. „Ja, fast." Ihr Blick forschte in seinem Gesicht. „Wie geht's denn so?"

„Danke, bin zufrieden." Andreas hatte nicht vor, sein Seelenleben vor ihr auszubreiten. „Und wie läuft´s bei dir?"

„Kann nicht klagen."

Wilfried, der Einbruchsexperte, gesellte sich zu ihnen. „Ich sehe mal nach, ob das Türschloss beschädigt ist." Seine hellbraunen Augen wirkten sehr klein hinter den dicken Brillengläsern.

Andreas begab sich zurück in Heisterbachs verräuchertes Zimmer, stellte sich in die Tür und ließ seinen Blick schweifen, vorbei an Peer und Sven Obermüller, der vor seinen toten Mitbewohnern stand und auf sie herabstarrte. Özkan hatte sich anscheinend verkrümelt.

Die Zimmerwände waren bedeckt von Autopostern, falls man diese Fahrzeuge noch als Auto bezeichnen durfte: es handelte sich ausschließlich um alte und neue Sportflitzer in den ausgefallensten Formen und Farben.

Die Einrichtung des Zimmers bestand aus einem Bett, einem Schreibtisch mit PC und mehreren Regalen, von denen Heisterbach eins als Kleiderschrank missbraucht hatte – T-Shirts, Hosen, Unterwäsche, alles war unordentlich zwischen die Regalböden gequetscht.

Ein anderes Regal beherbergte einen kleinen Fernseher, ein halbes Dutzend Bücher, ca. drei Dutzend Filme und PC-Spiele, ein rundliches Radio und eine ganze Menge Modellautos. Rennwagen hauptsächlich.

„Sagen Sie mal," wandte sich Andreas an Obermüller, „was für einen Wagen fuhr Heisterbach eigentlich?"

Obermüller wandte sich nicht um, während er antwortete. „Gar keinen. Er sagte immer: `Wenn ich mir mal ein Auto kaufe, dann so ein richtig geiles Teil ... aber das kann ich mir jetzt noch nicht leisten.´ Er fuhr mit Bus und Bahn ... oder ich hab ihn mitgenommen."

„Sie können sich also ein Auto leisten?"

Nun drehte sich Obermüller doch um, Trotz im Silberblick und in der Stimme. „Ja, stellen Sie sich vor, meine Familie unterstützt mich! Und auch Kenan bekommt Geld von seinem Vater ... wie Tausende anderer Studenten auch!"

Natürlich hätte Andreas fragen können, wieso Kenans Vater Geld an Tausende von Studenten zahlte, aber solche Albernheiten überließ er Sascha. „Dagegen ist ja nichts einzuwenden, ich wollte nur wissen, ob –"

„Mir ist was aufgefallen!" wechselte Obermüller ungeduldig das Thema. „Ich denke schon die ganze Zeit darüber nach, was an Christophs Leiche nicht stimmt! Und jetzt bin ich draufgekommen: er hält die Pistole mit rechts, und das Loch ist in der rechten Schläfe. Aber er war Linkshänder!"

„Sind Sie sicher?"

„Klar."

„Gut, dann war es also definitiv kein Selbstmord. Nach Aussage Ihres Nachbarn von unten haben Heisterbach und Lehmann gegen 15 Uhr Besuch bekommen. Denken Sie und Herr Özkan doch bitte mal über die Namen von Freunden und Bekannten nach ... die können Sie uns dann morgen mitteilen."

„Machen wir," meinte Özkan, der sich unbemerkt hinter Andreas gestellt hatte. „Chris hat mir übrigens gesagt, dass er Besuch erwartet, aber ich bin natürlich von Damenbesuch ausgegangen ... vielleicht war es eine Frau, die ihn erschossen hat."

„War er ein so schlechter Liebhaber?" warf Peer ein, der gerade sein Köfferchen packte.

„Woher sollen wir das wissen?!" beschwerte sich Obermüller, drängelte sich an Andreas vorbei durch die Tür und verschwand mit Özkan im Flur.

Andreas sah Spurensucher Walter zu, der sich mit Heisterbachs PC beschäftigte. Schließlich meinte er: „Unser Mörder war jedenfalls kein Profi, sonst hätte er sich, bevor er einen Selbstmord vortäuscht, darüber informiert, ob Heisterbach Rechtshänder ist oder nicht!"

Peer lächelte, und es sah wie immer grauenerregend aus. „Na, das ist doch ein Anfang." Er hob grüßend die Hand und verließ das Zimmer.

Irgendjemand hatte anscheinend den Eltern von Heisterbach und Lehmann Bescheid gesagt, denn plötzlich tauchte eine hysterische Mutter und ein weinendes Ehepaar in der Wohnung auf. Zum Glück kehrte bald darauf auch Sascha von seiner Befragung zurück, die er dann gleich bei den drei Menschen fortführen konnte.

Natürlich hatten die Angehörigen überhaupt keine Erklärung für das, was passiert war, und konnten sich gar nicht beruhigen. Mutter Heisterbach hielt ihren Sohn selbstverständlich für einen Heiligen und verwahrte sich aufs Entschiedenste dagegen, er könne irgendetwas mit einem Banküberfall zu tun haben.

Die Eltern Lehmann, beide rotblonde Akademiker, streiften plötzlich und unerwartet ihre Sanftmütigkeit ab und begannen über den erschossenen Christoph Heisterbach herzuziehen, der gar nicht in die WG gepasst hätte, der nur die fleißigen, anständigen Medizinstudenten vom Lernen abgehalten und nichts als Mist im Kopf gehabt hätte.

Mutter Heisterbach war empört. Der Wortwechsel wurde schärfer, noch mehr Tränen flossen. Glücklicherweise trieb Sascha schließlich einen Polizeipsychologen auf, der mit den Leuten redete, so dass Sascha und Andreas gegen fünf Uhr den Rückzug antreten konnten.

*

Vinxel
Sonntag, 17.30 Uhr

Sascha schloss die Wohnung auf. Er bildete sich ein, dass es immer noch ein bisschen nach Farbe roch.

Annika saß im Wohnzimmer auf der Couch mit einer Illustrierten auf dem Schoß, die Sonne schien durch das breite Fenster, die Balkontür stand halb offen, und den Couchtisch zierte eine Osterdekoration mit Narzissen, Häschen und Eiern. Sascha warf seine Autoschlüssel dazu.

Annika schaute ihn an und fragte: „Na, war es schlimm?"

„Zwei erschossene, junge Männer in ihrer Wohnung ... es gibt vermutlich einen Zusammenhang mit dem Banküberfall vom Freitag."

Annika trug ein pinkfarbenes Sweatshirt mit Reißverschluss, der verdammt weit nach unten gezogen war, und den Blick freigab auf einen ebenfalls pinkfarbenen, gut gefüllten BH, sowie einen kurzen, schwarzen Rock. Ihre Beine und Füße waren nackt.

Er setzte sich dicht neben Annika auf die Couch, sie ließ die Illustrierte auf den Boden fallen, und keine zehn Sekunden später lagen sie sich in den Armen. Kurz bevor es endgültig zur Sache ging, bekam Annika wohl doch Angst um die schöne, neue Couch und flüsterte: „Komm, lass uns ins Schlafzimmer gehen."

Hand in Hand erhoben sie sich, aber plötzlich bekam auch Sascha Angst. Er ließ Annika los und meinte: „Geh schon mal vor, ich bin sofort bei dir."

Er verschwand im Bad, kramte in dem Schränkchen unter dem Waschbecken, und betrat kurz darauf das aprikosenfarbene

Schlafzimmer, dessen dunkelaprikosenfarbene Vorhängen Annika zugezogen hatte.

Sie lehnte auf dem Bett, der Reißverschluss war ganz geöffnet, sie lächelte kaum, aber ihr Blick, schwärzer als die Tiefen des Universums, schien ihn näher zu locken ... bis dieser Blick auf das fiel, was er in der Hand hielt. Da setzte sie sich auf und fragte mit Schärfe in der Stimme: „Kannst du mir mal verraten, warum du jetzt ein Kondom benutzen willst?!"

Sascha war irritiert. „Ich möchte einfach nicht, dass du jetzt schon schwanger wirst ... ich ... ich bin noch nicht so weit."

Sie begann wahrhaftig, den Reißverschluss des Sweatshirts wieder hochzuziehen. „Unsinn! Ich weiß sehr wohl, was du damit sagen willst! Du traust mir nicht! Du denkst, ich will dich reinlegen, meinen Willen durchsetzen und dir ein Kind aufs Auge drücken! Das ist eine unerhörte Unterstellung!"

„Nein, das verstehst du völlig falsch! Es kann doch immer was passieren, auch wenn man –" versuchte Sascha zu argumentieren, aber Annika sprang auf und machte Anstalten, den Raum zu verlassen. Sascha packte sie am Arm, aber sie zischte nur „Fass mich nicht an!" und riss sich los.

Der Abend war wohl gelaufen, und im Moment ließ er sie besser in Ruhe. Er kam sich vor wie ein Vollidiot. Noch eine ganze Weile stand er allein im abgedunkelten Schlafzimmer und ärgerte sich maßlos. Da das nichts brachte, beschloss er, sich umzuziehen und durch den Wald zu laufen

Im Flur sah er, dass die Tür zu Annikas Zimmer geschlossen war. Warum, verflixt noch mal, hatte sie derart heftig reagiert?! Was war so schlimm gewesen an dem, was er gesagt hatte?! Hätte man nicht in Ruhe darüber reden können?!

Er zog seine Joggingsachen an und verließ türenschlagend das Haus.

3

Bonn
Immer noch Sonntag, 25. März, 17.30 Uhr

Mario hatte seinen bequemen, ledernen Schreibtischsessel vor das offene Fenster gerückt, sich hineinfallen lassen und sich gedankenverloren in den Anblick des frühlingshaft ergrünenden Venusbergs vertieft.

Er träumte vor sich hin, und daran war Ina schuld, die attraktive, rätselhafte Ina, mit der er seit gut drei Wochen zusammen war. Keine Frau hatte es je so lange mit ihm ausgehalten.

Mit warmer Aufregung im Bauch erinnerte er sich an den Tag, an dem er ihr zum ersten Mal begegnet war ... am Aschermittwoch war es gewesen, an diesem kühlen, nebligen Morgen im Februar, an dem sein Geschäft so schlecht lief, dass er zum Mittagessen in miesester Laune nach Hause ging.

Mario schloss die Haustür auf, betrat den Flur und erschrak fast, als ihm eine hübsch zurechtgemachte Blondine entgegenkam. Er wusste sofort, dass es sich um die neue Fußpflegerin handelte, von der ihm seine Mutter erzählt hatte.

Im gleichen Moment wusste er auch, dass sie ihn keines Blickes würdigen würde, dass sie allerhöchstens ein reserviertes „Hallo" für ihn übrig haben und in fünf Sekunden zur Haustür hinausstolziert sein würde. Denn was konnte wohl ein niedliches Ding wie sie mit einem dicklichen, hässlichen Mann wie ihm anfangen?

Doch dann geschah das Unfassbare: die Frau blieb stehen, strahlte ihn mit Augen von tiefstem Türkisblau an, streckte die Hand aus und begrüßte ihn in herzlichem Ton, als seien sie gute, alte Freunde: „Guten Tag, ich bin Ina Schaefer, und Sie müssen der Sohn von Frau Werner sein! Sie erzählt ja dauernd von Ihnen ... schön, dass ich Sie endlich kennen lerne!"

Und es klang, als freue sie sich wirklich – was Mario erst einmal sprachlos machte. Er wusste überhaupt nicht, wie ihm geschah, während Ina Schaefer ihm offen lächelnd in die Augen zu sehen versuchte. Aber er senkte den Blick und schaute seitwärts auf den Fußboden, wo neben einem Schränkchen die ausgetretenen, braunen Schuhe seiner Mutter standen.

„Ja, äh ... meine Mutter, äh ... schwärmt auch dauernd von Ihnen," stammelte er. Verdammte Scheiße, was redete er für einen Blödsinn!

Als er jetzt auch noch das Sauerkraut roch, das seine Mutter gerade auf den Herd gesetzt hatte, wäre die Situation beinah für ihn ins Absurde gekippt, beinah hätte er laut losgelacht, über sich selbst und seine unsagbare Blödheit zu glauben, die reizende, blonde Fußpflegerin seiner Mutter interessiere sich für ihn!

Doch dann sagte Ina: „Ich muss jetzt leider weiter. Aber ich würde mich freuen, wenn wir uns bald mal wiedersehen ... vielleicht können wir uns dann ein bisschen länger unterhalten."

Er hob den Blick, und sie sah ihn erwartungsvoll an, und es dauerte wohl Stunden, bis er begriff, dass sie an ihm vorbeiwollte und darauf wartete, dass er zur Seite trat. Sie warf ihm ein letztes Lächeln zu und verließ das Haus.

Mario stand noch eine Weile im Flur, mit aufgeregt klopfendem Herzen und dem Gefühl, ihm sei gerade etwas völlig Unwirkliches, völlig Unglaubliches widerfahren. Er kam erst zu sich, als seine Mutter mit ihrer stets leicht nörgelnden Stimme rief: „Mario? Wo steckst du? Das Essen ist gleich fertig!"

Mario seufzte. Was für eine wundervolle, geradezu atemberaubende Erinnerung ... in keinem Winkel seines Gedächtnisses war eine ähnliche Erinnerung zu finden.

Er stand auf und fischte eine Tüte Chips aus dem Schrank. Er hatte sich eine strenge Diät verordnet, keine ganze Tüte mehr, höchstens noch eine halbe! Im Moment lief es zwar nicht ganz so rosig zwischen ihm und Ina, aber er würde schon noch herausfinden, woran es lag. Und dann würde er es ändern. Er würde sich selbst ändern, für sie würde er das tun! In seinem ganzen Leben war er nicht so verliebt gewesen wie in den letzten Wochen.

Er kehrte mit den Chips zurück zum Sessel am Fenster und schwelgte noch ein wenig in Erinnerungen.

Nach der ersten Begegnung mit Ina kannte Mario sich selbst nicht mehr. Er legte mehr Wert auf sein Äußeres, kaufte sich eine neue Hose, duschte fast jeden Tag und ließ sich sogar einen Termin beim Zahnarzt geben, um demnächst sein in den letzten Jahren arg vernachlässigtes Gebiss sanieren zu lassen.

Er war freundlich zu seinen Kunden und hatte eine Engelsgeduld mit seiner nörgelnden Mutter. Als er aber erfuhr, dass ihr nächster Fußpflegetermin erst in vier Wochen war, geriet er kurzfristig aus dem Konzept. So lange konnte er nicht warten! Vor allem, weil er sich gar nicht sicher war, ob Ina es ernst gemeint hatte. Denn die meisten Frauen waren (das meinte auch seine Mutter) launisch und unehrlich.

Tagelang grübelte Mario darüber nach, wie er die Sache angehen sollte. Dann entschied er sich für das, was er noch lange danach als Heldentat bezeichnen würde. Er rief Ina an.

Vorher allerdings spielte er noch alle möglichen Szenarien durch, die bei einem solchen Anruf passieren konnten: wenn zum Beispiel ein Mann ans Telefon ging, würde Mario auflegen; wenn ein Kind den Hörer abnahm, würde er nach seiner Mutter fragen; wenn Ina seinen Namen nicht gleich wiedererkannte, würde er ebenfalls auflegen; wenn er sie zum Kaffee einlud und sie ablehnte, würde er behaupten, er habe mit ihr doch nur über seine Mutter reden wollen … was habe sie denn gedacht!

Natürlich lernte er auch sorgfältig bestimmte Sätze auswendig, die er benutzen wollte, und so wurde es Samstagmittag 13.00 Uhr, bis er endlich das Telefon in die Hand nahm. Gerade als er die Nummer eintippen wollte, befiel ihn ein heftiger Krampf im Magen-Darm-Bereich und schickte ihn erst einmal zur Toilette.

Beim zweiten Anlauf wählte er mit rasendem Puls die falsche

Nummer. Fast hätte er es als Wink des Schicksal gewertet und aufgegeben. Aber sein Bedürfnis, möglichst bald wieder in diese türkisblauen Augen zu sehen, war stärker.

Mit zitternden Fingern gab er die Nummer ein, und schon meldete sich eine angenehme, weiche Stimme: „Ja, Schaefer hier?"

„Frau Ina Schaefer von der Fußpflege?"

„Ja, genau. Wer ist denn da?"

„Mario Werner." Er machte eine Pause, um ihr Gelegenheit zu geben, seinen Namen wiederzuerkennen.

Doch Ina schien keine Sekunde überlegen zu müssen. „Ach, Herr Werner! Das freut mich aber! Wie geht es Ihnen denn?"

Was für eine Frage! Er würde ihr ganz sicher nicht sagen, dass er vor Aufregung Magenschmerzen hatte! „Na ja, wie immer. Ähm ... es geht um Folgendes .." Los, raus damit! „Als wir uns letzte Woche im Hausflur begegnet sind, da ... äh ... da sagten Sie, nun ja, Sie sagten, Sie würden sich gern mal länger mit mir unterhalten." Verdammt, hatte er das nicht vielleicht doch missverstanden? Egal, weitermachen! „Deshalb wollte ich Sie fragen, ob Sie ... äh ... zufällig heute Nachmittag Zeit und Lust haben, einen kleinen Ausflug zu unternehmen." So, jetzt war es raus!

Ein Weilchen herrschte Stille in der Leitung, und Mario stellte sich vor, dass die Frau vor Entsetzen wie gelähmt oder gar in Ohnmacht gefallen war, oder dass sie das Telefon abgelegt hatte, um sich im Bad zu übergeben. Oder dass sie zumindest im nächsten Moment das Gespräch beenden würde, oder dass sie wegen des `Missverständnisses´ in lautes Gelächter ausbrechen würde, oder dass sie –

„Ja, warum nicht? Ich hab Zeit, und ich würde mich freuen, Sie näher kennen zu lernen. Ich sagte ja schon, dass Ihre Mutter so viel Interessantes über Sie erzählt hat."

Mario glaubte es kaum, Mario fasste es nicht. Mario war sich auf einmal nicht mehr sicher, ob er diesen Ausflug überhaupt machen sollte ... da konnte so vieles schiefgehen und –

„Hallo, sind Sie noch dran?" rief eine Stimme in sein Ohr.

„Ja, natürlich. Ich bin nur ... äh ... mir ist was ... was runter-

gefallen. Entschuldigung. Sagen Sie mir noch mal Ihre Adresse, ich hole Sie dann um 14.30 ab, ja? Ich dachte, wir fahren nach Maria Laach, da können wir spazieren gehen und einen Kaffee trinken und ein bisschen reden ..."

„Ja, super, Sie haben ja vielleicht ausgefallene Ideen!" lachte Ina, und Mario hatte keine Ahnung, ob das nun ein Lob war oder Spott. Vorsichtshalber sagte er „Danke" und „Bis später dann" und verfiel zunächst einmal eine gute Viertelstunde lang ins Grübeln darüber, was seine Mutter Ina wohl erzählt haben mochte.

Denn er kannte seine Mutter seit 36 Jahren (wobei man die ersten vier wohl abziehen musste) und ihm war zumindest halbwegs bewusst, in welch verquerer Beziehung sie miteinander lebten: sie wollte ihn möglichst lange ganz für sich allein haben, und deshalb schilderte sie jeder Frau, die ihm zu nahe kam, seine schlechtesten Seiten und erfand abschreckende Dinge über ihn, von denen er meist erst erfuhr, wenn die Frauen das Weite gesucht hatten.

Wieso also ließ sich Ina von ihren Geschichten nicht abhalten? Hatte sie seine Mutter durchschaut? Hatte sie seinen wahren Wert erkannt?

An diesem Punkt wurde Mario hektisch. Er rief einen Bekannten an und fragte ihn , ob er seinen Wagen ausleihen dürfe. Er durfte, und das war gut, denn sein eigenes Auto hatte sich innen auf unerklärliche Weise in eine Art Mülldeponie verwandelt, die sich so schnell nicht beseitigen ließ.

Mario duschte ausgiebigst, putzte und scheuerte seine Zähne wie ein Besessener, betrachtete seine Haut im Spiegel (waren nicht etliche Pickel über Nacht verschwunden?) und zog die besten Sachen an, die er im Schrank hatte. Übel sahen allerdings seine heruntergekauten Fingernägel aus. Er würde sie verbergen, so gut es ging.

Er war schon fast aus dem Haus, als ihm einfiel, noch eben seine `Frisur´ zu überprüfen: sein halblanges, fransig-verstrubbeltes Haar pflegte er mit Hilfe eines schwarzen, elastischen Haarbandes zu bändigen ... sollte er das nicht lieber weglassen? Aber wie sah er denn dann aus? Wie der Vater von `Struwwelpeter´! Nein, keine Zeit, zum Friseur zu rennen – also kam das Band wieder ins Haar.

Um Viertel nach zwei war er mit dem Auto des Bekannten unterwegs nach Rüngsdorf, wo er Ina pünktlich vor dem Mehrfamilienhaus, in dem sie wohnte, abholte. Sie sah zum Anbeißen aus: enge Jeans, enges, ausgeschnittenes, dunkelblaues Shirt, die blonden, langen, leicht lockigen Haare offen.

Mario fuhr zurück Richtung Eifel. Während der Fahrt unterhielten sie sich über das Wetter, über Politik, über Autos, über seinen Beruf, und es war erstaunlich, was Ina alles über ihn wusste, und wie ähnlich ihre Meinungen den seinen waren. So fand sie es zum Beispiel außerordentlich mutig von ihm, sich in diesen Zeiten mit einem Computergeschäft selbstständig zu machen.

Mario ging aus sich heraus wie in den letzten 20 Jahren nicht und redete und redete und hatte das Gefühl, nicht durch die Landschaft zu fahren, sondern über sie hinweg zu fliegen.

Jemand interessierte sich für ihn! Wahrscheinlich glühte sein Gesicht rot wie eine Ampel. Egal. Alles war wundervoll. Der blaue Himmel, die grünen Hügel, Inas Lächeln, das Gefühl, ein toller Mann zu sein!

Als sie am Laacher See ankamen, fanden sie kaum einen Parkplatz – das halbe Rheintal schien an diesem Samstag den gleichen ausgefallenen Gedanken gehabt zu haben.

Mario und Ina spazierten, ins Gespräch vertieft, um den See herum, sahen sich die Kirche an, und tranken Kaffee im Restaurant am See, wo es Mario einigermaßen gelang, seine Hände zu verstecken. Am liebsten hätte er die Zeit angehalten, um seinen Blick bis in alle Ewigkeit in Inas türkisblauen Augen zu versenken und dem herrlich perlenden Lachen aus ihrem perfekt geformten Mund zu lauschen.

Leider tat ihm die Zeit nicht den Gefallen stehen zu bleiben, und so trafen sie kurz nach neunzehn Uhr vor Inas Haus in Rüngsdorf ein.

Ein paar Minuten saßen sie noch im Auto. Mario war verstummt, und auch Ina sagte nicht viel. Unausgesprochene Erwartungen lagen in der Luft. Was jetzt?

Wenn sie ihn fragte, ob er noch auf ein Gläschen Wein mit in ihre

Wohnung kommen wolle, war das dann ein Test, oder meinte sie es ernst? Und wenn er denn mit ihr nach oben ging, was wollte sie dann? Ein paar Küsse und ein bisschen Herumgeknutsche? Oder mehr?

Und wenn es mehr werden sollte, was würde sie dann zu seinem unsportlichen Körper sagen? Würde sie ihn auslachen, wenn er vor lauter Aufregung nicht das zustande brachte, was sie von ihm erwartete? Genau das war ihm passiert, als er das letzte Mal mit einer Frau im Bett landete. Mit Nathalie, vor vier Jahren. Also Vorsicht.

Er fasste sich ein Herz und fragte: „Möchten Sie vielleicht noch irgendwohin?"

Nein, das wollte Ina nicht, denn Ina war müde und wollte sich ausruhen. Sie bedankte sich mindestens dreimal für den schönen Nachmittag, drückte Mario einen schnellen Kuss auf den Mund, stieg aus dem Wagen und verschwand im Haus, nachdem sie sich noch einmal umgedreht und Mario zugewinkt hatte.

Ein Gefühl der Erleichterung und ein Gefühl der Enttäuschung hielten sich die Waage. Vielleicht war es besser so. Vielleicht sollte er sich (und ihr) ein wenig Zeit lassen. Und schon morgen würde er damit anfangen, etwas für seinen Körper und seine Gesundheit zu tun.

Mario stand ein zweites Mal auf, um sich etwas zu trinken zu holen. Er trank jetzt nur noch Wasser statt Cola – ja, bis heute hatte er seine guten Vorsätze eingehalten. Für April hatte er sich sogar im Fitness-Studio angemeldet.

Sechs Kilo hatte er schon abgespeckt, er war stolz auf sich. Um so mehr verstimmte es ihn, dass Ina ihn in diesen drei Wochen nach dem ersten `Kuss´ im Auto immer noch nicht in ihr Bett gelassen hatte. Natürlich hatte er sie nicht gefragt, warum. Und bedrängen wollte er sie auch nicht ... darauf standen die wenigsten Frauen, das wusste er.

Viel mehr wusste er allerdings mangels Erfahrung nicht über das Innenleben dieser komplizierten Spezies: das meiste stammte aus Sprüchen, mit denen ihn seine Mutter im Laufe der Jahre gefüttert hatte.

Mario blieb mit seiner Wasserflasche am Fenster stehen, sah hinaus, trank.

Der letzte Sonntag war schön gewesen. Ina und er waren durch den Botanischen Garten spaziert und dann ins Kino gegangen. Sie hatten tatsächlich den gleichen Filmgeschmack. Ab und zu, sobald es besonders spannend wurde, griff Ina nach seiner Hand , das war ein herrliches, warmes Gefühl gewesen, so wunderschön, dass er Sehnsucht nach mehr bekommen hatte ... nach mehr Ina, nach ihren Augen, ihrer Stimme, ihrem Lächeln, ihren langen, blonden Haaren, nach ihrem herrlich duftenden Körper. Aber mehr als einen eher lauwarmen Kuss gab es auch diesmal nicht.

Am Dienstag hatte er jedoch eine Steigerung anderer Art erlebt: Ina wollte unbedingt mit seiner Mutter über diese `Beziehung´ reden, obwohl Mario wahnsinnige Angst hatte, dass seine Mutter den Wunsch verspüren würde, sein – eigentlich völlig unwirkliches - Glück sofort zu zerstören.

Aber nachdem Ina ihr in ihrem Wohnzimmer alles gebeichtet hatte, saß die Mutter ein paar Sekunden lang mit unbewegter Miene da, steckte sich schließlich bedächtig ein Stück Schokolade in den Mund und ließ plötzlich ein Lächeln auf ihrem breiten, runden Gesicht sehen.

„Das freut mich für euch, ihr passt ja so gut zusammen," behauptete sie, während Mario seinen Ohren nicht traute.

Einen Moment lang vermutete er, sie sei todkrank, habe ihm ihre Krankheit aber verheimlicht und wolle ihn in dieser bösen Welt nicht allein zurücklassen ... aber dann fiel ihm ein, dass sie ihm noch nie eine ihrer Krankheiten verschwiegen hatte, im Gegenteil, sie haute sie ihm um die Ohren, machte ihm ein schlechtes Gewissen (weil natürlich immer er schuld war, wenn es ihr schlecht ging) und stellte ihre Forderungen.

Mario nahm noch einen Schluck Wasser und gestand sich ein, dass er manchmal so etwas wie Hass für seine Mutter empfand. Weil sie Macht über ihn hatte. Weil sie diese Macht immer wieder benutzte, um Dinge von ihm zu verlangen, die er gar nicht sagen oder tun wollte. War diese Frau wirklich fähig, sich zu ändern und ihr einziges Kind loszulassen? Bis heute jedenfalls hatte sie noch kein böses Wort über Ina verloren.

Nachdem sie die Mutter aufgeklärt hatten, war Ina Mario zum ersten Mal in sein kleines Reich gefolgt, in die zwei Zimmer unter dem Dach, wo es ein winziges Bad gab, aber keine Küche. Auf eine schöne, gemütliche Einrichtung hatte er nie Wert gelegt - abgesehen davon, dass er sich mit dem wenigen Geld, das er zur Verfügung hatte, sowieso kaum etwas leisten konnte.

Ina hatte sich denn auch mit erkennbar unechtem Lächeln umgesehen und gemeint: „Na ja, ist ja ganz nett hier."

Eine Weile hatten sie brav neben einander auf seinem alten Sofa gesessen und über dies und jenes geplaudert, und gerade, als ihm einfiel, dass er ihr vielleicht etwas zu trinken hätte anbieten sollen, war sie aufgestanden und hatte sich verabschiedet, weil sie mit einer Freundin verabredet war. Zudem hatte sie ihm mitgeteilt, dass sie am Wochenende zu einer Familienfeier in München eingeladen sei. Sie hatte ihn nicht aufgefordert mitzukommen, aber dafür hätte er auch gar nicht das Geld gehabt, und sich von ihr einladen lassen wollte er natürlich nicht.

Er sah auf seine Armbanduhr: 18.45 Uhr. Zeit, nach unten zu gehen und seiner Mutter Gesellschaft zu leisten. Er nahm die Flasche mit nach unten ins Wohnzimmer, das deutlich besser eingerichtet war als seine Zimmer oben. Dafür hatte seine Mutter Schulden gemacht, größtenteils auf seinen Namen. In Ordnung hatte er das nie gefunden, aber inzwischen ärgerte er sich darüber. Ihre Witwenrente war zwar nicht üppig, aber sie hätte davon leben können! Musste sie denn ständig neue Möbel, neue Kleider, neue Fernseher kaufen?!

Fett saß sie auf einem der teuren, braunen Ledersofas, das sie fast völlig für sich allein beanspruchte. Was sie für Essen ausgab, hätte andernorts für eine vierköpfige Familie gereicht!

Er schluckte seinen Ärger hinunter und setzte sich schweigend in einen der Sessel. Der Fernseher lief natürlich schon. Gleich kam `Lindenstraße´, und die sah er sich seit der ersten Folge im Dezember 1985 jeden Sonntag mit seiner Mutter an. Ein inzwischen absolut lächerliches Ritual, von dem er sich aber bis heute nicht hatte lösen können.

*

Bonn-Oberkassel
Sonntag, 19.35

Andreas gähnte aus vollem Herzen. Warum nur war er so müde? War er vielleicht zu alt für Sex am frühen Nachmittag? War er nicht in Form?

Er ließ sich in einen Sessel fallen, legte den Kopf zurück und schloss für einen Moment die Augen. Eigentlich gehörte er dringend unter die Dusche, aber er fühlte sich so erschlagen.

Sein Gehirn ließ ungefragt noch einmal die Geschehnisse des nachmittags Revue passieren: die beiden Leichen in der WG-Wohnung, die Zeugenaussagen, Obermüllers Silberblick, Özkans Haarpracht, die entsetzten Eltern.

Nicht zu vergessen sein erotisches Zusammentreffen mit Sabine. Sie war schon ein Juwel, aufgeschlossen für alles Mögliche ... nicht für alles, nein, das doch nicht, aber das war er auch nicht. Für ihn gab es Grenzen, die man nicht auf `Teufel komm raus´ überschreiten musste.

Andreas öffnete die Augen, gähnte noch einmal und drückte sich aus dem Sessel hoch, wobei ihm, wie er mit Unbehagen registrierte, das rechte Knie wehtat. Wie einem alten Mann. Wie einem 65jährigen. Dabei war er gerade 49 geworden!

Hatte Sascha am Ende Recht mit seinem Ratschlag, mehr Sport zu treiben? Andreas nahm sich vor, ernsthaft darüber nachzudenken. Aber zunächst gönnte er sich ein heißes, entspannendes Bad mit Melisse.

4

Bonn-Oberkassel
Montag, 26. März, 7.05 Uhr

Als Andreas am nächsten Morgen aufwachte, fühlte er sich frisch und ausgeschlafen. Er stand auf, und sein Knie tat nicht mehr weh. Na also, vielleicht ließ sich der Verfall ja doch noch aufhalten; vielleicht hatte er noch gar nicht eingesetzt.

Gegen 7.30 Uhr - er saß gerade beim Frühstück und trank einen Schluck Kaffee - rief seine Mutter oben bei ihm an, um nachzufragen, ob er wohl nach Dienstschluss Zeit habe, mit ihr in zwei oder drei Baumärkte zu fahren, damit sie sich Fliesen ansehen könne. Der Flurboden hinter der Eingangstür müsse gemacht werden.

Andreas war hellauf begeistert. „Kannst du nicht mit einer deiner Freundinnen fahren? Ich weiß wirklich nicht, wann ich zu Hause bin," murrte er.

„Ach was! Die haben doch keine Ahnung von Fliesen! Du kennst dich damit viel besser aus!"

„Mutter, ich bin Kommissar und kein Fliesenleger, und ich –"

„Wenn es heute bei dir zu spät wird, dann fahren wir eben morgen! Ich bitte dich doch sonst so gut wie nie um einen Gefallen!"

Ein tödliches Argument, auch wenn es nicht stimmte. „Ja gut, sehen wir mal, wann ich heute zurück bin."

*

Bonn, Polizeipräsidium
Montag, 7.50 Uhr

Sascha saß um zehn vor acht an seinem Schreibtisch und verglich die Aussagen der Nachbarn der beiden ermordeten Männer.

Mit dem üblichen Ergebnis: drei Zeugen, vier verschiedene Aussagen. Und zwei Drittel der Leute hatten sowieso nichts gesehen oder gehört.

Einer hatte angeblich am frühen Nachmittag einen `mittelgroßen Typ mit Sonnenbrille und auffälligen Koteletten´ aus dem Haus der Ermordeten treten sehen, eine ältere Frau berichtete gar von zwei Männern, die zwischen 14.30 und 15.00 Uhr das Haus verlassen hatten: ein schmaler, dunkelhaariger `Ausländer´ und ein blonder `Schwuler´, bei denen es sich natürlich um Sven und Kenan handelte, die ins Kino gingen.

Die beiden Studenten waren für neun Uhr vorgeladen, mit ihrer Liste von Heisterbachs und Lehmanns Freunden, Bekannten und sonstigen Kontakten.

Saschas Gedanken schweiften ab zum Vorabend. Annika war ihm konsequent aus dem Weg gegangen, er hatte sie nicht mehr gesehen, bis er im Bett lag und selbstverständlich nicht einschlafen konnte. Am Morgen hatte er sich entsprechend zerschlagen gefühlt, als sein Wecker ihn aus irgendwelchen Alpträumen riss.

Annika schien sich in ihrem Zimmer versteckt zu haben und darauf zu warten, dass er zur Arbeit fuhr. Er hatte sich nicht beeilt, aber sie tauchte nicht auf. Er hatte, kurz bevor er das Haus verließ, vor ihrer Zimmertür gestanden, hatte die Hand schon erhoben, um zu klopfen ... als ihn plötzlich eine Welle aus Wut und Stolz überrollte. Nein! Diesmal würde er nicht klein beigeben! Er hatte nichts getan, wofür er sich entschuldigen musste! Sie hatte total überreagiert! Nein, er würde nicht den ersten Schritt machen, selbst wenn die gottverdammte Beziehung daran kaputt ging!

Die Mine des Bleistifts, mit dem er auf einem Blatt Papier herumkritzelte, brach ab. Na toll! Sascha suchte nach dem Anspitzer, als Andreas zur Tür hereinkam. Und der sah auch nicht eben glücklich aus.

„Morgen," begrüßte ihn Sascha. „Na, Ärger mit Sabine?"

„Nicht, dass ich wüsste." Andreas zog seine Jacke aus und hängte sie auf. „Meine Mutter nervt."

„Vielleicht solltest du umziehen."

„Spinnst du?! Nachdem ich so viel Geld in die Wohnung gesteckt hab?!"

„Du kannst sie ja teuer vermieten," schlug Sascha vor und spitzte seinen Bleistift an.

„Nein. Ich werde mich - wie immer - mit meiner Mutter zusammenraufen!"

Zusammenraufen. Klang das nicht nach faulem Kompromiss? Sascha setzte sich wieder. Er hatte keine Lust auf faule Kompromisse. Auch nicht mit Annika!

„Schon was von Peer gehört?" fragte Andreas.

„Nein, bisher –"

Andreas Telefon klingelte. Und wer war am Apparat? Der telepathische Peer. Andreas lauschte, sagte dreimal „Ja" und einmal „Ist ja interessant" und legte auf.

„Gibt's was Neues?" Sascha hatte sich in seinem Sessel zurückgelehnt und drehte den Bleistift zwischen den Fingern.

„Das meiste war ja schon klar: die Männer sind an ihren Schussverletzungen gestorben, die Pistole ist tatsächlich die vom Banküberfall, der Koffer und das Geld sowieso, und Heisterbach hat definitiv keinen Selbstmord begangen, weil er an den Händen keinerlei Schmauchspuren aufweist. Außerdem hat er einen Bluterguss am Kopf – wahrscheinlich wurde er niedergeschlagen, bevor ihm jemand den Schläfenschuss verpasste. Auf dem Messer sind hauptsächlich Heisterbachs Fingerabdrücke, ein paar von Michael Lehmann und auch zwei von Özkan, aber das Messer war ja nicht die Tatwaffe .... Messer gegen Pistole ist allerdings ein ungleicher Kampf."

„Ja, es sei denn, man heißt Jackie Chan," informierte Sascha Andreas. „Der hat schon mal mit einer Bodenvase gegen ein Maschinengewehr gekämpft!"

Andreas verdrehte die Augen und berichtete weiter. „Die Spurensicherung hat den PC in Heisterbachs Zimmer untersucht, und was meinst du, was die festgestellt haben: auf der Tastatur sind keine verwertbaren Fingerabdrücke zu finden! Es sieht aus, als hätte jemand alles gründlich abgewischt. Sie haben den PC mitgenommen, und rate mal, was unsere Experten noch gefunden haben."

„Dass Heisterbach schwach in Rechtschreibung war?" mutmaßte Sascha in absichtlich gelangweiltem Ton.

„Ja natürlich. Jemand hat am Samstag zwischen 15.04 und 15.06 Dutzende von E-Mails gelöscht. Aber anscheinend können unsere Spezialisten die E-Mails wiederherstellen."

„Das will ich hoffen ... denn so wie's aussieht, haben wir keinen einzigen wirklich Verdächtigen." Sascha stand auf und holte sich aus der Maschine eine Tasse frischen Kaffee.

„Stimmt." Andreas rückte seine neue Brille zurecht. Es fiel ihm wohl schwer, seine alten Angewohnheiten abzulegen. „Gehen wir noch mal alles durch."

Gemeinsam listeten sie noch einmal Tatsachen, Zusammenhänge und Vermutungen auf und waren sich nur über eins sicher: wenn sie den Mörder des Bankangestellten Henseler fanden, wussten sie auch, wer die beiden WG-Bewohner umgebracht hatte. Oder umgekehrt.

Punkt neun Uhr erschienen Sven Obermüller und Kenan Özkan auf der Bildfläche. Sie hatten tatsächlich ein paar Namen mit Adressen für Sascha und Andreas notiert.

Kaum saß Obermüller auf einem Stuhl, als er mit eitel-affektierter Kopfbewegung seinen Pony zurückwarf und mit einer Aussage überraschte, die genau ins ermittlerische Konzept passte.

„Also wenn Sie mich fragen, den Mörder finden Sie im Internet! Der Chris brauchte ja dauernd Geld, und deshalb hat er über's Internet Sachen verkauft, fragen Sie mich nicht, was, aber die Sachen waren nicht ganz sauber und funktionierten auch teilweise nicht ... da haben einige Kunde ganz schön sauer drauf reagiert. Neulich stand zum Beispiel so ein Schrank vor unserer Tür und hat nach Chris gefragt, weil er ihm eine reinhauen wollte. Ich konnte ihm weismachen, dass Chris nicht mehr bei uns wohnt."

„Ja," bestätigte Kenan, der sein pechschwarzes, mehr als schulterlanges Haar an diesem Morgen offen trug. „Er hat manchmal mit solchen Typen zu tun gehabt. Er hat auch erzählt, dass er schon mal zusammengeschlagen worden ist."

Andreas hörte wie immer aufmerksam zu, aber Sascha musste eine Anmerkung machen. „Schöne Theorie haben Sie da. Aber ich frage mich doch, welchen Mist man jemandem verkaufen muss, damit der so wütend wird, dass er zwei Menschen ermordet."

„Vielleicht ist Chris ja diesmal an richtig gefährliche Kriminelle geraten, verstehen Sie, an solche, die auch vor Mord nicht zurückschrecken," erläuterte Sven, der anscheinend die Absicht hatte, an der Aufklärung des Falls mitzuwirken.

„Nehmen Sie es mir bitte nicht übel, Herr Obermüller, aber das halte ich für extrem unwahrscheinlich," behauptete Sascha mit strenger Miene. „Hinzu kommt, dass wir die wirklich gefährlichen Massenmörder hier in Bonn schon alle hinter Gitter gebracht haben, und außerdem dürften Sie mitgekriegt haben, dass wir den Bankräuber für den Mörder halten ... und der war garantiert kein Profi."

Obermüller, der trotz des warmen Wetters wieder ein schwarzes Tuch um den Hals trug, gab nicht auf. Er dachte kurz nach und schlug vor: „Vielleicht hat Chris dem Bankräuber keine Waren verkauft, sondern Informationen, verstehen Sie? Informationen über die Bank. Falsche Informationen."

Jetzt mischte sich Andreas ein. „Sie meinen also, Heisterbach hat sich irgendwas ausgedacht, das er dann dem Bankräuber als Info verkauft hat?"

„Ja, genau."

„Und da der Überfall schiefgegangen ist, war der Räuber so wütend, dass er Heisterbach und Lehmann erschoss?"

„Für mich klingt das logisch," versicherte Obermüller und ließ seinen leichten Silberblick vom einen zum anderen wandern. „Vor allem, wenn Chris den Mann kannte. Micha hatte sicher mit dem Ganzen nichts zu tun. Chris erwartete Besuch, wusste, dass der

Mann wütend war, und dass er schon einen Menschen erschossen hat, und hat sich darum Micha zu Hilfe geholt! Passt doch alles wunderbar zusammen."

„Danke, Herr Obermüller, das war sehr hilfreich." Andreas lächelte freundlich, ging mit

Obermüller und Özkan, der nichts mehr gesagt hatte, noch eben die Namensliste durch, komplimentierte dann aber die beiden zur Tür hinaus, als habe er Angst, Obermüller würde gleich mit der nächsten Hypothese aufwarten.

Sascha amüsierte sich. Nachdem sich die Tür hinter den beiden geschlossen hatte, meinte er: „Ich will Laurence Fishburne heißen, wenn die zwei nicht schwul sind! Statt Medizin zu studieren, sollte der Obermüller lieber Drehbücher für Hollywood-Thriller schreiben!"

„Gib's zu, du bist nur neidisch." Andreas setzte sich an seinen Schreibtisch, faltete die Hände und sah irgendwie in die Ferne. „Wer weiß, vielleicht ist da was Wahres dran an seinen Ideen. Aber Genaueres wissen wir erst, wenn unsere Spezialisten die E-Mails rekonstruiert haben."

*

Bonn
Montag, 10.05 Uhr

Mario Werner schloss sein Geschäft auf und setzte sich an den überdimensionalen Schreibtisch, der ihm gleichzeitig als eine Art Ladentheke und als Arbeitsfläche für kleine Basteleien diente. Eine Weile surfte er im Internet und wartete darauf, dass ein Kunde sein Geschäft betrat oder wenigstens anrief. Was auch an diesem Morgen, wie an so vielen anderen, nicht geschah.

Eine halbe Stunde später begann er damit, ein paar kleine Computerteile zusammenzulöten, die ein Kunde vor einer Woche bestellt hatte. Bei dieser Arbeit sah er zwangsläufig immer wieder auf seine massiv heruntergekauten Fingernägel. Scheußlich. Er rechnete es Ina hoch an, dass sie nicht darüber gelacht oder dumme Bemerkungen gemacht hatte, nein, sie hatte sie sich genau angesehen (er hätte sich am liebsten in einer Bodenritze verkrochen!) und gemeint, wenn er es schaffe, sie nur einen Millimeter wachsen zu lassen, könne man z. B. mit künstlichen Nägeln durchaus etwas daraus machen. Dann hatte sie ihm ein Fläschchen mit einer wasserklaren Flüssigkeit in die Hand gedrückt.

Mario holte es aus einer Schublade, schraubte es auf und pinselte die eklig schmeckende Tinktur auf die Überreste seiner Nägel. Während die Flüssigkeit trocknete, hing er einfach seinen Gedanken nach. Gedanken an das Lächeln von Inas strahlend türkisblauen Augen und an ihren Körper, den er bisher nur sehr eingeschränkt hatte anfassen dürfen.

Was ihn am meisten berührte, war die warmherzige Art, in der sie mit ihm umging, in der sie ihm zuhörte, in der sie teilnahm. Sie interessierte sich für das, was er machte, und für das, was er dachte. Sie gab ihm das Gefühl, nicht mehr allein zu sein, das Gefühl, angenommen und gemocht, vielleicht sogar geliebt, zu werden – ohne Wenn und Aber. Nichts an ihm schien sie zu stören: seine Speckrollen nicht, seine schlechte Haut nicht, seine Zähne, seine Haare, seine Fingernägel nicht, anscheinend auch seine Erfolglosigkeit nicht, seine Unerfahrenheit nicht, nicht einmal seine bitteren Ansichten über die Welt und die Menschheit.

Auf einmal hatte Mario einen widerwärtigen Geschmack auf der Zunge. Verdammt, er hatte am Daumennagel geknabbert! Er merkte, dass er Hunger hatte, dass er sich unbedingt etwas in den Mund stecken musste. Und nervös war er auch. Das kam vielleicht daher, dass er sich nicht erklären konnte, warum Ina, die doch angeblich alles an ihm mochte, noch nicht mit ihm ins Bett gegangen war. Das verstand er nicht.

Lag es an ihm? Oder doch an ihr? Hatte sie Probleme, von denen er nichts ahnte? Er musste sie darauf ansprechen, aber wie? Allein der Gedanke daran drehte ihm den Magen um.

Das allerdings erinnerte ihn wieder daran, dass er jetzt dringend etwas zu essen brauchte! Er hatte sich absichtlich nichts mitgenommen, weil er doch extra für Ina noch ein paar Kilo abspecken wollte. Aber plötzlich waren diese Pralinen in seinem Kopf, diese leckeren, mit herrlichem Marzipan und köstlichem Nougat gefüllten Pralinen, die zu Hause in seinem Schrank lagen. Genau die musste er sofort haben!

Mario sprang auf, zog seine Jacke über und schloss sein Geschäft ab. Er marschierte los und kam sich vor wie ein Junkie, der sich den nächsten Schuss setzen muss.

Weit hatte er es nicht. Zweimal um die Ecke und schon war er in der Straße, in der Mutters kleines Haus stand. An der Haustür angekommen, spähte er durch die kleine, quadratische Scheibe in der Tür, um zu sehen, ob sich seine Mutter, der er auf keinen Fall in die Arme laufen wollte, im Flur aufhielt, aber wie er sie kannte, thronte sie im Wohnzimmer breit und breitbeinig auf dem Sofa, vor sich ein paar Plätzchen oder ein paar Stückchen Nussschokolade, und sah sich im Fernsehen irgendeine US-Krimi-Serie oder eine dieser dämlichen Talk-Shows an. Im Flur war sie jedenfalls nicht.

Behutsam schob er den Schlüssel ins Schloss, drehte ihn und drückte langsam und leise die Haustür auf. Und lauschte: aus der Küche drangen Stimmen. Hatte sie Besuch? Umso besser, dann war sie abgelenkt.

Mario zog seinen Bauch ein, wand sich durch die halb geöffnete Tür in den Flur und drückte sie so geräuscharm wie möglich ins Schloss. Als er sich auf Zehenspitzen zur Treppe schleichen wollte, wurden die Stimmen in der Küche lauter. Es waren zwei Frauenstimmen, eine gehörte seiner Mutter, die andere war Inas Stimme! Ja, ganz sicher! Was tat sie hier?! Hatte seine Mutter den Fußpflegetermin vorverlegt?

Egal. Er würde Ina sehen! Sein Herz schlug schneller, sein Hirn verließ die `Süßwaren-und-Pralinen-Abteilung´ und rief sich türkisblaue Augen und vollendete Lippen ins Gedächtnis.

Er fuhr sich mit beiden Händen durch die Haare hinter dem elastischen Haarband, zog sein Arbeitsshirt ordentlich nach unten, wischte sich noch schnell die feuchten Hände an der Hose ab, wollte eben in die Küche eilen, um Ina zu begrüßen, und machte einen Schritt vorwärts – als er einen Satz hörte, der ihn in jeder Bewegung innehalten ließ.

„Dafür gehe ich doch nicht mit ihm ins Bett!" protestierte Ina beinah empört.

Über wen redeten die beiden? Über ihn? Nein, das konnte nicht sein ... das wäre ja -

„Jetzt hören Sie mir mal zu, Sie Liebchen!" Die Stimme seiner Mutter war voller wütender Verächtlichkeit. „Ich hab Ihnen viel Geld gegeben, und Sie haben gesagt, da ist alles mit drin! Und jetzt wollen Sie noch mal 2000 extra, damit Sie mit meinem Sohn ins Bett steigen?! Haben Sie noch alle Tassen im Schrank?!"

Mario war, als bliebe ihm das Herz stehen. Blut schoss ihm in den Kopf, sein Gesicht schien zu brennen. Dann stolperte sein Herz ein paar Mal und fing an zu rasen. In seinem Hinterkopf wisperte ein Stimmchen: 'Das kann nicht sein! Das hast du falsch verstanden! Du hast da was völlig falsch verstanden!'

Sein Verstand schaltete sich ab. In seinen Ohren rauschte es. Er wollte nichts mehr hören! Auf keinen Fall wollte er noch mehr von diesem Gespräch hören!

Er nahm jetzt nur noch zwei keifende Frauenstimmen wahr, als er langsam, leise einen Fuß hinter den anderen setzte und hinter sich nach der Tür tastete, sie aufzog, nach draußen huschte, die Tür geräuschlos wieder zuzog.

Automatisch ging er nach rechts, zurück zu seinem Geschäft. Die Welt draußen gab es nicht mehr. All sein Bewusstsein konzentrierte sich auf ein Gefühl: auf das Gefühl einer so gewaltigen Demütigung, dass er es in dieser ganzen Gewaltigkeit gar nicht an sich heranlassen durfte ... denn wenn er das tat, dann musste er sich einen Strick nehmen und aufhängen.

Mario legte den Weg zu seinem Laden wie in Trance zurück. Er schloss die Tür hinter sich ab, kauerte sich in dem kleinen, nicht ganz sauberen Toilettenraum auf den Fußboden, kaute an seinen Nägeln und nahm den bitteren Geschmack kaum wahr. Jedes Wort, das er je mit Ina gesprochen hatte, jedes Lächeln, das sie ihm geschenkt hatte, jede Berührung, zu der es gekommen war – alles holte er aus dem Gedächtnis hervor und klopfte es darauf ab, ob es gelogen sein könnte, vorgetäuscht, nicht echt.

Und tatsächlich, es fanden sich Anzeichen dafür: ihre Küsse, eher lau als leidenschaftlich, das Ausweichen vor seinen Berührungen (wie oft hatte sie ihre Hand weggezogen, wenn er danach gegriffen hatte), dieser Anflug von Ekel, wenn sie sich seine Fingernägel anguckte oder die Pickel in seinem Gesicht. Und wie oft hatte sie gesagt, sie sei in ihn verliebt? Nicht einmal! Wie blind musste man sein, um das alles nicht zu sehen?!

Mario fühlte sich auf einmal wie Ungeziefer, dass man zertreten hatte, wie Abfall, den man naserümpfend in den Mülleimer geworfen hatte. Gott, das war so erniedrigend! Das tat so unglaublich weh!

Er starrte vor sich hin und kostete den Schmerz aus. Aber plötzlich kamen ihm wieder Zweifel, ob er sich nicht verhört hatte. Sein Name war nicht gefallen, ging es nicht doch um einen anderen Mann? Moment ... seine Mutter hatte das Wort `Sohn´ benutzt ... hatte sie das wirklich? Oder kannte er jemanden mit einem ähnlich klingenden Namen? Einen John? Einen Sean?

Nein, er kannte keinen John oder Sean, und seine Mutter auch nicht! Nein! Er, Mario Werner, war gemeint! Er, dieses wertlose, schmutzige Nichts, zu dem man nur nett sein konnte, wenn man gut dafür bezahlt wurde!

Eine ganze Weile hockte er neben der Toilette und fragte sich, ob er das vielleicht alles verdient hatte, weil er ein durch und durch schlechter Mensch war. Weil er ein Monster war. Weil er nicht nur seinen Vater `umgebracht´ hatte, sondern damals vor vielen Jahren auch fast seinen Mitschüler Oliver . Er hatte einfach die Kontrolle verloren, hatte einfach seine Kräfte unterschätzt.

Allmählich begann sein Verstand ganz zögerlich und zaghaft, über andere Dinge nachzudenken. Warum zum Beispiel hätte seine Mutter eine `Freundin´ für ihn kaufen sollen? Was hatte sie davon? War sie am Ende doch sterbenskrank? Er verstand den Grund nicht. Und woher, in drei Teufels Namen, sollte sie Tausende von Euro haben?! Wo er doch jeden Cent in den Abbau ihrer Schulden steckte?!

Sollte er sich vielleicht doch verhört und alles falsch verstanden haben? Nein, verdammt noch mal! Er war nicht schwerhörig, und er war nicht blöd! Ina, diese Scheißschlampe, hatte 2000 € von seiner Mutter verlangt, damit sie mit ihm ins Bett ging!

Hatte diese Hure überhaupt eine Ahnung, was er alles bereit gewesen wäre, für sie zu tun?! Woher nahmen diese beiden hinterfotzigen Weiber sich das Recht, mit seinen Gefühlen herumzuspielen?!

Mario zog sich am Waschbecken hoch und kam auf die Füße. Ihm war schwindlig, und ihm war übel. Wenn er daran dachte, wie Ina ihn angestrahlt hatte, wie sie mit liebevollem Lächeln seinem Geschwätz gelauscht hatte, wie sie ihn immer wieder gelobt und aufgebaut hatte – wenn er daran dachte, hätte er kotzen können!

Schnell beugte er sich über das Waschbecken und würgte, aber es kam nichts. Also ging er zurück in den Laden, wo plötzlich das Telefon zu klingeln begann. Doch das ignorierte er. Er konnte sich nicht hinter seinen Tisch setzen, telefonieren und so tun, als sei alles in bester Ordnung.

Er verließ das Geschäft, schloss ab und eilte zu seinem Auto, einem auffälligen schwarzen Sportwagen, auf den er stolz war, als habe er ihn persönlich entworfen und eigenhändig erbaut, und der natürlich noch lange nicht abbezahlt war. Vor zwei Wochen hatte er ihn innen wie außen auf Hochglanz gebracht und Ina dreimal darin mitgenommen ... er zog Luft in die Nase – roch es hier nicht noch nach ihrem Parfüm? Nach ihrem ekligen Nuttenparfüm? Ihm wurde wieder übel.

Mit quietschenden Reifen preschte er aus der Parklücke, und raste aus der Stadt heraus in Richtung Meckenheim. In seinem Innern brodelte es. War er wirklich nichts wert? War er verdorben bis in die letzte Gehirnzelle? Hatte er denn kein Recht auf ein bisschen Glück?! Er schwankte zwischen Selbstmitleid und Wut.

Nachdem er Röttgen hinter sich gelassen hatte, pfiff er auf jede Geschwindigkeitsbegrenzung, gab Gas und überholte alles, was ihm nicht schnell genug fuhr. Dann kam ihm auf der schnurgeraden Reichsstraße in einiger Entfernung ein breiter, hoher Laster entgegen, der auch nicht eben langsam war.

Mario beschleunigte noch ein bisschen und stellte sich vor, dass er, kurz bevor sie sich begegneten, den Wagen nach links auf die Gegenfahrbahn zog und frontal mit dem LKW zusammenstieß. Aus. Keine Spielchen mehr. Keine schrecklichen Gefühle mehr.

Der Laster war noch 50 Meter entfernt. Noch 20 Meter. Jetzt. Jetzt hätte er das Steuer herumreißen müssen! Er tat es nicht. Das machte ihn wütend. Er war tatsächlich ein Feigling!

Ach, war er das wirklich?! Wer hatte überhaupt das Recht, über ihn zu urteilen?! Diese Drecks-Schlampe, dieses verlogene, käufliche Stück Scheiße?! Oder seine Mutter, dieses egoistische, manipulierende, fresssüchtige, geldgeile Biest?!

Plötzlich hatte er eine Wut auf die beiden Frauen im Bauch, dass er dachte, er müsse explodieren!

Er bog nach rechts ab und raste wie ein Wilder durch die idyllische Frühlingslandschaft in die Eifel hinein. In seinem Kopf wirbelten Wut und Hass und Selbstmitleid und Verzweiflung durcheinander, und es grenzte an ein Wunder, dass er keinen Unfall baute. Auf einer Hügelkuppe weit ab von jedem Dorf hielt er schließlich auf dem Seitenstreifen an, schaltete den Motor aus und schaute in die Ferne, über die sanften Hügel hinweg, die am Horizont bläulich verschwammen.

Der Wind hatte sich gedreht und blies die Wolken hinweg, die Sonne brach strahlend hervor, aber in Marios Bewusstsein herrschte die Finsternis hasserfüllter Gedanken. Er würde den beiden Weibern eine Lektion erteilen. Und Ina war als erste dran.

*

Bonn-Oberkassel
Montag, 17.30 Uhr

Da sich den ganzen Nachmittag über nichts wirklich Neues ergeben hatte, beschloss Andreas, nach Hause zu gehen und mit seiner Mutter zum nächsten Baumarkt zu fahren. Dann hatte er auch das hinter sich.

Auf dem Weg in die Kalkuhlstraße zog er seine Jacke aus. Die Sonne brannte von einem stahlblauen Himmel, als sei mit Beginn der Sommerzeit auch der Sommer ausgebrochen. Seine Mutter werkelte im ärmellosen Kittelkleid im Vorgarten herum und freute sich, als sie ihn kommen sah.

„Fahren wir jetzt?" empfing sie ihn mit erwartungsvollem Lächeln.

„Natürlich. Ziehst du dich noch um?"

„Na klar zieh ich mir was anderes an! Dann geh ich noch mal aufs Klo, und dann können wir."

Andreas nickte, holte ein paar Briefe, die schwer nach Rechnungen aussahen, aus dem Briefkasten, ging nach oben in seine Wohnung, öffnete ein paar Fenster zum Lüften und sah auf sein Außenthermometer: 18° im Schatten! Seine Jacke konnte er getrost hier lassen.

Da seine Mutter garantiert noch nicht fertig war, öffnete er noch eben die Briefe: es waren Rechnungen vom Telefonanbieter und vom Energieversorger, der aus mysteriösen Gründen die Gaspreise \`anpassen´ musste. Hatte man für diese Formulierung extra einen Kabarettisten engagiert?

Im Bad kämmte er sorgfällig sein welliges, mit grauen Strähnen durchsetztes Haar, das deutlich über dem Hemdkragen hing und ein wenig gestutzt werden musste, einen Zentimeter vielleicht, höchstens zwei. Und die Brille stand ihm wirklich gut, da hatte er –

„Andy? Ich bin fertig!"

Andreas machte noch schnell seine Nägel sauber, suchte drei Minuten lang nach seinem Autoschlüssel und bekam dann um die Ohren gehauen, was für ein lächerliches Klischee es doch sei, dass Männer immer auf ihre Frauen warten müssten! Während dieser Belehrung bemerkte er den Zettel in ihrer Hand, auf dem vier Geschäfte aufgelistet waren. Andreas schwante Übles.

Er fuhr mit seiner Mutter zum nächsten größeren Baumarkt nach Dollendorf. Nachdem er auf dem überfüllten Parkplatz endlich eine Lücke gefunden hatte, griff sich seine Mutter einen Einkaufswagen.

„Wozu brauchst du den denn? Willst du die Fliesen gleich mitnehmen?" wunderte sich Andreas.

„Ach Unsinn, aber wo wir schon mal hier sind, kann ich auch gleich ein paar Pflanzen für den Vorgarten kaufen. Und eine neue Gardinenstange. Und eine Wanduhr fürs Wohnzimmer ... und vielleicht ein paar Glühbirnen."

Natürlich. Wo man doch schon mal hier war.

Mit entschlossenen Schritten schob sie den Wagen in die Pflanzenabteilung, konnte sich aber dann doch nicht für eine Blume entscheiden, begab sich in die Deko-Abteilung, in der die richtige Gardinenstange auch nicht zu finden war. Die Wanduhren gefielen ihr ebenfalls nicht. Aber eine Dreierpackung Glühbirnen landete im Einkaufswagen.

Damit suchten sie endlich die Fliesenabteilung auf, in der seine Mutter den erwarteten Stoßseufzer ausstieß. „Die haben so viele schöne Sachen hier ... ich kann mich gar nicht entscheiden! Andy, was gefällt dir denn am besten?"

Andreas fand es an der Zeit, ein paar praktische und vernunftorientierte Argumente ins Spiel zu bringen. „Schränken wir die Auswahl doch ein, denn erstens: im Flur unten ist es relativ dunkel, also nehmen wir auf jeden Fall helle Fliesen, und –"

„Aber keine weißen!" warf seine Mutter mahnend ein. „Da sieht man ja jeden Dreck! Und wer muss putzen?"

Andreas ließ die Frage lieber im Raum stehen und kam zum zweiten Punkt. „Wie viel wolltest du denn anlegen?"

Seine Mutter riss die Augen auf und sah ihn mit eindeutig gespielter Verwunderung an. „Ich bin eigentlich davon ausgegangen, dass du dich an den Kosten beteiligst! Das ist doch auch *dein* Flur."

Ach, darauf lief es hinaus. Hätte er sich denken können. „Sicher, aber mir gefällt er so, wie er ist. Ich brauche keinen neuen Fliesen."

Mit dieser Antwort schien sie gerechnet zu haben, denn flugs brachte sie ein neues Argument. „Es geht ja nicht nur um dich oder mich," führte sie mit belehrender Stimme aus, „sondern auch um die Leute, die uns besuchen. Was sollen die über unsere alten Fliesen denken? Das sieht doch ärmlich aus."

Damit hatte sie nicht Unrecht. Aber Andreas ließ sie noch ein Weilchen zappeln. „Ja, kann sein. Aber 98% der Leute, die uns besuchen, wollen zu dir. Also werde ich ... na ja, ich bin großzügig heute, ich gebe dir 5% der Kosten dazu."

„Wie bitte?! Großzügig?!" empörte sie sich. „Du wirst immer geiziger! Du brauchst dein ganzes Geld ja anscheinend für deine neue Freundin!"

Ihre Empörung brachte Andreas zum Lachen. „Ach, du lieber Himmel! Mütterchen! Du bist eifersüchtig?! Das ist ja richtig rührend. Aber reg dich nicht auf, ich bezahle natürlich die Fliesen. Das ist doch das mindeste, was ich für meine arme, alte Mutter tun kann."

Aber damit war sie auch nicht einverstanden. „Ich bin nicht arm! Und ich bezahle die Hälfte! Und du brauchst dich gar nicht über mich lustig zu machen! So, und jetzt gucken wir uns noch mal die Fliesen an!"

Das taten sie, seine Mutter machte sich sogar Notizen zu Qualität und Preis, und beinah hätten sie sich auf cremefarbene Fliesen geeinigt, hätte sich seine Mutter nicht plötzlich vehement dafür ausgesprochen, sich erst noch woanders umzusehen.

„Ok, aber nur noch einen Baumarkt!“ bestimmte Andreas. „Ich muss mir noch ein paar Gedanken zu unserem Fall machen.“

„Ach ja, der Bankraub ... habt ihr schon eine Spur?“ Seine Mutter schob den Einkaufswagen mit der Dreierpackung Glühbirnen ans Ende einer der Schlangen, die an den beiden geöffneten Kassen anstanden.

„Nein, haben wir nicht ... jedenfalls nichts wirklich Überzeugendes.“

„Und was ist mit den beiden Morden in der Studenten-WG?“

Der Kunde, der vor ihnen stand und vier gestapelte, grüne Gartenstühle im Wagen hatte, wandte in unübersehbarer Neugier den Kopf. Andreas nickte ihm freundlich zu, woraufhin sich der Mann schnell wieder umdrehte, und meinte: „Können wir das vielleicht woanders besprechen?“

Das fasste seine Mutter anscheinend als Zurechtweisung auf, denn ihre Lippen wurden schmal, und sie begann übergangslos über den Ausflug nach Paris zu reden, den sie an einem der nächsten Wochenenden mit ihren Freundinnen geplant hatte.

Andreas hörte nur mit halbem Ohr zu und beobachtete die Vorgänge an der Kasse, an der gerade ein Kunde sein ganzes Kleingeld zusammenkratzte, um den Betrag auf den Cent genau zu begleichen. Das dauerte.

Die nächste Kundin vor ihnen zahlte mit Karte. Leider weigerte sich das Lesegerät, die Karte anzunehmen. Große Diskussionen. Als die Kassiererin Verstärkung anforderte, wechselte Andreas genervt an die andere Kasse, an der alles schneller zu gehen schien. Zumindest so lange, bis Andreas sich dort anstellte. Und das alles für drei dämliche Glühbirnen!

„Sollen wir die nicht hier lassen und woanders welche kaufen?“ fragte Andreas seine Mutter, die gedanklich schon in Paris weilte und etwa eine halbe Minute später mit einer Gegenfrage antwortete: „Und wenn woanders die Schlangen noch länger sind?“

Andreas seufzte. „Gut, bleiben wir hier. Aber im nächsten Baumarkt kaufen wir nichts! Ist das klar?! Wir gucken nur!"

Im Blick seiner Mutter flackerte etwas auf wie *Das denkst aber auch nur du!*, dann nickte sie und erläuterte Andreas, was er zu beachten habe, wenn sie in Paris war: Post reinholen, Blumen gießen, Rollläden auf- und zuziehen, Wasser in der Heizung nachfüllen, Haustür immer zweimal abschließen.

„Mutter, das musst du mir unbedingt aufschreiben, und wenn ich ehrlich bin ... ich weiß wirklich nicht, ob du die Verantwortung für das alles allein in meine Hände legen solltest."

Seine Mutter fühlte sich schwerwiegend auf den Arm genommen und sagte erst einmal gar nichts mehr. Andreas beobachtete weiter die unfassbaren Vorgänge an der Kasse.

Gerade zog die Kassiererin einen Hammer zum fünften Mal mit dem Strichcode über den Scanner, aber die Kasse wollte partout kein akzeptierendes Piepsen von sich geben. Also tippte die Kassiererin Zahlen per Hand in die Kasse ein, doch die wollte immer noch nicht.

Glücklicherweise war der Mann so vernünftig, auf den Hammer zu verzichten. Nach ihm kamen tatsächlich vier Kunden, bei denen alles glatt lief: sie zahlten bar, und der Scanner war so gnädig, ihre Waren sofort zu erkennen.

Als nächstes war eine dürre Frau mit drei Kindern an der Reihe, die wohl die eine Lampe im ganzen Baumarkt erwischt hatte, die nicht ausgezeichnet war. Kurzerhand schickte die Frau ihr ältestes Kind mit der Lampe zurück in die Abteilung, um eine andere zu holen. Das dauerte.

Andreas beschloss, die Ruhe zu bewahren und seine Mutter dazu zu animieren, ein bisschen über die Geschichte und den Bau des Eiffelturms zu plaudern.

Kaum war das Kind mit der Lampe zurück, da lieferte der letzte Kunde vor Andreas den Beweis dafür, dass nicht nur die Technik gerne versagte, sondern auch der menschliche Verstand. Der ältere Mann, im Gesicht eine dicke Brille über Tränensäcken, angetan mit blauem Arbeitsoverall, hatte Unmengen von Kistchen und Kästchen mit Nägeln, Schrauben und Dübeln auf das Band gelegt und fing, als die Kassiererin die Summe nannte, erst einmal hektisch an, nach seiner Geldbörse zu suchen. In allen Taschen, die er an seinem Overall hatte. In einer Gesäßtasche wurde er fündig. Mit zittrigen Fingern fischte er Schein um Schein aus dem Portemonnaie, dann Münze um Münze, und dann fehlten ihm noch genau 2.05 €.

„Lassen Sie doch die Schrauben hier, dann reicht das Geld," schlug die Kassiererin vor und zeigte auf eins der Kästchen.

Das ginge nicht! Er brauche sie alle! Unbedingt! zeterte der Mann, als hinge sein Leben von diesem Kästchen ab. Es gab ein Hin und Her, aber als die Sache in langwierige Verhandlungen zu münden drohte, riss Andreas der Geduldsfaden. Er sprach den Mann von hinten an.

„Entschuldigung, hier, ich schenke Ihnen die 2.05 €, denn ich möchte diese Woche noch nach Hause kommen!"

Hätte der Mann das Geld ausgeschlagen, Andreas hätte ihn verhaftet. Aber er nahm es unter unverständlichem Gemurmel entgegen, zahlte, und dann waren endlich Andreas und seine Mutter an der Reihe.

Bereits fünf Minuten später, nachdem der Großeinkauf platzsparend im Auto verstaut war, befanden sie sich auf dem Weg zu einem Baumarkt in Hennef.

Die Fliesen dort gefielen seiner Mutter noch besser. Sie notierte Preise, Größe und Qualität und entdeckte in einer anderen Abteilung eine sehr günstige Funkwanduhr, die sie sich schon immer gewünscht hatte. Und so standen sie zum zweiten Mal in einer Schlange an einer Kasse. Andreas war hungrig, schlecht gelaunt und bereit, seine Mutter zu ermorden, sollte sie auch nur andeuten, einen weiteren Baumarkt aufsuchen zu wollen.

Möglicherweise spürte sie es, denn sie schlug vor, auf dem Heimweg irgendwo essen zu gehen. Auf ihre Kosten natürlich. Warum nicht.

Im übernächsten Dorf suchten sie ein kleines Lokal auf, in dem Andreas noch nie gewesen war. Aber seine Mutter, und sie schwärmte vom dortigen Essen, als handele es sich um ein Sieben-Sterne-Restaurant.

*

Bonn
Montag, früher Nachmittag

Mario ließ den Wagen an, wendete und fuhr zurück nach Bonn. Die heiße Wut war zur kalten Wut geworden.

Als er die Stadt erreichte, suchte er sich eine Imbissbude, gönnte sich eine Currywurst mit Fritten, trank zwei Becher Cola und setzte sich anschließend draußen vor einer Eisdiele an ein Tischchen in die Sonne und verschlang eine große Portion Vanille- und Schokoladeneis mit Eierlikör und Sahne. Wen störte es schon, wenn er 20 Kilo zulegte?

Die anderen Leute, die an den Tischen saßen, sah er nach Möglichkeit nicht an. Ihm reichte schon, dass ihn das schöne, sonnige, unheimlich warme Wetter verhöhnte – schau mal, was für ein wunderbarer Tag, an dem deine Gefühle zermalmt wurden!

Mario zahlte, marschierte zurück zu seinem Auto und zückte sein Handy, um Ina anzurufen. Um sie in die Falle zu locken. Um sie genauso zu demütigen, wie sie es mit ihm gemacht hatte.

Es fiel ihm schwer, ihre Nummer zu wählen. Würde er es schaffen, freundlich und harmlos mit ihr zu reden, oder würde sie den Braten riechen? Würde sie sich überhaupt auf ein Treffen einlassen, oder war sie sich mit seiner Mutter über das `Honorar´ nicht einig geworden und hatte die Operation `Mario W.´ abgebrochen?

Um seine Stimmung anzuheben, versuchte er sich an seine ersten Verabredungen mit Ina zu erinnern ... aber das tat nur weh. *Beiß die Zähne zusammen und sei freundlich! Es geht um deine Rache!*

Als er das Handy einschaltete, erfuhr er gleich, dass mehrmals auf seine Mailbox gesprochen worden war. Er entschied sich dafür, sie abzuhören, vielleicht gab es wichtige Neuigkeiten. Vielleicht hatte Ina mit ihm Schluss gemacht. Mario lachte bitter auf und hörte sich die Nachrichten auf seinem Handy an.

Es war dreimal seine Mutter, die wissen wollte, wo er steckte, wieso er nicht ans Handy ging und die aus der Apotheke dringend ein Mittel gegen Sodbrennen brauchte. Einmal war es Ina, die sich gerne am Abend mit ihm treffen wollte.

Das passte wunderbar. Er verbot sich, noch länger nachzudenken, und rief sie zurück.

„Hallo Mario!" säuselte sie in sein Ohr. „Wo bist du denn gewesen, ich hab mehrmals versucht, dich zu erreichen!"

„Das tut mir leid," gab er so sanft wie möglich zurück. „Ich war bei einem Kunden in der Eifel, und die haben anscheinend kein Netz da. Kann ich dich so gegen sieben abholen? Ich hab eine Überraschung für dich."

Ina tat begeistert, was bei Mario wieder leichte Übelkeit auslöste. Er beendete das Gespräch rasch mit der Begründung, er habe noch zu arbeiten, schaltete sein Handy aus, steckte es ein und legte beide Hände auf den Magen, während er sich vorstellte, jetzt noch mit seiner Mutter telefonieren zu müssen ... nein, das ging jetzt nicht! Jetzt brauchte er Ablenkung!

Da er in der Innenstadt sowieso keinen Parkplatz finden würde, fuhr er nach Godesberg, wo er etwas abseits vom Zentrum den Wagen abstellte und zu Fuß zum `Kinopolis´ marschierte. Ihm wurde so warm, dass er die Jacke auszog. Doch er schwitzte immer noch.

Am Kino angekommen, entschied er sich für einen Actionfilm. Er nahm eine mittlere Portion Popcorn und eine Cola mit an seinen Platz, und an diesem unheimlich und unwirklich warmen Montagnachmittag hatte er das Kino fast für sich. Aber bald stellte er fest, dass seine Gedanken trotz durch die Luft fliegender Autos und unzähliger Toter immer wieder zu Ina abschweiften.

Kurz nach sechs, noch bevor der Film zu Ende war, musste er das Kino verlassen, es hielt ihn nicht mehr auf seinem Sessel. Unruhig und schwitzend lief er durch die Straßen, kaufte in einem Haushaltswarenfachgeschäft ein stabiles, langes, nicht eben billiges Messer und machte sich um Viertel vor sieben auf den Weg zu Ina.

Um zehn nach sieben ließ sie sich auf den Sitz neben Mario fallen, im superengen rosa Top, eingehüllt in einen süßlichen Duft, umarmte Mario, drückte ihm ein Küsschen auf den Mund und strahlte ihn mit großen, türkisblauen Augen an.

„Ich hab dich ja so vermisst am Wochenende ... und ich freue mich so sehr, dich wiederzusehen! Was für eine Überraschung hast du denn für mich?"

Für ein paar Sekunden wollte Mario nichts mehr als glauben, dass sie die Wahrheit sagte, dass alles nur ein Missverständnis war, dass das Gespräch in der Küche seiner Mutter nur eine Halluzination vor lauter Hunger gewesen war ... konnte er nicht so tun, als hätte er nichts gehört, und einfach Inas Zuwendung weiter genießen?

Er wollte es, er wollte es so sehr, wollte einfach so tun, als sei alles in Ordnung . Aber als er ihr in die leuchtenden Augen sah, tobte nur noch ein Gedanke durch sein Hirn: Sie lügt! Jedes Lächeln, jeder Blick, jedes Wort: alles Lüge!

Mario richtete umgehend seine Aufmerksamkeit der Straße zu und fuhr los. Hoffentlich hatte sie nichts von seinem inneren Chaos mitbekommen.

„Kennst du das Restaurant `Zur Waldhütte´ im Kottenforst?" fragte Mario möglichst harmlos.

„Nee, nie gehört," entgegnete Ina.

Kein Wunder. „Das ist ein kleines, aber sehr feines Restaurant, ein Geheimtipp sozusagen. Und weil wir nun schon seit vier Wochen zusammen sind, lade ich dich zu einem ganz besonderen Essen ein. Und jetzt erzähl mir doch mal was von deinem Wochenende in München. Wie geht's der Familie?"

Anscheinend hatte Ina viel erlebt in München, denn sie plapperte drauflos, während Mario in Gedanken meist ganz woanders war.

Als sie im Wald ankamen, dämmerte es bereits. Mario fuhr weiter und weiter, durch Straßen und Wege, die er eigentlich gar nicht befahren durfte, und Ina redete über Onkel und Tanten, Nichten und Neffen, Brüder und Schwestern, und Mario kam es allmählich so vor, als versuche sie, eine steigende Nervosität hinweg zu reden. Hatte sie Angst davor, Mario würde endlich das verlangen, wofür sie von der Mutter 2000 € extra gefordert und anscheinend auch bekommen hatte?

Mario fuhr immer tiefer in den Wald, in dem es inzwischen stockdunkel war. Inas Redefluss versiegte mehr und mehr, bis sie plötzlich fragte: „Bist du sicher, dass es hier ein Lokal gibt? Oder haben wir uns verfahren?"

Nun war es also so weit. Jetzt hieß es, ruhig bleiben. „Nein, da vorne muss es irgendwo sein ... die nächste links," behauptete Mario mit Überzeugung und bog tatsächlich nach links in einen unbefestigten Forstweg ein.

Ina verstummte ganz. Was mochte in ihrem Kopf vorgehen? Hatte sie Angst? Das war hoffentlich das Mindeste.

Nach etwa 100 Metern brachte Mario den Wagen zum Stehen, schaltete den Motor aus und knipste die Innenbeleuchtung an – er wollte die Angst und den Schrecken auf Inas Gesicht sehen.

*

18.30 Uhr

Franziska saß in ihrer Küche am Tisch, vor sich eine Schale mit Himbeer-Sahne-Eis. Sie aß, weil sie sich Sorgen machte. Sorgen um Mario. Wo steckte er nur?! Seit dem frühen Morgen hatte sie nichts von ihm gesehen oder gehört! Das Handy war ausgeschaltet! Das konnte doch nichts Gutes bedeuten! Wenn er nun zu einem Kunden gefahren war und einen Unfall gehabt hatte?!

Sie schob sich einen Löffel Eis in den Mund. Sicher würde es gleich an der Tür klingeln und zwei Polizisten würden davor stehen und ihr mitteilen, dass ihr Sohn leider tödlich verunglückt sei. Diese Vorstellung kostete gleich drei Löffel Eis.

Manchmal kam es Franziska so vor, als laste ein Fluch für kuriose Unfälle auf der Familie ihres verstorbenen Mannes Josef: seine Großeltern väterlicherseits waren im Ersten Weltkrieg bei der Feldarbeit von einer Bombe getötet geworden, die ein Flugzeug vermutlich zu früh abgeworfen hatte.

Nach dem Zweiten Weltkrieg waren seine Eltern in die Stadt gezogen und hatte ein kleines Sägewerk aufgebaut. Josef war gerade 23 geworden und hatte sich mit Franziska verlobt, als sein Vater spätabends noch ein paar Bretter zurechtsägen wollte, nicht aufpasste, stolperte, und sich mit der Kreissäge den linken Arm abtrennte.

Seine Frau hörte einen Schrei, rannte hinzu, schaltete die Säge ab, wollte sich um den am Boden liegenden, inzwischen bewusstlosen Mann kümmern, rutsche in der Blutlache aus und fiel rücklings in eine Spitzhacke, mit der ihr Ehemann am Vortag im Garten gearbeitet und die er ungeschickt abgestellt hatte. Als man die beiden fand, waren sie bereits verblutet.

Franziska kratzte die letzten Reste Eis aus der Schale. Auch ihr Josef war von so einem saublöden, überflüssigen `Unfall´ aus dem Leben und von ihrer Seite gerissen worden ... doch daran wollte sie jetzt nicht denken.

Was mochte Mario bevorstehen? Würde er eines Tages vom Blitz getroffen werden? Oder würde er mit seinem flachen Flitzer unter einen Laster geraten und enthauptet werden? Jedenfalls war es völlig berechtigt, sich Sorgen zu machen ... und vor lauter Nervosität dauernd zu essen. Ihr Blick ging zur Wanduhr: 18.43 Uhr, Zeit für die Nachrichten.

Ächzend erhob sie sich, schlurfte zum Küchenschrank, holte sich eine Tüte mit Cashewnüssen heraus und ließ sich im Wohnzimmer schwer aufs Sofa fallen. Der Fernseher lief bereits den ganzen Nachmittag. Sie schaltete um auf RTL, riss die Tüte auf, lehnte sich zurück und begann, eine Nuss nach der anderen zu knabbern.

*

19.30 Uhr

Andreas saß seiner Mutter gegenüber und sah ihr beim Essen zu. Er selbst war längst fertig, er zählte sich zu den Schnellessern, denn er hasste nichts mehr als lauwarme Speisen. Und daher würde er dieses Restaurant nicht weiterempfehlen: Steak und Pommes Frites waren bereits nicht mehr heiß, als der Kellner den Teller absetzte.

Während seine Mutter vornehm die Seezunge zerteilte, kam sie auf den Banküberfall zu sprechen. Sie wollte Einzelheiten hören.

Andreas konnte das verstehen. „Der Täter war dicklich und ist mit dem Fahrrad geflohen," informierte er sie.

„Mein lieber Sohn, das weiß ich bereits aus der Zeitung!"

„Also gut, wenn du es nicht weitersagst, verrate ich dir noch was."

Seine Mutter hatte sich gerade ein Stück Seezunge in den Mund geschoben. Jetzt kaute sie schneller, spülte das Essen mit ein paar Schlucken Wasser herunter und funkelte Andreas an. „Mal ehrlich, habe ich jemals was ausgeplaudert, was mit deinen Fällen zu tun hatte?!"

Er tat, als müsse er überlegen. Das Gesicht seiner Mutter verfinsterte sich.

Trotzdem ließ er sich noch ein bisschen Zeit, bevor er antwortete: „Nein, hast du tatsächlich nicht. Wir nehmen an, dass der Bankraub und die Ermordung der beiden WG-Bewohner zusammenhängen."

Seine Mutter aß, überlegend, noch einen Bissen Fisch. Dann:

„Ihr vermutet, einer der Ermordeten war der Bankräuber?"

„Nein, eher nicht. Aber einer der Ermordeten war definitiv Zeuge des Banküberfalls."

Seine Mutter nickte, als hätte sie nichts anderes erwartet, und widmete sich weiter der Seezunge. Doch es dauerte nicht lange, da stellte sie ein paar Fragen, die Andreas ins Grübeln brachten.

„Ihr nehmt also an, der Bankräuber hat einen Zeugen beseitigt? Hat der Zeuge ihn erkannt? Nein? Warum sollte er ihn dann umbringen?"

*

20.00 Uhr

Inas Angst hielt sich anscheinend in Grenzen. Sie wusste ja auch noch nicht, dass Mario ihr schmutziges Geheimnis kannte. Nun, sie würde es jetzt erfahren.

Aber bevor er den Mund aufmachen konnte, meinte sie fast sanft: „Ich wette, hier gibt es gar kein Restaurant, stimmt's?"

Ihre türkisblauen Augen durchforschten Marios Gesicht. Ihr Blick war schwer deutbar. Mario konnte diesen Blick nicht ertragen und sah zur Windschutzscheibe hinaus, in der sich das Wageninnere mit allen darin befindlichen Insassen widerspiegelte.

„Stimmt," beantwortete er ihre Frage. Er hatte Schwierigkeiten zu reden, sein Hals fühlte sich eng an. Sein Herz schlug schnell. „Ich habe etwas ganz anderes mit dir vor."

Ina wandte sich ihm zu, um einen Arm um seinen Hals zu legen, und eine Locke ihres langen, honigblonden Haares streifte seine Wange.

Aber Mario schob Ina an der Schulter von sich. „Warum? Damit du mein hässliches Gesicht nicht sehen musst?"

„Mario, was redest du für einen Unsinn?!" Die Empörung in ihrer Stimme klang nicht wirklich echt.

„Dann lassen wir das Licht an!"

Mario beugte sich vor und tastete unter seinem Sitz mit der rechten Hand nach dem Messer. Sein Herzschlag beschleunigte sich weiter, als seine Finger ins Leere fassten. Wo steckte das verdammte Ding?! Hektisch tastete er unter dem Sitz herum und hörte Ina sagen: „Was suchst du denn? Hast du da deine Kondome versteckt? Lass nur, ich hab welche dabei."

Er schob seinen Sitz ein Stück zurück, tastete weiter – dann hatte er das Messer in der Hand und zog es unter dem Sitz hervor. Mario richtete sich auf. Ina, die ihm ein blaues, quadratisches Tütchen hinhielt, sah das Messer, und in ihren Augen blitzte kurz Beunruhigung auf.

Doch sofort gab sie sich gelassen und fragte in einem Ton, in dem die Verachtung nicht zu überhören war: „Stehst du etwa auf perverse Spielchen?"

Mario fühlte die Wut, die langsam in ihm emporkroch. „Und?! Was, wenn es so wäre?!" fuhr er sie an. „Du würdest doch mitmachen, wenn meine Mutter noch einen Tausender drauflegt, oder?!"

Jetzt hatte sie verstanden. Ihr Gesicht rötete sich, ihr Blick wich seinem aus, und sie flüsterte fast: „Woher weißt du das mit deiner Mutter?"

„Das kann dir doch so was von scheißegal sein." Er hielt Ina das Messer an den Hals. „Wie viel Geld hast du von ihr bekommen, du dreckige Schlampe?!"

Ina bewegte sich nicht. Sie schien kaum noch zu atmen. „7000," hauchte sie.

„7000 Euro?!" Er fasste es nicht. „Woher hat sie das Geld, verdammte Scheiße?! Ich mache ihretwegen Schulden wie blöd, und sie zaubert mal eben locker 7000 Euro aus dem Hut?! Woher kommt das Geld?!"

„Das weiß ich doch nicht," protestierte Ina zaghaft. „Was hast du vor?"

„Ich werde dir genauso wehtun, wie du mir weh getan hast!"

„Nein! Bitte! Ich geb dir das Geld!"

Auf einmal wurde Mario bewusst, welche Macht er gerade hatte. „Ja, wenn du noch ein bisschen Anstand im Leib hast, ist das ja wohl das Mindeste! Wo ist es?“

„Bei mir zu Hause.“

„Gut. Und jetzt verrat mir noch, warum ihr euch diesen ganzen Schwachsinn ausgedacht habt!“

Ina versuchte sich von ihm wegzudrehen. Mario drückte das Messer ein wenig fester gegen ihre Haut. Sofort erstarrte sie wieder.

„Ich hab gar nichts damit zu tun!“ behauptete sie weinerlich. „Deine Mutter hat sich das alles ausgedacht!“

„Und warum?“

„Sie wollte nicht, dass du weggehst! Sie wollte, dass du wegen mir in der Stadt bleibst!“

Mario wunderte sich über gar nichts mehr. Die Frau war ernsthaft krank! Wie konnte man seinem Sohn so etwas antun!

„Was habt ihr beiden saudummen Weiber euch eigentlich gedacht, wie das weitergehen soll?! Hat meine Mutter genug Geld, um dich für die nächsten Jahre zu bezahlen?! Oder hat sie gehofft, dass du dich irgendwann in mich verliebst und auf das Geld verzichtest?!“

Als hätte er ihr das Stichwort gegeben, flüsterte Ina sanft wie ein Engel: „Aber das ist doch längst passiert, Mario, ich hab mich umso mehr in dich verliebt, je mehr ich erkannt habe, was für ein liebenswerter Mensch du bist.“

„Natürlich,“ säuselte er zurück. „Und deshalb hast du auch heute morgen 2000 € von meiner Mutter verlangt, um mit mir zu schlafen!“

„Aber ich –“

„Halt die Klappe, du verlogenes Luder! Du ziehst dich jetzt aus, sonst zerschneide ich dir dein Puppengesicht!“

Tränen traten in Inas Augen, was Mario ziemlich kalt ließ. Er wiederholte seine Anweisung. „Los, zieh die Klamotten aus!“

„Was hast du vor?“ jammerte sie, während sie ihre Jeans aufmachte.

„Keine Angst, du Schlampe! Ich fass dich nicht an! Glaubst du, ich will mir was Ansteckendes bei dir holen?!"

Ina zog ihr rosa Top aus und beförderte es nach hinten auf den Rücksitz. „Was willst du dann von mir?"

„Das wirst du schon sehen."

Ina zog sich weiter aus, wurde aber immer langsamer. Vermutlich versuchte sie Zeit zu schinden, um sich noch mehr hinterhältige Tricks auszudenken. Also hielt er ihr das Messer unter die Nase, damit sie sich beeilte. Schließlich legte sie ihren rosa Spitzen-BH ab, und Mario musste sich eisern beherrschen, um nicht auf ihren Busen zu starren.

„Den Slip auch?" piepste Ina.

„Aber klar."

Sie rutschte auf ihrem Sitz herum, um ihr rosa Spitzenunterhöschen abzustreifen und ächzte und stöhnte ein paar Mal leise, als habe sie Mühe damit ... oder eher, als versuche sie mit allen Mitteln, Mario doch noch zu verführen. Aber Mario blieb eisern und dachte daran, wie er sich am Morgen gefühlt hatte, als er unfreiwillig das Gespräch belauschte. Das brachte seine Wut zurück, und er herrschte Ina an: „Los, steig aus dem Wagen!"

„Wieso?! Was soll das?!"

„Das ist ganz einfach – das kapiert sogar eine dumme Tusse wie du! Du steigst aus, und ich fahre nach Hause!"

Ina riss die Augen auf, und ihre Stimme wurde schrill. „Du willst mich splitternackt allein im Wald zurücklassen?! Das kannst du nicht machen! Ich werde erfrieren!"

„Quatsch, so schnell geht das nicht! Lauf ein bisschen rum, bis du eine Straße findest! Und pass auf, dass du nicht in Hundescheiße trittst! Und sei froh, dass du so glimpflich davonkommst!"

Mario nahm das Messer weg und bedeutete ihr auszusteigen. Sie blieb sitzen und sah ihm endlose drei Sekunden in die Augen ... und die Fassungslosigkeit in ihrem Blick verwandelte sich so plötzlich in aufflammende Wut, dass er kaum reagieren konnte. Ihre Hände packten sein Handgelenk, rissen es hoch, sie biss zu, ihre Zähne in seinem Fleisch, und mit einem Schmerzenslaut ließ Mario das Messer fallen.

*

20.02 Uhr

Franziska saß immer noch auf dem Sofa im Wohnzimmer, in einer Hand eine halbe Tafel Schokolade, in der anderen die Fernbedienung. Sie schaltete um auf RTL II: sie mochte diese Doku-Serien über die Schicksale anderer Menschen. Es hatte etwas Tröstliches zu sehen, dass es auch anderen Menschen schlecht ging.

Durch ihren Hinterkopf geisterte immer noch die Vorstellung, dass heute etwas Schreckliches passieren würde. Denn vielleicht, so hatte sie überlegt, hatte Mario keinen Autounfall gehabt, sondern hatte sich mit ihrem Geld und mit Ina nach Australien abgesetzt ... oder nach Holland.

Franziska steckte zwei Stückchen Schokolade in den Mund. Ob Mario nun tot oder mit Ina durchgebrannt war – es war eine entsetzliche, unerträgliche Vorstellung, von ihm alleingelassen zu werden! Tränen stiegen ihr in die Augen und ließen das Weinglas, nach dem sie griff, leicht verschwimmen ... warum nur musste Josef so früh sterben! Es hätte so ein schönes Leben werden sollen! Womit hatte sie das verdient?

Sie kippte den Wein hinunter und stopfte noch drei Stückchen Schokolade hinterher. Und nun wollte auch Mario sie verlassen! Das würde sie nicht überleben! Nur zu gut erinnerte sie sich an die Gefühle, die sie gequält hatten, als Mario vor ein paar Wochen davon geredet hatte, vielleicht in den Osten zu gehen und dort ein neues Geschäft aufzumachen: Hilflosigkeit und Panik!

Sofort hatte sie vorgeschlagen, mit ihm in den Osten zu kommen, doch davon wollte er nichts wissen: sie könne doch das Haus nicht aufgeben, solange nicht feststand, ob er in einer fremden Stadt Fuß fassen konnte oder nicht!

Aber ihr Herz sagte ihr, dass er sie einfach nicht bei sich haben wollte. Das tat weh. Nächtelang hatte sie nicht geschlafen, sie hatte gegrübelt und gegrübelt, wie sie ihn von seinen Plänen abbringen konnte.

Die nächsten zwei Stückchen Schokolade verschwanden in ihrem Mund. Vielleicht war ihre Idee mit Ina nach hinten losgegangen, vielleicht hatte sich die kleine Hure tatsächlich in Mario verliebt!

Franziska warf den Rest Schokolade auf den Tisch und griff nach ihrem leeren Weinglas und der Flasche. Diese Warterei machte sie fertig! Trotzdem hatte sie sich noch nicht dazu durchringen können, bei der Polizei oder in den Krankenhäusern der Stadt anzurufen. Und Freunde oder Kumpel, bei denen sie hätte nachfragen können, hatte Mario nicht. Was ihr bisher immer sehr recht gewesen war.

Franziska goss sich neuen Wein ein und versuchte sich auf die Geschichte mit den behinderten Kindern im Fernsehen zu konzentrieren. Wenn sie bis zehn Uhr immer noch nichts von Mario gehört hatte, würde sie die Polizei benachrichtigen.

*

20.03 Uhr

Auf dem Heimweg ging Andreas die Frage seiner Mutter nicht mehr aus dem Kopf. Warum hatte der Bankräuber Christoph Heisterbach umgebracht?

Weil er, wie Sven Obermüller vermutete, von Heisterbach falsche Informationen gekauft hatte? Oder weil er von Heisterbach eben doch erkannt worden war? Nicht vom Gesicht her, das war ja maskiert, sondern an den auffälligen Koteletten? Die hatten die anderen Zeugen in der Bank gar nicht gesehen. An dem Ohrring, den Heisterbach erwähnt hatte, den aber sonst niemand bemerkt hatte? Den Andreas möglicherweise für eine Erfindung hielt? An seinen Ohren, seiner Haarfarbe? Seinen einzigartigen Handschuhen?

Andreas fuhr gemäßigt die Langemarckstraße hinunter. Er musste die anderen Zeugen unbedingt noch einmal nach der kleinsten Einzelheit befragen.

Aber was, wenn der Bankräuber doch nicht der Mörder war? Woher kam dann der Geldkoffer?

Seine Mutter sagte irgendetwas.

„Was? Ich hab nicht zugehört," informierte er sie.

„Ich sagte, du fährst den Berg runter wie deine Oma! Ich möchte gern um Viertel nach acht meine Füße hochlegen und fernsehen!"

Er fuhr absichtlich noch ein bisschen langsamer, ließ seine Mutter reden und zerbrach sich den Kopf.

*

20.05 Uhr

Mario fluchte. Nach einer Schrecksekunde versetzte er Ina einen Fausthieb mit der Linken auf die Nase. Sie hörte auf zu beißen, schrie auf, ließ sein rechtes Handgelenk los und fasste sich mit beiden Händen ins Gesicht.

„Was fällt dir ein, du Drecksstück!" brüllte er sie an und verpasste ihr gleich noch einen Schlag in den Magen.

Ina krümmte sich ächzend nach vorne. Er griff in ihre langen Haare und riss ihren Kopf wieder zurück. Er selbst fühlte keinen Schmerz mehr, nur noch Wut. Und Macht. Er konnte mit ihr tun, was er wollte. Wo war das Messer?

Als er es losgelassen hatte, hatte es ihrem Oberschenkel beim Herunterfallen einen kleinen Schnitt verpasst, den sie gar nicht zu spüren schien. Jetzt war es halb zwischen ihre Beine gerutscht ... er fasste hin, und dort, zwischen ihren Beinen, war es weich und heiß und ein wenig feucht ... das fühlte sich gut an ... und er tastete sich noch ein wenig vorwärts. Seine Wut wurde immer mehr zur Erregung – als Ina blitzartig ein Bein anzog, und ihr Knie gegen sein Kinn rammte.

Sein Kopf flog zwar zurück, aber seine Hand schloss sich reflexhaft um das Messer und riss es zwischen ihren Beinen hervor. Ina schrie wieder auf und versuchte, beide Beine anzuziehen, um Mario mit den Füßen von sich weg zu stoßen.

Die Vorstellung, dass am Ende sie Mario aus dem Wagen warf und ihn im Wald zurückließ, war so ungeheuerlich, dass er über sich selbst hinauswuchs. Mit seinem ganzen Gewicht warf er sich plötzlich nach vorne und begrub Ina halb unter sich. Wieder ließ er das Messer fallen, griff neben den Sitz und ließ ihn nach hinten kippen, während Ina unter ihm herumstrampelte und versuchte, ihm ihre Finger in die Augen zu bohren.

„Geh runter von mir, du ekliger Fettsack!" kreischte sie und zappelte und kratzte ihm durchs Gesicht.

„Halt still oder du lernst mich kennen, du verlogenes Stück Scheiße!" Er bekam eins ihrer Handgelenke zu fassen. Je mehr sie sich wehrte, desto wütender wurde er. „Hast du eine Ahnung, wie ich mich fühle?!" schrie er und schnappte sich ihr anderes Handgelenk. „Ich dachte, wir hätten eine Zukunft! Ich hätte alles für dich getan, und du machst mir mein Leben kaputt!"

Immer noch wand sie sich keuchend unter ihm wie eine Schlange. „Du tust mir weh, du Schwein!" presste sie hervor. „Was kann ich denn dafür, wenn du so blöd bist und mir alles glaubst!"

Das hätte sie nicht sagen dürfen. Er würde ihr jetzt zeigen, wie blöd er war! Ihre Bewegungen und ihr schneller Atem erregten ihn auf einmal wieder, und er verspürte die Kraft von zwei wilden Stieren in sich.

Er schaffte es, ihre beiden Handgelenke mit einer Hand festzuhalten und mit der anderen seine Jeans aufzuknöpfen. Er hatte auch den Reißverschluss fast offen, als die verfluchte Schlampe eine Hand freibekam, ihm den Ellenbogen gegen ein Ohr knallte und schrie: „Nimm deine hässlichen, stinkenden Finger von mir, du Versager! Du kriegst doch sowieso keinen hoch, du lächerliches Mamasöhnchen! Du wirst –“

An diesem Punkt setzte bei Mario etwas aus. Er vergaß den Reißverschluss, packte sie mit einer Hand am Hals und drückte zu. Sie hatte ihr verdammtes Maul zu halten! Ihr verfluchtes Drecksmaul!

Mit einer Hand schlug sie ihn wahllos auf den Kopf und ins Gesicht, aber das spürte er kaum, er konzentrierte sich ganz auf Inas Mund, der aufgerissen um Luft rang, und auf Inas Augen, die vor Panik immer größer wurden. Mit aller Kraft presste er ihren Hals zusammen, bis ihre Schläge schwächer wurden, bis ihr Arm schlaff zur Seite fiel, bis ihr Körper sich nicht mehr wand. Der Blick in ihren Augen wurde starr. Ihr Mund stand offen.

Ihre Leblosigkeit brachte ihn zu sich. Er hatte sie doch nicht etwa umgebracht?!

Mario wälzte sich von ihr herunter, lehnte sich zurück auf den Fahrersitz und machte die Hose wieder zu. Er schaltete das Licht im Wagen aus und schloss die Augen. Minuten-, vielleicht stundenlang saß er so da, im Kopf und im Herzen vollkommene Leere.

Erst allmählich schlich sich ein ganz schreckliches Gefühl in sein Bewusstsein ... was hatte er da getan? Es war so verflucht viel schief gelaufen in seinem Leben und jetzt auch das noch! Reichte es nicht, dass er schuld war am Tod seines Vaters?! Dass er daran schuld war, dass der kleine, gehässige Oliver seinetwegen im Rollstuhl saß?! Jetzt hatte er auch noch Ina auf dem Gewissen!

Mario fühlte sich erschüttert, fühlte sich böse. Aber unüberhörbar und immer öfter wisperte eine Stimme dazwischen: `Sie hat es provoziert ... sie hat es verdient ... sie ist die Böse!´ und so drehte sich langsam, aber sicher sein Gemütszustand in eine andere Richtung: er musste diesen Zwischenfall hier im Wald als Chance für einen Neuanfang sehen – er konnte sich das Geld aus Inas Wohnung holen, seine Schulden bezahlen, Werbung für sein Geschäft machen und sich endlich von seiner Mutter lösen.

Ja, wenn diese schreckliche Erfahrung irgendeinen Sinn für ihn machen sollte, dann diesen!

Da keine unmittelbare Gefahr bestand, entdeckt zu werden, nahm sich Mario ein Weilchen Zeit, um über ein paar nicht unerhebliche Probleme nachzudenken: wohin mit der Leiche, wohin mit ihren Sachen, woher mit einem Alibi?

Er stieg aus dem Wagen und streifte sich die dünnen Handschuhe aus dem neuen Erste-Hilfe-Kasten über, den er sich erst letztes Jahr auf `Empfehlung´ der Polizei hatte zulegen müssen. Was für eine Ironie.

Schließlich zog er Inas nackten Körper aus dem Auto und legte ihn ein paar Meter entfernt auf den Boden. Einzelheiten erkannte er in der Dunkelheit nicht, aber er traute sich auch nicht, die Autoscheinwerfer einzuschalten. Er holte sich Inas rosa T-Shirt und begann, kräftig die Stellen ihrer Haut abzureiben, die er berührt hatte, sowie die, mit denen sie ihn berührt hatte. Ob das ausreichte, jede Spur seiner DNA zu entfernen?

Er setzte sich in den Wagen und grübelte über diese Frage nach. Als er ein leichtes Brennen in seinem Gesicht spürte, schaltete er die Innenbeleuchtung wieder ein und sah in den Spiegel. Verflucht, er hatte drei rote Striemen auf den Backen! Nicht blutig, aber immerhin sichtbar! Was, wenn die Schlampe Hautpartikel von ihm unter den Nägeln hatte?!

Zum zweiten Mal holte er das Messer unter dem Sitz hervor, ließ das Innenlicht an, stieg aus. Neben Inas Körper kniete er nieder und überprüfte ihren Puls, um sicherzugehen, dass sie nicht plötzlich wieder zu sich kam. Hundertprozentig kein Puls.

Kurz überlegte er, ob er ihr nicht gleich ganz die Finger abschneiden sollte ... aber das brachte er nicht über sich, also begann er im Halbdunkeln mit der scharfen Messerspitze ihre Nägel sauber zu machen. Als er damit fertig war, stand er auf und schaute auf Ina hinab. Sie sah so unverletzt aus. Das ging nicht.

Ohne genauer hinzugucken stach er mehrmals mit Wucht im Brustbereich auf den Körper ein. Die Wunden bluteten kaum noch und sahen irgendwie Ekel erregend aus. Mario wurde übel. *Ja, kotz dich nur aus, dann haben sie gleich zwei Hände voll mit deiner DNA!*

Er wandte sich ab und versuchte, an etwas Angenehmes zu denken. An Inas Geld. Sein Magen beruhigte sich, und Mario schaffte es sogar, Inas Körper auf die Seite zu drehen und ihre Arme und Beine anzuwinkeln, so dass sie dalag wie ein schlafendes Kind.

Anschließend bedeckte er den Körper mit so viel trockenem Laub, wie er in der näheren Umgebung zusammenkratzen konnte, wendete das Auto und fuhr die 100 Meter zurück zur Hauptstraße. Dort stellte er den Wagen ab, lief noch einmal in den Wald, an die Stelle, an der er vorhin geparkt hatte, und bemühte sich, Reifenspuren, die er kaum sehen konnte, mit den Füßen zu verwischen.

Fünf Minuten später war er auf dem Weg nach Hause, neben sich auf dem Beifahrersitz Inas Kleider, Schuhe, Handtasche. Als er die Stadt erreichte, hielt er Ausschau nach öffentlichen Abfaleimern und entsorgte im ersten Eimer einen Schuh und ein T-Shirt, im nächsten Eimer den BH und den anderen Schuh u.s.w., bis er nur noch den Inhalt von Inas Handtasche neben sich liegen hatte.

Inzwischen war es fast 21 Uhr, und Mario fragte sich, ob es besser sei, gleich in Inas Wohnung nach dem Geld zu suchen, oder doch lieber deutlich später am Abend. Er entschied sich dafür, sich erst einmal bei der intriganten, fetten Kuh zu melden, die sich seine Mutter nannte, damit sie ihm nicht noch ein Suchkommando der Polizei auf den Hals hetzte!

*

Kurz nach 21.25 Uhr – RTL war gerade in die Werbepause gegangen – hörte Franziska, wie jemand die Haustür aufschloss.

„Mario, bist du das?!“ rief sie vom Sofa aus, ohne aufzustehen.

Aufstehen war immer mit großer Anstrengung und Schmerzen in den Knien verbunden.

„Klar! Wer wohl sonst!" ertönte seine Stimme aus dem Flur. Eine sehr ungnädige, gereizte Stimme.

Na, dem würde sie was erzählen! Sich erst den ganzen Tag nicht melden und dann auch noch patzig werden! Als Mario ins Wohnzimmer trat, hatte sie bereits ein paar passende Bemerkungen auf die Zunge, aber als sie sein Gesicht sah, dieses blasse, wütende, mit ein paar Striemen verunzierte Gesicht, und den ungewohnt harten Blick, schien es ihr auf einmal angebracht, den Mund zu halten.

Mario ließ sich in einen Sessel plumpsen, begann an einem Daumennagel zu beißen und starrte ein paar Sekunden auf den Fernsehschirm, bevor er in verärgertem Ton loslegte: „Mama, verschon mich jetzt bloß mit deinen Sprüchen! Ich bin echt schwer sauer!"

Kurze Pause, dann stand er auf und lief vor dem Fernseher auf und ab. „Du weißt, dass ich mich mit Ina gut verstanden hab ... und ich Blödmann hab gedacht, sie würde mich auch mögen."

Franziskas Herz schlug schneller. Um Gotteswillen! Hatte er etwas herausgefunden?! Würde er sie jetzt beschimpfen und anschreien und verlassen?!

Mario sah sie nicht an, während er weiterredete. „Ich wollte ihr heute einfach so einen Blumenstrauß vorbeibringen, und als ich an ihrem Haus vorbei fahre, sehe ich sie aus der Tür kommen, ich will ihr noch zurufen, sie soll auf mich warten, bis ich einen Parkplatz gefunden hab ... aber sie sieht mich gar nicht, sie geht schnurstracks auf ein Auto zu, das direkt vor der Tür parkt, und steigt ein! Da sitzt ein Kerl drin, und den umarmt sie! Ich dachte noch, ist vielleicht ihr Bruder oder so ...."

Mario schenkte seiner Mutter ein bitteres Lächeln. „Wirklich geglaubt hab ich das selbst nicht, also bin ich den beiden hinterhergefahren. Sie sind ins Kino gegangen, und als sie rauskamen, haben sie sich geküsst, aber nicht wie Bruder und Schwester!"

Franziska griff nach der Schokolade. Was war diese Ina doch für ein verlogenes Biest! Hoch und heilig hatte sie versichert, sie habe zur Zeit keinen Freund und werde sich voll und ganz auf Mario konzentrieren! Na, der würde sie was erzählen! Ihr Geld würde sie zurück verlangen!

„Und dann sind sie in den Wald gefahren, in einen Waldweg. Ich hätte kotzen können!" Mario machte ein angewidertes Gesicht. „Ich bin ausgestiegen und wollte mich an sie ranschleichen, aber da hat mir so ein Scheißbusch das Gesicht zerkratzt, und ich hatte die Schnauze endgültig voll und bin abgehauen! Ich konnte mir ja denken, was die zwei da im Wald im Auto treiben!" Mario sah Franziska geradezu hasserfüllt an. „Und deswegen hab ich nicht angerufen! Ich hatte weiß Gott andere Dinge im Kopf!"

„Ja, das kann ich mir vorstellen," sagte sie schnell. So hatte sie ihren Sohn noch nie erlebt. So mitteilsam und gleichzeitig so wütend.

„Ich geh nach oben," erklärte Mario und stapfte aus dem Zimmer.

Als Franziska ihn die Treppe hinaufsteigen hörte, merkte sie auf einmal, dass sie zitterte. Vor Wut, weil ihr Plan in die Hose gegangen war? Oder vor Angst, weil sie nicht die geringste Ahnung hatte, wie sie nun verhindern sollte, dass Mario sie allein in dieser Stadt zurückließ?

*

Oben in seinem Zimmer setzte sich Mario an seinen PC und lenkte sich mit ein paar Spielen ab. Nur zu gern hätte er seine Wut und sein Entsetzen mit Alkohol betäubt, aber er hatte noch etwas vor.

Gegen halb zwölf hörte er, wie sich seine Mutter ins Schlafzimmer verzog. Er wartete eine Stunde, dann schlich er sich aus dem Haus und fuhr zu Inas Wohnung, deren Schlüssel er natürlich noch hatte.

Nur einmal war er zuvor hier gewesen und hatte heimlich gehofft, er könne bald in diesen nett eingerichteten Zimmern mit ihr zusammenleben. Er musste sich beherrschen, um ihren Scheiß-Nippeskram nicht von Tisch und Schrank zu fegen!

Er hatte aus Mutters Küche die pinkfarbenen Gummihandschuhe mitgenommen, mit denen sie Sachen abwusch, die nicht in die brandneue Geschirrspülmaschine gehörten. Mario zwängte mit Mühe und Gewalt seine doch etwas größeren Hände in die Handschuhe und machte sich auf die Suche. Zuerst nahm er sich den Schrank im Wohnzimmer vor, dann die Küchenschränke und die Kommoden im Schlafzimmer. Auch das Bad vergaß er nicht. Er bemühte sich, nirgendwo größere Unordnung zu hinterlassen.

Aber er konnte das verdammte Geld nicht finden!

Schließlich nahm er sich einen Moment Zeit, setzte sich auf Inas Sofa, ließ seinen Blick umherschweifen und überlegte. Natürlich konnte sie das Geld an ausgefallenen Stellen versteckt haben, aber genauso gut konnte es in einem Bankschließfach oder bei einer Freundin liegen.

Mit wachsender Verärgerung sah Mario im Gefrierfach des Kühlschranks, unter Mülleimern und Teppichen nach, tastete Vorhänge ab.

Mit dem Ärger wuchs seine Unruhe, seine Angst, jemand könne plötzlich in die Wohnung kommen, oder Nachbarn könnten die Polizei rufen ... oder Ina selbst könne auftauchen, weil er ihren Puls einfach nur nicht gefunden hatte.

Das war irrational. Aber war nicht die ganze Situation unwirklich und verrückt? Plötzlich hielt er es nicht mehr aus in der Wohnung. Plötzlich war sogar das Geld unwichtig.

5

Bonn, Polizeipräsidium
Dienstag, 27. März, 7.50 Uhr

Sascha hatte eine Liste mit wiederhergestellten Emails vor sich liegen, aber seine Gedanken waren woanders.

Annika war ihm auch gestern Abend wieder aus dem Weg gegangen, wo sie nur konnte. Warum hatte er sich auf diesen verdammten Umzug eingelassen?! Er hatte große Lust, alles hinzuschmeißen, auszuziehen und sie auf den Kosten für die Wohnung sitzen zu lassen! Wahrscheinlich hatte sie ihn angelogen und war längst schwanger – denn kein normaler Mensch würde sich so dämlich verhalten! Wie hatte er nur sein schönes, freies Junggesellenleben aufgeben können! Wieso hatte er nicht gleich gemerkt, dass –

Die Tür ging auf, und Andreas trat ein, mit neuer Brille, neuer Jacke, neuen Schuhen, mit seinem neuen Leben, das ihm richtig gut zu tun schien, auch wenn sein Gesichtsausdruck an diesem Morgen nicht eben als `vor Freude strahlend´ bezeichnet werden konnte.

„Morgen," brummte er.

Sascha verbannte Annika aus seinen Gedanken und konzentrierte sich auf seine Arbeit. „Morgen, ich hab hier ein paar Emails aus Heisterbachs PC: die letzten 27, die er geschrieben und bekommen hat, und fünf davon sind eindeutige Drohungen. Ich les dir mal eine vor."

Andreas nickte, zog die Jacke aus und setzte sich an seinen Schreibtisch.

Sascha holte sich ein Blatt aus seinem Stapel hervor. „`Hallo Schweinehund! Ich weiß, wo du wohnst. Wenn ich morgen Abend mein Geld nicht hab, komm ich rüber und mach dich platt!´ Geschrieben letzten Donnerstag."

„Interessant," behauptete Andreas ohne große Überzeugung.

„Aber passt das zu unserer Bankräubertheorie?"

„Keine Ahnung. Aber was, wenn diese Theorie trotz Geldkoffer und Pistole falsch ist? Ich denke, wir müssen uns um den Herrn hier trotzdem kümmern."

„Natürlich. Was ist mit den anderen Drohungen?"

„Sind alle ähnlich. Es geht um Geld, das die Leute zurückhaben wollen, weil Sachen, die sie bestellt haben, nie bei ihnen angekommen sind. Oder nicht funktionieren. Drei der Drohmailschreiber kommen aus dem Großraum Bonn, zwei von weiter weg."

Andreas holte sich einen Kaffee, setzte sich mit dem dampfendheißen Getränk wieder hin und nahm ein paar kleine Schlucke. „Gut, dann informier mal die Kollegen in `Weiter weg´, dass sie sich die Leute dort ansehen. Wir haben Namen und Adressen?"

„Klar."

„Ich schicke zwei Teams zu den unzufriedenen Kunden in Bonn, und wir beide knöpfen uns den `Plattmacher´ vor."

„Am besten jetzt gleich."

„Darf ich noch meinen Kaffee austrinken?"

„Dann kann es zu spät sein."

Andreas schaute verzweifelt zum Himmel empor und verschwand dann sogar noch auf der Toilette, um sich ausgehfein zu machen. Zehn Minuten später fuhren sie die Auffahrt zur Südbrücke hinauf. Die Sonne schien bereits von einem fast wolkenlosen Himmel. Es würde ein schöner, warmer Tag werden.

Norbert Scholz, der Plattmacher, wohnte in Hersel, gleich hinter der Bonner Stadtgrenze. Da er arbeitslos war, konnte man ihn möglicherweise um diese Uhrzeit zu Hause antreffen. Sascha hatte sich für die Autobahnroute entschieden.

Andreas hielt sich bereits am Griff über der Tür fest und fragte: „Hast du nachgesehen, ob unser Herr Scholz vorbestraft ist?"

„Klar." Sascha nahm die Überholspur in Besitz. „Er ist der Justiz bestens bekannt wegen Körperverletzung, Hehlerei und neuerdings auch wegen Betrugs. Nur als Mörder ist er noch nicht in Erscheinung getreten."

„Auch ein Mörder hat sein erstes Mal," philosophierte Andreas und schwieg.

Aber Sascha wollte nicht schweigen, er wollte sich ablenken von den Gedanken an Annika.

„Wie war denn so dein Wochenende mit Sabine? Wieder Klaviermusik gehört?" Sascha ließ einen provokanten Unterton mitschwingen, damit Andreas endlich in Stimmung kam.

„Ach Sascha," seufzte Andreas plötzlich, als hätte er tiefstes Mitleid. „Du hast ja keine Ahnung, was du verpasst. Und ich rede hier nicht von den romantischen Sachen von Chopin oder Saint-Saens. Nein, ich gehe inzwischen eigene Wege."

„Hä?" fragte Sascha und raste von der Brücke auf die Friedrich-Ebert-Allee.

„Ich hab versuchsweise mal in Bartoks erstes Klavierkonzert reingehört – das ist die aggressivste Klaviermusik, die mir je begegnet ist! Und ich hab sie keine fünf Minuten ausgehalten! Dann hab ich mich gefragt, welches Sternzeichen könnte so eine Musik zustande bringen? Ein Widder vielleicht? Und was glaubst du, was Bartok ist?"

„Krebs," entgegnete Sascha, um Andreas zu ärgern. Was sollte der Unsinn mit aggressiver Klaviermusik?

„Natürlich." Andreas verstummte.

Als Sascha in die Reuterstraße abbog, versuchte er das Gespräch wieder in Gang zu bringen. „Ich bin ziemlich sicher, dass Bartok nichts für mich ist. Da seh ich mir doch lieber einen guten Musikfilm an. Weißt du, welchen ich für den besten Musikfilm aller Zeiten halte?"

„Dirty Dancing?"

„Gott, du hast in letzter Zeit echt nichts als Schweinkram im Kopf!" beschwerte sich Sascha. „Ich meine `Singin' in the Rain´! Tolle Songs, witzige Story und absolut perfekte Tanzszenen!"

„Da hast du ausnahmsweise Recht," ließ sich Andreas herab zu antworten. „Aber ich finde `Westside Story´ mindestens genauso gut."

„Ja, bis auf den kitschigen Schluss." Sascha fuhr auf die Autobahn.

„Stimmt. Der verdirbt ein bisschen die Laune."

„Schön finde ich auch `My fair Lady´."

„Du kennst `My fair Lady´? Sascha, manchmal überraschst du mich. Darf ich daraus schließen, dass du am liebsten Musicals hörst?"

Jetzt ging das wieder los! „Ja, auch," wich Sascha aus.

„Mann, jetzt mach's doch nicht spannender als Hitchcock persönlich! Bist du vielleicht heimlicher Wagner-Fan? Oder liebst du Marschmusik?"

„Weder noch." Nein, er würde es Andreas nicht sagen! Sonst ging das spätestens am nächsten Tag im ganzen Haus herum!

Sascha raste über die A 555 und verließ die Autobahn an der Ausfahrt `Bornheim´. Anscheinend hatte Andreas keine Lust weiterzuraten, sondern konzentrierte sich, während sie sozusagen an Hersel entlang fuhren, auf den Stadtplan und auf die Einfahrt zur Nahestraße, um von dort zur angegebenen Adresse zu gelangen.

Gegen 8.45 Uhr kamen sie endlich in der Wöhlerstraße an. Links lag eine kleine, alte Siedlung mit einstöckigen Wohnblocks und Grünanlagen dazwischen. Norbert Scholz bewohnte eine der Erdgeschosswohnungen. Sie drückten auf die Klingel, was sie mehrmals wiederholen mussten, bis der Türöffner summte.

Im Flur wandten sie sich nach links, wo sich eine Tür aufgetan hatte. Darin stand eine rundliche Frau Anfang Dreißig im weißen Frotteebademantel, mit leicht wirrer, blonder Hochsteckfrisur. Ein Geruch nach frischem Kaffee und genauso frischem Zigarettenqualm wehte aus der Wohnung heraus. Die Frau sah sie müde, mürrisch und stumm an.

„Morgen," grüßte Andreas. „Frau Scholz?"

„Nee, Köstler."

„Wir hätten gerne mit Herrn Scholz gesprochen.

„Ging's nicht noch früher?!" maulte sie, während hinter ihr ein großer Mann im weißen T-Shirt auftauchte, Mitte Dreißig, das dunkle Haar nach hinten aus der hohen Stirn gekämmt, unter der Nase ein dunkler Schnauzbart.

Sascha hielt der Frau seinen Ausweis vor. „Wir sind von der Kripo Bonn und –“

Er hatte den Satz noch nicht zu Ende gesprochen, als Scholz der Frau einen Stoß in den Rücken gab, dass sie nach vorne flog, direkt in Saschas Arme.

Sascha fing sie auf und schob sie gleich weiter zu Andreas. „Hier, pass auf, dass sie keinen Unsinn macht!“ ordnete er an und lief Scholz hinterher, der bereits in einem der hinteren Zimmer verschwunden war. Ein lautes Geschepper und Gepolter war zu hören, dessen Ursprung Sascha klar wurde, als er das Wohnzimmer erreichte: Scholz hatte – ohne Rücksicht auf das, was auf der Fensterbank stand – eins der Fenster aufgerissen und sprang eben nach draußen.

Sascha hetzte hinterher. Am Fenster hielt er kurz inne und verschaffte sich einen Überblick über die bescheidene Grünanlage mit winzigem Spielplatz hinter dem Haus: ein Kleinkind turnte auf einem verwitterten Klettergerüst herum. Die Mutter, eine große, kräftige Frau im moosgrünen Shirt war dank ihrer karottenroten Kurzhaarfrisur gut vor dem grünen Hintergrund auszumachen. Gerade stand sie mit aufgerissenen Augen von einer Bank auf, während Scholz über den Rasen auf das Klettergerüst zulief.

Sascha sprang die anderthalb Meter aus dem Fenster auf die Wiese und sprintete los. Scholz trug sein Haar nach hinten zum Zopf gebunden, Sascha konzentrierte sich auf diesen Zopf. Er kam ihm rasch näher. Inzwischen hatte sich die Mutter ebenfalls in Bewegung gesetzt. Hatte Scholz vor, das Kind als Geisel zu nehmen?! Die Mutter schien das Gleiche zu denken, denn plötzlich rannte auch sie los.

Scholz war nur noch wenige Meter von dem ins Spiel vertiefte Kind entfernt. Er streckte schon die Arme nach ihm aus. Sascha mobilisierte letzte Kraftreserven, wurde noch einmal schneller, machte einen Satz, griff nach Scholz' Zopf, erwischte ihn, riss ihm den Kopf nach hinten und warf sich mit ihm seitwärts auf den unebenen, löchrigen Rasen. Scholz schrie wütend und vor Schmerz auf und landete auf Saschas Beinen.

Und schon war die Frau da und schimpfte und trat mit ihren billigen Turnschuhen auf Scholz ein. „Was wolltest du von meinem Kind, du Schwein?! Ich mach dich alle, du perverser Arsch!"

Scholz brüllte und trat - halb sitzend, halb liegend - zurück, während Sascha versuchte, unter Scholz hervor zu kommen, der arg damit beschäftigt war, sich die Frau vom Leib zu halten.

Als Sascha sich endlich halbwegs aufgerichtet hatte, bekam er einen Tritt von der Frau ab ... und gleich darauf noch einen von Scholz. Da reichte es ihm. Er fuhr herum und gab Scholz einen Kinnhaken, dass der zurück auf die Wiese flog.

Doch die erboste Mutter verpasste dem bewusstlosen Scholz einen Tritt nach dem anderen, bis Sascha dazwischen ging, einen Schritt vors Schienbein kassierte und die Frau anherrschte: „Lassen Sie den Quatsch! Ich bin von der Polizei und werde den Mann jetzt verhaften! Und Sie verhafte ich auch, wenn Sie nicht sofort aufhören zu treten, verdammt noch mal!"

Diese Drohung überzeugte die Frau. Schnell spuckte sie noch einmal auf Scholz herab, wandte sich um, pflückte ihr Kind vom Klettergerüst und wollte mit dem protestierenden Knaben auf dem Arm davonmarschieren.

Sascha erwischte sie am Ärmel ihres grünen Shirts. „Sie bleiben hier, bis die örtliche Polizei eintrifft! Ich brauche Sie als Zeugin!"

Sie schenkte ihm einen giftigen Blick aus ihren schwarz ummalten Augen, aber sie blieb.

Eine Stunde später saß Norbert Scholz wieder bei vollem Bewusstsein, die langen Haare gekämmt und ordentlich zusammengebunden, im Büro am Tisch. Andreas ihm gegenüber, Sascha lehnte mit verschränkten Armen an der Wand neben der Tür, weil er fand, dass das professionell aussah. Gerade warf ihm Scholz einen bösen Blick zu. Sascha lächelte zurück.

„So, Herr Scholz, und nun erzählen Sie uns mal, warum Sie

so überstürzt das Haus verlassen haben." Andreas' Stimme klang heiter und freundlich, wie bei einer netten Plauderei am Mittag.

„Das wisst ihr doch ganz genau," knurrte Scholz. „Was fragt ihr so dämlich?!"

„Also für mich hört sich das wie ein Geständnis an," meldete sich Sascha zu Wort.

Der nächste böse Blick von Scholz. „Ja, du Heini! Ich hab die geklauten Kameras verkauft!"

„Schön, Herr Scholz, aber ich glaube, wir haben uns missverstanden," klärte Andreas ihn sanftmütig auf. „Wir haben mit geklauten Kameras nichts zu tun. Wir reden hier über einen Doppelmord."

Scholz starrte Andreas zwei Sekunden lang an, dann sprang er auf und hämmerte die Faust auf den Tisch. „Seid ihr bekloppt?! Ihr könnt mir doch keinen Doppelmord anhängen!"

Sascha nahm sofort die Arme auseinander, stemmte die Hände auf die Hüften und guckte drohend, während Andreas streng, aber immer noch ruhig mahnte: „Herr Scholz, setzten Sie sich wieder hin! Wir wollen Ihnen nichts anhängen. Sagen Sie uns, wo Sie letzten Samstag zwischen 15 und 16 Uhr waren. Vielleicht hat sich die Sache ja damit erledigt."

Scholz setzte sich, fummelte an seinem Schnurrbart herum, murmelte „Samstag? Samstag?" und lächelte Andreas plötzlich triumphierend an. „Am Samstag um zehn hab ich meine beiden Jungs bei meiner Ex abgeholt, und wir haben einen Ausflug ins Phantasialand gemacht! Und da haben wir meinen Ex-Schwager getroffen, mit seiner neuen Freundin und ihren Blagen! Und so um fünf sind wir wieder nach Haus gefahren!" Scholz lehnte sich entspannt auf seinem Stuhl zurück. „Wer ist denn ermordet worden?"

Sascha schlenderte zu Andreas hinüber und stellte sich schräg hinter ihn. Er wollte Scholz Reaktion auf die Namen sehen.

„Michael Lehmann und Christoph Heisterbach. Schon mal gehört?" Andreas' Stimme war wieder freundlich.

Scholz reagierte eher gleichmütig. „Nee, kenn ich nicht."

„Das wundert mich. Sie haben Heisterbach letzte Woche eine Email geschickt, dass Sie wissen, wo er wohnt, und dass Sie ihn `platt machen´, wenn Sie Ihr Geld nicht bekommen."

Scholz' Gesicht zeigte immer noch keine übermäßigen Emotionen. Kannte er Heisterbach wirklich nicht oder gab er gerade eine 1-A-Probe seiner Schauspielkunst? „Letzte Woche? Das kann nur der Kerl gewesen sein, dem ich ein paar von den geklauten Kameras verkauft habe und der dann nicht zahlen wollte. Aber ich weiß nicht, wo der wohnt! Das war ein Bluff, Mann! Das mach ich immer so, wenn einer versucht, mich zu bescheißen! Und jetzt will ich einen Anwalt!"

Andreas kündigte an, Scholz' Alibi zu überprüfen, bedankte sich übertrieben freundlich bei ihm und reichte ihn an die Kollegen der entsprechenden Abteilung weiter.

Anschließend erkundigten sie sich bei Manfred und Petra nach den Kandidaten, die sie hatten befragen sollen. Aber alle vier Personen, die außer Scholz Drohungen und Beschimpfungen an Heisterbach geschickt hatten, lieferten erstaunlich wasserdichte Alibis für den frühen Samstagnachmittag.

Das brachte besonders Andreas ins Grübeln. Mit abwesendem Blick und gekreuzten Armen saß er an seinem Schreibtisch, schrieb ab und zu etwas auf, schob und drückte an seiner neuen Brille herum, und eine halbe Stunde lang war nichts von ihm zu hören. Sascha ging derweil zum zweiten Mal die Zeugenaussagen des Banküberfalls und des Doppelmords durch, ohne zu neuen Erkenntnissen zu kommen.

Plötzlich brach Andreas sein Schweigen: „Sascha, wir nehmen uns jetzt mal die anderen 22 Emails vor, die `harmlosen´. Vielleicht haben wir da was übersehen. Es muss doch einen verdammten Grund geben, warum die alle gelöscht wurden!"

Also taten sie das, lasen die Emails laut vor, diskutierten, spekulierten, argumentierten, bis vier Stück zur Überprüfung in die engere Wahl kamen.

Bevor sie weitermachten, gönnten sie sich eine Mittagspause in der Kantine, wo sie auf Manfred, Petra und Klaus, den Chaoten, trafen, der schon so manche Ermittlung eher behindert als vorangetrieben hatte. Trotzdem erfreute er sich großer Beliebtheit (außer bei Andreas natürlich), weil er als gemütlicher Biertrinker und genialer Witze-Erzähler bekannt war ... im Gegensatz zu Manfred, der mit der Häufigkeit von Nieselregen in Bonn die Pointen vermasselte.

Andreas und Sascha setzten sich mit ihren Tellern zu den anderen an den Tisch, und Andreas hatte wieder nichts besseres zu tun, als auch beim Essen über den Fall zu reden. Sascha ergriff die Gelegenheit, von Scholz' Festnahme zu berichten, von der durchgedrehten Mutter und natürlich von seiner eigenen heldenhaften Rolle.

Plötzlich tauchte Renate von der Spurensicherung auf und ließ sich neben Petra nieder. Sie schien Andreas gar nicht zu beachten. Hieß es nicht, je weniger eine Frau einen Mann beachtete, desto mehr sei sie an ihm interessiert? Männliches Wunschdenken? Oder war da was dran?

Während Sascha mit seinen detaillierten Schilderungen fortfuhr, warf er ab und zu einen Blick zu Andreas hinüber, dann wieder zu Renate, und einmal – ein einziges Mal – sahen sich die beiden zwei Sekunden lang direkt in die Augen. Und setzten sofort unbewegte Mienen auf. Sascha verkniff sich ein Grinsen und erzählte weiter.

Kurz nach ein Uhr saß er mit Andreas wieder im Büro und suchte Namen und Adressen der Mailschreiber aus der Liste, als das Telefon klingelte. Andreas nahm ab.

„Ja? Was? .... Und wo? .... Wieso sollen wir das übernehmen? ... Was heißt: sind nicht da? Ich hab sie doch heute Mittag alle noch gesehen! .... Ja, ok." Andreas stand auf. „Mach dich fertig. Wir müssen noch einen Mord dazwischen schieben."

„Im Gegensatz zu dir bin ich fertig!"

„Ist ja gut ... ich geh noch schnell zur Toilette und –"

Das Telefon klingelte ein zweites Mal. „Ja?" knurrte Andreas in den Hörer ... doch schlagartig verwandelte sich seine Stimme in die des einfühlsamen Charmeurs.

„Frau Schneyder!" schnurrte er. „Das freut mich aber, dass Sie anrufen!" Seine Augen leuchteten auf, kurz bevor er Sascha den Rücken zuwandte. Er lauschte und seufzte dann, wie in größtem Bedauern, ins Telefon: „Ich muss jetzt leider zu einem Mordfall ... haben Sie heute Abend ein Stündchen Zeit? Wir könnten uns doch irgendwo treffen und Ihre Fragen besprechen ... ja, genau ... 19 Uhr? ... Prima. Bis dann."

Er legte auf und stürmte aus dem Büro. Vermutlich musste er seinen Kopf unter kaltes Wasser halten. Gute fünf Minuten später sprang er jugendlich-dynamisch wie lange nicht mehr ins Auto zu Sascha, der immer noch nicht genau wusste, wohin er fahren sollte.

„In den Kottenforst," wies Andreas ihn an. „Wir fahren über die Südbrücke und dann quer durch Dottendorf, dann sehen wir weiter."

Auf der Fahrt nach Dottendorf redete hauptsächlich Sascha, denn Andreas war wahrscheinlich mit seinen Gedanken bei der Unterwäsche von Frau Schneyder.

„Als ich mit zwölf nach Bonn zog, hab ich mich immer über den Namen dieses schönen Fleckchens gewundert," erläuterte Sascha. „Ich fragte mich damals, was ein Wald in Bonn mit Jerry Cotton zu tun hat."

„Ja klar," kommentierte Andreas, der auf einmal bestens gelaunt zu sein schien. „Jerry Cotton, der berühmte FBI-Agent aus dem nach ihm benannten Cottonforst!"

„Mach dich nur lustig über einen armen Zugezogenen!" beschwerte sich Sascha und konnte nicht anders – er musste Andreas einen Dämpfer verpassen. „Du bist ja völlig aus dem Häuschen wegen dieser Schneyder. Ich dachte, du hättest eine Freundin!"

Damit hatte Sascha den richtigen Nerv getroffen. Andreas ging in die Verteidigung, erklärte lang und breit, dass er natürlich mit

Sabine zusammen sei und dass er von der Schneyder ja eigentlich gar nichts wolle, dass er sich eben nur gerne mit ihr unterhalte.

Sascha nickte ungeduldig, fuhr durch Dottendorf, dann in den Wald hinein und suchte den Weg, der links zum Tatort abgehen musste. Es dauerte nicht lange, da sah er den Polizisten an einer Abzweigung stehen. Sascha wies sich aus, und sie wurden durchgelassen.

Nach etwa 100 Metern auf einem Waldweg stellte er das Auto hinter zwei Streifenwagen ab und stieg aus. Ihm fiel sofort auf, dass der Boden sich ziemlich hart und trocken unter seinen Schuhen anfühlte, was schlecht für die Spurensicherung war.

Die hatte allerdings den Tatort noch gar nicht erreicht. Ein sehr junger Uniformierter, den weder Sascha noch Andreas kannte, eilte auf sie zu. Er war sehr dünn und hatte sehr rote Backen in seinem länglichen Gesicht.

„Sind Sie die Mordkommission?“ fragte er mit einem Gesichtsausdruck, als sei er heilfroh, dass jetzt jemand anderer die Verantwortung für Leiche und Tatort übernahm.

„Persönlich,“ bestätigte Sascha und fühlte sich in diesem Moment wichtiger als Oberinspektor Derrick in der gleichnamigen Serie. „Haben Sie die Stelle abgesichert?“

„Natürlich.“ Der junge Polizist ging voraus und blieb 30 Meter weiter an einem Absperrband stehen. „Eine unbekleidete, blonde Frauenleiche mit mehreren Messerstichen und Einschnitten.“

Andreas und Sascha blieben an der Absperrung stehen und sahen sich den Körper aus vier Metern Entfernung an. Es sah aus, als hätte sich die Frau auf der Seite liegend zusammengerollt, als der Täter auf sie einstach. Anschließend hatte der Täter sie mit Laub bedeckt, das aber inzwischen zum größten Teil vom Wind oder von Tieren entfernt worden war.

„Wer hat sie gefunden?“ wollte Andreas wissen.

„Ein älteres Ehepaar, das hier spazieren gegangen ist ... das heißt, ihr Hund,“ erwiderte der junge Polizist.

„Wo sind sie jetzt?“

„Die sitzen da hinten in unserem Wagen und warten auf einen Arzt. Der Frau ist schlecht geworden."

„Die Spurensicherung wurde benachrichtigt?"

„Ja, ich glaube, da kommen sie gerade." Er wies zur Hauptstraße, von der ein Wagen in den Forstweg abbog.

Eine Viertelstunde später erzählte ihnen Peer, dessen Pulloverfarbe einem regelrecht die Augen ausstach, dass die Frau bereits tot (vermutlich erstickt) war, als auf sie eingestochen wurde. Der Mord konnte keine 24 Stunden her sein. Kleidung, Tasche und Papiere waren bisher nicht gefunden worden, also hatten sie eine völlig Unbekannte vor sich.

Sascha und Andreas wollten eben den Tatort verlassen, als ihnen der Zufall zu Hilfe kam. Der junge Polizist rief sie zu seinem Wagen, wo gerade eine Nachricht hereingekommen war: eine Mutter aus Rüngsdorf hatte am Morgen bei der Polizei angerufen und ihre Tochter als vermisst gemeldet. Da die Beschreibung der Toten mit der Beschreibung der Vermissten grob übereinstimme und sich die Mutter die Tote unbedingt ansehen wolle, schicke man sie eben vorbei.

„Ja," antwortete Andreas. „Bringt sie her. Aber sorgt bitte dafür, dass wir hier endlich ärztliche Versorgung haben."

Kaum hatte er die Bitte ausgesprochen, als ein Notarzt- und ein Krankenwagen angerumpelt kamen.

„Gott, die Mutter hier ... das wird nicht schön," gruselte sich Sascha.

Andreas ging ein paar Meter zur Seite, und Sascha folgte ihm. „Du bist ziemlich zimperlich in letzter Zeit! Was ist los? Ärger mit Annika?"

Andreas musterte ihn ernst mit scharfem Blick und schien tatsächlich zu erwarten, dass Sascha ihm sein Herz ausschüttete. Was er natürlich nicht tat, er würde nur eine klitzekleine Bemerkung machen, damit Andreas Ruhe gab.

„Was heißt hier Ärger? Wir reden nur seit zwei Tagen nicht miteinander."

Andreas guckte erstaunt. „Wundert mich eigentlich, dass ihr zwei Hitzköpfe das so lange durchhaltet ... aber so sind Feuerzeichen eben: da ist immer auch was Kindlich-Trotziges dabei. Keiner will nachgeben, keiner will zugeben, dass er vielleicht Unrecht hatte. Mir wäre so eine Beziehung zu kräftezehrend. Aber ich denke, du hast die nötige Kraft."

„Danke." Saschas Stimmung rutschte endgültig in den Keller. „Ich werde nämlich nicht schon wieder klein beigeben!"

Jetzt endlich ließ Andreas ein spöttisches Lächeln sehen. „Jawohl, zeig's ihr! In ein paar Jahren kommt sie sicher angekrochen."

„Soll das heißen, du Frauenexperte, dass ich ihr alles durchgehen lassen muss?!"

Andreas steckte die Hände in die Hosentaschen und ging noch ein paar Schritte weiter in den Wald hinein. „Was hat sie denn so Schreckliches getan? Hat sie heimlich deine DVD-Sammlung verkauft? Oder dich mit einem anderen Mann betrogen?"

„Nein! Sie hat mir unterstellt, dass ich ihr was unterstellt habe!"

Andreas musterte den Waldboden. „Das versteh ich zwar nicht ganz, aber es klingt wirklich entsetzlich. Dumm, dass sich Unterstellungen nur aus der Welt schaffen lassen, indem man darüber redet. Ich gehe jede Wette ein, dass Annika verzweifelt darauf wartet, dass du ihr ein winzig kleines Brückchen baust, über das sie dir entgegen kommen kann."

„Du wirst es nicht glauben – aber darauf warte ich umgekehrt auch!"

„Und wenn sie nicht gestorben sind, so warten sie noch heute. Verstehst du immer noch nicht, was ich mit `kindlich-trotzig´ meine? Man könnte auch `unreif´ dazu sagen."

„Weißt du was? Das muss ich mir heute von einem `überreifen´ Kollegen wie dir nicht anhören!"

Sascha wandte sich um und stapfte zurück zum Tatort. Diese arrogante, väterliche, mitleidige Tour hing ihm so was von zum Hals heraus!

„Was ist denn mit euch los? Habt ihr euch gezankt?“ wollte Peer wissen, während der Polizeifotograf ein paar Aufnahmen von Leiche und Umgebung schoss.

„Aber nein, wir sind das glücklichste Liebespaar seit Romeo und Julia.“ Sascha lächelte freundlich, obwohl er innerlich zu kochen anfing. Zu allem Überfluss traf nun auch noch der Streifenwagen mit der Mutter ein. Und die rotbraune Promenadenmischung der Waldspaziergänger fing an zu kläffen.

„Kann vielleicht mal jemand den Hund erschießen?!“ verlangte Sascha. „Und könnt ihr mal was über die Leiche legen?! Es reicht doch wohl, wenn die Mutter das Gesicht sieht!“ fügte er hinzu und ärgerte sich gleich noch über die Abgebrühtheit von Peer und Gefolge.

Der Hundebesitzer schaffte es, seinen Köter zu beruhigen, und ließ sich wahrscheinlich gerade Saschas Namen geben, um sich über ihn zu beschweren. Sascha zog sich ein wenig in den Hintergrund zurück und überließ Andreas die Sache mit der Identifikation.

Die Leiche wurde rasch mit einem Tuch aus dem Krankenwagen abgedeckt, bevor die Mutter, eine schlanke, blonde Frau im grauen Trenchcoat, Mitte 50, aus dem Wagen gestiegen war. Als sie näher kam, bemerkte Sascha die geweiteten Augen, deren Blick voller Schrecken von einer Person zur anderen sprang, zum Absperrband, zu den weiß gekleideten Leuten von der Spurensicherung und, ganz zuletzt, zu dem am Boden liegenden, abgedeckten Körper.

Und dort blieb er kleben. Die Frau ging schneller, wurde von Andreas, der sofort leise und sanft auf sie einredete, in Empfang genommen und unter der Absperrung hindurch zu der Getöteten geführt. Die Frau beugte sich vor, erkannte das Gesicht, fiel auf die Knie und begann zu wimmern: „Nein! Nein! Ina! Das darf nicht sein! Nein!“

Sascha spazierte ein Stück vom Tatort weg. Er mochte das jetzt nicht mit ansehen ... er merkte plötzlich, wie angespannt er war.

Der Schmerz, ein Kind zu verlieren, musste wohl der schlimmste seelische Schmerz auf Erden sein. Und wenn man ein Kind in die Welt setzte, dann ging man das Risiko ein, einen solchen Schmerz erleben zu müssen.

Sascha setzte sich seufzend auf einen am Wegesrand liegenden Baumstamm unter aufknospendem Gesträuch. Und andersherum war es auch nicht viel besser: wenn ein Kind Vater oder Mutter verlor. Das war ihm selbst widerfahren, und damals hatte es ihn fast aus der Bahn geworfen, und –

Verflucht noch mal, wieso schlug er sich dauernd mit diesen schwarzen Gedanken herum?! Das war doch sonst nicht seine Art! Nein, das war Annikas Einfluss! Wollte er wirklich den Rest seines Lebens mit einer Frau verbringen, mit der er sich alle zwei Wochen derart stritt, dass es sich negativ auf seine Arbeit auswirkte?!

Ein paar Minuten lang grübelte er über eine Antwort auf diese bedeutsame Frage nach. Bis Andreas ihm etwas kaum Verständliches zurief und ihn zu sich winkte. Sascha erhob sich und schlenderte mit möglichst gleichmütigem Gesichtsausdruck zu ihm hinüber.

„Wir fahren zur Wohnung der Tochter. Oder möchtest du lieber nach Hause?“ Andreas guckte besorgt.

„Ich bin nicht krank, verdammt noch mal! Ich bin nur schlecht drauf! Können wir das damit beenden?! Wo fahren wir hin?“

„Nach Rüngsdorf. Die Mutter hat mir den Wohnungsschlüssel mitgegeben. Die Tote heißt Ina Schaefer, war 29 Jahre alt und Fußpflegerin von Beruf.“

„Wieso hat die Mutter sie vermisst?“

„Sie hatte einen Termin beim Zahnarzt, und vor dem hat sie tierische Angst. Ihre Tochter hatte ihr versprochen, sie abzuholen und mit zu kommen. Aber sie kam natürlich nicht, obwohl sie, laut Mutter, immer hundertprozentig zuverlässig gewesen sei. Die Schaefer rief mehrmals vergeblich bei ihrer Tochter an, fuhr mit dem Taxi zur Wohnung, und als sie sah, dass das Bett unbenutzt war, ist sie sofort zur Polizei gegangen.“

Peer, der wohl zurück in die Gerichtsmedizin fahren wollte, kam ihnen in seinem giftgrünen Pullover entgegen und schnappte den letzten Satz auf.

„Also ich als Mutter hätte doch erst mal vermutet, dass das Mädchen in einem anderen Bett übernachtet hat," gab Peer zu bedenken.

„Du bist eben eine schlechte Mutter," meinte Sascha und fügte, da er heute seinen ehrlichen Tag hatte, hinzu: „Mann, geh doch mal zur Typ- und Farbberatung! In dem Pullover siehst du aus wie ein Laubfrosch mit Herzproblemen!"

Peers unfassbar hellblaue Augen bedachten ihn mit einem mitleidigen Blick, und plötzlich grinste er grässlich mit seinen wulstigen, gut durchbluteten Lippen. „Und das sagt mir ausgerechnet einer, der vom Kleidergeschmack her als Porno-Darsteller durchgehen könnte." Er hob grüßend die Hand und eilte davon.

Sascha schickte ihm noch ein empörtes „Also, das ist ja wohl –" hinterher, aber Andreas zog ihn am Arm zum Wagen.

Sascha schwang sich auf den Fahrersitz, ärgerte sich noch ein paar Sekunden, wendete und preschte los. Im Rückspiegel sah er, dass ihm das Auto der Kollegen von der Spurensicherung folgte.

„Hatte die Tochter eigentlich einen Freund?" fragte er.

„Nein, die Mutter wusste jedenfalls nichts davon."

„Komisch. Sie war doch eine junge, hübsche Frau."

„Vielleicht waren ihr Füße wichtiger als Männer."

„Was?"

„Ich meine, vielleicht bastelte sie gerade an ihrer beruflichen Karriere."

„Als Fußpflegerin?"

„Sei nicht so arrogant. Das ist ein ehrenwerter und wichtiger Beruf."

„Ohne Zweifel. Aber wenn ihre Ermordung keine Beziehungstat ist – wonach es, wenn du mich fragst, aussieht – was ist es dann? Der Beginn einer Mordserie mit schwer psychopathischem Hintergrund?"

Andreas lachte. „Darauf wartest du doch schon seit Jahren! Aber so oft wie in deinen ungefähr 2000 amerikanischen Krimiserien kommt das hier nun mal nicht vor.“

Sascha war dankbar für dieses Stichwort und erzählte Andreas während der restlichen Fahrt nach Rüngsdorf ausführlich, mit welch schwer gestörten Seelen sich beispielsweise der unvergessene Fitz hatte herumschlagen müssen.

Zumindest Sascha fand das deutlich aufregender als Ina Schaefers Wohnung: drei kleine Zimmer. Wohnzimmer, Schlafzimmer, Büro. Aufgeräumt, weiblich dekoriert, Möbel von Ikea, ein paar moderne Grafiken an der Wand. Sie hatte nicht einmal einen PC, aber netten Modeschmuck in einer Messingschatulle, wie Walter von der Spurensicherung ihnen mitteilte, während er Sascha einen forschen Blick aus seinen dunklen Augen zuwarf.

Auf einer Anrichte stand ein Messingrahmen mit einem Foto von Ina und ihren Eltern. Nirgendwo ein Foto eines Mannes in ihrem Alter.

„Sehen wir uns in den Schubladen mal nach Briefen und so was um. Außerdem muss die Frau einen Terminkalender gehabt haben.“ Andreas begab sich in Inas Büro und nahm die erste Schublade des Schreibtischs in Angriff.

Sascha wandte sich dem niedrigen Schrank neben der Tür zu: einige Aktenordner mit buntem Rücken, ein Karteikasten, daneben ein Laptop und darauf der Terminkalender.

„Hier ist ja das gute Stück,“ verkündete er und blätterte durch den Kalender. „Ganz schön ausgebucht, die Dame. So, wo haben wir denn Montag, den 26. März ... hier: 19 Uhr ... da steht `M´. Einfach nur M – wie Mörder.“

„Klar Sascha, sie hat den Termin mit ihrem Mörder eingetragen. Ärgerlich nur, dass sie den Namen nicht dahinter geschrieben hat ... hätte uns viel Arbeit erspart,“ murmelte Andreas während er die nächste Schublade durchwühlte. „Hier liegen eine Menge Schriftstücke, die wir durchsehen müssen.“

Mit einem Mal kam Walter zur Tür herein und hielt eine Plastiktüte voller Geldscheine in die Höhe. „Die haben wir im Schlafzimmer gefunden. Waren von hinten an das Nachttischchen geklebt ... das müssen ein paar Tausend Euro sein."

„Interessant. Die Frau scheint ja nicht ganz so harmlos und unschuldig zu sein, wie die Mutter wahrscheinlich denkt," mutmaßte Andreas und legte einen Stapel Briefe, Kontoauszüge und Papiere auf den Tisch. „Könnt ihr das für uns einpacken? Wir befragen inzwischen ein paar Nachbarn."

Im Haus von Ina Schaefer wohnten sechs Parteien. Andreas und Sascha gingen von Tür zu Tür, aber zunächst kam nichts weiter dabei heraus, als dass jeder Ina Schaefer als nette, hilfsbereite Frau beschrieb, die mit niemandem Ärger hatte und nur selten Männerbesuch erhielt.

Bis sie mit Frau Schwarz sprachen, die ganz oben wohnte und am Vorabend eine (wie sie fand) aufschlussreiche Beobachtung gemacht hatte. „Ich war gerade mit dem Fensterputzen fertig, da sah ich unten wieder diesen Sportwagen vorfahren," erzählte Frau Schwarz, die Mitte Sechzig sein mochte, fleckig braun gefärbte Haare ihr eigen nannte sowie ein sehr rundes Gesicht, das im Moment vor Aufregung rot angelaufen war.

„Das war so gegen 19 Uhr. Ina stieg ein, und weg waren sie."

„Sie haben nicht zufällig das Kennzeichen gesehen?" fragte Andreas.

„Nein, das konnte ich von oben nicht erkennen."

„Aber vielleicht die Farbe des Autos oder das Modell?"

„Schwarz war das, ja eindeutig, aber das Modell ... es war ein altes Auto, so was sieht man heute gar nicht mehr, ja, so ein alter, flacher Sportwagen."

„Aha. Und den haben Sie öfter hier gesehen?"

„Na ja, so oft auch nicht, zweimal in den letzten, na sagen wir mal drei Wochen oder so ... aber ich steh ja auch nicht den ganzen Tag am Fenster."

„Natürlich nicht. Haben Sie denn den Fahrer gesehen?"

„Nein, leider nicht."

„Vielen Dank, Frau Schwarz. Wir kommen vielleicht noch mal auf Sie zurück."

Nach dieser Aussage weiteten sie ihre Befragung auf die um- und gegenüberliegenden Häuser aus, aber außer Frau Schwarz konnte sich niemand an einen schwarzen Sportwagen, geschweige denn den Fahrer, erinnern.

Und so machten sie sich am späten Nachmittag auf den Weg zurück ins Präsidium. Sascha fiel selbst auf, dass er (für seine Verhältnisse) recht langsam fuhr, und er ertappte sich bei dem Gedanken, seine Heimkehr nach Vinxel so lange wie möglich hinauszuzögern. So weit war es also schon gekommen: er freute sich nicht mehr auf sein Zuhause! So ging das nicht weiter! Er würde –

„Sag mal, hältst du es für möglich," platzte Andreas in seine Gedanken, „dass Ina Schaefer eine Art Prostituierte war, die von einem Freier umgebracht wurde?"

„Du meinst so als Nebenjob, weil sie mit der Fußpflege nicht genug verdiente? Hat sie nicht laut Nachbarschaft so gut wie nie Männerbesuch erhalten?"

„Eben, das wär ja aufgefallen, vielleicht hat sie sich nur in Autos oder Hotels mit Männern getroffen," spekulierte Andreas. „Ich wüsste jedenfalls nicht, wie sie sonst an mehrere tausend Euro gekommen sein könnte."

„Nein? Wie wär's damit: Erbschaft, Heroinschmuggel, Aktienhandel, ältere Mitbürger beklauen, Leihmutterschaft, jemanden erpressen – "

„Ok, du hast mich überzeugt. Sichten wir erst mal unser Material, bevor wir Theorien aufstellen."

Im Büro sichteten sie also Material, aber um sechs Uhr hielt Andreas nichts mehr – hatte er doch eine Verabredung mit Anthea Schneyder. Sascha beneidete ihn um seine Vorfreude.

*

Bonn-Pützchen
19.00 Uhr

Andreas stand vor dem italienischen Restaurant, das in einer schmalen Seitenstraße gegenüber einem wirklich winzigen Parkplatz lag, ließ sich den warmen Wind um die Nase wehen und hielt Ausschau nach Anthea, die er seit über drei Monaten nicht mehr gesehen hatte.

Plötzlich kam sie um die Ecke, groß und schlank, in einem dezent gestreiften, grauen Hosenanzug, blonde Pagenfrisur, mit großen, schnellen Schritten. Auf den Lippen ein zurückhaltendes Lächeln.

Ihr Händedruck war fester, als er ihn in Erinnerung hatte, und auch ihre Stimme schien ihm dunkler zu sein. „Guten Abend, Kommissar Montenar. Wie geht es Ihnen?"

„Wenn ich Sie sehe, geht es mir immer gut."

Sie lachte ein wenig spöttisch. „Danke, geht mir genauso."

Kurz darauf betraten sie das Restaurant und suchten sich einen kleinen Tisch in der Nähe der Tür, direkt an einer breiten Fensterfront. Das Lokal, auf den ersten Blick sauber, ansprechend und nicht zu bunt eingerichtet, war mit den \`typisch italienischen´ Tiffany-Lampen ausgestattet, und im Raum hing der Duft leckerer Speisen.

Nachdem sie sich beide ein Glas Wein bestellt hatten, kam Andreas zur Sache. „Sie sagten am Telefon, Sie hätten noch ein paar Fragen?"

„Ja." Für zwei Sekunden senkte sie ihren Blick, dann schaute sie Andreas doppelt so lange in die Augen. „Aber ich habe Sie beschwindelt ... ich dachte, das ist nicht so schlimm, weil Sie das von unserer Familie ja gewohnt sind."

Andreas wusste gar nicht, was er dazu sagen sollte. „So, so."

„Ja," fuhr sie fort, „ich wollte mich erstens noch mal für Ihre Hilfe und Ihre guten Ratschläge bedanken: das Interesse der Presse ließ tatsächlich schlagartig nach, als es einen noch interessanteren

Fall gab. Ich hab mit meinen Verwandten und Freunden offen über alles geredet … und in der Wohnung bin ich auch geblieben, obwohl mir meine Therapeutin geraten hat, an einem anderen Ort neu anzufangen.“

Anthea geriet ins Stocken, als die Kellnerin die beiden Weingläser brachte. Sie griff sofort zu ihrem Glas und prostete Andreas mit euphorischem Lächeln zu: „Auf einen Neuanfang!“

Andreas ließ sich anstecken. „Auf einen Neuanfang! Das war erstens, und was ist zweitens?“

„Bitte?“

„Sie sagten, Sie haben sich mit mir getroffen, weil Sie mir erstens danken wollten, und zweitens, weil …?“

„Sie hören aber immer genau zu, was?“ Verlegen schweifte ihr Blick durch das Restaurant und mied Andreas' Gesicht.

„Das ist meine große und vielleicht einzige Stärke. Und im Übrigen können Sie mir wirklich alles anvertrauen, wie schrecklich es auch sein mag,“ versicherte Andreas.

Sie schaute ihn kurz an, sah wieder weg, nestelte an ihrer Perlenkette herum, fixierte ihr Weinglas und offenbarte mit leiser, fast trotziger Stimme: „Zweitens, weil ich Sie gerne wiedersehen wollte.“

„Ja, das ist natürlich schrecklich,“ urteilte Andreas und schenkte ihr sein gewinnendstes Lächeln. „Aber mir geht es doch genauso … ich habe mich wahnsinnig darauf gefreut, Sie wiederzusehen.“

Auf dieses Bekenntnis folgte eine Schweigeminute.

Ein mittelaltes Pärchen musste, um das Restaurant zu verlassen, durch den Gang, der an der Fenstertischreihe vorbeiführte. Die Frau stolperte über irgendeine Unebenheit am Boden oder über ihre eigenen Füße, und der Mann hielt sie in letzter Sekunde fest, bevor sie auf Andreas' Tisch landete.

Entschuldigungen, Gelächter, Smalltalk über die Unwägbarkeiten des Lebens und des Bodenbelags an sich. Dann zog das Paar weiter.

Kurz darauf eilte ein Kellner herbei und fragte Anthea, ob sie schon gewählt habe. Anthea aber wollte nichts essen. Auch Andreas hatte keinen Appetit. Ihm schnürte die Aufregung den Magen zu. Kaum war der Kellner gegangen, als Anthea wieder das Wort ergriff.

„Ich bin mir übrigens über meine Gefühle Ihnen gegenüber nicht wirklich sicher, ich weiß nicht ... ist es nur eine Art Dankbarkeit ... oder ist es mehr?"

„Lassen wir uns doch einfach Zeit, es rauszufinden," schlug Andreas vor und wechselte abrupt das Thema. „Wie ich letztes Jahr schon feststellen durfte, halten Sie nicht viel von Astrologie, stimmt's?"

Ein dünnes Lächeln. „Stimmt, ich halte nur was von Fakten ... und ich hab mich damals schon gewundert, wieso Sie sich für diesen Unsinn interessieren."

„Ja, seltsam, nicht wahr? Ich, der nüchterne, illusionslose Kommissar, der sich nur auf Beweise und Fakten verlässt. Ich hab mich früher auch gern über Leute lustig gemacht, die sich mit Astrologie beschäftigt haben."

Ihr Blick wurde tatsächlich noch ein bisschen skeptischer.

„Aber ich bin Wassermann wie Sie, Frau Schneyder, und Wassermänner haben nun mal einen wissbegierigen Verstand und lernen auch gern im Alter noch dazu."

Jetzt lächelte sie wieder, aber ein bisschen von oben herab. Und begann nach einer meisterhaft knappen Überleitung von etwas ganz anderem zu reden.

„Das klingt ja fast nach leidenschaftlichem Interesse für diese Sache ... ich hab übrigens auch eine Leidenschaft: klassische Musik. Können Sie damit zufällig was anfangen?"

Ihr Blick wurde wehmütig, während Andreas' Herz schneller schlug. Da bot sich ihm ja auf einmal die Chance, die Frau für sich einzunehmen!

„Aber natürlich!" Er strahlte sie an. „Da haben wir ja was gemeinsam! Welche Richtung mögen Sie denn besonders?"

„Den Impressionismus."

„Na, das ist ja ein Zufall. Ich hab mich lange Zeit mit Klavierwerken der Spätromantik beschäftigt," begann Andreas und hoffte, der Ausdruck `lange Zeit´ möge sich nach Jahrzehnten anhören und nicht nach den tatsächlichen vier Monaten. „Und dann bin ich auf das grandiose Klavierkonzert in G-Dur von Maurice Ravel gestoßen ... kennen Sie das?"

„Klar, ich bin ein großer Ravel-Fan!"

„Und was halten Sie von Bartok? Der war ja ziemlich aggressiv unterwegs."

Anthea lachte. „Ja, Klavierkonzerte von Bartok sind echt gewöhnungsbedürftig! Aber es gibt auch ganz andere Sachen von ihm ... hören Sie sich mal seine `Musik für Saiteninstrumente, Schlagzeug und Celesta´ an."

Das Thema schien alle Dämme niederzureißen, denn plötzlich fachsimpelten sie in lockerem Ton über Chopin, Beethoven und Debussy, und Andreas spielte ihr zunächst kühn den erfahrenen Kenner klassischer Musik vor, bis Anthea mit Opern von Verdi und Strauß ankam.

Da hielt er es für angebracht, das Gespräch schleunigst auf das Gebiet der Politik umzulenken. So erfuhr er, dass sie alle Politiker sämtlicher Nationen für asoziales Gesindel hielt.

Nach der Politik ließ sie sich über Thomas Mann aus, aber Andreas brachte das Gespräch blitzschnell von Mann über Goethe auf die Naturwissenschaften, und erzählte ihr auch schon von seinem Teleskop, von Venus, Mars und der Raumbewegung der Sonne.

Eine Weile hörte Anthea interessiert zu, dann meinte sie mit zuvorkommendem Lächeln: „Und so schließt sich der Kreis: wir sind wieder bei den Sternen angelangt."

Andreas fühlte sich auf einmal verunsichert. Hatte er zu viel geredet? Hatte sie einen völlig falschen Eindruck von ihm bekommen?

Ein jüngeres Paar betrat das Restaurant und marschierte, die Frau voran, am Tisch von Andreas und Anthea vorbei in den hinteren Gastraum. Die Frau stolperte, der Mann auch, und es hätte nicht viel gefehlt, und sie hätten beide übereinander auf dem Boden gelegen.

Andreas verkniff sich gerade noch ein Grinsen, sah Anthea schnell in die braunen Augen und fragte: „Was halten Sie eigentlich von mir?"

Verlegen wich sie seinem Blick aus und dachte ausgiebig nach, bevor sie antwortete. „Ich denke, Sie sind eher ein vernunftbetonter Mensch, der die Welt ganz schön negativ sieht - aber das hat vermutlich mit Ihrer Arbeit zu tun. Sie erleben da sicher viel ... na ja, Schreckliches."

Nein, im Grunde war er immer schon so gewesen. „Ja, da haben Sie Recht."

Sie lächelte ihn kokett an. „Und was halten Sie von mir?"

Mist, Andreas hasste solche Fragen. Aber er kratzte alles an Charme zusammen, was er hatte. „Sie sind eine attraktive, kluge und humorvolle Frau." Gott, klang das abgestanden!

Ihr Blick schien das gleiche zu sagen. Ein reserviertes „Danke" kam über ihre Lippen. Rasch trank sie ein paar Schlucke Wein.

„Also gut, ich versuch's noch mal auf meine vernunftbetonte Art," legte Andreas nach. „Erstens kann und will ich Sie nach so kurzer Zeit nicht beurteilen, und zweitens haben Sie einfach wunderschöne braune Augen. Wie meine Mutter."

Anthea guckte ihn an, als seien ihm Reißzähne gewachsen ... doch plötzlich fing sie an zu lachen. „Das hat echt auch noch keiner zu mir gesagt! Ich erinnere Sie an Ihre Mutter? Also wirklich!"

Gerade stolperte eine dritte Frau an ihnen vorbei, die sich in letzter Minute fangen konnte. Andreas notierte im Hinterkopf, am nächsten Tag den Restaurantbesitzer telefonisch nachdrücklichst zu ermahnen, die Stolperfalle zu beseitigen.

Er schaute Anthea an und betonte: „Ich meine das durchaus positiv! Meine Mutter ist nämlich eine intelligente, an allem interessierte Frau! Und ich habe eine eigene Wohnung in ihrem Haus."

So, jetzt wusste sie das auch. Allerdings guckte sie, als hätte sie es lieber nicht erfahren. Ein Blick auf ihre Armbanduhr. „Herr Montenar, ich muss jetzt allmählich nach Hause. Vielleicht können wir unser Gespräch am Wochenende fortsetzen."

„Wohin darf ich Sie dann ausführen?"

„Ich lasse mir was einfallen."

*

Bonn, Polizeipräsidium
18.20 Uhr

Nachdem der aufgekratzte Andreas das Büro verlassen hatte, arbeitete Sascha weiter. Er rief beim zuständigen Amt an und bat um eine Liste aller Sportwagen in und um Bonn.

„Kriegen Sie morgen im Laufe des Vormittags," verkündete eine Frau, die genauso schlecht gelaunt klang, wie er sich fühlte.

Dann ließ er sich von Ina Schaefers inzwischen stark sedierter Mutter am Telefon unter anderem den Namen der besten Freundin ihrer Tochter geben. Die wusste noch gar nichts von Inas Ermordung, fiel aus allen Wolken, und antwortete auf alle Fragen, die Sascha zu Inas Terminkalender stellte, aber zu der Abkürzung `M.´ wollte auch ihr nichts einfallen. Nein, seit der Trennung von ihrem letzten Freund vor einem halben Jahr habe Ina ihres Wissens nach keinen Mann kennen gelernt.

Sascha notierte sich den Namen des Ex-Freunds und rief, da es noch relativ früh am Abend war, weitere Freundinnen und Bekannte von Ina an, die ihm alle nichts Neues sagen konnten. Keiner verstand, warum jemand Ina derartiges hätte antun sollen, und wäre nicht das viele Geld hinter ihrem Nachtschränkchen und die Sache mit dem Sportwagen gewesen, auch Sascha hätte zu der Theorie tendiert, Ina sei das zufällige Opfer eines triebgestörten Psychopathen geworden.

Als er den Hörer auflegte, fiel ihm auf, wie still es im Haus geworden war. Er zog seine Jacke über, verließ das Büro und suchte nach Manfred, Jörg oder sonst jemandem, mit dem er ein Bier trinken gehen konnte.

Schließlich lief ihm Petra über den Weg, die gerade nach Hause wollte und sich überraschend schnell dazu überreden ließ, mit ihm ins nächstgelegene Lokal zu kommen. Sie gingen zu Fuß und redeten über den Bankraub, aber kaum dass sie sich an einem Tischchen gegenüber saßen, fragte Petra: „Na, Ärger mit der Liebsten?"

„Wieso?" fragte Sascha ungnädig zurück.

„Was sollte es sonst für einen Grund geben, dass du so ein Gesicht machst? Darf man hier rauchen?" Da auf ihrem Tisch ein Aschenbecher stand, holte Petra ihre Zigaretten aus der Handtasche und zündete sich eine an.

Sascha ärgerte sich. Sobald er sein Bier ausgetrunken hatte, würde er fluchtartig das Lokal verlassen!

„Tobias und ich streiten uns auch dauernd," vertraute Petra Sascha an und strich sich ein paar dunkelbraune Fransen aus der Stirn.

„Annika und ich streiten uns nicht dauernd," behauptete Sascha.

„Bist du sicher? Oder nur trotzig?" Petra nahm einen Zug aus der Zigarette und sah ihm währenddessen lange in die Augen.

Was sollte das denn jetzt?! War sie neuerdings Psychologin, oder wollte sie ihn anmachen?! Sie war überhaupt nicht sein Typ: viel zu dünn, kurze Haare und immer so unweiblich angezogen. Aber schöne, dunkle Augen hatte sie, das musste man ihr lassen.

Das Lächeln, das jetzt um ihre nicht eben vollen Lippen spielte, kam ihm sehr auffordernd vor. Eine Aufforderung, auch den restlichen Abend mit ihr zu verbringen? Vielleicht sollte er ... nein, wenn Annika Wind davon bekam, war es aus und vorbei!

Die Kellnerin brachte das Bier, und Sascha trank gleich das halbe Glas leer. Um Petra abzuschrecken und sich selbst widerstandsfähiger gegen jede Versuchung zu machen, begann er von Annika zu schwärmen. Von ihren tollen Haaren, ihrer Superfigur, ihrem exzellenten Geschmack in allen Fragen des Lebens, von ihren Kochkünsten und ihrem schwarzen Humor, der seinem so ähnlich war.

Petras Gesichtsausdruck wechselte während seiner Beschreibung von freundlich über irritiert bis hin zu tiefgekühlt. Sie trank ihr Bier, rauchte zwei Zigaretten und sagte kaum noch etwas. Auf einmal sah sie auf ihre Armbanduhr, riss die Augen auf, quiekte „Was, schon so spät?!“ und kramte in ihrer Handtasche nach ihrem Portemonnaie.

„Lass mal, ich zahle,“ bestimmte Sascha. „Schließlich quatsch ich dich jetzt seit `ner halben Stunde zu!“

„Danke. Bis morgen.“ Petra riss ihre Jacke vom Stuhl und hastete aus dem Lokal, als seien die Orcs hinter ihr her.

Sascha blieb noch ein paar Minuten sitzen, trank sein Bier aus, spazierte zurück zu seinem Wagen, der am Polizeipräsidium stand, und fuhr Richtung Vinxel. Oben am Wald angekommen, stellte er das Auto für eine Weile auf dem Parkplatz ab und hing seinen Gedanken nach. Eigentlich wollte er nicht, dass es zwischen ihm und Annika aus und vorbei war.

Dank des Biers befand er sich in milder Stimmung und so allmählich begannen sich in seinem Gehirn ganz radikale Gedanken zu formen: er war fünf Jahre älter als Annika, er hatte also viel mehr Erfahrung und Reife als sie ... und war er als Mann nicht sowieso vernünftiger und rationaler als sie? War es nicht seine Aufgabe, Krisen wie diese zu meistern und alles wieder ins Lot zu bringen? War nicht er der Starke?

Berauscht von dieser Selbsteinschätzung verließ er den Parkplatz und nahm rasant die Kurven nach Vinxel: er war der Retter der Beziehung, der Held in der Krise!

Als er gegen halb zehn die Haustür aufschloss, stellte er sich bereits Annikas angenehm überraschten Gesichtsausdruck und ihr liebevolles Lächeln vor, und nachdem er die Treppe hinaufgefedert war und die Wohnungstür geöffnet hatte, fühlte er sich schon fast in ihren Armen liegen.

Im Flur brannte Licht und in der Küche auch. Wartete sie dort auf ihn? Nein, auf dem Küchentisch wartete ein Zettel. Für einen Moment schien sein Herzschlag auszusetzen – hatte Annika ihn verlassen? Mit zwei Schritten war er am Tisch und griff nach dem Zettel mit Fingern, die ein klein wenig zitterten: 'Wenn du bereit bist zu reden, klopf dreimal an meine Tür!'

Erleichterung. Fünf Sekunden später Verärgerung. Jetzt hatte sie schon wieder die Initiative ergriffen!

Sascha stand mitten in der Küche und wusste nicht, wie er reagieren sollte. Dann entschloss er sich zum Angriff. Er warf seine Jacke über einen Küchenstuhl, marschierte vor ihre Zimmertür und klopfte genau einmal, bevor er die Tür aufstieß.

Annika saß auf ihrem fliederfarbenen Sofa zwischen violetten Kissen vor der lavendelfarbenen Tapete, angetan mit einem hautengen, pinkfarbenen Hausanzug, im gedämpften Licht einer kleinen lila Lampe und mehreren angezündeten Kerzen, in der Hand ein Gläschen Amaretto, auf dem Gesicht Erstaunen.

Sascha ließ ihr nicht viel Zeit, andere Gefühle hochkommen zu lassen, war blitzartig an ihrer Seite, sagte „Ich will jetzt nicht reden", umarmte sie und gab ihr einen feurigen Kuss. Annika wehrte sich nicht. Im Gegenteil.

*

Dottendorf
22.30 Uhr

Kenan saß auf dem Bett und spielte ein paar Akkorde auf der Gitarre. Eigentlich hätte er für die nächste Klausur büffeln müssen, aber er konnte sich immer noch nicht richtig konzentrieren. Nachts träumte er sogar von den beiden Erschossenen. Und solange der Mörder frei herumlief, fühlte er sich selbst auch nicht sicher.

Sven ging es vermutlich nicht besser, aber Sven redete nicht über solche Gefühle.

Kenan zog die hohe e-Saite ein bisschen nach. Sven war ein prima Kumpel, machte jeden Scheiß mit (den er meistens selbst ausheckte) und strengte sich wirklich an, sein Medizinstudium erfolgreich durchzuziehen.

Ob ihm das gelang, stand auf einem anderen Blatt. Darüber wollte er natürlich ebenfalls nicht reden. Nein, ehrliche, tief schürfende Gespräche waren nicht sein Ding. Nicht, dass Sven besonders oberflächlich gewesen wäre, nein, so schätzte Kenan ihn nicht ein ... aber er blockte jeden Tiefgang ab und machte sich und anderen gern was vor: schwatzen und schwindeln, das war sein Motto.

Manchmal hatte Kenan das Gefühl, er sei irgendwie für Svens Schwierigkeiten im Leben mitverantwortlich ... nein, Schluss jetzt!

Konzentriert stimmte er die tiefe e-Saite nach d herunter und begann mit einem Stück von Debussy, um sich ein bisschen von der Grübelei über die beiden Morde abzulenken.

*

Dottendorf
22.40 Uhr

Sven stand vor Kenans Tür und hörte die leise Musik. Er wusste, dass Kenan sich ab und zu mit anderen Typen zum Gitarrespielen traf. Das ärgerte ihn. Es ärgerte ihn immer, wenn Kenan ihn von bestimmten Aktivitäten ausschloss.

Sven klopfte kurz an und stieß die Tür auf. Kenan saß mit der Gitarre auf seinem Bett und schaute ihn (ein wenig vorwurfsvoll?) mit schwarzen Augen an. Sven zwang sich zu einem Lächeln und fragte: „Hast du Lust, noch irgendwohin zu gehen?“

Kenan fragte zurück: „Kannst du auch nicht schlafen?“

„Wieso?“

„Mann, jetzt tu doch nicht so cool!“ Kenan legte die Gitarre weg. „Mir brauchst du nichts vorzumachen! Lass uns einfach mal über die ganze Scheiße reden ... oder hast du schon so viele Ermordete gesehen, dass es dir nichts mehr ausmacht?“

Sven verschränkte die Arme. „Ich hab jetzt keinen Bock zu reden! Also, was ist – gehst du mit oder nicht?“

Kenan erhob sich, schnappte sich seine schwarze Lederjacke und meinte verdrießlich: „Ok, zwei oder drei Bier. Aber um 12 liege ich im Bett, klar?!“

6

Bonn, Polizeipräsidium
Mittwoch, 28. März, 9.10 Uhr

Andreas hatte sich gerade mit einem Kaffee an den Schreibtisch gesetzt, als sein Telefon klingelte.

„Ja?“

„Peer hier. Ich schicke euch gleich den Obduktionsbericht: auf jeden Fall wurde Ina Schaefer nicht erstochen, sondern in guter, alter Handarbeit erwürgt. Vergewaltigt wurde sie nicht, aber irgendwie abgewischt oder so was ... es wurden jedenfalls bis jetzt weder Fingerabdrücke noch DNA-Spuren noch fremde Stofffasern gefunden. Ob von den Zigarettenkippen, Bierflaschen und Coladosen am Fundort der Leiche was dem Täter gehört, wissen wir auch noch nicht. Besorgt uns mal Vergleichsmaterial!“

„Vom Täter? Na klar.“

Andreas gab die Informationen an Sascha weiter, der gerade die Adressen der vier E-Mail-Verfasser aufschrieb, die sie gleich aufzusuchen gedachten. Sie hatten die E-Mails danach ausgewählt, ob sie einen Hinweis auf ein Zusammentreffen mit Heisterbach oder auf den letzten Freitag enthielten.

„Wir fahren zuerst nach St. Augustin und machen dann einen großen Bogen über die Nordbrücke durch Tannenbusch nach Dottendorf und Lannesdorf,“ schlug Sascha vor, strahlte Andreas mit seinen zu großen Augen an und strich sich mit dem Zeigefinger über sein dünnes, blondes Bärtchen. Anscheinend war die heimische Krise überwunden.

Sie saßen noch keine zwei Minuten im Wagen, als Sascha anfing, Fragen zu stellen. „Na wie war's mit Frau Schneyder?“

„Nett.“

„Mann, du bist ein alter Geizkragen! Rück mal ein paar Details raus!“

„Wir haben uns über Musik, Politik, Thomas Mann und die Ungerechtigkeit der Welt unterhalten."

„Wow, spannend! Und dann?"

„Wie, und dann?"

„Entschuldigung. Stimmt, war ja die erste Verabredung. Und du bist nicht der Typ, der gleich beim ersten Mal über die Frau herfällt."

„Nee, erst beim zweiten Mal." Andreas wechselte das Thema. „Und bei dir und Annika ist wieder alles in Ordnung?"

Der Name schien Sascha zu beflügeln. Er gab Gas und bretterte auf der linken Spur mit einer Geschwindigkeit davon, die hier gar nicht erlaubt war. Andreas wartete auf den Tag, an dem er von Sascha in den Rollstuhl oder ins Jenseits befördert wurde ... da half dann auch kein Festklammern am Haltegriff mehr.

„Ja, danke, wir haben uns \`ausgesprochen´." Er betonte das letzte Wort so auffällig, dass klar war, was er damit meinte. Als er dann auch noch von Annikas überirdischem Aussehen und ihren sagenumwobenen Fähigkeiten im Haushalt und im Bett zu schwärmen begann, schaltete Andreas vorübergehend ab, bis das weiße Gebirge der Hochhäuser in der Ankerstraße in Sankt Augustin auftauchte.

Gegen zehn Uhr standen sie im sechsten Stock vor der Tür von Herrn Groß, der sich allerdings eher als klein erwies, als er, im eleganten, grauen Anzug mit Krawatte, die Tür öffnete. Er war höchstens Mitte Zwanzig, trug eine topmodische Kurzhaarfrisur und ein genauso modisches, schmales Köfferchen in der Hand.

„Ich war gerade auf dem Weg zur Arbeit. Was kann ich für Sie tun?" Er ließ ein dünnes, etwas arrogantes Lächeln um die Lippen spielen, aber in seinen blauen Augen gab es keine Spur von Freundlichkeit.

„Wo arbeiten Sie denn?" fragte Andreas.

„Bei einer Bank."

Andreas informierte ihn, immer noch vor der Tür stehend, über die Sachlage und wollte etwas über seine Beziehung zu Heisterbach wissen. Groß kannte den Namen nicht, bejahte aber sofort, eine Kamera gekauft zu haben, die Mängel aufwies. Er hatte Heisterbach, der nie unter richtigem Namen auftrat, mehrere E-Mails geschickt, aber bis heute keine Antwort erhalten.

Da Groß nicht im geringsten nervös wirkte oder sich sonstwie verdächtig benahm, hakte Andreas ihn in Gedanken ab. Groß war kein Mörder, sondern höchstens ein windiger Bankschnösel.

Und so saßen sie kurz darauf wieder im Auto und fuhren Richtung Nordbrücke.

„Unser nächster Kandidat ist doch diese Frau Dickmann ... glaubst du wirklich, dass eine Frau eine Bank überfällt und drei Menschen erschießt?“ Sascha klang, als halte er es im Grunde für gehobenen Blödsinn, nach Tannenbusch zu fahren.

„Es ist sehr unwahrscheinlich,“ gab Andreas zu. „Aber möglicherweise hat ihr Freund oder Mann unter ihrem Namen diese E-Mails geschrieben.“

„Also nee, jetzt verlierst du aber den Überblick,“ protestierte Sascha. „In der letzten Mail stand, ich zitiere: `Ich bin sehr enttäuscht! Wir wollten uns doch Freitag oder Samstag treffen ... warum meldest du dich nicht?´ Hört sich für mich nach Beziehungskrise an. Glaub mir, ich bin der Experte.“

Andreas verkniff sich das Lachen und jeden Kommentar und sah sich die Gegend an. Es gab hier noch erstaunlich viele Grünflächen, zumindest auf dieser Rheinseite.

Bald darauf klingelten sie an der Haustür des Wohnhauses in Tannenbusch und trafen im vierten Stock auf Frau Dickmann, die ein Kleinkind auf dem Arm hatte und im kniekurzen, rosa Frotteebademantel unterwegs war. Ihr dunkles Haar hing ihr unordentlich über die Schultern.

Immerhin bat sie Andreas und Sascha bis in den Wohnungsflur, in dem einiges an Spielzeug auf dem Boden herumlag. In allen Zimmern, in die Andreas hineinsehen konnte, lag viel Spielzeug auf dem Boden herum. Auch die Unterhaltung gestaltete sich ein wenig schwierig, da aus einem der Zimmer lautstark mehrstimmiges Kinderkreischen zu hören war, das die Frau schließlich dadurch dämpfte, dass sie die Zimmertür zuzog.

Frau Dickmann war der Name `Heisterbach´ ebenfalls nicht geläufig, er hätte sich ihr gegenüber als Tom ausgegeben. Vor Wochen hatte sie von ihm einen extrem günstigen DVD-Player gekauft, mit dem sie bis jetzt sehr zufrieden war. Sie hätten dann irgendwann angefangen, miteinander zu flirten, und am vergangenen Wochenende hätten sie sich eigentlich zum ersten Mal in der Stadt treffen wollen.

„Ich blöde Kuh hab einen Riesenfehler gemacht." Frau Dickmanns Ton wurde weinerlich, ihre Augen wurden feucht. „Ich hab ihm erzählt, dass ich vier Kinder habe, seitdem hab ich nichts mehr von ihm gehört."

„Aber Frau Dickmann, auf einen Mann, der keine Kinder mag, können Sie doch nun wirklich verzichten!" versuchte Andreas zu trösten und hätte ihr beinah eine Hand auf die Schulter gelegt.

Auch Sascha hatte seine mitfühlenden fünf Minuten und meinte: „Seien Sie doch froh, dass es nicht geklappt hat: der Mann war ja nur ein inzwischen verstorbener Kleinkrimineller!"

Das Kind im bunten Schlafanzug, das bisher friedlich am Daumen gelutscht hatte, schien den plötzlichen Schreck der Mutter zu spüren, nahm den Daumen aus dem Mund und fing an zu weinen.

Das war für Andreas das Zeichen zum Aufbruch. Sie verabschiedeten sich und machten sich auf den Weg nach Dottendorf.

„Ist dir aufgefallen," fragte Sascha mit einem Mal, während er mit grob geschätzten 425 km/h über die Autobahn flog, „dass unser nächster Anwärter ganz in der Nähe von Heisterbachs WG wohnt?"

„Du hältst das nicht für Zufall?"

„Nein."

Während Andreas zu grübeln begann, erzählte Sascha irgendetwas über Annikas Vorliebe für dramatisch-tragische Streifen wie `Titanic´ oder `Die Brücken am Fluss´. Das erschwerte die Konzentration, denn Sascha plapperte weiter, bis sie in Dottendorf in der Winzerstraße angekommen waren.

Plötzlich fiel Andreas' Blick auf einen Wagen. „Sieh mal dort." Er zeigte auf das Auto, das rechts am Straßenrand geparkt war.

Sascha hatte ihn natürlich längst gesehen. „Na, das ist aber ein altes Schätzchen," befand er und bremste ab. „Ein schicker, schwarzer Sportwagen, könnte ein Jaguar E-Typ sein, womit wir wieder bei Jerry Cotton wären. Ist ja verrückt ... ob unsere Zeugin den Wagen hier gemeint hat?"

„Möglich, und wo ist das Haus, zu dem wir wollten?" Andreas hielt Ausschau nach der Nummer und hatte sie auch schon gefunden. „Dort drüben, keine 10 Meter entfernt. Sehen wir uns den Kerl mal an, der da wohnt."

Nachdem sie einen Parkplatz in einer Seitenstraße gefunden hatten, marschierten sie zu dem grau verputzten Einfamilienhäuschen zurück, klingelten an der Haustür, von der der weiße Lack abblätterte, und warteten. Und warteten. Und dachten schon, sie müssten unverrichteter Dinge weiterfahren, als die Tür sich auftat, und eine mittelgroße, ältere Frau mit massivem Übergewicht und weiß-braun gescheckten Haaren sichtbar wurde.

„Ja?" keuchte sie schweratmend. Sie hatte ihren aus der Form geratenen Körper unter einer weiten, schwarzgrundigen Bluse mit großen Blumen verborgen.

„Kripo Bonn." Andreas hielt ihr seinen Ausweis vor die Augen „Wir suchen einen Herrn Mario Werner."

Ihr Blick hob sich und darin stand maßlose Ungläubigkeit. „Mario? Aber wieso das denn?"

„Sie sind seine Mutter?" Die Frau nickte. „Keine Angst, Frau Werner, es könnte sein, dass Ihr Sohn ein wichtiger Zeuge in einem Mordfall ist. Daher müssen wir mit ihm sprechen."

„Er ist aber nicht da. Er ist im Geschäft."

„Und wo ist das Geschäft?"

„Zwei Straßen weiter." Während sie den Weg beschrieb, fasste sie sich ein paar Mal an ihr Haar, das ziemlich trostlos herunterhing.

„Danke, Frau Werner ... eine Frage noch, der schwarze Jaguar draußen an der Straße, gehört der zufällig Ihrem Sohn?"

Schlagartig wurde ihr Blick misstrauisch. „Wieso?"

Auch Andreas wurde wachsam: gab es hier tatsächlich eine Spur? Er setzte ein beruhigendes Lächeln auf. „Mein Kollege," er wies auf Sascha, der Frau Werner sofort fröhlich grinsend seine makellosen Zähne zeigte, „interessiert sich für alte Sportwagen, und es ist wirklich ein ausgefallenes Modell, das Ihr Sohn da hat."

Sie nickte wieder. „Ja ... ist aber öfter mal kaputt."

„Ja, kenne ich, ich hab auch so ein altes Sammlerstück zu Hause," log Sascha. „Ach, Frau Werner, sagt Ihnen der Name `Ina Schaefer´ etwas?"

Hatte sie gerade noch andeutungsweise gelächelt, so verschloss sich ihr Gesicht plötzlich wieder.

„Warum?" fragte sie zurück.

„Wir brauchen sie ebenfalls als Zeugin. Aber sie ist verschwunden." Sascha guckte so treuherzig und ehrlich, dass selbst Andreas schwer beeindruckt war.

„Ina ist meine Fußpflegerin," offenbarte Frau Werner etwas widerwillig. „Ich komme ja selbst nicht mehr dran da unten. Wieso verschwunden? Ich geb Ihnen mal die Telefonnummer."

„Das ist lieb von Ihnen," schmeichelte Sascha und zückte seinen Notizblock, während die Frau ein Adressbuch herbeiholte und Sascha dann die Handynummer diktierte.

„Danke. Wann haben Sie Frau Schaefer zum letzten Mal gesehen?"

Stirnrunzelnd versuchte sie sich zu erinnern ... und etwas an dieser Erinnerung schien nicht ganz angenehm, denn auf einmal schürzte sie mürrisch die Unterlippe. „Am Montagvormittag."

„Ist Ihnen da irgendwas an Frau Schaefer aufgefallen?"

„Nein."

„Wissen Sie vielleicht, ob sie einen Freund hat?"

„Nein."

Frau Werners Auskunftsfreude war anscheinend dramatisch erschöpft. Andreas bedankte und verabschiedete sich und wandte sich mit Sascha im Gefolge zum Gehen.

*

Dottendorf
11.10 Uhr

Mario sah sich im Internet gerade eine Seite über neue PC-Spiele an, als zwei Männer den Laden betraten, ein langer, dünner, und ein kleinerer, kräftiger. Etwas an der Art, wie die beiden guckten, verriet ihm, dass sie keine Kunden waren.

Sein Herz schlug schneller, sein Magen schien ein Stück nach unten zu sacken. *Reiß dich zusammen! Stell dich blöd!*

„Guten Morgen," begrüßte er die beiden Männer betont freundlich. „Wie kann ich Ihnen weiterhelfen?"

Der ältere, dünne Mann lächelte freundlich zurück und holte einen Ausweis hervor. „Kommissar Piel und Kommissar Montenar von der Kripo Bonn. Ihre Mutter hat uns verraten, wo wir Sie finden, wir haben da nämlich ein paar Fragen."

Mario hielt die Luft an, während ihm blitzartig und fast gleichzeitig mehrere Gedanken durchs Hirn schossen: Wie waren sie, verdammt noch mal, so schnell auf ihn gekommen?! Wer hatte etwas von seiner Beziehung zu Ina gewusst außer ihm und seiner Mutter?! Und warum hatte ihn diese dumme, fette Kuh nicht angerufen und vorgewarnt?!

Mario atmete gründlich aus und rang sich mit größter Kraftanstrengung ein (wie er hoffte) unschuldiges Lächeln ab. „Ja, gern. Um was geht es denn?"

Seine rechte Hand griff, bevor er es verhindern konnte, nach einem winzigen Schraubenzieher, der in Reichweite auf dem Tisch lag; seine Finger drehten ihn hin und her.

Der dünne Kommissar fasste an seine Brille. „Kennen Sie einen Christoph Heisterbach?"

Es ging um Heisterbach? Eine ungeschickte Bewegung, der Schraubenzieher fiel auf den Tisch und rollte von dort auf den Boden. Brillant! Wirklich brillant! Ihm taten schon die Backenmuskeln weh vor lauter unechtem Lächeln. *Hör auf damit! Mach ein trauriges Gesicht und sag was!*

„Chris Heisterbach? Klar, wohnte bei uns in der Straße. Der ist doch letzte Woche ermordet worden."

„Richtig," erklärte der Mann mit dem langen, welligen, grau werdenden Haar, und sein Blick bohrte sich geradewegs in Marios Augen, der nach drei Sekunden wegsehen musste. „Haben Sie irgendeine Ahnung oder einen Verdacht, wer etwas damit zu tun haben könnte?"

„Nein ... ich kannte ihn nur flüchtig, er hat mich mal auf der Straße wegen meinem Auto angesprochen ... er stand auf solche Flitzer." Mario griff, ohne genau hinzusehen, nach rechts, wo seine Kaffeetasse stand. Mit dem Ärmel blieb er am Löffel, der in der Tasse steckte, hängen, die Tasse kippte um, eine Lache Kaffee bildete sich auf dem Tisch.

Mario fluchte, sprang auf und suchte nach einem Lappen. „Gottverdammte Scheiße! Muss das jetzt passieren! So ein Scheißmist! Die ganzen Werkzeuge sind versaut! Herrgott noch mal!"

Mario schimpfte weiter. Es tat richtig gut. Er fühlte förmlich, wie sich Spannung löste. Diese beiden Blödmänner würden unverrichteter Dinge abziehen müssen! Nicht den kleinsten Beweis hatten sie gegen ihn in der Hand! Und er würde sowieso alles leugnen!

In einem Regal fand er einen schmutzigen Arbeitslappen und wischte, immer noch fluchend, die Tischplatte, die Tasse und ein paar Schraubenzieher ab. Ihm war durchaus bewusst, wie interessiert die Kommissare ihn beobachteten. In jeder einzelnen Sekunde war ihm das bewusst!

Während er den Lappen einfach auf den Boden warf und sich dann setzte, holte der ältere mit seinen langen, dünnen Fingern einen Zettel aus seiner schwarzen Jacke. „Herr Werner, wir haben auf Heisterbachs PC eine E-Mail gefunden, die am Freitag letzter Woche an Sie geschickt wurde. Ich lese mal kurz vor: `Hallo, lange nicht gesehen. Hab dich heute wiedererkannt. Ruf mich doch mal an.´ Ich finde die Wortwahl etwas eigenartig ... wieso hat er Sie *wiedererkannt?* Sie waren doch Nachbarn."

„Ja, über die E-Mail hab ich mich auch gewundert ... keine Ahnung, was er damit meinte," sagte er so lässig wie möglich und fragte sich, ob er es zulassen sollte, dass sich der jüngere Kommissar, der seine wenigen blonden Haare radikal kurz geschnitten hatte, so ungeniert in seinem Geschäft umsah. Aber was gab es da schon zu sehen außer unzähligen Computerteilen?

Der ältere neigte den Kopf eine Winzigkeit zur Seite und sah Mario streng an. „Haben Sie Heisterbach denn angerufen?"

„Ich wollte ... aber dann hab ich in der Zeitung gelesen, was ihm passiert ist."

„Apropos Zeitung - spätestens morgen früh wird in der Zeitung stehen, dass Ina Schaefer gestern tot im Wald aufgefunden wurde."

„Ina Schaefer?" Mario gab sich die größte Mühe, so zu gucken, als könne er diesem Namen keine Person zuordnen. Er merkte, dass sich sein Herzschlag wieder beschleunigte. „Der Name kommt mir bekannt vor ... wer ist das?"

„Sie war die Fußpflegerin Ihrer Mutter."

„Stimmt! Jetzt erinnere ich mich."

„Sind Sie ihr mal begegnet?"

„Ja, ein-, zweimal. Sie kam ja meistens zu meiner Mutter, wenn ich im Geschäft war. Sie war blond, nicht wahr? Eine hübsche Person." Das hätte er besser nicht gesagt, denn plötzlich sprang ein Bild von Inas Gesicht in seinen Kopf: Inas Mund, der aufgerissen war und nach Luft schnappte, Inas Augen, ebenfalls weit aufgerissen, voller Panik, voller Todesangst, und auf einmal hörte Mario nichts mehr, hörte nicht, was der Kommissar sagte ... *Bist du verrückt! Reiß dich zusammen! Oder leg doch gleich ein Geständnis ab! Dann hast du's hinter dir!*

Nein, er tat etwas, das er als Kind ab und zu bei seiner Mutter gemacht hatte, wenn sie mit ihm schimpfte: er war einfach umgefallen. Und sofort hatte sich die mütterliche Schelte in mütterliche Fürsorge umgewandelt.

Mario ließ seinen Kopf auf die Schreibtischplatte plumpsen, und schon kam die Stimme des Kommissars zurück: „Herr Werner, ist Ihnen nicht gut? Herr Werner? Hallo? Hören Sie mich?“ Hände griffen nach seinen Schultern, und Mario tat so, als erwache er aus einer kurzen Bewusstlosigkeit.

„Es geht wieder, danke, alles in Ordnung, das hatte ich als Kind schon,“ erläuterte Mario redselig, setzte sich aufrecht hin, zog sein Sweatshirt zurecht und fühlte sich tatsächlich besser. „Mir wird furchtbar schwindlig, und dann kippe ich einfach weg.“

„Damit sollten Sie mal zum Arzt gehen,“ schlug der jüngere Kommissar mit spöttischem Blick vor, strich sich mit dem Finger über sein kaum sichtbares Bärtchen und stellte sich neben seinen Kollegen vor den Tisch. Durch diese geballte Staatsübermacht keine zwei Meter von ihm entfernt kam sich Mario jetzt doch ein wenig bedroht vor.

Dann sagte der dünne Kommissar auch noch: „Herr Werner, ich habe eine weitere Frage, und ich hoffe nur, Sie fallen mir jetzt nicht vom Stuhl.“ Er verschränkte die Arme vor der Brust, der andere tat es ihm nach. „Laut einer Zeugenaussage wurde Ina Schaefer mehrmals mit einem schwarzen Sportwagen von zu Hause abgeholt. Waren Sie das?“

Marios Herz fing an zu hämmern. Sollte er es zugeben? Welche Konsequenzen hatte das? Sollte er es leugnen? War das wirklich besser? Verdammt, hätte er doch nur die Zeit gehabt, darüber nachzudenken! *Streite alles ab, sie haben keine Beweise, sonst hätten sie dich längst verhaftet!*

Er atmete einmal tief ein. „Nein, ich war das nicht, ich weiß nicht mal, wo diese Schaefer wohnt. Und es gibt doch sicher noch mehr schwarze Sportwagen in Bonn und Umgebung.“ Er machte eine kurze Pause und fügte ein Argument hinzu, das den scharfsinnigsten Kommissar in die Knie zwingen musste. „Und jetzt mal im Ernst, Sie glauben doch nicht wirklich, dass sich ein so schnuckeliges Püppchen wie die Schaefer mit einem hässlichen Fettkloß wie mir einlässt, Sportwagen hin oder her.“ Er sah ihnen an, dass sie dieses Argument nachvollziehbar fanden. Das kränkte ihn.

Auf einmal strich sich der jüngere Kommissar wieder über sein komisches Oberlippenbärtchen und führte mit leicht süffisantem Lächeln aus: „Wenn das so ist, dann haben Sie doch sicher nichts dagegen, wenn wir Ihren Wagen auf Spuren untersuchen ... das dauert nur ein paar Stunden. Heute Abend haben Sie ihn zurück. Falls wir nichts finden.“

Diesmal überlegte Mario keine zwei Sekunden. „Doch, dagegen hab ich was! Ich bin Geschäftsmann, und ich brauche meinen Wagen rund um die Uhr!“

„Ist in Ordnung, wir können Sie nicht zwingen,“ wiegelte der andere Kommissar ab. „Zum Schluss wüsste ich noch gerne, wo Sie am Freitag zwischen 9 und 10 Uhr waren, am Samstag zwischen 15 und 16 Uhr und am Montag zwischen 19 und 20 Uhr.“

Mario entspannte sich ein wenig, darauf wusste er die Antworten. Trotzdem tat er so, als müsse er überlegen. „Also am Montagabend ... da bin ich gegen halb sieben nach Hause gekommen, hab mit meiner Mutter Nachrichten auf RTL geguckt ... und anschließend haben wir vor dem Fernseher zu Abend gegessen, das machen wir immer so ... und dann ... ach ja, da lief dann noch so ein Quiz, und gegen halb zehn bin ich nach oben gegangen.“

Der Kommissar musterte ihn mit einem Blick, der zu sagen schien: `Alibi von Mama? Äußerst fragwürdig!´

Doch Mario ließ sich nicht beirren und erzählte weiter. „Am Samstag war ich gegen drei im Supermarkt, zum Großeinkauf. Fragen Sie den Marktleiter, den hab ich nämlich zur Sau gemacht, weil das Brotregal mal wieder halb leer war. Um halb vier war ich zu Hause.“

Der Blick des magersüchtigen Kommissars blieb skeptisch. Mario erwiderte ihn trotzig. Er hätte jetzt gern eine halbe Tafel Schokolade gegessen. Da niemand etwas sagte, fuhr er fort.

„Am Freitag ... wo war ich am Freitagmorgen?“ Er sah nachdenklich zum Schaufenster hinaus, das er mit Computerersatzteilen und zwei Plakaten von alten Autos dekoriert hatte. „Ach ja, stimmt, ich war bei einem Kunden im Büro, sein PC ließ sich nicht mehr hochfahren. Ich hab `nen neuen Prozessor eingebaut, ein paar Sachen aufgespielt und das Ganze noch mal überprüft ... ich war so um zehn Uhr wieder hier.“

„Gut, Herr Werner, schreiben Sie uns bitte Namen und Adresse Ihres Kunden und des Supermarkts auf, und schon sind wir weg.“

Das machte Mario, die Kripo verabschiedete sich, und sofort wühlte Mario in seinen Schubladen, um etwas Essbares aufzutreiben.

*

Dottendorf
11.30 Uhr

„Ich bin noch vollkommen fertig von dieser Vorstellung,“ stellte Sascha fest, kaum dass sie 50 Meter weit gegangen waren. „Der Kerl ist so verdächtig wie der Fuchs, dem die Gänsefedern noch aus dem Maul hängen!“

„Ja,“ stimmte Andreas zu. „War da hinten nicht ein Café? Vielleicht kann man von da aus Werners Auto sehen ... ich brauche jetzt was zu trinken.“

Kurz darauf saßen sie am Fenster des Cafés, mit Blick auf den schwarzen Jaguar. Andreas rief in der Zentrale an. „Schickt mir schleunigst zwei Leute zur Überwachung nach Dottendorf!“

„Was hast du vor?“ fragte Sascha und bestellte sich bei der Kellnerin ein Croissant mit Marmelade und eine Tasse Kaffee.

Andreas nahm ebenfalls Kaffee, aber ein Salamibrötchen. Er legte sein Handy auf dem Tisch ab. „Die Fahrt nach Lannesdorf können wir uns wohl schenken – ich denke, wir haben unseren Mörder gefunden, und wir müssen unbedingt verhindern, dass der Kerl irgendwelche Spuren in seinem Auto beseitigt ... denn möglicherweise haben wir nichts anderes, um ihn zu überführen." Er zog im Sitzen seine Jacke aus und hängte sie über die Lehne eines freien Stuhls. „Wir müssen Tag und Nacht auf ihn aufpassen, und sobald er versucht, seinen Wagen sauberzumachen, wird er verhaftet!"

„Sollten wir nicht erst mal seine Alibis überprüfen? Die hörten sich nicht gerade atomsicher an," schlug Sascha vor.

„Das machen wir parallel. Verstehst du nicht? Wenn Werner Blut oder sonstige Spuren der Schaefer aus seinem Auto entfernt, stehen wir blöd da!"

„Natürlich verstehe ich das!" empörte sich Sascha. „Ich frage mich nur, wie lange du das mit der Überwachung durchziehen willst!"

„Das wird sich zeigen. Essen wir erst mal was."

Die Kellnerin brachte Croissant, Brötchen und Kaffee, und beim Anblick der Tasse musste Sascha grinsen.

„Hab ich schon lange nicht mehr erlebt, dass jemand in unserer Gegenwart so nervös geworden ist ... abgesehen von ein paar Damen natürlich. Die Krönung war ja echt diese vorgetäuschte Bewusstlosigkeit! Der Typ hat unter Garantie ein paar Ecken ab!"

„Wieso? Wenn ich vier Menschen auf dem Gewissen hätte, würde ich auch nervös, wenn plötzlich die Polizei vor mir steht. Anscheinend hatte er noch nicht mit uns gerechnet." Andreas biss genüsslich von seinem Salamibrötchen ab.

„Vielleicht hat er ja wirklich nichts mit Inas Tod zu tun. Sein Argument, er sei zu hässlich für sie, hat mich voll überzeugt." Sascha kaute auf seinem Bissen Croissant herum und meinte mit halbvollem Mund: „Hast du seine Zähne gesehen? Da fehlte doch an jeder Seite mindestens einer. Und dann diese pickelige Haut und die Rettungsringe, und nicht zu vergessen die abgebissenen Fingernägel!" Sascha schüttelte den Kopf.

Währenddessen spülte Andreas mit Kaffee nach und bestätigte: „Ja, hab ich gesehen. Die sind ein Zeichen für –"

„ - für schwere, unterdrückte Aggressionen. Aber vielleicht hat unser Mario andere Qualitäten, die die Frauen in Scharen anziehen," mutmaßte Sascha.

„Du meinst, es gibt attraktive Frauen, die nicht nur auf Äußerlichkeiten achten?"

„Natürlich! Das solltest du doch am besten wissen!"

Andreas bedachte ihn mit einen missbilligenden Blick und beschäftigte sich weiter mit seinem Brötchen.

„Was machen wir gleich? Nehmen wir die Mutter in die Mangel?" fragte Sascha ungeduldig.

„Ich weiß nicht, ob das Sinn macht ... ihr Sohn wird ihr bereits genaue Instruktionen gegeben haben."

„Wir sollten es trotzdem versuchen, vielleicht knickt sie ein, wenn wir ihr den Ernst der Lage klar machen."

Andreas nickte, kaute weiter, trank Kaffee und hatte ein wachsames Auge auf Marios Jaguar. Nach etwa zehn Minuten tauchten Ulli, der Vollblutbeamte im Verbrecherlook, sowie die hübsche Petra auf, die Sascha nur kurz einen kühlen Blick zuwarf. Andreas erklärte ihnen ausführlich, was sie tun und worauf sie achten sollten, dann verließen sie zu viert das Café.

Ulli und Petra setzten sich zur Überwachung in ihr Auto, Andreas und Sascha klingelten zum zweiten Mal an diesem Tag an der Haustür von Frau Werner. Diesmal wurde ihnen weitaus schneller geöffnet, und zwar aus dem einfachen Grund, weil nicht die übergewichtige Mutter die Tür aufriss, sondern ihr unschöner Sohn.

„Wo kommen Sie denn her?!" platzte Sascha heraus.

„Was?"

„Wir haben drüben im Café einen Kaffee getrunken und Sie nicht über die Straße kommen sehen."

Mario wirkte recht ungnädig. „Ich bin hinten durch den Garten gegangen."

Interessant. Sascha holte gleich noch eine Information ein. „Haben Sie da hinten auch eine Garage für Ihr wertvolles Auto?"

„Quatsch, da ist es viel zu eng! Was wollen Sie überhaupt schon wieder hier?!"

Andreas übernahm das Gespräch und klang auf einmal sehr autoritär. „Von Ihnen gar nichts, Herr Werner! Wir möchten mit Ihrer Mutter reden!"

„Mario, wer ist denn da?" rief eine nörgelige Stimme von hinten.

„Die Polizei. Die wollen mit dir reden," gab Mario brav weiter.

„Dann schick sie her ins Wohnzimmer!" befahl die Stimme.

Mario ließ sie vorbei, und Andreas und Sascha durchquerten einen dunklen Flur, in dem es nach Pommes Frites roch, bis sie rechts an eine offen stehende Tür kamen, die ins Wohnzimmer führte.

Auf der Couch thronte breitbeinig und mächtig die Mutter in ihrer blumigen Bluse und der schwarzen Hose. Auf dem Couchtisch stand ein großer Teller mit ein paar übrig gebliebenen Fritten und einer kleinen Pfütze aus Currysoße und Bratwurstresten. Über der Couch ein Wandbehang mit Blumen, der selbstgestickt aussah. Rechts zwischen zwei Fenstern eine Pendeluhr, Grünpflanzen, links eine Schrankwand, ziemlich neu und modern.

Gegenüber vom Sofa ein niedriger TV-Schrank, der nicht billig wirkte, ein Flachbildfernseher, Videorekorder, DVD-Player. Nicht eben ärmlich eingerichtet, die Frau. Der Fernseher lief, sie schaltete immerhin den Ton ab.

„Da sind wir noch mal, Frau Werner," begann Andreas und blieb vor dem Couchtisch stehen. „Die Sachlage hat sich ein wenig verändert, und ich werde jetzt sehr offen mit Ihnen reden, auch wenn Sie das erschrecken mag."

Frau Werner lehnte sich zurück, verschränkte die Arme vor ihrer gewaltigen Brust und machte ein uninteressiertes Gesicht. Da sie schwieg, fuhr Andreas fort.

„Sie werden es morgen in der Zeitung lesen: am Montagabend irgendwann zwischen 19 und 21 Uhr wurde Ina Schaefer im Kottenforst ermordet."

Frau Werners Reaktion war sehenswert: schlagartig fiel das Desinteresse von ihr ab, ihre Augen weiteten sich, ihr Mund öffnete sich, ihr Kopf drehte sich ruckartig seitwärts, sie warf ihrem Sohn einen entsetzten Blick zu. Mario, der sich in einem Sessel niedergelassen hatte, schielte daraufhin sofort zu Andreas, als wolle er feststellen, ob der den Blick bemerkt hatte, und wie er reagierte.

Andreas runzelte leicht die Stirn. „Das ist die eine Sache, die andere ist die, dass wir wissen müssen, wo sich Ihr Sohn zu diesem Zeitpunkt aufgehalten hat."

Man konnte fast sehen, wie es im Hirn der Frau arbeitete. Sie durchbohrte ihren Sohn mit Blicken, während Mario stumm und scheinbar unbeteiligt zum Fenster hinaus, auf den Boden und an die Decke guckte.

Schließlich erzählte sie dann aber doch in ähnlichen Worten wie schon Mario, wann er nach Hause gekommen war und wie sie vor dem Fernseher zu Abend gegessen hatten.

Als Andreas sie darüber aufzuklären begann, was es bedeutete, eine Falschaussage zu machen, schlenderte Sascha durchs Zimmer und sah sich um ... manchmal stieß man dabei auf interessante Hinweise. So wie jetzt zum Beispiel: er näherte sich der Schrankwand, und in einem der offenen Fächer standen ein paar kitschige Porzellanfiguren sowie ein Silberrahmen mit einem Foto von Mario. Einem älteren Foto von Mario, denn er sah ein wenig anders aus.

Sascha nahm den Bilderrahmen aus dem Fach und fragte die Mutter, die sich noch kaum von Andreas' Belehrungen erholt hatte: „Dürfen wir das Foto hier mal mitnehmen? Sie kriegen es natürlich zurück."

Frau Werner sah ihren Sohn an, der andeutungsweise den Kopf

schüttelte. Der Mann hatte nicht begriffen, dass es längst zu spät war. Nun wollte auch Andreas das Foto sehen. „Zeig mal." Er hob die Brille bis auf die Stirn und hielt sich den Rahmen vor die Augen ... und ein kurzes Lächeln glitt über sein Gesicht.

Da reichte es der Mutter wohl. „Stellen Sie das Bild zurück und gehen Sie! Ich hab gleich einen Termin und muss mich jetzt fertig machen!"

„Wir sind schon so gut wie weg, Frau Werner." Andreas blieb, wie meistens, höflich. „Sagen Sie uns doch bitte noch, ob Ihr Sohn am Samstag im Supermarkt für Sie eingekauft hat."

Die Frau guckte so mürrisch und feindselig, dass man (besonders als Sohn) Angst bekommen konnte. „Ja, macht er fast jeden Samstag. Er fährt nach dem Mittagessen weg und kommt am frühen Nachmittag zurück."

„Und das war letzten Samstag auch so?"

„Ja."

Andreas bedankte sich, und so standen sie zwei Minuten später auf der Straße.

„Hätten wir nicht um Fingerabdrücke und DNA-Proben bitten sollen?" fragte Sascha.

„Du glaubst ernsthaft, die hätten sie uns gegeben?"

„Nein, das war ein Witz."

„Gott sei Dank, ich wollte mir schon Sorgen machen. Suchen wir den Mann vom Freitagsalibi auf?"

Der Mann hieß Lukas Klausemann und arbeitete in Sankt Augustin in einem Versicherungsbüro. Als sie im Auto saßen, schlug Sascha seinen Lieblingsweg ein: Reuterstraße, Autobahn, Nordbrücke. Das Top-Thema der Fahrt war natürlich Mario Werner und seine übermächtige Mutter. Und die auffällig langen, buschigen Koteletten, die er auf dem Foto im Schrankfach getragen hatte.

„Für mich ist klar, dass der Mann die Bank überfallen hat," ließ Sascha verlauten. „Wahrscheinlich hat er sich gleich anschließend die Koteletten abrasiert."

„Genau, und dann hat er vergessen, seiner Mutter zu sagen, sie solle keine alten Fotos von ihm rumstehen lassen," fügte Andreas gut gelaunt hinzu.

Sascha musste mit Tempo 90 hinter einem Laster herkriechen, weil die Überholspur völlig überfüllt war. Niemand ließ ihn nach links einscheren.

„Weißt du, was ich mir vorstellen könnte?" fragte er. „Dass Heisterbach den Bankräuber anhand der Koteletten als seinen Nachbarn Mario Werner erkannt hat, mit ihm Kontakt aufnahm und ihn erpresste, weil er was von der Beute abhaben wollte."

„Genau. Werner sagte ihm, das Geld sei unbrauchbar und zeigte ihm die verfärbten Scheine ... und vielleicht hat Heisterbach dann laut darüber spekuliert, ob er nicht eine Belohnung kassieren kann, wenn er den Bankräuber verpfeift. Werner rastet aus und erschießt Heisterbach und Lehmann."

„Das müssen wir ihm nur noch beweisen," murmelte Sascha und konzentrierte sich. Er gab Gas und zog den Wagen entschlossen nach links in eine bescheidene Lücke. Jemand hinter ihm hupte. Sascha grinste in den Rückspiegel.

Andreas war kurzzeitig verstummt, vermutlich hatte er in den letzten Sekunden mit seinem Leben abgeschlossen. Plötzlich aber meinte er: „Heisterbach hat seine E-Mail absichtlich unklar formuliert, weil er wusste, dass im Internet nichts sicher ist. Was mich wundert, ist, dass Werner, der PC-Freak, die E-Mails gelöscht haben soll ... gerade dem sollte doch klar sein, dass das nichts bringt."

„Stimmt. Du meinst also, er war es gar nicht? Aber vielleicht hatte er keine andere Wahl, als es wenigstens zu versuchen." Sascha fuhr an einem Konvoi von Lastwagen vorbei. „Was *ich* nicht verstehe, ist, was Ina Schaefer mit dem Banküberfall zu tun hat."

„Vermutlich gar nichts." Andreas klang jetzt wieder gelassen. „Aber sie hatte mit Werner zu tun. Das reicht anscheinend, um zu sterben."

Sascha raste über die Nordbrücke und sah automatisch nach

rechts, wo sich unter blauem Himmel die sanft gerundeten Hügel des Siebengebirges aneinander reihten. Diesen Blick hatte er auch vom Balkon der neuen Wohnung in Vinxel.

Eine wunderschöne Wohnung, besonders, weil Annika darin wohnte. Sie hatten sich vorgenommen, von nun an alles anders zu machen, miteinander zu reden, nichts mehr in sich hineinzufressen, nichts mehr zu interpretieren, ohne nachzufragen. Annika hatte hoch und heilig geschworen, auf jeden Fall noch vier Monate die Pille zu nehmen und auf keinen Fall eine zu vergessen. Vier Monate Bedenkzeit, ob er sich auf eine Vaterschaft einlassen wollte oder nicht. Eigentlich hatte er noch gar keine Lust, darüber nachzudenken.

„Wir müssen hier raus!“ rief ihm Andreas plötzlich ins Ohr.

Kurz darauf fuhren sie die Bonner Straße entlang, an der sich das Versicherungsgebäude befinden sollte. Sie hielten nach der Nummer Ausschau und da war es: ein hohes, altes Gebäude, frisch renoviert. Davor ein kleiner Schotterparkplatz unter einer gewaltigen Linde.

Sascha bog ab, sie stiegen aus, nahmen eine kurze, überdachte Treppe, lasen auf einem protzigen Messingschild die Namen dreier Firmen, die in diesem Haus residierten, traten durch die nicht verschlossene Tür in einen hellen Flur und gingen an einer edlen Holztreppe vorbei in den rückwärtigen Teil des Gebäudes, wo besagte Versicherung untergebracht war.

In einem großen, hohen Raum, der auf minimalistische Weise mit schicken, modernen Möbeln bestückt war, saß an einem Schreibtisch Lukas Klausemann: senffarbenes Hemd mit Krawatte, kurzgeschorene Haare, ein Ohrring im Ohr, blaue Augen, Anfang Dreißig, zum Dicklichen neigend.

Er stand auf, als sie näher kamen und strahlte sie an. Das Strahlen ließ ein wenig nach, als er hörte, dass sie von der Polizei waren und sich nach Mario Werner erkundigen wollten. Trotzdem bot er ihnen Platz in den beiden schwingenden Chromstühlen vor seinem Tisch an.

Andreas kam gleich zur Sache. „Herr Klausemann, es geht um den Freitagmorgen letzter Woche. Wann war Herr Werner hier, um Ihren PC zu reparieren?“

Klausemann schaute kurz und durchdringend an die Decke. „Ich fange hier um halb neun an ... ich hab circa zehn Minuten versucht, das Ding hochzufahren, aber da tat sich gar nichts. Dann hab ich Mario angerufen ... ja, und der war kurz vor neun hier. Warum wollen Sie das wissen?“

„Dazu können wir Ihnen leider zum jetzigen Zeitpunkt nichts sagen,“ behauptete Andreas und zeigte nach rechts, wo ein zweiter, verwaister Schreibtisch stand. „Wer arbeitet denn dort drüben?“

„Meine Kollegin, Frau Schuster. Aber die hat zwei Wochen Urlaub.“ Klausemann guckte bedauernd und faltete die gepflegten Hände auf der Tischplatte.

„Sie war also am Freitag nicht da?“

Klausemann nickte.

„Hat sich Herr Werner schon öfters um Ihren PC gekümmert?“

„Drei oder vier Mal.“

Andreas beugte sich vor und machte seine Stimme eindringlich. „Sind Sie ganz sicher, dass Herr Werner am Freitag, dem 23. März, um neun Uhr morgens hier in diesem Raum war? Eine Falschaussage in diesem Fall könnte Sie, Herr Klausemann, direkt hinter Gitter bringen!“

Verkrampften sich seine Hände nicht ein ganz klein wenig auf dem Tisch? Zeigte sich in seinem Blick nicht zwei Sekunden lang ein schlechtes Gewissen? Sascha war sich nicht sicher.

„Ja, er war genau um diese Zeit hier,“ sagte Klausemann und lächelte unverbindlich.

„Danke, das war’s dann erst mal,“ meinte Andreas und wollte sich erheben.

„Einen Moment bitte, Herr Kommissar!“ Klausemann riss eine Schublade in seinem Schreibtisch auf, nahm etwas heraus und legte eine Broschüre vor Sascha und Andreas auf die Platte. „Als Polizeibeamter lebt man doch sicher sehr gefährlich ... haben Sie schon mal daran gedacht, sich dementsprechend zu versichern?“ wollte Klausemann, jetzt wieder strahlend, wissen und tippte mit dem Finger auf die Broschüre. „Hier finden Sie sämtliche Zusatzversicherungen, die man für risikoreiche Berufe abschließen kann und –“

„Danke, aber für so was hab ich wirklich kein Geld übrig!“ Andreas erhob sich. „Fragen Sie meinen Kollegen hier, der will demnächst eine Familie gründen.“

Klausemann begann sofort in einer anderen Schublade zu kramen. „Ach ja? Da hätte ich hier ein wunderbares Angebot für –“

„Danke,“ unterbrach ihn Sascha und stand auf. Was fiel Andreas denn ein! „Ich komme darauf zurück, wenn es so weit ist!“

Sie hatten das Zimmer schon fast verlassen, als Klausemann hinter ihnen herrief: „Wie wäre es mit einem Super-Niedrig-Spar-Tarif für Ihre Privatwagen?“

*

Dottendorf
12.15 Uhr

Kaum waren die Kommissare aus dem Haus, als Franziska ihren Sohn mit strengen Blicken fixierte. Sie wartete darauf, dass die Beklemmung in ihrer Herzgegend nachließ, aber das tat sie nicht.

Mario sah seine Mutter nicht an, sondern machte Anstalten, sich aus dem Sessel zu stemmen und – das wusste sie! – sich wortlos nach oben zu verdrücken.

„Mario, du sagst mir jetzt sofort, was das alles zu bedeuten hat!“ verlangte sie und ließ den Ton des Fernsehers erst einmal ausgeschaltet.

Mario blieb sitzen und schaute sich im Wohnzimmer um, als

sähe er es zum ersten Mal. Er wirkte so ... so kindlich, so hilflos, aber auch trotzig. Wie ein überdimensionales, trotziges Kleinkind. Plötzlich tat er etwas Unerwartetes, etwas, das er so gut wie nie tat: er sah seiner Mutter in die Augen. Mit einem Blick, aus dem mehr als nur Wut sprach. Dieser Blick verletzte sie, diesen Blick hatte sie nicht verdient!

Während sie sich diesen Blick noch zu erklären versuchte, fing Mario an zu reden. Mit gereiztem Unterton. „Ich hab dir doch gesagt, was passiert ist: Ina ist mit einem anderen Kerl in den Wald gefahren! Ich bin hinterher! Irgendein Blödmann hat mein Auto gesehen, und deshalb hat die Polizei uns befragt!"

„Ja, das habe ich verstanden!" fauchte Franziska zurück. Jetzt war sie es, die woandershin guckte. Aber sie hatte noch eine Frage.

„Und warum wollten die Polizisten wissen, ob du am Samstag einkaufen warst?" sie sah Mario wieder an, und er zuckte die Achseln.

„Keine Ahnung." Er drückte sich aus dem Sessel hoch.

Und da fiel ihr etwas ein, das ihr fast das Herz stocken ließ. „Die zwei Männer hier in der Straße, die sind doch am Samstag erschossen worden! Mario, was hast du angestellt?!"

„Nichts. Gar nichts," brummte Mario und schob sich um den Tisch herum.

„Mario, so geht das nicht! Du sagst mir sofort, was los ist! Gott, was würde dein Vater dazu sagen! Wie kannst du ihm auch das noch antun!"

Im Normalfall reichte dieser Spruch, um Mario zur Vernunft zu bringen, aber dies war anscheinend kein Normalfall. Ihr Sohn überhörte die Bemerkung und drehte sich nicht einmal um. Als er durch die Wohnzimmertür ging, ließ er auf einmal mit aufgekratzter Stimme verlauten: „Du hast um zwei den Friseurtermin, mach dich endlich fertig! Wir müssen in einer halben Stunde los."

Weg war er. Franziska saß auf ihrem Sofa und wusste nicht,

was sie denken und was sie fühlen sollte. Vielleicht hatte Mario wirklich nichts Schlimmes getan, vielleicht war er nur so wütend, weil Ina ihn mit einem anderen Kerl betrogen hatte. Falls das stimmte.

Bisher war sie immer der Meinung gewesen, sie könne ihrem Sohn bis auf den Grund seiner Seele schauen ... aber in den letzten Tagen war es, als hätte er ... eine Tür zugemacht und abgeschlossen. Und hinter dieser Tür brodelte etwas, das sie massiv beunruhigte.

*

13.25 Uhr

Als Mario kurz vor halb zwei die Treppe herunterkam, stand seine Mutter bereits fertig angezogen im Flur und sah sich im Spiegel an. Wundervoll: die schwarze, dünne Jacke spannte sich über ihren fetten Hintern, die schwarzen, ausgetretenen Pumps waren fast so breit wie lang und ihre ausgefranste Dauerwelle zeigte einen schmutzigweißen Ansatz.

„Können wir?" fragte Mario, die Autoschlüssel schon in der Hand, und dachte daran, dass es Schwerarbeit war, diesen Fleischkloß ins Auto und wieder hinaus zu befördern. Natürlich nicht in sein Auto – seine Mutter wäre bereits im Türrahmen stecken geblieben. Er hatte sich den Wagen seines Bekannten ausgeliehen, und so fuhren sie schließlich kurz nach halb zwei los in Richtung Innenstadt.

Seine Mutter war ungewöhnlich schweigsam, und so hielt auch Mario den Mund. In der Thomas-Mann-Straße parkte Mario einfach irgendwo am Straßenrand und zog und hievte seine Mutter aus dem Auto. Als sie schweratmend auf dem Bürgersteig stand, sagte sie doch tatsächlich: „Kannst du mir 20 € leihen? Nur für den Fall, dass ich nicht genug Geld dabei habe."

Mario zählte innerlich bis drei, um sie nicht anzubrüllen, nahm sein Portemonnaie heraus und gab ihr das Geld. „Hast du dein Handy eingesteckt? Gut, wenn du fertig bist, ruf mich an, dann hol ich dich ab. Viel Erfolg."

Anscheinend hatte sie erwartet, dass er ihr noch bis in den Friseurladen half, aber er konnte ihren Anblick keine Sekunde länger ertragen. Er warf sich hinters Lenkrad und fuhr davon. Plötzlich musste er lächeln. Sie hätte garantiert keinen Fuß in den Laden gesetzt, wenn sie geahnt hätte, was er in den nächsten zwei, drei Stunden tun würde.

*

St.Augustin
12.55 Uhr

„Interviewen wir noch den Marktleiter?" wollte Sascha wissen.

„Klar, wo wir sowieso unterwegs sind."

„Aber der Supermarkt ist in Dottendorf, da müssen wir die Riesenstrecke wieder zurückfahren. Warum sind wir da nicht zuerst gewesen?"

Andreas schnallte sich an. „Nur deinetwegen. Ich weiß doch, wie gern du Autobahn fährst."

„Quatsch!" Sascha verließ den Parkplatz und fädelte sich mit quietschenden Reifen in den reichlich fließenden Verkehr auf der B56 ein. „Gib zu, dass du einfach nicht dran gedacht hast."

„Du hättest auch dran denken können. Ich werde nicht immer da sein, um dich auf alles aufmerksam zu machen!"

„Herr im Himmel!" rief Sascha aus und kurvte auf die Autobahn. „Bist du unheilbar krank?"

„Nein."

„Willst du vorzeitig in Rente gehen?"

„Nein."

„Willst du fluchtartig das Land verlassen?"

„Wieso denn das?!"

„Weil du Sabine geschwängert hast, und sie dich heiraten will?"

„Nein!"

„Dann red nicht so einen Scheiß! Ich komme mir ja schon vor wie Roman Polanski als übereifriger, leicht dämlicher Gehilfe von Professor Abronsius ... in 'Tanz der Vampire'."

„Den Film kenne ich, aber du bist keineswegs übereifrig."

„Schluss jetzt mit Scherzen auf meine Kosten! Was hältst du von diesem Klausemann?"

„Schwer zu sagen." Andreas schaute aus dem Seitenfenster, weil Sascha einem BMW auf der Überholspur so nah auffuhr, dass man fast die Zahlen auf der TÜV-Plakette hätte lesen können. „Wenn er die Wahrheit sagt, dann ist Werner nicht der Bankräuber. Da wir ihn aber beide für den Bankräuber halten, lügt Klausemann. Die Frage ist, warum."

Der BMW gab auf und zog nach rechts. Sascha hatte für die nächsten 50 Meter freie Fahrt. „Vielleicht hat unser Mario bei Klausemann als Gegenleistung fünf völlig überflüssige und überteuerte Versicherungen abgeschlossen."

„Ja klar, vielleicht erpresst er ihn aber auch, wir sollten diesen Kerl auf jeden Fall durchleuchten."

Nachdem das geklärt war, plauderten sie ein wenig über ihre Frauen. Sascha war neugierig, indiskret und taktlos wie immer.

„Will sich Frau Anthea überhaupt noch mal mit dir treffen?" fragte er.

„Nein, Sascha, niemand möchte einen bald grauhaarigen, fast fünfzigjährigen Eigenbrötler wie mich ein zweites Mal sehen."

„Kann ich mir vorstellen, besonders, wenn dieser Eigenbrötler auch noch überempfindlich, pedantisch und zynisch ist."

„Danke für diese treffende Charakterisierung. Soll ich dir auch mal was über dich erzählen?"

„Nein. Erzähl mir lieber, wo wir gleich essen gehen – ich hab einen Sauhunger."

Nach kurzer Debatte entschieden sie sich für ihren Lieblingsimbiss auf dem Bonner Talweg.

Nach dem Essen machten sie sich auf den Weg nach Dottendorf. Der Supermarkt war, nachdem Andreas zwei Passanten gefragt hatte, schnell gefunden, und der Marktleiter, den sie bei den Obstkonserven zu fassen bekamen, gab bereitwillig Auskunft.

Er war ein mittelgroßer Mann mit Bierbauch, der im weißen Hemd und mit Krawatte geschäftig durch den Laden gelaufen war. Auf Andreas Frage, ob er Mario Werner am Samstag begegnet sei, antwortete er mit „Ja, natürlich, ich sehe ihn fast jeden Samstag, seit Jahren,“, aber an die genaue Uhrzeit könne er sich nicht erinnern.

„Woher kennen Sie überhaupt seinen Namen?“

„Er hat mir in den letzten Jahren immer mal wieder E-Mails geschrieben, um sich über irgendwas zu beschweren. Vor einem halben Jahr hab ich ihn in mein Büro eingeladen ... wir haben uns nett unterhalten.“

„Wirkte er am Samstag irgendwie komisch?“

Der Marktleiter lachte auf. „Der wirkte so verändert, dass ich ihn fast nicht erkannt hätte.“

„Wieso das?“

„Der hatte noch vor einer Woche so lange, dicke Koteletten gehabt“ (Andreas fing einen vielsagenden Blick von Sascha auf) „... und die Haare waren auch länger gewesen. Der sah ja auf einmal ganz manierlich aus. Bis auf dieses komische Haarband natürlich.“

„Ist Ihnen an seinem Verhalten auch was aufgefallen?“ fragte Andreas.

„Der war sonst immer nur sehr kurz angebunden ... aber die letzten zwei, drei Wochen oder so hat er auch mal gelächelt und ein paar Worte mit mir gewechselt.“ Der Mann entdeckte im Regal eine Dose Ananas, die schräg auf zwei anderen Dosen stand. Er stellte sie ordentlich hin. „Der Mann war so gut drauf, dass ich dachte, der ist bestimmt verliebt.“

Andreas sah, wie Sascha lächelnd die Lippen spitzte. Wahrscheinlich war ihnen der gleiche Gedanke gekommen.

*

Dottendorf
14.05 Uhr

Kaum hatte Mario den Flur betreten, als er die Haustür abschloss und die Sicherheitskette vorlegte. Bei dem, was er jetzt tat, wollte er auf keinen Fall von seiner Mutter überrascht werden.

Er stieg hinauf in den ersten Stock. Links lag sein Zimmer, rechts das Schlafzimmer seiner Mutter, dazwischen das gemeinsame Bad. Er öffnete die Tür zu ihrem Schlafzimmer: an der rechten Seite das breite Ehebett, links ein dreitüriger, verspiegelter Kleiderschrank, neben der Tür eine Kommode, am Fenster eine Kommode. Alles in unschuldigem Weiß und Rosa.

Seit ewigen Zeiten war er nicht mehr hier gewesen. Seit 33 Jahren hatte auch kein anderer Mann einen Fuß über diese Schwelle gesetzt - seit sein Vater verstorben war, oder wie seine Mutter sagen würde: \`seit du deinen Vater ins Grab gebracht hast´. Vielleicht wäre es besser gewesen, sie hätte ab und zu einen Freund gehabt, dann hätte sie sich nicht so ausschließlich auf ihren einzigen Sohn konzentrieren können. Hätte ihn nicht so verhätschelt, manipuliert, versaut!

Die Wut kam gerade zum richtigen Zeitpunkt. Sie trieb ihn an, mit der Suche anzufangen. Wo würde eine ältere Frau wohl ein paar Tausend Euro verstecken?

Er fing bei den Nachtschränkchen an, aber da war nichts außer Tempotüchern, Tabletten, Nachtcreme, Rheumasalbe und ein paar billigen Schmuckstücken. Dann nahm er sich Kopfkissen und Matratzen vor, aber auch dort hatte sie kein Geld versteckt. Daraufhin durchwühlte er die beiden Kommoden, Schublade für Schublade, immer darauf bedacht, keine allzu auffällige Unordnung zu hinterlassen. Nichts.

Also sah er sich im gut gefüllten Kleiderschrank um. Für die obersten Fächer brauchte er den Hocker aus dem Bad, damit er hinter Bettwäsche und Tischdecken suchen konnte. Und dort wurde er fündig. Seine Fingerspitzen stießen nämlich plötzlich gegen etwas Kalt-Metallenes. Er packte den Stapel nagelneuer Handtücher, der ihm im Weg war und warf ihn auf's Bett. Hinter dem Stapel wurde eine grüngraue Metallkassette sichtbar, etwas größer als DIN-A-4 Format, die sich als ziemlich schwer erwies.

Er nahm sie aus dem Schrank, setzte sich auf's Bett, die Kassette auf dem Schoß, und stellte fest, dass sie verschlossen war. Sofort erinnerte er sich an die kleine, mit Rosen bemalte Holzschachtel in Mutters Nachttischschublade, in der etwas Kleines geklappert hatte. Er sah nach: mehrere kleine Schlüssel. Es dauerte, bis er sie alle durchprobiert hatte. Keiner passte.

„Scheiße, verdammt noch mal!" fluchte Mario und wollte gerade mit der Kassette in den Keller laufen, um sie dort mit der Brechstange zu konfrontieren - auch, wenn seine Mutter dann wusste, was er getan hatte! -, als ihm eine bessere Idee kam. Er zog die Nachttischschublade ganz heraus, drehte sie um und siehe da, an der Unterseite war mit weißem Tesaband ein kleiner Schlüssel festgeklebt.

Er nahm ihn ab, steckte ihn ins Schloss der Kassette, und der Deckel ließ sich öffnen. Sein Blick wanderte über den Inhalt: ein gelber Pappschnellhefter, ein paar teuer aussehende Schmückstücke, die seiner Erinnerung nach seine Mutter nie getragen hatte, ein paar flache Kästen mit Goldmünzen und ein rotes Sparbuch.

Er griff danach und schlug es auf. Was er da las, machte ihn sprachlos, kam ihm total unwirklich vor. Das träumte er doch wohl! Oder hatte er sich verguckt? Er sah sich die Summe mindestens eine halbe Minute lang an. Das machte ihn sprachlos. Und auf einmal machte es ihn wütend, so wütend, dass ihm Hitze von den Zehen bis in den Kopf schoss.

237.000 €! Woher hatte sie so viel Geld?!

Er blätterte zurück. Vor über 30 Jahren waren 398.000 DM auf das Konto eingezahlt worden. Woher kam das Geld? Hatte seine Mutter geerbt? Von den Schwiegereltern, die ungefähr zu jenem Zeitpunkt verunglückt waren? Wieso hatte seine Mutter ihm nie davon erzählt?! Wieso, verdammt, hatte sie ihn so viele Schulden machen lassen?! Ein Klacks wäre es für sie gewesen, die Schulden zu bezahlen!

Auf einmal dämmerte ihm die Antwort: sie hatte ihn damit noch abhängiger von sich gemacht, als er sowieso schon war! Mit seinen Schulden konnte er sich nicht einmal eine eigene Wohnung leisten!

Mario blätterte wieder vor. Im Februar waren 5000 € vom Konto abgehoben worden. Inas Bestechungsgeld. Für so einen Scheiß hatte sie Geld gehabt! Und zum Fenster rausgeschmissen!

Mario warf das Sparbuch wütend auf die weiße Tagesdecke mit dem zarten Rosenmuster und nahm nacheinander eine schwere, goldene Uhr in die Hand, eine genauso schwere, goldene Kette, eine Brosche, Ohrringe mit großen, roten Steinen, ein Kollier mit den gleichen Steinen, breitete alles auf dem Bett aus und ertappte sich bei dem Gedanken, dass es nur gerecht sei, wenn er diese Dinge beschlagnahmte, verkaufte und seine Schulden damit beglich. Ja, genau das würde er tun!

Aber zuvor warf er noch eben ein Blick in den gelben Schnellhefter. Er holte ihn aus der Kassette und schlug ihn auf. Zuoberst lagen ein paar Schulzeugnisse seiner Mutter und seines Vaters. Darunter befanden sich ein paar Dokumente, zwei Zeitungsausschnitte und ein Brief.

Marios Blick fiel auf den Briefkopf: `Ulrich Grabsiefen´, der Vater des kleinen, hübschen, intelligenten Oliver, den Mario in den Rollstuhl gebracht hatte.

Er erinnerte sich genau an den Tag: *es war im dritten Jahr auf dem Gymnasium gewesen, ein warmer Herbsttag, braunrote Blätter an den Bäumen vor einem knallblauen Himmel. Er war fast 13 und groß und schwer für sein Alter. Er hatte noch keine Pickel, nur abgebissene Fingernägel.*

Zum ersten Mal in seinem Leben hatte er sich mit einem netten, langhaarigen Mädchen auf dem Schulhof verabredet, Tanja hieß sie.

Der magere Oliver, der eine derart freche Riesenklappe am Kopf hatte, dass ein LKW hineingepasst hätte, hatte sich auch in Tanja verguckt und wollte, um sie zu beeindrucken, Mario lächerlich machen.

Er schlich sich an sie beide heran, grinste Tanja an und lästerte: „Mädchen, was willst du eigentlich mit so einem hässlichen, fetten Kerl, der sich auf dem Klo nie die ekligen Finger wäscht?"

Das war natürlich eine Lüge, zumindest teilweise, aber Tanja machte doch glatt einen Schritt von ihm weg. Mario wurde wütend. „Was fällt dir ein, du Blödmann! Hau ab hier, lass uns in Ruhe, du Streberzwerg!"

Er stieß Oliver die Hand vor die Brust, aber der stolperte nur rückwärts und blieb noch auf den Beinen.

„Du bist eine fette Sau, und deine Mutter ist eine noch fettere Sau!" kreischte Oliver, drehte sich um und wollte wegrennen.

Mario war schneller, diesmal stieß er ihm die Faust in den Rücken, und Oliver fiel extrem unelegant auf den Bauch. Doch das reichte Mario nicht, er kochte vor Wut, und er wollte in diesem Moment nichts anderes, als dem Jungen wehtun, so weh, wie es nur ging. Und so ließ er sich mit dem ganzen Gewicht seines gewaltigen Hinterns mitten auf Olivers Rücken fallen. Und er hörte es knacken.

Wahrscheinlich gab es kurz darauf den größten Auflauf auf dem Schulhof seit Bestehen des Gymnasiums. Oliver verschwand für ein paar Monate im Krankenhaus, und ging dann (oder genauer: fuhr im Rollstuhl) auf eine andere Schule.

Mario hielt den Brief von Olivers Vater in der Hand ... was mochte er geschrieben haben? Hatte er seine Mutter verklagt wegen dem, was ihr Sohn seinem Sohn angetan hatte? Beschimpft? Ihr Morddrohungen geschickt? Eigentlich wollte er den Brief nicht lesen ... aber plötzlich blieb sein Blick am ersten Satz kleben:

'Liebe Frau Werner, gehen Sie mit Ihrem Sohn nicht zu hart ins Gericht. Ohne ihn wäre Oliver vielleicht jetzt tot.' Mit halb offen stehendem Mund las Mario weiter, und er konnte es nicht fassen. 'Der Tumor hatte sich schon bis in die Knochen hineingefressen.

Natürlich ist es schrecklich, dass er jetzt im Rollstuhl sitzen muss ... aber er lebt, und das ist die Hauptsache. Die Ärzte sagen, dass er in ein paar Jahren vielleicht sogar wieder laufen kann.

Ich wünsche Ihnen und Ihrem Sohn alles Gute für die Zukunft.

Hochachtungsvoll   Ulrich Grabsiefen'

Mario ließ den Brief sinken und starrte mit schwer klopfendem Herzen auf ein paar Fotos, die an der Wand hingen: seine Großeltern, Onkel, Tante, sein Vater.

Was war das hier? Ein Alptraum? Über zwanzig Jahre lang hatte ihn seine Mutter in dem Glauben gelassen, er hätte dem kleinen Oliver das Rückgrat gebrochen! Wieso hatte ihm niemand die wahre Geschichte erzählt? Weil alle dachten, er wisse Bescheid? Jetzt verstand er endlich, warum er nach dem Vorfall nicht von der Schule geflogen war.

Er legte den Brief zurück in den Hefter und griff zu den Zeitungsausschnitten, auf denen das Foto seines Vaters in seiner grünen Polizeiuniform zu sehen war, leicht unscharf, trotzdem eindeutig zu identifizieren.

Warum das Foto seines Vaters in der Zeitung gelandet war, stand in dicken Großbuchstaben über zwei Artikeln. Mario überflog den ersten.

Aber er verstand kaum, was er da las, das konnte nicht sein ... weil sein Vater so nicht gestorben war. Seit Mario in die Schule ging, hatte seine Mutter ihm erklärt: *Eines heißen Augustsamstagmittags spielte der kleine Mario auf den Treppenstufen zum ersten Stock mit seinem neuen Polizeiauto, während Papa im Bad duschte. Auf einmal hatte der kleine Mario keine Lust mehr zu spielen und lief nach draußen in den Garten, ohne das Auto von der Treppe zu räumen. Der Papa kam aus dem Bad, rubbelte sich noch mit dem Handtuch das Haar trocken, wollte hinunter in die Küche, trat auf das Auto auf der Treppenstufe, das Auto rollte davon, der Papa segelte die Treppe hinunter und schlug mit dem Kopf auf die Steinfliesen im Flur. Schädelbasisbruch. Drei Tage Koma. Exitus.*

So lautete die Geschichte seiner Mutter, tausend Mal wiedergekäut. Tausend Mal ein Stich in die Seele des heranwachsenden Mario. Tausend Mal der Vorwurf: du hast deinen Vater auf dem Gewissen. Und für immer das monströse Grauen im eigenen Kopf: du bist schuld am Tod deines Vaters.

Sollte auch das am Ende eine Lüge sein?

Mario wurde bewusst, dass er an den Fingernägeln zu kauen versuchte ... aber da waren ja fast keine Nägel mehr. Er nahm den Finger aus dem Mund und las den zweiten Zeitungsartikel gründlich von vorne bis hinten durch.

Tragischer Unfalltod eines Polizeibeamten

Beuel. Gestern erlag im hiesigen Krankenhaus der Polizeibeamte Josef W. seinen schweren Kopfverletzungen. Gekommen war es dazu am Samstagnachmittag, als Josef W. zusammen mit seinem Kollegen Michael S. einen jungen Mann verfolgte, der auf dem Bonner Markt Geldbörsen aus Handtaschen entwendet hatte und dann in einem gestohlenen VW-Käfer über die Kennedy-Brücke nach Beuel raste. Die weitere Flucht führte durch Limperich, Küdinghoven und Ramersdorf, wo der Mann mehrere am Straßenrand geparkte PKW demolierte.

In Oberkassel hielt ihn schließlich eine Straßensperre der Polizei auf: der Dieb ließ das Auto stehen und flüchtete zu Fuß auf die gerade in Oberkassel stattfindende Kirmes, die an diesem Nachmittag gut besucht war. Der Dieb rannte mehrere Kinder über den Haufen, denn er wurde immer noch von Josef W. und Michael S. verfolgt.

Dann passierte das Unglück. W. und S. trennten sich, um den Flüchtenden in die Zange zu nehmen. W. wollte eine Abkürzung nehmen, lief unter einer heranschwingenden Schiffschaukel hindurch, stieß mit ihr zusammen und wurde dabei so schwer am Kopf verletzt, dass er ins Koma fiel. Josef W. hinterlässt eine Frau und einen vierjährigen Sohn.

Mario saß wie betäubt auf dem Bett seiner Mutter. Dann merkte er, dass seine Knie zitterten. Und dann merkte er, dass er zum zweiten Mal in dieser Woche kurz davor war, vor Zorn und Hass zu explodieren. Es war so unfassbar, was seine Mutter getan hatte, dass ihm übel wurde. Aber diesmal richtig.

Er warf alles, was sich auf seinem Schoß befand, auf's Bett, hastete ins Bad, ließ sich vor der Toilettenschüssel auf die Knie fallen und kotzte sich die Seele aus dem Leib. Es war der Ekel, dieses Gefühl von Demütigung und Erniedrigung darüber, dass seine eigene Mutter ihn zum Hampelmann und Sündenbock gemacht hatte.

Als nichts mehr kam, kämpfte sich Mario ächzend auf die Füße, spülte sich den Mund aus, trank ein paar Schlucke Wasser und schleppte sich zurück ins Schlafzimmer.

Dort warf er sich rücklings auf's Bett, sah auf die Uhr (noch mindestens eine Stunde Zeit) und schloss die Augen, während ihm Dutzende Gedanken durch den Kopf schossen: Sollte er einem Zeitungsartikel mehr glauben als seiner Mutter? Nach dem Vorfall mit Ina ganz sicher! Und nach der Entdeckung des Sparbuchs und des Briefs von Olivers Vater erst recht!

Warum hatte ihm nie jemand die Wahrheit über seinen Vater gesagt? Wer denn? Mit wem hatte er denn Kontakt? Mit keinem seiner Verwandten. Außer mit seinem Cousin, und der war drei Jahre jünger und kannte die Wahrheit vielleicht auch nicht. Und die Nachbarn? Mit denen redete er ebenfalls kaum. Wahrscheinlich dachten alle, wie die Lehrer auf dem Gymnasium, er wäre über die Umstände genauestens informiert.

Allmählich wurde Mario ruhiger ... und für ein paar Minuten war er sogar regelrecht glücklich darüber, dass er nichts mit dem

Tod seines Vaters zu tun hatte. All die Jahre hatte ihn seine Mutter mit ihren Lügen unter Druck gesetzt, hatte ihn kleingehalten, ihn fertig gemacht, hatte ihn an sich gekettet. Das war vorbei, er war frei, er war ihr nichts mehr schuldig!

Im Gegenteil: sie stand jetzt in *seiner* Schuld. War sie nicht sogar schuld daran, dass er einen Menschen getötet hatte?! Natürlich war sie das! Und wie sie das war!

Mario richtete sich auf. Dafür würde diese Frau bezahlen. Zunächst einmal mit dem Schmuck aus der Kassette. Er würde jetzt alles peinlich genau aufräumen, und sie würde vorerst gar nicht merken, dass der Schmuck weg war. Und dann würde er sich überlegen, wie er am besten und am schnellsten an das Geld auf dem Sparkonto herankam ... und an das Haus ... ja, das Haus wäre auch nicht schlecht, obwohl es für dieses Problem letztlich nur *eine* Lösung gab.

*

Bonn, Polizeipräsidium
16.00 Uhr

Sascha kam von der Toilette zurück ins Zimmer und sah, dass Andreas telefonierte. Er setzte sich und wartete, bis Andreas aufgelegt hatte.

„Und?"

„Ulli aus Dottendorf. Werner hat seine Mutter vor ca. zwei Stunden irgendwohin gefahren und holt sie jetzt anscheinend ab. Die sollen mal ein richtig schönes Portraitfoto von unserem Hauptverdächtigen machen."

„Wieso sind sie Werner nicht nach `irgendwohin´ gefolgt?"

„Weil er nicht mit seinem Wagen gefahren ist. Und Ulli und Petra sollten ja den Jaguar nicht aus den Augen lassen."

„Gut, die Leute. Glaubst du, das war ein Ablenkungsmanöver von Werner? Er hat gemerkt, dass er überwacht wird, wollte unsere Leute hinter sich herlocken und sein Auto von jemand anderem sauber machen lassen?"

„Hältst du den Kerl für so raffiniert?" Andreas rieb sich die Nase unter der Brille. „Wo kriegen wir bloß ein paar Infos über ihn her? Hast du mal nachgesehen, ob er vorbestraft ist?"

Sascha stand auf, holte sich Kaffee und stellte sich mit der Tasse ans Fenster, eine Hand in der Hosentasche. „Keine Eintragung zu finden."

„War er bei der Bundeswehr?"

„Nein, ausgemustert, vermutlich zu viele Pickel im Gesicht. Aber immerhin weiß ich daher, dass er ein paar Semester Informatik studiert hat."

Andreas setzte die Brille wieder auf und sah Sascha stirnrunzelnd an. „Haben wir sonst noch was?"

Sascha wusste, dass es besser gewesen wäre, seine Antwort anders zu formulieren. Er tat es nicht. „Mir ist da eine interessante Parallele zwischen dir und Werner aufgefallen: sein Vater war ebenfalls Polizeibeamter, und er ist ebenfalls bei einem Unfall ums Leben gekommen. Und Werner wohnt mit seiner Mutter zusammen ... wie auch der Duschvorhangmörder aus `Psycho´."

Andreas lehnte sich in seinem Schreibtischsessel zurück und schaute Sascha mit seinen blaugrauen Augen abschätzend an. „Ich kenne keinen Film, in dem Duschvorhänge ermordet werden. Wie alt war Werner, als sein Vater starb?"

„Vier Jahre."

„Ich weiß nicht, warum es dir heute so viel Spaß macht, mich zu ärgern. Ich werde dir jetzt mal kurz die Unterschiede zwischen mir und Werner erklären: als mein Vater verunglückte, war ich kein Kleinkind mehr, sondern 29! Und außerdem, verflixt noch mal, wohne ich nicht mit meiner Mutter zusammen!"

*

Bonn-Oberkassel
19.20 Uhr

Andreas stand zu Hause an einem seiner Fenster, Arme überkreuz, und sah gedankenverloren auf den Steinbruch hinaus. Plötzlich musste er an die Geburtstagsfeier seiner Oma denken. Am 12. Januar war sie 90 Jahre alt geworden und hatte für den nächsten Tag, einen Samstag, gute zwei Dutzend Verwandte ins Restaurant in der Waldau eingeladen.

Da er sich um die Vorbereitungen kümmern wollte, hatte Andreas seine Oma Anfang Januar auf ihrem Zimmer im Altenheim besucht und sie auf ihren Geburtstag angesprochen.

„Also, Elli, du wirst demnächst 90, das wollen wir doch ordentlich feiern ... ich schreib mir jetzt mal auf, wen du alles einladen möchtest."

Elli saß auf ihrem Bett, angetan mit ihrem braun-beige gemusterten Polyesterkleid und einer braunen Strickjacke, die Hände mit den krummen, arthritischen Fingern in den Schoß gelegt. Mit ihren kleinen, trüben, blauen Augen starrte sie Andreas an, als habe er eine Tarantel im Gesicht hocken.

Sekundenlang glotzte sie ihn an, dass Andreas schon befürchtete, sie sei im Sitzen einem Herzinfarkt erlegen. Doch dann fing sie völlig unerwartet an zu lachen. Es klang ein wenig meckernd und atemlos, und sie lachte, bis sie husten musste und keine Luft mehr bekam.

Andreas sprang auf, klopfte ihr hilflos auf dem Rücken herum und wollte gerade nach einer Pflegerin klingeln, als sich ihr Husten beruhigte. Mit zitternden Händen wischte sie sich die Tränen vom Husten und vom Lachen aus den Augen.

„Also Erich!" keuchte Elli, die Andreas hartnäckig für ihren verstorbenen Ehemann Erich hielt, „wie kannst du solche Scherze mit mir machen! 90! Das ist gut, das ist so gut!"

Sie kicherte hüstelnd noch ein bisschen vor sich hin, während

Andreas ein Taschentuch für sie aus der Nachtschränkchenschublade fischte. Worüber mochte sie sich nur so amüsiert haben?

Elli schnäuzte sich die Nase, wischte noch einmal über die Augen und wurde ernst. „Meinst du, wir finden eine Torte, auf die fünfzig Kerzen passen?“

Andreas verdrehte die Augen gen Himmel: „Sicher, Elli, das kriegen wir hin. Also, wen möchtest du einladen?“

Er holte etwas zum Schreiben hervor und wartete auf den ersten Namen. Elli kratzte sich mit krummen Fingern am Kinn herum und nannte einen Namen, den Andreas noch nie gehört hatte.

„Wer ist das?“ fragte er.

„Na, das ist doch der Bursche, der damals im Kuhstall mitgeholfen hat! Mein lieber Erich, du wirst aber auch langsam vergesslich!“

„Ja, anscheinend.“ Andreas schrieb den Namen auf. Vielleicht lebte der Mann noch. „Wie wär´s denn, wenn du z. B. deine Schwester Edeltraut und deinen Schwager Eduard einladen würdest?“

Nun guckte Elli so, als hätte sie diese Namen noch nie gehört. Das konnte ja heiter werden: eine Familienfeier, auf der keiner den anderen kannte! Nach weiteren fünf Minuten des Rätselratens, schrieb er einfach alle Verwandten auf die Liste, die ihm einfielen.

Der Tag der Geburtstagsfeier begann trocken und windstill. Andreas verstaute seine Oma gegen 11 Uhr mit den bekannten Schwierigkeiten in seinem Wagen und setzte sich Richtung Waldau in Bewegung. Oma Elli verweigerte wie immer den Gurt. Andreas ließ sie wie immer gewähren und ihre ängstlichen Ausrufe auf der Autobahn an sich abperlen wie Regenwasser an einer gut imprägnierten Jacke. Nur einmal wies er sie zurecht: „Herrgott Elli, ich darf hier nicht 30 fahren!“

Kurz vor 12 Uhr kamen sie beim Restaurant an, ca. 25 Verwandte wurden mehr oder weniger herzlich begrüßt, und dann nahm man Platz in einem großen, gemütlichen Raum mit viel Holz an den Wänden, Balken an der Decke, Hirschgeweihen überall und einem festlich hergerichteten Tisch.

Elli saß am Kopfende zwischen ihrer jüngeren, 83jährigen Schwester Edeltraut, die körperlich wie geistig topfit wirkte, und deren 61-jährigen, vollschlanken Tochter, die mit Familie extra aus Australien angereist war.

Kurz nach 12 Uhr kam das Essen, und Elli schaufelte Rinderbraten in sich hinein, als habe sie seit Wochen nichts gegessen; nicht einmal das Gebiss fiel ihr aus dem Mund. Allerdings hatte sie, wie Andreas soeben bemerkte, ihr schwarz-flieder gemustertes Polyesterkleid falsch herum angezogen, mit dem langen Rückenreißverschluss nach vorne. Aber das schien niemanden zu stören.

Nach dem Essen löste sich die Tischordnung vorübergehend auf, Gäste wanderten umher, es bildeten sich kleine Gruppen zu lebhaften Gesprächen, und einige der Versammelten entschieden sich für einen kurzen Verdauungsspaziergang durch den Wald. Andreas schloss sich ihnen an und plauderte mit seinem Cousin, dem Lehrer, der ziemlich eigenartige Ansichten zum Thema 'Kindererziehung' von sich gab, über alles, was ihm gerade in den Sinn kam.

Eine halbe Stunde später kehrten sie zurück in den fast leeren Speisesaal. Vor allem der komplette obere Teil des Tisches war verwaist. Wo steckte Elli?

Vielleicht zur Toilette gegangen. Andreas gesellte sich zu ein paar herumstehenden Verwandten, aber nach zehn Minuten wurde er unruhig: Elli saß immer noch nicht auf ihrem Platz. Wen er auch nach ihr fragte, niemand hatte sie gesehen.

Zusammen mit seinem Bruder Julius, zwei Cousins und fünf Urenkeln von Elli durchkämmte Andreas fachgerecht das Restaurant und die nächste Umgebung. Es stellte sich die Frage: wie weit konnte eine gebrechliche 90jährige mit ihren kaputten Füßen laufen? 50 Meter? Doch nirgendwo fand sich eine Spur von ihr. Ließ das nicht nur einen Schluss zu? Dass Elli entführt worden war? Doch von wem und warum?

Ratlos kehrte man in den Speiseraum zurück, wo erste Stimmen laut wurden, dass es besser sei, die Polizei einzuschalten. Andreas glaubte, vorwurfsvolle Blicke auf sich zu spüren.

„Was hier los ist?“ fragte Großtante Edeltraut, die am Arm ihrer Tochter gerade vom Rundgang um das Haus zurückgekehrt war.

„Wir suchen nach Elli. Habt ihr sie gesehen?“

„Tante Elli? Wo soll die denn schon sein?“ wunderte sich stirnrunzelnd die vollschlanke Tochter. „Komm, Mama, ich muss mich setzen.“

Die beiden arbeiteten sich an leeren, zurückgeschobenen Stühlen zum oberen Ende des Tisches zu ihren Plätzen vor. Auf einmal blieben beide abrupt stehen. Tante Edeltraut drehte den Kopf und rief: „Hier liegt sie!“

Das klang nicht gut. Andreas, dicht gefolgt vom Bruder und einem Cousin, stürmte vorwärts. Am Kopfende des Raums gab es unter den beiden Fenstern statt Stühlen eine lange, gepolsterte Bank, und dort lag, auf der Seite, mit angewinkelten Beinen und unter dem Kopf angewinkeltem Arm, Oma Elli. Um Himmelswillen! Andreas schob Tante Edeltraut samt Tochter zur Seite und berührte Elli am Knöchel.

Die öffnete halb die Augen und seufzte: „Was ist denn? Ich will noch ein bisschen schlafen.“

Ihre Schwester, gar nicht zimperlich, drängelte sich an Andreas vorbei und gab Elli einen ordentlichen Klaps auf den Oberschenkel. „Stehst du wohl auf, du Schlafmütze! Wir sorgen uns um dich, und du machst einfach ein Nickerchen! Wir feiern hier deinen Geburtstag und gleich gibt´s Kaffee und Kuchen!“

Letzteres schien bis in Ellis Großhirn vorgedrungen zu sein, denn sie richtete sich mit Andreas´ und Edeltrauts Hilfe ächzend auf, strich ihr dünnes, weißes Haar zurecht und schüttelte dann empört die Hand ihrer Schwester ab.

„Was fällt Ihnen ein! Lassen Sie mich sofort los!“ fuhr sie Edeltraut an, die erschrocken losließ.

Währenddessen freuten sich die Verwandten, dass alles ein gutes Ende genommen hatte. Außer jenen natürlich, die gehofft hatten, endlich an ihr Erbe zu kommen.

„Wo bin ich?" fragte Elli derweil und guckte erstaunt in die Runde. Die Erklärung, man feiere ihren `50´ Geburtstag, ließ ihre Wangen freudig erröten. Noch mehr hellte sich ihr Gesicht auf, als die Kuchen auf dem Tisch platziert wurden, und eine Tasse heißen Kaffees vor ihr stand.

Während kurz darauf Andreas´ Bruder Julius, der Journalist aus Berlin, eine ausschweifende Rede hielt, machte sich Elli bereits über ihr Stück Sahne-Nuss-Torte her. Danach verdrückte sie noch ein Stück Eierlikörtorte, ließ sich ein Schnäpschen für die Verdauung bringen und informierte Andreas eine Viertelstunde später darüber, dass es für sie Zeit sei aufzubrechen, da sie zu Hause nach dem Personal und dem Rechten sehen müsse.

Auf dem Weg zurück nach Königswinter wurden sie von der Verkehrspolizei angehalten, die Elli nachdrücklich ermahnte, sich anzuschnallen. Was bei Elli auf plötzlich komplett ertaubte Ohren stieß. Mit dem dezenten Hinweis auf seine Identität versprach Andreas, sich des Problems demnächst persönlich anzunehmen.

Während der Weiterfahrt machte Elli unbeeindruckt das nächste Nickerchen.

Als Andreas vor dem Altenheim hielt, stieß er einen leisen Seufzer aus. Kaum geweckt, würde die Oma vermutlich sagen: „Wir feiern doch heute meinen Geburtstag, Erich ... wann fahren wir endlich los?" Und genauso geschah es.

Er hatte noch -

Das Klingeln des Telefons riss ihn aus seiner Erinnerung. Andreas nahm ab. „Montenar."

„Hier ist Anthea. Guten Abend, Herr Kommissar, ich hoffe, ich störe nicht."

„Aber nein, um Gotteswillen, natürlich nicht! *Sie* können mich Tag und Nacht anrufen!" Andreas fing an, hin und her zu gehen. `Jetzt komm mal wieder runter!´ befahl er sich. Er war doch keine 17 mehr! „Ich hoffe, Sie haben angerufen, weil Sie einen Vorschlag für unsere nächste Verabredung machen wollen."

Sie lachte zurückhaltend. „Richtig, ich würde gern mal wieder chinesisch essen gehen. Kennen Sie ein gutes Chinarestaurant auf dieser Rheinseite?“

„Ja.“

„Wäre Ihnen Samstag, um 18.30 Uhr recht?“

„Natürlich. Kann ich Sie abholen?“ Eigentlich rechnete er damit, dass sie lieber mit dem eigenen Wagen fuhr, so wie Sabine.

„Aber gerne. Sie wissen ja wohl noch, wo ich wohne. Also dann Samstag, 18.30 Uhr, bei mir.“

Sie plauderten noch ein wenig über dies und das, bis sie plötzlich ausrief: „Es ist ja fast halb neun! So lange wollte ich Sie doch gar nicht aufhalten!“

„Keine Angst, ich hätte das Gespräch längst beendet, wenn es mir keinen Spaß gemacht hätte,“ versicherte Andreas.

„Danke, gleichfalls,“ gab Anthea zurück, und so plauderten sie noch ein Weilchen weiter.

*

Dottendorf
21.10 Uhr

Kenan lernte gerade ein paar Gesichtsmuskeln auswendig, als Sven (nicht zum ersten Mal an diesem Tag) in sein Zimmer platzte.

„Nein, ich gehe heute nicht weg!“ betonte Kenan vorsorglich und wunderte sich wieder einmal über Svens merkwürdigen Modegeschmack: er sah nicht aus wie ein Student, sondern wie ein ... Friseurlehrling?

„Und warum grinst du jetzt?“ fragte Sven misstrauisch.

„Dein Hemd macht mir echt gute Laune!“

Es war nicht einfach, mit einem Silberblick verächtlich zu gucken, aber Sven schaffte es. Sie beide wären vermutlich nie Freunde geworden, hätten sie sich nicht schon in der Grundschule kennen gelernt.

„Du verstehst nichts von Klamotten," urteilte Sven, zögerte kurz und fügte hinzu: „Soll ich dich abhören? Vielleicht bleibt dann auch bei mir was hängen."

„Jetzt sag nicht, dass du immer noch nicht mit dem Lernen angefangen hast! Was ist denn los mit dir?"

„Ich hab zur Zeit andere Sachen im Kopf," brummte Sven und setzte sich zu Kenan an den Schreibtisch. Natürlich dachte er gar nicht daran, Kenan darüber zu informieren, um welche `anderen Sachen´ es sich handelte.

*

21.30 Uhr

Es tat gut, sich mit Arbeit abzulenken. Auch, wenn es um etwas so Hirnloses wie `Auswendiglernen von Gesichtsmuskeln´ ging. Diese blöde Lernerei! Alles, was man wissen musste, stand in jedem Scheiß-Anatomiebuch! Und welcher Mediziner konnte später mehr als drei Gesichtsmuskeln hersagen und lokalisieren?! Alles großer Schwachsinn!

Sven war überhaupt im Moment mit sich und der ganzen Welt unzufrieden. Alles klappte irgendwie nicht so richtig.

Gerade zeigte Kenan mit einem seiner Finger im Lehrbuch auf den `Musculus levator palpebrae superioris´ und erläuterte seine Funktion. Mit seinen sensiblen Fingerchen könnte er ein hervorragender Neurochirurg werden. Sven verspürte einen Anflug von Neid ... und was könnte wohl aus ihm werden?

„Ich hol mir ein Bier," meinte er. „Willst du auch eins?

Kenan nickte. „Klar, wir hören doch eh jetzt auf, oder? Da läuft gleich ein klasse Action-Thriller."

In der Küche nahm Sven zwei Flaschen Bier aus dem Kühlschrank. Er brauchte jetzt ein bisschen Alkohol, er fühlte sich unruhig. Beunruhigt. Wann kamen diese beiden hirnbehinderten Kommissare endlich auf den Namen `Mario Werner´?

7

Bonn, Polizeipräsidium
Donnerstag, 29. März, 7.56 Uhr

Kurz vor acht betrat Andreas das Büro. Sascha saß bereits in einem engen, dunkelblauen Hemd am Schreibtisch und grinste ihn gut gelaunt an. Auch Andreas konnte über seine Stimmung nicht klagen: das erste Mal seit Jahren war das Wochenende komplett mit Privatvergnügen ausgebucht.

„Du strahlst, als hättest du gerade die Schneyder zum Frühstück vernascht," konnte sich Sascha nicht verkneifen zu sagen.

„So was will ich nicht hören!" rügte Andreas. „Ab sofort werde ich hier nichts mehr über mein Liebesleben erzählen!"

Genau in diesem Moment ging die Tür auf, und Petra kam herein. Plötzliche Neugier in den schönen, großen, dunkelbraunen Augen.

„Nein," meinte Andreas. „Auch dich geht mein Liebesleben nichts an!"

Petra zuckte lächelnd die Schultern. „Dann eben nicht. Hier ist ein Foto von Mario Werner." Sie legte es auf Andreas' Tisch und schien Sascha weitestgehend zu ignorieren.

„Tschüss. Ich gehe jetzt wieder acht Stunden ein Auto überwachen."

„Das ist eine sehr ehrenvolle und in unserem Fall enorm wichtige Tätigkeit," tröstete Sascha sie, aber Petra reagierte nicht darauf und ging.

„Hast du ihr was getan?" fragte Andreas.

„Das hätte sie wohl gern gehabt, aber ich wollte nicht. Du weißt sicher, wie fies abgewiesene Frauen werden können ... erinnerst du dich an Glenn Close in die 'Verhängnisvolle Affäre'?"

„Ja." Andreas dachte sofort an die hellblonde Renate, die immer dünner wurde und immer faltiger und ihm ab und zu einen verletzten Blick zuzuwerfen schien. „Sieh mal hier ... Werner ist ja hervorragend getroffen."

„Wir sollten den Leuten von der WG das Foto vorlegen."

„So früh am Morgen?"

„Andreas, manchmal bist du ein bisschen zu rücksichtsvoll! Die sollen sich gefälligst nach uns richten und nicht umgekehrt!"

„Gut, fahren wir nach Dottendorf," stimmte Andreas zu, als sein Telefon klingelte. „Ja?"

„Peer hier. Wir haben uns Ina Schaefers Leiche noch mal vorgenommen und tief unter ihren Fingernägeln winzigste Hautpartikel einer unbekannten Person gefunden. Die gleichen Spuren klebten in einer Hautfalte unter ihrem Kinn. Ihr habt doch einen Verdächtigen ... fragt ihn mal nach einer Speichelprobe."

„Klar, versuchen wir." Andreas legte auf. „Sie haben unter Ina Schaefers Fingernägeln fremde Hautpartikel gefunden."

Sascha stand auf, um sich Kaffee zu holen. „Vom lieben Mario?"

„Ich sagte `fremd´," belehrte ihn Andreas, nahm die Brille ab und rieb sich die Nase da, wo die Brille aufsaß. „Wir haben von ihm noch kein Material zum Abgleichen."

„Ach ja. Ok, fahren wir los."

„Trink erst deinen Kaffee aus, ich mache mich schön." Andreas eilte in den Waschraum, kämmte sich, säuberte die Nägel und saß kurz darauf neben Sascha im Auto. Für einen frühen Morgen im März war es schon unglaublich warm draußen.

Sascha gab sich überraschend ungesprächig. Schwelgte er in schönen Erinnerungen vom Vorabend? Jedenfalls hielt auch Andreas den Mund und freute sich einfach auf den Freitagabend mit Udo, auf den Samstagabend mit Anthea Schneyder, auf den Sonntagnachmittag mit Sabine.

Um Viertel vor neun öffnete Kenan Özkan ihnen die Tür, eine Minute später standen sie in der Küche der dezimierten WG. Sven Obermüller hatte sich gerade an der Kaffeemaschine zu schaffen gemacht und zog sich, als Andreas und Sascha eintraten, rasch ein weißes Hemd mit dünnen, schwarzen Streifen über sein weißes T-Shirt und schloss zwei Knöpfe.

Etwas an der Art, wie er sich unsicher dabei umsah, irritierte Andreas. Was hatten diese Blicke zu bedeuten? Er kam nicht dazu, sich noch mehr Gedanken zu machen, denn Sascha zeigte Obermüller und Özkan gerade das Foto von Mario Werner.

Obermüller warf den blonden Pony nach hinten und redete wie immer als erster. „Klar kenn ich den .... der hat da hinten so einen PC-Laden, da hab ich schon mal was gekauft ... aber irgendwie sieht er auf dem Bild hier anders aus."

Özkan, das pechschwarze Haar wieder hinten zusammengebunden, studierte das Foto genau, lächelte plötzlich und zeigte mit dem Finger auf Werners Wangen. „Der hatte an den Seiten so affige, buschige Koteletten."

„Stimmt." Obermüller lachte. „Aber ohne die sieht der auch nicht viel besser aus!"

„Das ist letztlich Geschmackssache, oder?" befand Andreas. „Wissen Sie, ob Heisterbach Kontakt zu dem Mann hatte?"

„Kann schon sein." Obermüller dachte nach. „Chris war ja ein Sportwagenfan und der hier," er tippte auf das Foto, „fährt so einen Uralt-Jaguar und –"

Özkan fiel ihm ins Wort. „Ich hab die zwei schon auf der Straße quatschen sehen."

„Wir hatten gehofft, Sie könnten uns Näheres über den Mann erzählen," meinte Andreas.

„Nee, leider nicht," bedauerte Obermüller. „Was ist denn los mit dem?" Er durchbohrte Andreas mit einem langen Blick und schien auf einmal Bescheid zu wissen. „Sie halten ihn für den Bankräuber und den Mörder von Chris und Micha, stimmt's?"

„Wir haben nichts gegen ihn in der Hand." Andreas bereute sofort, was er gesagt hatte, als er das unübersehbar verächtliche Lächeln auf Obermüllers Gesicht bemerkte.

Da den WG-Bewohnern nicht mehr zu Mario Werner einfiel, verabschiedeten sich Sascha und Andreas kurz darauf von den beiden und diskutierten auf der Straße vor dem Haus, was zu tun sei. Sie einigten sich auf `Nachbarn-Befragen´.

*

Dottendorf
9.00 Uhr

Mario lag mit geschlossenen Augen in der Badewanne und malte sich aus, was er sich mit 237.000 € alles leisten konnte: er würde einen Personal-Trainer engagieren, um abzuspecken und sich eine Top Figur anzutrainieren ... oder er würde zuerst ein paar Kilo Fett absaugen lassen und dann den Trainer engagieren ... er würde seine Haut behandeln und sein Gebiss sanieren lassen, unter Vollnarkose natürlich ... wahrscheinlich konnte man mit dem nötigen Kleingeld auch seine Fingernägel auf Vordermann bringen ... genauso wie seinen Jaguar, der nach einer Generalüberholung sicher so manche Frau schwer beeindrucken würde.

Als er an sein Auto dachte, wurde ihm wieder bewusst, welche Hindernisse noch zwischen ihm und dem Geld standen: seine Mutter, und mögliche Spuren von Ina im Wagen.

Seit er sich geweigert hatte, das Auto untersuchen zu lassen, war ihm klar, wie verdächtig er sich damit machte ... und er wurde das Gefühl nicht los, dass er überwacht wurde. Wahrscheinlich warteten sie darauf, dass er mit einem Putzeimer bewaffnet im Wageninneren Spuren beseitigte. Darauf konnten sie lange warten! Da würde er doch eher zugeben, dass er Ina zwei- oder dreimal mitgenommen hatte!

Er ließ seine Schultern ein wenig tiefer ins heiße Wasser gleiten und riss plötzlich die Augen auf. Ja, das war überhaupt die Idee! Er würde behaupten, Ina mehrmals zu ihren Kundinnen gefahren und anschließend wieder nach Hause gebracht zu haben, weil ihr Wagen nicht angesprungen war: dann hatten sie keinen Grund mehr, sein Auto unter die Lupe zu nehmen!

Eine Dreiviertelstunde später saß Mario in seinem Geschäft am Schreib- und Arbeitstisch, bastelte an einem Teil herum und träumte wieder davon, was er sich mit Mutters Geld so alles leisten konnte: schicke Anzüge für sich selbst, eine Totalrenovierung seines Ladens und auffällige Werbung in der Lokalpresse und im Internet.

Dann fiel ihm ein, dass er vorhin auf dem Weg ins Geschäft die beiden Kommissare gesehen hatte, wie sie durch die Straßen schlichen und bei Nachbarn klingelten, die sicher nichts besseres zu tun hatten, als schlecht über ihn zu reden. Er musste ihnen unbedingt seine Geschichte erzählen.

Kurz nach zehn öffnete sich die Tür, und Mario sah auf. Zwei Männer betraten sein Geschäft: der Blonde, der ab und zu hier eingekauft hatte, und der Türke mit den langen Haaren, der auch Heisterbach kannte.

„Du bist Mario Werner, stimmt's?" fragte, irgendwie provokant, der Blonde, der extrem modisch angezogen war, die Hände in die Taschen seiner Jacke schob und seinen schrägen Pony mit einer ruckartigen Kopfbewegung zurückwarf.

Mario stand auf. Sein Herz schlug schneller. Das Ganze gefiel ihm überhaupt nicht. „Ja, wieso?"

Die beiden kamen näher, aber wieder redete der Blonde. „Du hast Chris Heisterbach und Micha Lehmann erschossen, stimmt's?"

Marios Magen sackte nach unten. Was ging hier ab?! „Nein, wie kommst du auf so einen Scheiß?!" Mario gab sich Mühe, gleichzeitig empört und furchtlos zu klingen. „Ich kenne die Leute überhaupt nicht!"

„Klar kennst du die!" mischte sich der Türke ein. „Ich hab dich doch schon mit Chris reden sehen!"

Die beiden Männer kamen noch näher und bauten sich vor dem Tisch auf. Die Gesichter feindselig, die Blicke wütend.

„Mag ja sein," räumte Mario ein, vielleicht etwas zu schnell, „aber ich hab ganz sicher keinen von denen erschossen!"

„Pass auf, du hässliche Qualle," zischte der Blonde und schielte ihn an, die Hände immer noch in den Taschen. „Du hast zwei Tage Zeit, zur Polizei zu gehen und ein Geständnis abzulegen. Wenn wir bis Samstagabend nichts von dir gehört haben, kommen wir wieder. Und glaub mir – wir kriegen dich schon dazu, das zu tun, was wir dir sagen."

Er drehte sich um, als wolle er gehen, hielt inne und meinte, über die Schulter zurückblickend: „Ach übrigens, wir wissen, wo du mit deiner Mama wohnst."

Und schon hatten sie den Laden wieder verlassen. Mario ließ sich in seinen Schreibtischsessel fallen. Was war denn das für ein Scheißauftritt gewesen!

Er steckte den Daumennagel zwischen die Zähne und merkte, wie ihm das Blut in den Kopf schoss. Und eine ordentliche Ladung Wut hinterher. Das würde er den zwei Arschgeigen nicht durchgehen lassen!

Ohne lange zu überlegen sprang Mario auf, lief zur Ladentür, riss sie auf, schaute auf die Straße, sah nach links, nach rechts – und da waren sie.

*

Sascha ging hinter Andreas die drei Stufen zur Straße hinunter. Bisher hatten sie von den Nachbarn nur Einzelheiten aus Mario Werners Leben erfahren, die nicht wirklich als große Sensation bezeichnet werden durften, aber –

„He, Sie da! Sie von der Polizei!"

Sascha trat neben Andreas, der sich suchend umsah. Wer rief da nach ihnen? Ein paar Häuser weiter, auf der anderen Straßenseite, stand Mario vor seinem Laden und winkte wild mit den Armen. Was war los? Hatte man ihm ein Alibi gestohlen?

Kurz darauf bekamen sie in Marios Geschäft zu hören, dass er von zwei Verbrechern bedroht worden sei: er solle ein Geständnis ablegen, sonst würde man ihm und seiner Mutter etwas antun.

Die Empörung stand Mario ins Gesicht geschrieben. Er schwitzte vor Aufregung.

„Was sollen Sie denn gestehen?“ fragte Andreas in beruhigendem Ton.

Mario schob die Ärmel seines dunkelblauen, beutelförmigen Sweatshirts bis über die Ellenbogen hoch. „Dass ich Heisterbach und den anderen erschossen habe!“

„Und Sie sind sicher, dass Sie das nicht getan haben?“

„Ja, Herrgott noch mal! Ich war im Supermarkt einkaufen – das hab ich Ihnen doch gesagt!“

Andreas nickte nachsichtig. „Kennen Sie die Männer, die Sie bedroht haben?“

„Klar! Die wohnen hier irgendwo in der Nähe! Einer, so ein blonder, geleckter Kerl hat schon öfter was bei mir gekauft! Und den anderen hab ich schon mit Heisterbach gesehen ... so ein Scheißtürke mit langen, schwarzen Haaren.“

Andreas ließ sich nichts anmerken und meinte ernst: „Wir werden sofort eine Großfahndung einleiten. Entschuldigen Sie uns bitte.“

Er ließ den vor Wut dampfenden Mario stehen und eilte auf die Straße. Sascha hinterher. Abgang nach links.

„Ich würde sagen, mit diesem Obermüller müssen wir mal ein ernstes Wörtchen reden!“ schimpfte Andreas, und Sascha war durchaus der gleichen Meinung.

Zwei Minuten später klingelten Sie an der Haustür der WG. Der elektrische Türöffner summte, sie stiegen in den ersten Stock, und standen vor einem überraschten Sven Obermüller. Auf dem weißen T-Shirt, das er immer noch trug, waren möglicherweise vorne Spuren des Frühstücks zu besichtigen.

„Dürfen wir noch mal reinkommen?“ fragte Andreas höflich.

Man sah dem guten Sven an, dass er am liebsten nein gesagt hätte ..., aber dann ging er doch beiseite und ließ sie wortlos herein.

Andreas marschierte gleich bis zur Küche durch, in der Kenan Özkan am Tisch saß und aus einem bunt gemusterten Becher

Kaffee trank. Auf dem Tisch standen noch Butter, Aprikosenmarmelade und zwei krümelbedeckte Teller.

Andreas schüttelte missbilligend den Kopf. „Sie haben erst Mario Werner bedroht und dann in aller Gemütsruhe gefrühstückt?"

Sven betrat hinter ihnen die Küche und lehnte sich lässig mit dem Hintern an die Spüle. „Nein, wir haben vorher gefrühstückt."

„Sie geben zu, Werner bedroht zu haben?"

„Ja, aber nur in bester Absicht, Herr Kommissar. Wir wollen Ihnen helfen."

Sascha konnte sich ein Lächeln nicht verkneifen. Der Mann hatte wohl keine Ahnung, wie unsagbar dankbar die Polizei für solche Art von Hilfe war.

Sascha spazierte in der Küche umher und sah sich um. Auf einmal merkte er, dass Sven (obwohl er mit Andreas redete) ihn dabei beobachtete: zuerst hatte er die Arme vor der Brust verschränkt, hob jetzt aber einen Arm und legte die Hand seitlich an seinen Hals. Er rieb ein bisschen an der Stelle hin und her, als hätte er dort schmerzhafte Verspannungen. Aber Sascha war sich fast sicher, dass er für den Bruchteil einer Sekunde etwas an Svens Hals gesehen hatte, das die Hand nun verdeckte. Etwas Braunrötliches. Ja, fast sicher.

„Sie hören umgehend damit auf, uns zu `helfen´, ist das klar?!" Andreas klang für seine Verhältnisse ziemlich aufgebracht.

„Warum regen Sie sich so auf? Wir hatten doch nicht wirklich vor, dem Knilch was zu tun!"

„Darum geht's doch gar nicht! Mich regt auf, dass Sie uns für unfähig halten, unsere Arbeit zu erledigen!"

„Das haben Sie jetzt aber völlig falsch verstanden!" beteuerte Sven und hätte beinah beide Hände in einer Beschwichtigungsgeste erhoben. In letzter Sekunde fiel ihm ein, dass er ja etwas zu verbergen hatte, und fuchtelte daher nur mit einer Hand herum, die andere fest auf den Hals gepresst. „Wir wollten die Sache nur beschleunigen, bevor dieser Kerl noch mehr Leute umbringt! Vielleicht sogar uns!"

Während Andreas ihm zu erklären versuchte, was für ein Unsinn das war, dachte Sascha blitzschnell nach. Wie bekam er die verdammte Hand da weg, ohne Gewalt anzuwenden?!

Plötzlich hatte er eine Idee. Sein Blick wandert über den Küchentisch: Tasse? Nein. Teller? Nein. Butter? Auf keinen Fall. Aber das Weidenkörbchen mit der blauen Serviette, in dem die Brötchen gelegen hatten!

Sascha spazierte zum Tisch, griff nach dem Körbchen, wandte sich zu Sven um und warf ihm das Körbchen zu. Die Serviette flatterte zu Boden, und Sven versuchte verblüfft und reflexhaft, das `Ding´, das da unerwartet auf ihn zugeflogen kam, aufzufangen. Mit beiden Händen.

Sofort war Sascha neben ihm und zeigte mit dem Finger auf ein rötlichbraunes, halbkreisförmiges Hautmal von gut vier bis fünf Zentimetern Durchmesser.

„Was haben Sie denn da?" fragte Sascha, kniff die Augen leicht zusammen und ging mit dem Gesicht noch näher heran. Doch schon war Svens Hand wieder da.

„Ach, das war beim Friseur: der Azubi hat beim Föhnen ein kurzes Nickerchen gemacht und mal eben den heißen Föhn auf meinem Hals abgelegt. Was meinen Sie, wie schnell der von meinem Gebrüll wach geworden ist! Wenigstens hab ich an dem Tag nichts bezahlt."

Sven grinste schräg. Sascha kaufte ihm die Geschichte durchaus ab. Aber warum sollte niemand diese Verbrennung sehen? Reine Eitelkeit?

„Wann waren Sie beim Friseur?" fragte Andreas mit unbewegter Miene.

Sven runzelte die Stirn, als habe er Schwierigkeiten, sich zu erinnern. „Anfang der Woche?"

Kenan korrigierte ihn wieder einmal. „Quatsch, das war letzte Woche."

Als Sven Kenan einen schnellen, verärgerten Blick zuwarf, sah Andreas plötzlich sehr zufrieden aus.

„Also dann, meine Herrn," verkündete Andreas, „ich verbiete Ihnen hiermit ausdrücklich, Mario Werner weiterhin zu belästigen! Beim nächsten Mal landen Sie ohne Umwege im Gefängnis!" Er wandte sich an Sven. „Herr Obermüller, Sie sagten, Sie fahren einen alten BMW ... wo steht der Wagen?"

„Wieso? Was hat mein Wagen –"

Andreas fiel ihm gereizt ins Wort. „Wo?!"

„Da vorne rechts um die Ecke. Aber –"

„Farbe? Kennzeichen?"

Sven nannte sie ihm ohne weitere Widerworte.

„Danke. Wir melden uns."

Sie standen kaum auf der Straße, als Sascha Andreas ansprach. „Hast du einen Verdacht?"

„Ja, aber sehen wir uns erst mal das Auto unseres Freundes an."

Es dauerte nicht lange, bis sie ihn gefunden hatten. Er war unter einer mittelhohen Kastanie geparkt, aus deren dicken Knospen sich die ersten zartgrünen Blätter schoben.

„Mein Gott," entsetzte sich Andreas, „ich wusste nicht, dass es *so* schlecht um meine Augen bestellt ist!" Er ging an dem Auto entlang, spähte hinein und schüttelte den Kopf. „Es ist furchtbar – aber ich kann hier einfach keinen alten, schwarzen Gebrauchtwagen sehen."

„Das liegt vielleicht daran, dass der Wagen nagelneu ist."

„Ach so." Jetzt nickte Andreas. „Scheint, als hätten wir hier auch einen nagelneuen Verdächtigen. Sagen wir eben Mario Werner Bescheid, dass er keine Angst mehr haben muss, und dann widmen wir uns ganz Sven Obermüller."

Kurz darauf standen sie wieder in Marios Laden. Der Mann saß an seinem PC und hatte schnell auf eine Taste gedrückt, als sie eintraten. Was war hier eigentlich los?! Verbrecher, wohin das Auge sah?! Die Dottendorf-Mafia?!

„So, Herr Werner, wir haben mit den Verantwortlichen gesprochen, und es wird keine Drohungen mehr gegen Sie geben," behauptete Andreas.

„Sie kennen die Leute?"

„Ja, und möglicherweise hat man Sie einfach verwechselt."

Mario guckte ungläubig, stand auf, fummelte am Kragen seines dunkelgrünen Sweatshirts herum ... und plötzlich wurde sein Gesichtsausdruck entschlossen.

„Ich muss Ihnen etwas mitteilen," hob er förmlich an. „Ich hab Ihnen nicht ganz die Wahrheit gesagt ... ja, ich war in Ina Schaefer verliebt und ich ...", seine Blicke wichen zur Seite aus, „ich hab mich ein bisschen an sie rangemacht, und einmal, als ihr Auto kaputt war, hab ich sie abgeholt und zu ihren Kundinnen gefahren und abends wieder nach Hause." Seine Blicke suchten die Decke ab. „Und in der Woche, bevor sie ermordet wurde, rief sie mich mal gegen Abend an ... sie fragte mich weinend, ob ich sie zu einer Freundin fahren könnte. Klar konnte ich. Als sie ins Auto stieg, blutete ihre Nase und sie hatte einen dunklen Fleck unter ihrem Auge. Ich hab sie gefragt, wo sie das her hat, aber das wollte sie mir nicht sagen."

Sascha glaubte ihm kein Wort. Das war eine raffiniert ausgedachte Geschichte, um –

„Wo wohnt diese Freundin?" fragte Andreas in sanftem Ton.

„Keine Ahnung. Ina wollte plötzlich aussteigen ... sie wollte ein bisschen rumlaufen, um den Kopf frei zu kriegen ... allein. Das war das letzte Mal, dass ich sie gesehen hab."

Mario senkte den Blick und rieb sich mit beiden Händen durchs Gesicht, als sei er jetzt noch erschüttert.

„Danke, Herr Werner, wir werden in dieser Richtung nachforschen." Andreas wandte sich leicht verdrießlich zum Gehen und gab keinen Ton von sich, bis sie im Auto saßen.

„Scheiße," sagte er dann.

„Genau! Der lügt doch wie gedruckt! Und jetzt braucht er seine Mistkarre nicht mal mehr sauber zu machen!"

„Ja, die Überwachung können wir abziehen. Oder nein, die können sich jetzt an Obermüller hängen und aufpassen, dass der nicht abhaut!"

Sascha fuhr los und wollte, da sie sich vorhin für die Befragung getrennt hatten, wissen: „Hast du was von den Nachbarn erfahren?"

„Nichts wirklich Erhellendes. Laut Nachbarn ist Werner ein verschlossener, unfreundlicher Mann ... der auf krankhafte Weise von seiner Mutter abhängig ist. Hast du mehr rausgekriegt?"

„Ich bin an eine ehemalige `Freundin´ von ihm geraten. Vor etwa zwei Jahren war sie keine drei Wochen mit ihm zusammen: sie warf ihm vor, unerträglich geizig zu sein. Er meinte, das ginge nicht anders, weil er so viele Schulden habe. Als sie wissen wollte, woher die Schulden stammen, antwortete er: frag meine Mutter."

„Ich nehme an, sie hat sie nicht gefragt. Aber wir werden das tun."

Sascha bog auf die Friedrich-Ebert-Allee ab. „Das tun wir. Sag mal, was denkst du über diese Verbrennung an Svens Hals?"

„Wir sind die ganze Zeit davon ausgegangen, dass Heisterbach den Bankräuber an seinen Koteletten erkannt hat ... oder vielleicht am Ohrstecker ..." Andreas machte eine nachdenkliche Pause. „Aber könnte doch sein, dass er ihn an dieser Verbrennung erkannt hat."

„Ja, hab ich auch schon vermutet. Aber wieso hat keiner der anderen Zeugen was von dem Fleck gesagt?"

„Wahrscheinlich haben sie ihn nicht gesehen, weil Sven ihn mit irgendwas abgedeckt hat, was dann für Sekunden verrutscht ist oder so ... und Heisterbach stand ihm ja am nächsten. Und den Ohrstecker, den sonst keiner erwähnt hat ... den hat Heisterbach vermutlich frei erfunden, um von Sven abzulenken. Schade, dass wir ihn nicht mehr fragen können."

Sascha bog zur Südbrücke ab. „Für Sven spricht auch die Sache mit den E-Mails ... Mario hätte doch nie so was Dummes gemacht, das ihn selbst belastet."

„Sag das nicht. Das kann Absicht gewesen sein, gerade, damit wir das denken.“ Andreas schaute wie immer hinüber zum Siebengebirge. „Was mich stutzig macht, sind Obermüllers Alibis. Entweder war er es doch nicht ... oder Özkan steckt mit ihm unter einer Decke.“

„Für Geld kriegt man auch Alibis,“ meinte Sascha und überholte schnittig ein paar PS-schwache Kleinwagen.

„Richtig. So wie Werner vielleicht die Aussage unseres Versicherungsvertreters Klausemann gesponsert haben könnte.“

„Stimmt. Da haben wir ja gleich ordentlich was zu tun.“ Sascha verließ die Südbrücke.

„Du sagst es: gleich. Ich möchte zuerst was Anständiges essen.“

Das inspirierte Sascha, noch schneller zu fahren, und so parkten sie kurz darauf vor dem Polizeipräsidium.

Andreas kletterte aus dem Auto, sah sich den westlichen Himmel an und sagte voraus: „Das gibt noch ein Gewitterchen heute.“

Es war in der Tat schwül wie im frühen August, und von Westen zogen schwarze Wolken heran. Sascha begab sich neben einem erschöpft wirkenden Andreas in die Kantine.

Da es noch keine halb zwölf war, herrschte dort ein Betrieb wie in Bonn auf dem Marktplatz nach 22 Uhr. Sie trafen lediglich auf Manfred, der einen Witz zu erzählen versuchte, den Sascha schon vor 20 Jahren nicht komisch gefunden hatte.

Eine Stunde später saßen sie im Büro, suchten sich die Telefonnummern von Svens und Kenans Eltern heraus und fragten die jeweiligen Mütter, die beide zu Hause angetroffen wurden, über ihre Söhne aus. Beide wussten natürlich, was in der WG passiert war, und beantworteten bereitwillig alle Fragen.

Das ergab folgendes: Frau Obermüller erzählte leicht leidend, dass Sven fünf Geschwister habe, von denen drei noch zu Hause lebten, und dass sein Vater im HUMA als Hilfskraft tätig sei und beispielsweise Einkaufswagen auf dem Gelände einsammele. Natürlich könne er seinen Sohn Sven in keiner Weise unterstützen!

Frau Özkan wiederum vermeldete stolz, dass Kenan jeden Monat 500 € vom Vater zugesteckt bekomme, da er sich das als erfolgreicher Geschäftsmann ja auch leisten könne.

Diese Aussagen passten gut ins Konzept. Aber eine Frage blieb: wenn Kenan Özkan genug Geld zur Verfügung hatte, womit hatte Obermüller ihn dann bestochen oder erpresst, damit er seinem Freund zwei halbwegs überzeugende Alibis gab?

Sie stellten diese Frage zurück und riefen erst einmal den Autohändler an, bei dem Sven den BMW (einen Jahreswagen) gekauft hatte. Er bestätigte, dass Sven Anfang der Woche die ersten beiden Raten endlich bar bezahlt habe, auf den letzten Drücker sozusagen, sonst wäre das Auto weg gewesen.

Bei der Bank erfuhren sie, dass Sven einen Kredit über 25.000 € laufen hatte, dass es mit dem Zurückzahlen aber hapere, und man ihm bereits zwei Mahnungen habe zukommen lassen.

„Als Motiv für einen Banküberfall ist das nicht übel, oder?“ Sascha stand auf und holte sich Kaffee.

„Korrekt.“

„Man bestiehlt die eine Bank, um einen Kredit bei einer anderen Bank zurückzuzahlen. Das nenne ich gerechte Umverteilung.“

„Wie kannst du dich über die notleidenden Banken lustig machen! Sehen wir uns doch mal Mario Werners finanzielle Situation an,“ schlug Andreas vor und griff zum Telefon.

Sascha stellte sich mit seinem Kaffeebecher ans Fenster, sah hinaus und hörte mit halbem Ohr zu, wie Andreas ein paar Leute ausquetschte.

„Und?“ fragte er schließlich, nachdem er wieder an seinem Schreibtisch saß.

Andreas ließ ein zufriedenes Lächeln sehen. „Allein der Bank schuldet er 22.000 €, und die glauben zu wissen, dass er noch ein paar andere Gläubiger hat.“

„Sag mal ... wäre es möglich, dass sich Mario und Sven zusammen getan haben, um die Bank zu berauben?“

Andreas runzelte die Stirn. „Lass uns diese Möglichkeit doch mal von vorn bis hinten durchspielen.“

*

Dottendorf
Donnerstag, 16.00 Uhr

Mario saß in seinem Geschäft und verbot sich zum hundertsten Mal, an diese komischen Kerle und ihre bescheuerten Drohungen zu denken. Er hatte andere Probleme - er suchte immer noch nach einem gangbaren Weg, an das Geld seiner Mutter zu kommen, schließlich musste es wie ein Unfall aussehen. Es reichte, dass die Kripo ihn wegen Ina ins Visier genommen hatte.

Plötzlich knurrte sein Magen. Dieses Nachgrübeln kostete verdammt viel Energie. Mario bestellte sich telefonisch in der nächstgelegenen Pizzeria ein Schnitzel mit Pommes Frites. Diesen Luxus konnte er sich demnächst jeden Tag leisten. Wenn er das Geld vom Sparbuch gut anlegte, konnte er vermutlich allein von den Zinsen leben, zumindest, wenn er noch das Haus vermietete und sich ein bescheidenes Ein-Zimmer-Appartement nahm.

Schon wieder vom Thema abgekommen! Er musste erst etwas essen, bevor er sich ordentlich konzentrieren konnte.

Zehn Minuten später stand sein Schnitzel vor ihm, und er steckte sich genüsslich einen Bissen nach dem anderen in den Mund, während er gleichzeitig am PC spielte und einmal ordentlich husten musste, weil er sich verschluckt hatte. Auf einmal glimmte in seinem Hinterkopf eine Idee auf, die ihn überrascht innehalten ließ – dass er darauf aber auch noch nicht gekommen war!

*

16.15 Uhr

Franziska saß im Wohnzimmer auf der Couch und verfolgte im Fernsehen leicht gelangweilt die Befragungen von `Richter Einer-wie-der-Andere´, denn sie ahnte schon, wie das alles ausgehen würde. Genau in der Werbepause, als sie gerade auf RTL umschalten wollte, klingelte das Telefon, das vor ihr auf dem Tisch lag.

„Werner!" blaffte sie.

„Ich bin's."

Mario? Wie ungewöhnlich. Aber er war schon früh am Morgen so anhänglich gewesen, er hatte ihr ein Kompliment gemacht, hatte gefragt, wie es ihr ging und was er ihr aus der Stadt oder dem Supermarkt mitbringen könne.

„Ich hab grad im Internet gesehen, dass der Hollhausen argentinische Rindersteaks im Angebot hat. Ich hol uns ein paar für heute Abend, ok?"

„Also ich stelle mich nachher ganz bestimmt nicht noch mal an den Herd!" maulte Franziska.

„Nein, nein, ich mach das schon. Lass dich einfach verwöhnen ... jetzt, wo Ina nicht mehr da ist, hab ich ja sonst niemanden, dem ich was Gutes tun kann."

Hatte Franziska eben noch gedacht: `was hat der Junge nur angestellt, dass er so nett zu mir ist?´, so bekam sie jetzt ein schlechtes Gewissen. Nie hätte sie sich auf dieses Geschäft mit Ina einlassen dürfen!

„Ja, ist in Ordnung, mein Schatz. Aber du bezahlst die Steaks, ich hab kein Geld mehr. Wann bist du denn ungefähr hier?"

„Gegen halb sechs, Mama. Bis nachher."

*

Bonn, Polizeipräsidium
16.35 Uhr

Nach eingehenden Überlegungen waren sowohl Andreas als auch Sascha zu dem Schluss gekommen, dass Obermüller und Werner sehr wohl hätten zusammenarbeiten können, es aber auf Grund ihrer völlig verschiedenen Persönlichkeiten wohl kaum getan hatten.

Es wurde beschlossen, erst einmal Özkan am nächsten Vormittag gründlich zu befragen.

Sascha räumte ein paar Sachen auf seinem Schreibtisch zusammen. „Machen wir Schluss für heute?“

„Ja, bald. Was sagte noch Werner auf die Frage seiner Ex-Freundin, woher er die vielen Schulden habe?“

„Er sagte: frag meine Mutter.“

Andreas erhob sich. „Gut, fragen wir seine Mutter. Vielleicht können wir sie so unter Druck setzen, dass Marios Alibi kippt. Dann verhaften wir ihn und machen Schluss für heute.“

*

Dottendorf
17.10 Uhr

Mario legte einen Zwanzig-Euro-Schein auf die Theke und nahm sein Päckchen entgegen. Das Wechselgeld war kaum der Rede wert und schon bald würden alle Geldsorgen vergessen sein.

Mario verließ die Metzgerei Hollhausen und machte sich auf den Heimweg. Ein Gefühl von Unwirklichkeit hüllte sein Bewusstsein ein. War es nicht ungeheuerlich, was er vorhatte?

Auf einmal spürte er ein paar dicke Regentropfen auf seiner Haut und sah nach oben: eine dichte, grauschwarze Wolkendecke hing über ihm, in der Ferne grollte leise der Donner. Er ging ein bisschen schneller, und als er die Haustür aufschloss, wurde der Regen stärker.

„Mama, ich bin da!“ rief er. Seine Mutter saß natürlich im Wohnzimmer vor dem Fernseher und empfing ihn mit leidendem Gesichtsausdruck.

„Ich hab schlimme Kopfschmerzen,“ informierte sie ihn.

Mario antwortete in besonders liebevollem Ton: „Ich mach uns jetzt was zu essen, und dann werden die Kopfschmerzen schon verschwinden.“

Richtig – dies würden die letzten Kopfschmerzen ihres Lebens sein.

*

Dottendorf
17.00 Uhr

Franziska hatte gerade zu SAT 1 umgeschaltet, wo zwei Kommissare mit merkwürdigen Namen ermittelten.

Es ging um einen Fall von schwerster Körperverletzung: ein Unbekannter hatte einen jungen Mann unter die U-Bahn gestoßen. Der Mann lebte noch, hatte aber beide Beine verloren. Irgendwie sah er Mario ähnlich ... war genau das, nämlich ohne Beine zu leben, sein Schicksal? War diese Sendung ein Zeichen? Vor lauter Sorgen bekam sie Kopfschmerzen. Sie musste Mario warnen

Als er schließlich heil mit den Steaks zu Hause ankam und dann auch noch so nett zu ihr war, fiel ihr erst einmal ein dicker Stein vom Herzen. Als er gut 20 Minuten später die zwei Teller mit Fleisch und Fritten auf dem Couchtisch im Wohnzimmer abstellte, meinte Franziska mahnend zu ihrem Sohn: „Komm bloß nicht auf die Idee, in nächster Zeit mit der Straßenbahn oder der U-Bahn zu fahren, das ist unheimlich gefährlich heutzutage!"

Dafür erntete sie von Mario einen derart mitleidig-herablassenden Blick, dass sie dachte, sie müsse sich wohl verguckt haben. Denn schon lächelte er sie wieder lieb an und beruhigte sie. „Warum sollte ich denn mit der Straßenbahn fahren, wo ich doch so ein tolles Auto habe?"

Durch das gekippte Fenster in der Küche krachte ein Donnerschlag, dass Franziska zusammenfuhr.

*

Bonn, Südbrücke
17.10 Uhr

Sascha hatte noch keine 100 Meter auf der Südbrücke zurückgelegt, als vor ihm auf allen Spuren Bremslichter aufleuchteten. Scheiße. Stau.

Kein Wunder, es hatte angefangen, schwere, dicke Tropfen zu regnen, und irgendein Blödmann fuhr jetzt wahrscheinlich aus Angst vor Aquaplaning mit 20 km/h über die Autobahn!

Sascha bremste ab und ergab sich in sein Schicksal, während Andreas das Überqueren der Brücke im Schritttempo wahrscheinlich in vollen Zügen genoss. Er hatte definitiv ein gestörtes Verhältnis zu schnellen Autos und hohen Geschwindigkeiten! Kindheitstrauma? Hatte Mutter Margret ihr Baby zu schnell mit dem Kinderwagen geschoben? Hatte Baby Andreas bei jedem Spaziergang Todesangst verspürt?

„Was grinst du so blöd?“ hörte er plötzlich Andreas fragen.

„Ach nichts ... ich dachte gerade an Onkel Udo. Wann triffst du dich mit ihm?“

„Morgen Abend.“

„Ist er denn schon aus dem Krankenhaus entlassen worden?“

„Ja klar - er hatte einen Asthmaanfall, keinen Herzinfarkt.“

Als sei die Sonne drei Stunden zu früh untergegangen, wurde es draußen von Sekunde zu Sekunde dunkler. Die schwarzgraue Wolkendecke schimmerte leicht gelblich, über Köln schoss der erste Blitz zur Erde, Wind und Regen wurden stärker, und ein einzelner, krachender Donnerschlag meldete ein schweres Gewitter an.

„Wie geht's ihm denn so?“ Sascha ließ den Wagen ein paar Meter weiterrollen.

„Besser ... aber das liegt wahrscheinlich daran, dass er im Krankenhaus kaum rauchen konnte.“ Andreas sah sich entspannt das Rheinufer an.

„Vielleicht begreift der gute Mann endlich, wie beschissen er mit seiner Gesundheit umgegangen ist.“

„Da bin ich mir nicht sicher. Er meinte, er würde bald auf Kokain umsteigen, weil er sich die Zigaretten nicht mehr leisten kann."

Es ging ein paar Meter weiter. In der ersten Autobahnausfahrt in der Ferne glaubte Sascha ein Blaulicht blinken zu sehen. Doch ein Unfall?

„Nicht schlecht, die Idee. Für einen Mann in seinem Alter und Gesundheitszustand ist Kokain sicher gesünder als Nikotin und Teer."

„Dr. Sascha, ich bin beeindruckt. Kannst du ihm was von dem Zeug beschaffen?"

„Klar. Was will er denn zahlen?"

*

Dottendorf
17.35 Uhr

„Schmeckt´s?" Mario strahlte seine Mutter an.

Aber die Frau war in diesem Leben nicht mehr zufrieden zu stellen. „Ein bisschen zu sehr durch, das Steak," nörgelte sie und säbelte demonstrativ an dem Fleisch herum, als sei es zäh wie Gummi.

Ihm schmeckte es, das Steak war butterzart und die Pommes knusprig.

„Mario, mach mal in der Küche das Fenster ganz auf! Hier ist ja `ne Luft wie in der Frittenbude!"

Eigentlich wollte er gar nicht aufstehen. Aber er hatte wohl einen eingebauten Schalter, auf den sie nur energisch genug drücken musste, und schon machte er, was sie verlangte.

Also trottete er in die Küche, riss das Fenster ganz auf und atmete einmal tief durch. Die Luft draußen war fast genauso feuchtwarm wie im Zimmer und roch schwach nach Abgasen. Das Gewitter war deutlich näher gekommen, es regnete stärker,

Wind beugte die Tannen im Garten, Blitze liefen senkrecht über die dunkle Wolkenwand

„Mario, bring noch eine Flasche Bier mit!“ rief die Mutter aus dem Wohnzimmer. Mario ärgerte sich über den Ton, aber mehr noch über sich selbst.

Er kam sich vor wie ein dressierter Hund. Mario, mach Männchen! Mario, hol Stöckchen! Seine Wut wuchs mit jeder Sekunde. So konnte das nicht weitergehen! Er wollte endlich tun und lassen können, wonach ihm der Sinn stand! Wollte nicht mehr manipuliert werden! Nicht mehr ausgebeutet werden, wollte sein sauer verdientes Geld für sich ausgeben!

Er hatte die Schnauze voll davon, belogen und betrogen und belächelt, herumkommandiert, heruntergeputzt, verachtet und beschimpft zu werden! Er würde die Sache jetzt zu Ende bringen!

*

Südbrücke
17.30 Uhr

Sascha fuhr vorsichtig an der Unfallstelle vorbei. Ein jeepähnliches Fahrzeug war einem Kleinwagen in den Kofferraum gedonnert – das sah nicht gut aus.

Zwei Polizeiwagen, ein Krankenwagen und ein Feuerwehrauto blockierten die Straße bis auf einen sehr schmalen Fahrstreifen rechts. Nachdem sie dieses Nadelöhr passiert hatten, lief der Verkehr wieder flüssiger.

Aber der Regen wurde stärker. Auf der Friedrich-Ebert-Allee wurde er so stark, dass die Scheibenwischer das Wasser kaum noch bewältigten. Sascha kroch, wie die anderen Verkehrsteilnehmer auch, die Straße entlang und bog schließlich in die Ollenhauerstraße ab, die nach Dottendorf und zu Marios Mutter führte.

Das Licht wurde noch schwächer, der Regen noch dichter.

*

Dottendorf
17.40 Uhr

Mario kehrte mit der Flasche Bier ins Wohnzimmer zurück. Es war so dunkel dort, dass er eine Stehlampe einschaltete. Auch in seinem Herzen, das vor Empörung raste, war es dunkel. Selbst das kleinste Restchen Mitgefühl wurde von Wut erstickt, besonders, als er sah, dass seine Mutter das teure zarte Steak an die Seite geschoben hatte und nur noch Fritten zu fressen schien.

Mario zwang sich mit viel Willenskraft zu einem fröhlichen Lächeln, setzte sich direkt neben seine Mutter auf die Sofalehne und nahm ihr Messer und Gabel aus den Händen.

„Nee, Mama, so geht das nicht, du musst auch das Fleisch essen. Ein paar Häppchen nur, nun komm schon, ich füttere dich."

Er schnitt ein Stückchen Fleisch ab und hielt ihr die Gabel vor den Mund. „Hier, ein Gäbelchen für den lieben, dummen Mario."

Seine Mutter warf ihm von schräg unten einen leicht verärgerten Blick zu, öffnete aber den Mund, nahm das Fleisch entgegen, kaute darauf herum und stopfte schnell noch ein paar Pommes Frites hinterher.

Derweil schnitt Mario Fleisch und hielt ihr das nächste Stück hin. „Und das Mama, ist ein Gäbelchen für meinen lieben, verstorbenen Vater, der angeblich auf meinem Spielzeugauto ausgerutscht ist."

Jetzt erhielt er einen fragenden Blick, aber da er ihr nett zulächelte, schluckte sie auch diesen Bissen. Und nun kam der definitiv letzte Bissen ihres Lebens.

Mario schnitt ein Stück Fleisch ab, dachte an das Geld auf dem Sparbuch, an das Haus, das bald ihm gehören würde, an die unfassbaren Lügen und Intrigen seiner Mutter und sagte sanft: „Und das ist ein Gäbelchen für Ina, die sterben musste, weil du sie dafür bezahlt hast, mich anzulügen."

Ihr Blick war zuerst irritiert, dann, als sie begriff, dass er alles wusste, weiteten sich ihre Augen, dann öffnete sich ihr Mund, weil sie ihrem einzigen Sohn wahrscheinlich weitere Lügen auftischen wollte – aber Mario nutzte die Gelegenheit. Er packte seine Mutter gleichzeitig mit einer Hand am Hinterkopf in ihren frisch frisierten Haaren und stieß ihr, während draußen Blitz und Donner am Himmel tobten, mit der anderen Hand die Gabel mit dem Fleisch blitzschnell und rücksichtslos über die Zunge hinweg bis in den Rachen. So tief es ging.

Im ersten Moment war sie zu überrascht, um sich zu wehren. Dann fing sie an zu würgen und zu zappeln, doch Mario hielt sie unerbittlich an den Haaren fest. Sie fuchtelte mit den Armen und griff plötzlich mit beiden Händen nach seiner Hand, um sie von ihrem Mund wegzuziehen. Ihre Umklammerung war überraschend kraftvoll.

Mario fluchte und drückte umso brutaler das Fleisch in ihren Hals, packte ihren Hinterkopf noch fester und brüllte: „Verdammt noch mal, du sollst verrecken! Verreck doch endlich!"

Ihre blauen Augen fielen ihr fast aus dem Kopf vor Entsetzen und Luftnot. Sie röchelte und würgte erbärmlich. Mario konnte es kaum ertragen, aber er hielt sie eisern fest und entschied sich, einfach nicht mehr hinzusehen und hinzuhören. Er konzentrierte seine Aufmerksamkeit ganz auf die Werbung im Fernseher. Konzentrierte sich auf die Putzmittel, die gerade angepriesen wurden.

Glücklicherweise dauerte es nicht lange, bis die Gegenwehr seiner Mutter deutlich nachließ.

*

Dottendorf
17.35 Uhr

Auf der Ollenhauerstraße ging dann schließlich gar nichts mehr. Man sah die Hand vor Augen nicht. Die meisten Autofahrer hatten sich bereits nach rechts an den Straßenrand geflüchtet, um das Ende des Unwetters abzuwarten, nicht so Sascha. Er fuhr immer noch.

„Willst du nicht endlich mal anhalten?" drängelte Andreas, der vermutlich schon wieder Angst um sein Leben hatte.

„Das hört doch gleich auf," behauptete Sascha, als plötzlich ein dunkler Schatten vor ihm quer über die Straße huschte. Er trat auf die Bremse. Herrgott, was war das denn gewesen?! Ein Hund ... oder doch ein Kind?! Er hatte niemanden kommen sehen, und wenn er nur ein bisschen schneller gefahren wäre, dann ... verdammt!

Er lenkte den Wagen nach rechts an die Seite und schaltete den Motor ab. Andreas war taktvoll genug, erst einmal nichts zu sagen. Der Regen trommelte so laut auf das Wagenblech, dass Sascha sicher war, die Tropfen müssten Spuren im Lack hinterlassen.

Ab und zu tauchte ein Blitz die Gegend für Sekundenbruchteile in gleißendes Licht, schnell gefolgt von grollendem, krachendem Donner.

Nach einer Weile war Sascha das Schweigen leid. „Ich komme mir vor wie im Film `Silent Hill´."

„Wieso?"

„Na, wie in einem unwirklichen Paralleluniversum!"

„In einem Paralleluniversum? Willst du nicht doch mal einen Psychiater aufsuchen?" Aber plötzlich gab Andreas zu: „Manche Physiker schließen die Existenz von Parallelwelten ja nicht völlig aus."

„Siehst du! Kennst du `The sixth Sense´ mit Bruce Willis? Da gab's auch so eine Art Parallelwelt der Toten."

„Ist das der Film, in dem Willis noch vom Jenseits aus einen

Mord aufklärt?" Andreas machte eine Pause, kratzte sich an der Nase und fügte hinzu: „So was würde mir auch Spaß machen."

„Das ist jetzt nicht dein Ernst! Mit `Spaß´ hat das ja wohl wenig zu tun! Arbeiten im Himmel! Wenn es noch ein Quäntchen Gerechtigkeit in diesem Universum gibt, dann ist der Himmel voller Autobahnen!"

Andreas lachte. „Das ist dann aber ganz sicher nicht mein Himmel!"

„Ich will doch hoffen, dass jeder seinen eigenen Himmel kriegt ... und da ist dann alles drin, was man am liebsten mag!"

„Das wären ja dann bei dir: schnelle Autos, spannende Filme und üppige, dunkelhaarige Frauen."

„Genau. Unkompliziert und anspruchslos," stimmte Sascha zu und holte zum Gegenschlag aus. „Und in deinem Himmel gibt es nur Vernunft, Askese und Arbeit. Und du wirst wahrscheinlich weiterhin Mordfälle aufklären, nicht herumfaulenzen und keinen Spaß haben."

Andreas verschränkte die Arme und schaute immer noch durch die Windschutzscheibe, gegen die derart der Regen klatschte, dass man kaum etwas sehen konnte. „Du hältst das für armselig? Aber stell dir mal vor, du würdest nur noch in der Sonne liegen, leckere Sachen essen und ständig mit schönen Frauen rummachen ... ok – für zwei, drei Wochen wär das sicher ganz nett, vielleicht auch für zwei, drei Monate. Aber für immer? Für immer und ewig? Mir wär das schlicht zu langweilig."

„Aber du bist im Himmel! Du brauchst keine Aufgaben mehr zu erledigen! Du hast frei!"

„Ich glaube, wir lassen wir das besser ... ich werde langsam depressiv bei der Vorstellung, was es alles für Himmel geben könnte!" Andreas nahm die Arme wieder auseinander und drehte das Gesicht zu Sascha hin, in den Augen einen seltsamen Blick. „Wie war das noch? Welche Musik hörst du gern? Sagst du's mir freiwillig, oder muss ich dich überführen?"

Sascha strich über sein Bärtchen und überlegte. Der Mann würde keine Ruhe geben, bis er es wusste. „Also gut, aber nur, wenn du es nicht weitertratschst. Versprichst du mir das?“

„Ich tratsche grundsätzlich nicht! Mensch, was machst du denn da so ein Geheimnis draus? So abartig kann die Musik doch gar nicht sein!“

Sascha schaltete den Motor an und ließ die Scheibenwischer ein paar mal über das Glas gleiten. Der Regen war von einer Minute zur nächsten deutlich schwächer geworden. Es tröpfelte nur noch.

„Ok, ich hör nun mal gern Balladen. Von Christina Aguilera ... oder von Pink ... oder den Sugababes. Falls dir das überhaupt was sagt.“

„Balladen also. Aha.“ Andreas amüsierte sich nicht, lachte nicht. Das hätte Sascha ihm auch nicht geraten. „Du magst also gefühlvolle Lieder von Damen, die ich zum Teil nicht mal dem Namen nach kenne. Und? Schadet das deinem Image als Draufgänger oder was?“

Sascha fuhr los. Schön, dass Andreas so verständnisvoll war. Das sah mancher Kollege sicher anders. Da Sascha aber nicht mit Andreas über sein Draufgängerimage diskutieren wollte, meinte er nur: „So, jetzt weißt du's, und mehr will ich dazu nicht sagen. Wir sind auch gleich da.“

Kurz nach 17.45 Uhr bogen sie endlich in Mario Werners Straße ein, und vor seinem Haus standen ein Rettungswagen und ein Notarztwagen.

„Was ist denn hier wieder passiert!“ schimpfte Andreas.

Sascha hielt hinter dem Rettungswagen. „Vielleicht eine kleine Meinungsverschiedenheit zwischen Mario und Sven?“

Im Hausflur stießen sie auf einen Sanitäter, der sichtlich in Eile war. Sie zückten ihre Ausweise, und Andreas fragte: „Was ist hier los?“

„Eine erstickte Frau, lassen Sie mich durch, wir brauchen dringend den Defi!“

Andreas ging voraus, Sascha hinterher. Im Wohnzimmer auf dem Sofa lag die massige Franziska Werner in schwarzgemusterter Bluse und mit einem herabhängenden Arm. Ihr Kopf wurde halb verdeckt vom Arzt, der anscheinend versuchte, sie mit einem Beutel zu beatmen.

Auf dem Couchtisch standen zwei große Teller mit Resten von Steaks und Pommes Frites und zwei halbvolle Gläser Bier. Dazwischen lag eine Art Pinzette mit gebogenen Spitzen herum und ein kleines, undefinierbares Etwas, das noch am ehesten Ähnlichkeit mit einem ausgespuckten Stück Fleisch hatte.

Am Ende des Sofas kniete Mario, strich seiner Mutter übers Haar, das Gesicht hochrot, die Augen voller Tränen.

„Mama, komm, du schaffst das! Atme wieder! Bitte, du schaffst das!" beschwor er seine Mutter mit schluchzender Stimme.

Sascha wurde zur Seite geschoben. Der Sanitäter kam mit dem Defibrillator zurück und machte das Gerät bereit. Der Arzt öffnete Franziskas Bluse.

Sascha spürte Andreas' Ellbogen in seiner Seite und sah ihn an. Ein auffordernder Blick nach unten. Sascha folgte dem Blick. Andreas hielt ihm unauffällig seine kleine Nagelschere hin und deutete mit dem Kopf zu Mario. Es dauerte ein paar Sekunden, bis Sascha begriffen hatte, was Andreas von ihm wollte.

Während der Arzt Mario zurief: „Nehmen Sie die Hand weg!" und die Elektroden auf Franziskas Brust setzte, stellte sich Sascha seitlich hinter Mario. Und als der erste Elektroschock durch den sich aufbäumenden Körper der Frau fuhr, schnitt Sascha schnell und unbemerkt ein paar von Marios Haaren ab und verstaute sie in der Hosentasche.

Dann trat er wieder neben Andreas, der seine Schere einsteckte und ihm zuflüsterte: „Das hier muss ich mir jetzt nicht antun. Gehen wir woanders hin."

Also warteten sie in der Küche darauf, ob Franziska es schaffte oder nicht. Andreas stand stumm am geöffneten Fenster und sah hinaus in den nassen Garten, Sascha ließ seinen Blick durch die Küche wandern, auf der Suche nach etwas Verdächtigem. Aber er fand nichts.

Etwa eine Viertelstunde später hörten sie Mario rufen: „Nein! Hören Sie nicht auf! Versuchen Sie es weiter! Bitte!“

Der Notarzt redete in gedämpftem Ton auf ihn ein, und Sascha und Andreas marschierten ins Wohnzimmer zurück, wo der Sanitäter bereits alle Sachen zusammenpackte. Mario (im schwarzen, weiten Sweatshirt mit irgendeinem Aufdruck vorne, die längeren, verstrubbelten Haare vom schwarzen Haarband zurückgehalten) sackte gerade in einen Sessel, schlug die Hände vors Gesicht und weinte vor sich hin.

Der Notarzt zuckte die Schultern. „Es tut mir leid, Herr Werner, aber da war wirklich nichts mehr zu machen. Eigentlich war es schon vorbei, als wir hier ankamen. Soll ich Ihnen ein paar Beruhigungstabletten dalassen?“

Mario nickte.

Andreas sprach den Doktor, der in seinem Köfferchen kramte, an. „Jetzt klären Sie uns mal auf. Was ist hier passiert?“

Der Arzt kratzte sich am Kopf und zeigte auf das schrumpelige Etwas auf dem Tisch. „Frau Werner hat sich verschluckt und kriegte das Stück Fleisch nicht mehr aus dem Hals raus. Herr Werner hat sogar einen Luftröhrenschnitt gemacht. Als das nicht klappte, hat er uns angerufen.“

Er schloss das Köfferchen, legte ein paar Tabletten vor Mario auf den Tisch und versicherte ihm: „Sie haben alles richtig gemacht. Quälen Sie sich nicht mit Selbstvorwürfen.“ Er wandte sich wieder Andreas zu. „Das mit dem Luftröhrenschnitt ist nicht einfach für einen Laien und dann noch bei der eigenen Mutter.“

Der Arzt war ganz Verständnis und Mitgefühl. Andreas eher weniger. „Frau Werner kommt in die Gerichtsmedizin, und das Stückchen Fleisch da auch!“ ordnete er an und warf einen skeptischen Blick zu Mario hinüber, der immer noch sein Gesicht versteckte. Ob er sie heimlich auslachte? Immerhin war sein Alibi für Montagabend jetzt durch nichts mehr zu erschüttern.

Auf dem Couchtisch lag eine Art Formular, das der Arzt anscheinend gerade mit Marios Hilfe ausgefüllt hatte. Sascha griff danach, stutzte schon bei der ersten Zeile und hielt Andreas das Blatt unter die Nase.

„Ach," sagte der nur, und Sascha las noch einmal den Namen, der dort stand: Franziska Werner, geb. Klausemann.

„Lass uns gehen," meinte Andreas plötzlich müde, und zum Arzt gewandt: „Wir schicken jemanden her, der die Leiche abholt ... vielleicht können Sie so lange hier bleiben."

Als sie draußen auf die Straße traten, hatte der Regen aufgehört, und es war wieder hell wie an einem normalen Märztag. Sogar die Sonne warf schon vereinzelte Strahlen durch die aufreißenden Wolken.

„Jetzt machen wir aber Schluss für heute!" Sascha wendete den Wagen und fuhr zurück Richtung Oberkassel.

„Ja, mir reicht's auch. Du musst aber noch Marios Haare bei Cedrik abliefern, bevor sie in deiner Waschmaschine landen."

„Glaubst du, Mario hat seine Mutter ermordet, nur damit wir sie nicht nach dem Alibi und nach seinen Schulden befragen können?" Sascha stand an der Ampel und sah Andreas an.

Andreas schaute nach vorne. „Ich werde noch nicht ganz schlau aus dem Kerl. Manchmal halte ich ihn für ein armes Würstchen und zwei Minuten später für einen Massenmörder. Wieso gibt der uns seinen Cousin Klausemann als Alibi an? Meint der ernsthaft, wir würden nicht irgendwann dahinter kommen? Müssen wir Klausemann bewachen, damit Werner ihn nicht auch noch umbringt? War Werner also doch unser Bankräuber, und wir verdächtigen den edlen Sven Obermüller zu Unrecht?"

„Ich dachte, wir machen Schluss für heute," merkte Sascha an, während sie die Südbrücke überquerten. Der Verkehr lief wieder völlig normal.

„Ja doch! Aber zumindest ich werde mir heute Abend noch ein paar Gedanken zu diesen Fragen machen."

8

Bonn, Polizeipräsidium
Freitag, 30. März, 8.00 Uhr

Andreas spazierte von der Kalkuhlstraße zum Polizeipräsidium und genoss unterwegs die klare Luft. Es war kühler als an den vorangegangenen Tagen, und es gab mehr Wolken, aber solange es nicht regnete, würde sich Andreas nicht beklagen.

Natürlich war er nicht als erster im Büro.

„Morgen," begrüßte ihn Sascha und schrieb etwas auf einen Zettel.

„Morgen. Was machst du da?"

„Ich hab noch mal kurz zusammengefasst, was wir über Sven und Mario und ihre Beziehung zum Bankraub wissen."

„Gut, hab ich gestern Abend auch gemacht. Sollen wir mal eben vergleichen?"

„Klar. Bring mir doch bitte einen Kaffee mit."

„Aber nur ausnahmsweise."

Kurz darauf saßen sie mit Kaffee versorgt an ihren Schreibtischen, und Sascha legte los: „Rein vom Äußeren könnten es beide gewesen sein: Sven sieht zwar ein paar Zentimeter größer aus als Mario, aber das ist eine optische Täuschung. Also – laut Zeugen hatte der Bankräuber längere, braune Haare und dichte, buschige Koteletten. Das ist Mario, wie er leibt und lebt. Aber es könnte natürlich auch Sven gewesen sein, mit Perücke und angeklebten Koteletten. Siehe auch die wie ausgestopft wirkende Kleidung. Heisterbach wiederum hat entweder Mario an seiner Haarpracht oder Sven unter der Verkleidung an seinem Brandmal erkannt. Siehst du das bis hierher auch so?"

„Ja, mach mal weiter."

„Beide Männer haben eine Menge Schulden und damit ein Motiv. Aber beide haben für Freitag und Samstag Alibis. Haben wir eine dritte Person im Verdacht? Nein? Dann muss einer der beiden seine Alibis gefälscht haben. Richtig?“

„Hast du dir notiert, was eher für Mario und was eher für Sven spricht?“

Sascha ging seine Notizen durch. „Ja, hier: für Mario spricht seine Gewaltbereitschaft. Er hat ja wohl Ina Schäfer und höchstwahrscheinlich auch seine Mutter umgebracht. Für Sven spricht dieses auffällige Verstecken seiner Brandverletzung ... und eigentlich hat er uns durch seine aufdringlichen Hinweise auf die vielen Kriminellen im Internet überhaupt erst auf Marios Spur gebracht.“

„Stimmt. Ich rufe jetzt Özkan an ... du hast dir doch seine Handynummer notiert?“

„Klar.“

Es dauerte ein Weilchen, bis sich Özkan meldete. Er klang verschlafen, aber Andreas machte ihn hellwach, indem er ihn aufforderte, sofort, auf der Stelle und ohne mit Sven Obermüller zu reden, ins Polizeipräsidium zu kommen.

Özkan murmelte ein paar türkische Schimpfwörter ins Telefon, traf aber eine halbe Stunde später im Büro ein. Andreas winkte an seinen Schreibtisch und bot ihm einen Kaffee an.

„Ja, bitte,“ meinte Özkan und setzte sich.

„Herr Özkan, kommen wir gleich zur Sache. Wann haben Sie und Herr Obermüller letzten Freitagvormittag das Haus verlassen?“

„So um halb elf.“

„Und vorher waren Sie die ganze Zeit mit Obermüller zusammen?“

„Na ja .....“

„`Na ja´ ist mir etwas ungenau, Herr Özkan. Erzählen Sie mal, wie der Freitagmorgen bis halb elf ablief.“

Özkan warf zwei lange Strähnen seines schwarzen Haares, das er heute wieder offen trug, zurück über die Schulter, kratzte sich an seinem säuberlichst rasierten Kinn, schickte den Blick seiner fast schwarzen Augen zur Decke und sah dann Andreas an.

„Wir sind früh aufgestanden und haben alle zusammen so um halb acht gefrühstückt. Chris wollte ja auch weg, zu seinem Freund nach Beuel.“ Özkan sah auf seine Hände, an deren zarten Fingern zwei zierliche, silberne Ringe steckten. „Nach dem Frühstück ist er gegangen, und wir drei anderen ... also wir haben uns in unsere Zimmer verzogen, weil wir noch für die Klausur um elf büffeln wollten.“

„Verstehe ich das richtig ... Sie haben Obermüller bis halb elf gar nicht gesehen?“

Özkan verschränkte die Arme vor der schwarzen Lederjacke, die bei dieser Bewegung leicht knarrende Geräusche von sich gab. „Ja, und?! Er hat weder die Wohnung noch sein Zimmer verlassen! Das hätte ich mitbekommen!“

„Na, da bin ich ja beruhigt.“ Andreas schüttelte den Kopf. „Und wenn er sich nun doch klammheimlich aus der Wohnung geschlichen hat?“

Sascha war aufgestanden und hatte sich neben Andreas' Schreibtisch gestellt.

Özkan protestierte. „Ich glaub einfach nicht, dass Sven was mit dem Banküberfall zu tun hat! Ich kenn ihn seit der Grundschule! Der ist ganz sicher kein Bankräuber und erst recht kein Killer!“

„Ja, ich weiß, so was kann man den Leuten ansehen,“ spottete Sascha. „Oder kennen Sie den Mann besonders gut? Sind Sie mit ihm zusammen?“

Özkan starrte Sascha an, als hätte der Hörner auf dem Kopf. „Häh?! Sind Sie bekloppt oder was?! Ich bin doch nicht schwul!“ regte sich Özkan auf, blieb aber sitzen. „Ich hatte schon jede Menge Freundinnen!“

„Schon gut, Herr Özkan,“ Andreas lächelte kurz, „mein Kollege Fishburne hat das nicht so gemeint. Kommen wir doch mal zum Samstagnachmittag: Sie und Obermüller haben also um halb drei das Haus verlassen, um ins Kino zu gehen. Und von da an waren Sie bis 3.00 Uhr nachts ununterbrochen mit ihm zusammen?“ Andreas sah dem Mann direkt in die Augen, sah das winzige

Fünkchen Unsicherheit und Zweifel und stieß nach: „Herr Özkan, ich garantiere Ihnen, wenn Sie uns jetzt nicht alles sagen, sitzen Sie in zwei Minuten in der Zelle!“

Kenan Özkan schlug die Augen nieder, räusperte sich ausgiebig, trank einen Schluck Kaffee, versenkte die Hände in den Jackentaschen, rutschte auf seinem Stuhl nach hinten, schaute nach rechts, schaute nach links, schaute Andreas wieder in die Augen und hob zu einer Erklärung an.

„Aber ich weiß doch nichts! Es ist nur so, dass Sven .... Also wir waren zu früh im Kino, und kaum sitzen wir auf unseren Plätzen, da steht Sven wieder auf und sagt, er wolle Popcorn und Cola kaufen und unbedingt die Fernsehzeitung, die er am Freitag vergessen hat. Tja, und ich bleibe sitzen, guck mir Werbung und Vorfilm an .. und seh natürlich nicht auf die Uhr ... und gerade, als der Hauptfilm anfängt, taucht Sven mit Popcorn und Cola und einer Zeitung unterm Arm wieder auf und murmelt was von 5 km langen Schlangen. Ich kann mir nicht vorstellen, dass er in der kurzen Zeit nach Hause gefahren ist und wieder zurück und zwischendurch zwei Männer erschossen hat!“

Andreas schlug mit der flachen Hand auf die Schreibtischplatte und fuhr Özkan an: „Verflucht noch mal, warum haben Sie uns das nicht schon vor fünf Tagen gesagt!“

„Ich sagte doch, ich kann mir nicht vorstellen, dass –“

Andreas unterbrach ihn verärgert. „Glauben Sie mir, die menschliche Vorstellungskraft ist manchmal sehr beschränkt! Und jetzt konzentrieren Sie sich gefälligst! Also, wann genau saßen Sie im Kino?“

„So um zehn vor drei.“

„Laurence, ruf Obermüller an und richte ihm aus, er solle sofort herkommen! Dann rufst du das Kino an und fragst nach, wann am Samstag der Hauptfilm angefangen hat!“ Sascha bedachte Andreas mit einem missmutigen Lächeln. „Und Sie, Herr Özkan, erzählen mir jetzt mal ein bisschen was über Sven Obermüller. Was ist er für ein Mensch?“

Zuerst machte Özkan ein verstocktes Gesicht, aber da Andreas ihn lange und auffordernd ansah, begann Özkan widerwillig mehr und mehr Einzelheiten herauszurücken.

„Ich vermute ja," Özkan schaute in die Ferne, „dass Sven schon als Kind nicht besonders glücklich war. Er schämte sich, weil er aus einer armen Familie kam. Er versuchte, das mit seiner Fantasie wettzumachen. Tolles Spielzeug hatte er nicht, aber immer tolle Ideen."

„Schön. Und weiter?"

Während Sascha Obermüller herbeizitierte und anschließend das Kino anrief, schien Özkan auf einmal in Erinnerungen schwelgen zu wollen und kam in Fahrt. „Nach der vierten Klasse sollte ich aufs Gymnasium gehen, Svens Eltern wollten ihn in die Hauptschule stecken.

Wissen Sie, was er gemacht hat, um doch aufs Gymnasium zu kommen?"

Andreas schüttelte den Kopf und lehnte sich zurück. Das lief doch wunderbar, er hätte nicht gedacht, dass Özkan so lange an einem Stück reden konnte.

„Sven fuhr zum Jugendamt, hängte sich ein Schild um den Hals und legte sich damit im Flur auf den Fußboden. Auf dem Schild stand in fetten Buchstaben: Ich darf nicht aufs Gymnasium! Das ist Kindesmisshandlung! Ich bringe mich um! Glauben Sie mir, das hat gewirkt!"

Özkan grinste und lehnte sich genauso entspannt zurück wie Andreas. „Sven kommt also mit mir zusammen aufs Gymnasium, aber das hatte er sich wohl anders vorgestellt. Er war zwar einigermaßen gut in der Schule, aber außer mir wollte kaum einer was mit ihm zu tun haben. In den nächsten Jahren tauchte er dann immer öfter mit Markenklamotten, mit Gameboy, Handy und anderem teurem Kram auf - und auf einmal gehörte er dazu. Hat er wahrscheinlich geklaut, die Sachen ... oder so."

Als Özkan merkte, dass er das besser nicht gesagt hätte, fuhr er schnell fort: „Er wollte halt immer mit mir gleichziehen oder mir imponieren. Minderwertigkeitsgefühle oder so was ..."

„Und wie kommt er jetzt mit dem Studium zurecht?"

Özkan verschränkte die Arme vor der knarrenden Jacke. „Ich bin der Meinung, dass ihm Medizin nicht wirklich liegt, er hätte was anderes studieren sollen. Aber wahrscheinlich wollte er mir wieder mal zeigen: was du kannst, kann ich auch."

„Er scheint ja sehr auf Sie fixiert zu sein," warf Sascha ein, der fertig war mit Telefonieren.

„Ja und?! Dafür kann ich nichts!"

„Hatten Sie jemals den Eindruck, dass er mehr von Ihnen will als nur Freundschaft?" fragte Sascha.

Andreas runzelte die Stirn. Anscheinend hielt Sascha an seiner Theorie fest. Und vielleicht hatte er gar nicht so Unrecht, denn Özkan wurde ein wenig zappelig auf seinem Stuhl.

„Weiß ich nicht. Hab ich nicht drauf geachtet," brummte er.

„Wissen Sie denn, ob Obermüller schon mal eine Freundin hatte?" forschte Sascha weiter.

„Keine Ahnung, was der so alles hinter meinem Rücken treibt," wich Özkan aus. „Wir sind ja nicht ununterbrochen zusammen."

„Na gut, lassen wir das Thema," ordnete Andreas an, während sich Sascha selbstgefällig über sein Bärtchen strich. „Haben Sie denn eventuell eine Ahnung, warum Obermüller sich so auf Mario Werner eingeschossen hat?"

Özkan dachte eine Weile nach. „Das ist nichts Persönliches ... na ja, ein bisschen arrogant war Sven schon immer. Er sieht gern auf Leute runter, die seiner Meinung nach `hässlich´, `dumm´ oder `erfolglos´ sind. Es heißt ja – steht jedenfalls in unseren Psychologielehrbüchern -, dass Menschen, die andere permanent schlecht machen, nur versuchen, sich dadurch selbst in besseres Licht zu setzen. Ich sagte ja schon, Minderwertigkeitskomplexe."

„Richtig, das sagten Sie. Eine andere Frage: wissen Sie, ob Obermüller ein Fahrrad besitzt oder besaß?"

Wieder guckte Özkan in alle Himmelsrichtungen. Er wirkte wie jemand, der mit sich kämpft, ob er nun die Wahrheit sagen soll oder nicht.

Andreas gab ihm eine kleine Entscheidungshilfe. „Darf ich Sie daran erinnern, dass es hier um Mord geht und nicht um das Überfahren einer roten Ampel!"

Özkan sah auf seine Hände. „Sven hatte mal eine Zeitlang so einen Fitness-Fimmel. Er hat sich ein Klappfahrrad gekauft, das dann die nächsten zwei Jahre unbenutzt im Keller stand. Als ich es mir vor zwei Wochen ausleihen wollte, war es nicht mehr da."

„Interessant." Andreas war zufrieden. Das passte doch mehr als gut in seine Theorie. „So, Herr Özkan, haben Sie noch was vergessen, das Sie uns dringend erzählen sollten?"

Er schüttelte den Kopf.

„Gut, dann setzen Sie sich draußen vor die Tür und warten, bis Ihr Freund ausgesagt hat."

Sascha brachte Özkan in einen anderen Raum, damit der sich auf dem Flur nicht mit Obermüller austauschen konnte.

Eine Viertelstunde später erschien Sven Obermüller im schicken schwarz-weiß gestreiften Hemd und schwarzem Tüchlein um den Hals. Er gab sich freundlich. „Es geht noch mal um unsere Alibis? Nun denn, Herr Kommissar, fragen Sie ruhig. Ich habe nichts zu verbergen."

Andreas machte eine Handbewegung zum Stuhl. „Setzen Sie sich bitte. Kaffee? Also dann, Herr Obermüller, wir wissen inzwischen, dass Sie am Samstag für eine ganze Weile den Kinosaal verlassen haben. Wo waren Sie?"

Unerwartet wurde Obermüllers Miene leidend, er sah, wobei ihm der blonde Pony übers Gesicht fiel, nach unten, auf seine Hände, die auf dem Schreibtisch an einem Schlüsselbund herumspielten - bis er auf einmal Andreas wieder in die Augen schaute, mit seinem leichten Silberblick, der ihn so harmlos wirken ließ. „Tja, Herr Kommissar ... Kenan hat sie angelogen. Nicht ich, sondern er verließ den Kinosaal und kam mit Popcorn, Cola und der Fernsehzeitung zurück."

Einen Moment lang war Andreas sprachlos. Und einen Moment lang wusste er nicht, wem und was er glauben sollte. Konnte Obermüller so unverfroren sein? Konnte Özkan so gut schauspielern?

Plötzlich fiel ihm das Hauptargument, das für Obermüller sprach, wieder ein: „Soweit uns bekannt ist, haben Sie die Schulden, nicht Herr Özkan!"

Obermüller blickte ihn vorwurfsvoll an: „Haben Sie das nachgeprüft?"

Scheiße, hatte er nicht! Er hatte sich völlig auf die Aussage der Mutter verlassen, Kenan habe genug Geld zur Verfügung! Das stand ihm wohl ins Gesicht geschrieben, denn Obermüller reagierte prompt.

„Anscheinend bin ich völlig umsonst hier angetanzt! Sie haben ja wohl weder gegen mich noch gegen Kenan was in der Hand! Und zwar deshalb, weil wir nichts Illegales getan haben! Wenn Sie mich jetzt bitte entschuldigen, ich habe Wichtigeres zu tun, als in Polizeibüros herumzusitzen!"

Obermüller stand auf, und Andreas fiel kein Argument ein, ihn aufzuhalten. Auch Sascha sagte nichts. Dafür aber Obermüller. Kurz bevor er die Tür erreichte, wandte er sich noch einmal um.

„Halten Sie sich an Mario Werner," riet er. „Der ist echt krank im Kopf und hat echt ein Potential zum Massenmörder."

Sascha verschränkte die Arme und knurrte mit säuerlichem Gesicht: „Danke, Herr Obermüller. Ohne Sie würden wir in unserem Fall echt nicht weiterkommen."

Während Obermüller zur Tür hinausmarschierte, hob er noch kurz die Hand, als wolle er sagen: `nichts zu danken´, und war verschwunden.

Sascha guckte grimmig. „Das fand ich jetzt echt nicht befriedigend."

„Ja. Aber wir werden dem Jüngelchen schon zeigen, dass es uns nicht für dumm verkaufen kann!"

„Du glaubst ihm also nicht."

„Kein Wort! Sven Obermüller ist der Bankräuber, und er hat drei Menschen erschossen! Und wir werden es ihm nachweisen!"

Andreas trank seinen Kaffee aus und beschloss, einen Spaziergang durch Oberkassel zu machen und seinen Gedanken freien Lauf zu lassen. Beim Spazierengehen war ihm schon so manches Mal die Lösung eines Problems eingefallen. Einfach so. Fast von selbst.

Er verließ das Büro, ging die Dornheckenstraße hoch und bog dann in die Hosterbacher Straße ab. Dort standen rechts ein paar hübsche Häuser am Hang mit Aussicht auf das restliche Bonn, links fing schon der Wald an. Irgendwann wurde die Hosterbacher Straße zur Büchelstraße, die im letzten Teil alte Häuser mit großen Parks und uraltem Baumbestand ihr eigen nannte.

Vor einem dieser Häuser parkte ein schwarzer BMW, der Andreas sofort an Obermüllers Auto erinnerte.

Während er die Meerhausenerstraße hinunterschlenderte, konzentrierte er seine Gedanken auf den Wagen und musste plötzlich an die Aussage des Autohändlers denken, dass Obermüller die ersten zwei Raten für den Wagen Anfang der Woche bar bezahlt hatte. Was war daran verdächtig?

Und ganz plötzlich wurde es ihm klar. Er drehte sich um, ging zurück zur Straßenbahnhaltestelle, wartete auf die Bahn und stieg eine Viertelstunde später an der Haltestelle direkt gegenüber dem Polizeipräsidium wieder aus.

Sascha erwartete ihn schon. „Na, hast du eine Erleuchtung gehabt?"

„Warten wir's ab. Hast du Özkan überprüft?"

Sascha kratzte sich in seinen kurzgeschorenen, blonden Haaren. „Weit und breit keine Schulden, keine Vorstrafen, nichts Negatives."

„Dachte ich mir schon. Und wann fing der Hauptfilm im Kino an?"

„Der Kinomann meinte, so um 15.25 Uhr."

„Dann hätte Obermüller eine gute halbe Stunde Zeit gehabt,

und das dürfte gereicht haben." Andreas setzte sich und wählte die Nummer des Autohändlers, bei dem Obermüller seinen BMW gekauft hatte.

„Guten Tag, Herr Mähler. Montenar von der Kripo Bonn hier ... wir hatten schon mal miteinander telefoniert, erinnern Sie sich?"

„Ja, guten Morgen."

„Sie sagten, Herr Obermüller habe seine Raten bar bezahlt. Wissen Sie noch, ob mit dem Geld irgendwas nicht in Ordnung war?"

„Wie meinen Sie das jetzt ... hat er mir etwa Falschgeld angedreht?!" rief Mähler erschrocken aus.

„Nein, nein, aber handelte es sich hauptsächlich um 50-Euro-Scheine, mit denen er bezahlt hat? Und waren da vielleicht Farbflecke drauf?"

„Es waren tatsächlich viele 50er dabei, aber Flecken habe ich keine bemerkt."

„Danke, das war's schon, Herr Mähler." Andreas legte auf und schaute Sascha an. „Keine Farbflecken auf dem Geld. Weißt du, was das heißt? Angenommen, Obermüller ist der Bankräuber, dann sind entweder zufällig ein paar Geldbündel von den Farbspritzern verschont geblieben, was ich für unwahrscheinlich halte, oder –"

„Oder er hat es `gewaschen´," spekulierte Sascha. „Andererseits, wer will schon Geld haben, das mit Farbe markiert ist ... es sei denn, unsere kreativen, kriminellen Freunde haben einen Weg gefunden, die Farbe zu entfernen."

„Oder," spann Andreas den Faden weiter, „wir haben noch einen weiteren Verdächtigen."

„Gianfranco Massini?"

„Genau den meine ich."

Eine Stunde lang zogen sie ausführliche Erkundungen über Massini und vorsichtshalber auch über die restlichen Bankangestellten ein, aber keiner von ihnen hatte besondere finanzielle Probleme.

„Reden wir doch mal mit Massini! Hast du die Nummer der Firma?"

Sascha schrieb eine Telefonnummer aus einem Ordner und gab sie Andreas. Ein Anruf bei dem Unternehmen ergab, dass sich Gianfranco Massini für diese Woche, wie er angekündigt hatte, hatte krankschreiben lassen, um sich von seinem Schock zu erholen.

„Vielleicht ist er mit seinem Anteil schon über alle Berge," bemerkte Sascha.

Andreas lachte. „Selbst wenn die beiden Halbe-Halbe gemacht haben, reichen 30.000 € wohl kaum für ein Leben im Luxus aus!"

„Woher willst du denn das wissen?"

„Ich ahne es. Suchen wir den Herren einfach mal auf, dann haben wir den Überraschungseffekt auf unserer Seite."

Andreas packte den Stadtplan von Siegburg ein, aber Sascha behauptete, er wisse schon, wo er herfahren müsse. Natürlich fuhr er über die Autobahn, anschließend über die Schnellstraße mit Blick auf die Abtei, kam gewissermaßen von oben in die Stadt und bog auch schon in die `Alte Poststraße´ ein.

Während Sascha in der übel vollgeparkten Straße nach einem freien Platz Ausschau hielt, holte Andreas sein Handy aus der Tasche, das aufdringlich klingelte. „Ja?"

„Peer hier. Das Ergebnis von Werners Haaranalyse bekommt ihr morgen. Wir haben eben Franziska Werners Leiche obduziert: sie ist eindeutig an einem Stück Fleisch erstickt. Allerdings gibt es in ihrem Rachen ein paar Verletzungen, die in einem seltsamen Vierermuster angeordnet sind. Zufällig kam Renate vorbei, sah sich das an und meinte, die Verletzungen könnten von einer Gabel stammen. Und die Frau versteht was vom Essen."

„Von einer Gabel? Vielleicht sollten wir dem Sohn noch mal ordentlich auf die Finger klopfen!"

„Ja, tut das, aber tarnt es als Unfall."

Sascha hatte soeben einen Parkplatz gefunden, an dem er sein ganzes fahrerisches Geschick demonstrieren konnte. Kurz darauf standen sie vor einem weißen Mehrfamilienhaus, in dem Gianfranco Massini wohnte, und drückten auf seine Klingel.

Der Türöffner summte, sie stiegen zwei kurze Treppen hoch und sahen sich auch schon dem Mann persönlich gegenüber, der bei ihrem Anblick reflexhaft einen halben Schritt zurücktrat und die Tür ein bisschen weiter zumachte, als wolle er sich am liebsten dahinter verstecken.

Andreas lächelte ihm zu und beschloss, ihn erstens zu verwirren und zweitens zu bluffen.

„Guten Tag, Herr Massini. Sie erkennen uns doch sicher wieder: Fishburne und Montenar vom Bonner Morddezernat. Wo können wir uns ungestört unterhalten?"

Der Blick seiner schwarzen Augen huschte irritiert von einem zum anderen, als jemand von hinten rief: „Schatz, was ist denn los?"

Massini fing sich wieder und rief zurück: „Polizei ist hier, die wollen was fragen wegen Banküberfall!" Er trat zur Seite. „Kommen Sie."

Er führte sie ins Wohnzimmer, dass sich von anderen Wohnzimmern hauptsächlich durch ein Klavier unterschied. Und durch ein schweres, hölzernes Kreuz innen über der Tür. Sie nahmen auf Sesseln und Sofa Platz, und Andreas eröffnete die Befragung.

„Ich nehme an, Sie sind streng katholisch erzogen worden, Herr Massini. Dann sollten Sie wissen, dass es verboten ist, zu stehlen und zu lügen."

Massini zupfte an seinem schwarzen Schnurrbart herum und murmelte: „Ja, weiß ich."

„Schön ... und wir wissen inzwischen, wer der Bankräuber ist, und es gibt Hinweise darauf, dass Sie, Herr Massini, gemeinsame Sache mit ihm gemacht haben."

Andreas beobachtete Massinis Reaktion. Er wusste, wie unschuldige Leute reagieren. Massini reagierte nicht so.

Er starrte Andreas ein paar Sekunden lang an, rieb sich mit seinem Zeigefinger immer wieder über die Nase, kaute auf der Unterlippe herum, sah zur Seite und brummte: „Unsinn, habe ich nicht gemacht. Können Sie beweisen?"

„Es fehlt nur noch so viel," behauptete Andreas, deutete mit Daumen und Zeigefinger eine Strecke von zwei bis drei Zentimetern an und bohrte seinen Blick in Massinis Augen, was dieser anscheinend als sehr bedrohlich empfand. Er sah weg und stand auf.

„Gehen Sie!" verlangte er. „Ich rede mit Anwalt!"

Auch Andreas erhob sich. „Das können Sie tun. Sie können aber genauso gut ein Geständnis ablegen ... dann wird Ihre Strafe vielleicht deutlich geringer ausfallen. Denken Sie darüber nach. Aber nicht zu lange."

Kaum waren sie wieder auf der Straße, als Sascha meinte: „Hoffentlich ist der Kerl jetzt so aufgeschreckt, dass er Obermüller anruft – dann hätten wir den Beweis, dass die beiden den Banküberfall zusammen ausgeheckt haben."

„Nein, dann haben wir den Beweis, dass die beiden miteinander telefoniert haben."

„Spielverderber. Aber es würde zumindest perfekt in unsere Theorie passen. Wie wär´s, wenn wir die beiden überwachen lassen?"

Sie waren am Auto angekommen, und Andreas ließ sich auf den Beifahrersitz fallen. „Zwei Überwachungsteams? Kriegen wir nicht durch. Es reicht doch, wenn wir einen der beiden überwachen lassen."

Sascha setzte sich hinters Steuer. „Stimmt. Ich schlage Gianfranco vor, denn falls Sven doch nicht unser Bankräuber ist, führt uns Gianfranco vielleicht direkt zu ihm."

„Leuchtet mir ein." Andreas setzte sich mit den Leuten von der Observierung in Verbindung und ordnete an, dass jetzt nicht mehr Obermüller, sondern Massini überwacht wurde. „Und in zehn oder zwanzig Minuten prüft ihr mal nach, ob er jemanden angerufen hat ... und wenn ja, wen. Alles klar?"

Als alle Anweisungen gegeben waren, warteten sie im Wagen

auf das Überwachungsteam. Plötzlich platzte es aus Sascha heraus: „Ich finde es übrigens nicht witzig, dass du mich dauernd Laurence Fishburne nennst!"

„Ich schon. Du hast schließlich gesagt –"

Sascha fiel ihm ins Wort. „Ich weiß, was ich gesagt habe! Aber nur, weil dieser Özkan behauptet, er habe eine Freundin, muss das ja nicht stimmen! Und unser lieber, eitler Sven ist ja wohl schwul ... auch wenn er es vielleicht selbst noch nicht weiß!"

Bei dem Wort `Freundin´ hatte Andreas auf einmal eine ganz andere Assoziation. „Diese Ina Schaefer, die hatte doch ein paar Tausend Euro in ihrem Schlafzimmer versteckt. Ob das Geld aus dem Bankraub stammt?"

„Und damit wäre es doch wieder Mario? Verdammt noch mal! Ist das Geld schon auf Fingerabdrücke untersucht worden?"

„Keine Ahnung. Ich werde Werner für heute Nachmittag zu uns einladen."

Eine halbe Stunde später waren die Leute von der Überwachung da. Nach kurzer Besprechung schlug Sascha vor: „Ich brauche ein bisschen Bewegung. Lass uns zu Fuß in die Stadt und amerikanisch essen gehen."

Der Vorschlag gefiel Andreas. Nach dem Essen fragte er nach, ob Massini schon telefoniert hatte. Hatte er, allerdings gehörte die Nummer einem Anwalt. Entweder war der Mann unschuldig oder intelligent genug, Obermüller nicht anzurufen, zumindest nicht über seinen Festnetzanschluss.

Pünktlich zu ihrem Termin mit Mario Werner waren Andreas und Sascha zurück in ihrem Büro. Kurz vorher rief sogar noch Cedrik an und gab wie eine Offenbarung bekannt, dass die Fingerabdrücke auf Ina Schaefers Geldscheinen der toten Franziska Werner gehörten.

„Alles klar! Die Mutter hat die Bank überfallen," raunte Sascha Andreas noch schnell zu, als Werner auch schon zur Tür herankam.

Andreas schüttelte den Kopf. „Hast du eine Lebensmittelvergiftung?" Und zu Werner gewandt: „Guten Tag, Herr Werner, schön, dass Sie ein wenig Zeit für uns haben. Setzen Sie sich doch bitte."

Während er das tat, fing er gleich an, sich zu beschweren. „Wann geben Sie endlich meine Mutter heraus?! Ich hab schon mit einem Beerdigungsinstitut gesprochen!"

„Das hätten Sie verschieben sollen. Wir geben Ihre Mutter frei, sobald die Sache geklärt ist."

„Was für eine Sache?!"

„Unser Gerichtsmediziner hat im Rachen Ihrer Mutter merkwürdige Verletzungen gefunden wie von einer Gabel. Können Sie uns dazu was sagen?"

Werners breites Gesicht war gerötet, sein Haar fiel leicht struppig hinter dem Haarband über seinen Kopf. Er verschränkte die Arme vor der Brust. „Was glauben Sie wohl, was ich alles angestellt hab, um das verfluchte Stück Fleisch aus ihrem Hals rauszuholen! Erst bin ich mit den Fingern drin gewesen, aber ich kriegte es nicht zu packen, weil alles so glitschig war, und da hab ich eben eine Gabel genommen! Aber das klappte nicht, weil meine Mutter nicht still gehalten hat!" Er nahm die Arme wieder auseinander und rieb sich ein paar Mal mit beiden Händen durchs Gesicht. „Ich bin in die Küche gerannt und hab ein Messer geholt ... für einen Luftröhrenschnitt, und dann stand ich vor ihr und wusste nicht mehr, wo und wie ich ansetzen sollte, ich wusste überhaupt nichts mehr!"

Er legte alle Fingerspitzen auf seinen Mund und starrte entsetzt ins Nichts. Sascha hätte bestimmt sofort sagen können, in wie vielen und in welchen Horrorfilmen er diese Geste schon gesehen hatte. Hoffentlich fing der Kerl nicht auch noch an zu heulen.

„Herr Werner, beruhigen Sie sich! Ich habe noch eine andere Frage: Ina Schaefer hatte in ihrem Schlafzimmer mehrere Tausend Euro versteckt, und auf diesem Geld sind eine Menge Fingerabdrücke Ihrer Mutter. Können Sie uns das vielleicht erklären?"

Werner nahm die Finger mit den gnadenlos kurz gekauten Nägeln herunter, verschränkte wieder die Arme und schaute Andreas an. Für Sekunden loderte eine Wut und ein Hass in seinen Augen auf, die Andreas ihm gar nicht zugetraut hätte. Rasch lenkte er seinen Blick woanders hin und sagte mit unüberhörbarer Verachtung in der Stimme: „Woher soll ich wissen, was meine Mutter alles getrieben hat!"

Was war denn das jetzt? Kaputte Familie? Unglückliche Liebe? Ein Fall für den Psychiater?

Andreas verlieh seiner Stimme Wärme und Verständnis. „Herr Werner, gestehen Sie doch einfach. Sie werden sich hinterher besser fühlen, glauben Sie mir."

„Was, zum Geier, soll ich denn gestehen?!"

„Zum Beispiel, dass Sie Ina Schaefer umgebracht haben. Ich kann mir vorstellen, wie das abgelaufen ist: Sie waren verliebt in die Frau, haben sie zu einer Spazierfahrt in den Wald überredet, und als Sie dann mehr wollten, hat sie Sie zurückgewiesen, hat Sie vielleicht sogar ausgelacht oder beleidigt, und Sie sind ausgerastet. Das gibt höchstens ein paar Jahre wegen Totschlags."

Wieder sah Mario Werner ihn an, aber diesmal lag etwas wie resignierte Traurigkeit in seinem Blick. „Sie glauben, ich sei schwer verhaltensgestört, weil ich noch bei meiner Mutter gewohnt habe, nicht wahr?"

Andreas fühlte sich seltsam berührt von diesen Worten und diesem Blick. Ging es ihm nicht ähnlich wie diesem Mann? Wurde er nicht nur zu gerne abgestempelt von Leuten, die seine Beweggründe nicht im Mindesten verstanden? Auf einmal empfand er echtes Mitgefühl.

„Ich kann sehr gut nachempfinden, wie Sie sich manchmal vorkommen ... wie ein Außenseiter, über den sich die Menschen hinter seinem Rücken das Maul zerreißen," vertraute er Werner an, und für einen Moment fühlte er sich sehr verbunden mit dieser armen Kreatur ... bis Sascha dazwischen ging.

„Jetzt drücken Sie hier mal nicht auf die Tränendrüse! Was ist mit dem Banküberfall?! Und mit diesem genialen Alibi für Freitagmorgen, das Ihnen Ihr eigener Cousin geliefert hat?!"

„Danke, dass Sie mir so viel Entschlossenheit und Energie unterstellen, auch noch eine Bank überfallen zu haben!" spottete Werner und erhob sich. „Gibt´s sonst noch was, das ich getan haben soll? Oder darf ich jetzt gehen?"

Sascha konnte sich nicht länger zurückhalten. „Sie haben kaltblütig Ihre Mutter ermordet!"

„Jetzt reicht´s mir aber! Ich suche mir einen Anwalt!" wetterte Werner und marschierte aus dem Büro.

„Mir reicht´s auch, ich gehe nach Hause. Ich treffe mich nachher noch mit Onkel Udo," vermeldete Andreas und begann, ein paar Dinge vom Schreibtisch zu räumen.

„Ja, ja, das ist typisch," maulte Sascha. „Wenn wir nicht weiterkommen, haust du ab! Aber ich werde diesem Cousin Klausemann noch mal auf die Pelle rücken!"

„Ja, tu das." Andreas lächelte milde. „Wenn einer das kann, dann du. Bis morgen."

*

Bonn
20.00 Uhr

Pünktlich wie immer traf Andreas vor Udos Haus ein und drückte auf die Klingel. Und wie immer dauerte es ein Weilchen, bis Udo an der Tür ankam und ihm öffnete.

„Wie geht's dir?" fragte Andreas zur Begrüßung.

„Besser." Udo schüttelte ihm die Hand und machte sich schnaufend auf den Weg nach oben. Aber schnaufte er nicht ein bisschen weniger als sonst, als er oben ankam?

„Hast du etwa abgenommen?" wollte Andreas wissen, kaum, dass sie sich an den alten, quadratischen Couchtisch gesetzt hatten, auf dem Gläser, Flaschen, Salzstangen, Erdnüsse und eine Schüssel mit Obst standen.

„Ein paar Gramm sicher." Udo lachte und bot Andreas ein Glas

Wein an. „Ich versuche gerade, gesünder zu leben. Was macht deine Sabine?"

Andreas hatte Udo das letzte Mal Ende Februar gesehen, zu Karneval, das ihn normalerweise an den Rand der Auswanderung trieb. Aber sie waren am Rosenmontag in eine Kneipe in Köln gefahren, man hatte ein paar Bier getrunken, und plötzlich hatte man du zueinander gesagt. Dabei war es geblieben.

„Ich bin ein bisschen auf Abstand zu ihr gegangen. Sie ist nicht unbedingt die große Liebe meines Lebens."

„Entschuldige, aber ich bezweifle, dass du die noch findest." Udo prostete ihm zu. „Belügen wir uns doch nicht selbst - wir werden beide als einsame, alte, gebrechliche Junggesellen enden. Wir können gar nicht anders ... das sagt zumindest der Leiter des Instituts für Hirnforschung in Bremen."

„Kenne ich nicht."

„Macht nichts. Jedenfalls behauptet der, dass wir mit einer Art psychischer Grundausstattung das Licht der Welt erblicken, die bis zu 50 % von den Genen bestimmt ist. Hinzu kommen gefühlsmäßige Konditionierungen, die wir schon im Mutterleib mitbekommen. Es steht also bereits bei unserer Geburt fest, ob wir eher neurotisch, ängstlich oder selbstbewusst veranlagt sind."

„Die Mütter sind mal wieder schuld?"

„Das sowieso. Worauf der Mann letztlich hinaus will, ist, dass das Unbewusste in uns so vor- und ausgeprägt ist, dass wir uns so gut wie nicht mehr verändern können. Der Dicke bleibt dick, der jahrelange Säufer trinkt weiter, der Unsportliche treibt keinen Sport, der Pessimist sieht die Welt nicht plötzlich rosarot und der Ängstliche wird nicht zum Superhelden."

„Klingt nicht gut ...." Andreas nahm einen Schluck Wein und dachte kurz nach. „Aber das passt zum Ergebnis von Experimenten, von denen ich gelesen habe: da war nämlich ein anderer Hirnforscher am Werk, und der hat Leute, während sie im MRT lagen, gebeten, einen linken oder rechten Schalter zu betätigen, und angeblich konnte er in bestimmten Hirnregionen bis zu sieben Sekunden vorher sehen, welche Wahl getroffen wird. Die Frage ist also: bestimmt uns das Unterbewusstsein, oder tut es das nicht?"

„Ich glaube eher ja. Das Unterbewusste hat gelernt, was uns `gut tut´ und will mehr davon. Aber dadurch, dass wir Dinge immer wieder tun, werden sie im Gehirn weiter verfestigt, sie werden zu guten oder schlechten Angewohnheiten, die wir dann kaum noch loswerden."

„Wie das Rauchen," stellte Andreas fest. Ihm war nicht entgangen, dass sich Udo, seit sie hier saßen, noch keine Zigarette angezündet hatte.

„Ich versuche gerade, diese schlechte Angewohnheit abzulegen." Er fasste sich an den rechten Arm. „Hier klebt ein Nikotinpflaster. Ich hab seit zwei Tagen keine Zigarette geraucht, aber ich weiß selbst, dass 98 % der starken Raucher doch wieder anfangen."

„Aber im Moment sparst du viel Geld."

„Stimmt. Und die Zigaretten werden garantiert noch teurer. Die Politiker machen ja mit Vorliebe das, was sie am besten können: uns die Steuern und sich selbst die Diäten erhöhen. Für mich sind das Drogendealer, die sich an den armen Süchtigen bereichern! Die kriegen nichts gebacken, außer den Bürgern das Geld aus der Tasche zu ziehen!"

Spätestens jetzt wäre Udo normalerweise auf dem Balkon verschwunden, um zu rauchen, aber er blieb sitzen und verwickelte Andreas in eine eher emotional geführte Diskussion über Politiker und andere Psychopathen.

„Apropos geistesgestört, hast du diese urkomische Sache über die extrem teuren, strategischen U-Boote gelesen?" fragte er auf einmal.

„Nein."

„Ok, ich gebe zu, manch einem wird das Lachen im Hals stecken geblieben sein ... immerhin handelte es sich um U-Boote mit Atomsprengköpfen," führte Udo aus und griff nach den Salzstangen. „Also, stell dir vor, da schleichen ein englisches und ein französisches U-Boot gemütlich im Schritttempo im Atlantik herum und haben die allerneuste Technologie zum Aufspüren fremder U-Boote an Bord. Natürlich sind sie selbst perfekt getarnt, superleise und so gut wie nicht auszumachen. Und da niemand wissen soll, wo sie sich gerade aufhalten, sind ihre jeweiligen Positionen streng geheim, auch gegenüber befreundeten Staaten. So weit, so blöd. Was passiert? Die beiden U-Boote stoßen in den unendlichen Weiten des Atlantik zusammen."

„Und, hat man was gelernt aus dem Vorfall?"

„Ja", kicherte Udo. „Man will jetzt Fenster in U-Boote einbauen." Er lachte, bis ihm die Tränen kamen. „Und ich wollte als Kind mal U-Boot-Kapitän werden." Udo schüttelte den Kopf, wischte sich über die Augen, knabberte weiter Salzstangen und forderte Andreas auf: „Erzähl doch mal was aus deiner Kindheit."

„Ich wollte nie U-Boot-Kapitän werden - meine Kindheit verlief ganz normal." Andreas ließ ein Grinsen sehen. „Mein Bruder und ich haben oft draußen gespielt, und besonders gern da, wo wir eigentlich nicht spielen sollten: auf dem Kirmesplatz, oder im Wald, am Dornheckensee, der war so schön gruselig – da sind schon jede Menge Leute ertrunken." In seiner Erinnerung tauchten plötzlich noch mehr düstere Orte auf. „Im Stadtpark gab es einen brettervernagelten Pavillon mit mysteriösem Ruf und angeblichen Leichen im Keller, aber das Beste war das alte, leerstehende Haus an der Hauptstraße. Wir sind immer durch die Gässchen und in den Garten hinterm Haus geschlichen und haben versucht, da irgendwie reinzukommen."

„Und?"

„Ja, wir waren drin, und es gab keine Ermordeten und auch sonst nichts Unheimliches ... aber das war nicht so wichtig. Wichtig war unsere Vorstellungskraft."

„Ach ja, die schöne Kindheit, was haben wir uns nicht alles vorgestellt."

„Das Haus ist natürlich längst abgerissen, und die Gässchen scheinen auch immer weniger zu werden." Andreas verspürte tatsächlich eine leise Enttäuschung. „Sag mal – woher kommt das eigentlich, dass man umso häufiger über die Kindheit redet, je älter man wird?"

„Gute Frage. Woher kommt der Drang im Hirn, einem vorgaukeln zu wollen, dass früher alles besser war?" Udo schwieg einen Moment und fuhr mit verträumten Lächeln fort: „Vielleicht ist es die Sehnsucht nach der Sorglosigkeit. Als Kind hatte ich noch einen voll funktionsfähigen Körper, wusste nicht wirklich, was Verantwortung oder Geldsorgen sind, oder was es heißt, geliebte Menschen zu verlieren." Udo zog ein Taschentuch aus der Hosentasche, wischte kurz über seine feuchte Halbglatze und schaute Andreas nicht an, als er weiterredete. „Und weißt du, was das Tragische daran ist?" Andreas schüttelte den Kopf. „Dass uns diese Sorglosigkeit als Kind natürlich nicht bewusst ist. Wir können sie nicht genießen, solange sie anhält. Und irgendwann ist sie weg, und wir bekommen sie nie wieder zurück. Das schmerzt und vielleicht sehnen wir uns deshalb nach der Kindheit."

Ja, da konnte er Recht haben. Andreas erinnerte sich an einen heißen Augusttag, als er im Schwimmbad auf der Wiese lag und einfach nur den Wolken dabei zusah, wie sie über den tiefblauen Himmel segelten. Und keine größere Sorge im Hinterkopf hatte als die Frage, ob er am Abend noch für die Mathearbeit üben sollte oder nicht.

Und dennoch - hatten solche, aus heutiger Sicht unbedeutenden Sorgen nicht damals ein ganz anderes Gewicht? Wurde man damals nicht von einem Pickel an der falschen Stelle zum falschen Zeitpunkt völlig aus der Bahn geworfen?

Das musste auch Udo zugeben, der Mythos von der sorglosen Kindheit wankte.

„Ich hatte zum Beispiel damals furchtbare Angst vor meiner Mathelehrerin," erzählte Andreas. „Die machte regelmäßig und völlig grundlos Schüler vor der ganzen Klasse fertig."

„Die kenne ich." Udo trank schnell sein Weinglas leer. „Und ich hatte Angst, in unseren Keller zu gehen ... nicht, dass da jemals was Schlimmes passiert wäre, das war mehr so eine diffuse Angst."

Daran knüpfte Andreas an. „Wir haben einen schmalen und sehr langen Garten hinterm Haus, und am Ende steht eine alte, efeubewachsene Steinmauer. Als Kind wusste ich nicht, was dahinter ist … aber man machte sich ja so seine Gedanken, und in meiner Vorstellung war immer was Schreckliches hinter der Mauer. Bis mein Bruder und ich eine Leiter geholt und mal rübergeguckt haben."

„Und? Die heißen, rotglühenden Abgründe der Hölle?"

„Nein, leider nicht. Nur ein total verwilderter Garten. Apropos Hölle," Andres nahm sich eine Handvoll Erdnüsse, „ich bin meinen Eltern heute sehr dankbar, dass sie mich damals nicht in eins dieser Internate gesteckt haben."

„In den zweifelhaften Genuss bin ich auch nicht gekommen. Die Jungs dort hatten ja praktisch keine Kindheit. Für mich ein Beweis, dass viele Religionsvertreter, alle übrigens alte, selbstgerechte Männer, für die Verbrechen dieser Welt mitverantwortlich sind."

„Das ist hart und ungerecht," befand Andreas.

„Ja, genau wie diese Leute," blieb Udo bei seiner Meinung und genehmigte sich ein zweites Glas Wein. „Weißt du, worunter ich noch gelitten habe? Darunter, dass ich keinen Vater hatte," gestand Udo. „Er ist drei Jahre nach meiner Geburt in Kriegsgefangenschaft gestorben."

Andreas ging jetzt lieber zu Mineralwasser über. „Ich war 29, als mein Vater bei einem Polizeieinsatz starb. Aber nicht etwa bei einer Schießerei mit Bonner Bankräubern, nein, sondern weil sein Kollege Auto fuhr wie eine gesengte Sau. Er stieß mit einem Krankenwagen zusammen, der vermutlich von einem Blinden gefahren wurde. Seither kriege ich ständig Herzinfarkte, wenn Sascha am Steuer sitzt."

Und schon waren sie bei den Krankheiten.

„Ich hab kürzlich mal in eine von diesen Quizsendungen reingeguckt," plauderte Udo. „Da sitzen einigermaßen gebildete, intelligente Leute und haben keine blasse Ahnung, ob oder wo sich in ihrem Körper die BWS befindet."

Andreas nickte zustimmend. „Ich kenne Leute, die fressen Tabletten, ohne zu wissen, gegen was sie die einnehmen sollen."

„Also ich als Patient hinterfrage rigoros alles, was Ärzte sagen oder tun."

„Genau," pflichtete Andreas bei. „Die tun immer so, als wüssten sie alles, aber wehe, man bohrt ein bisschen nach!"

„Stimmt. Nach dem Motto: fünf Ärzte, sieben verschiedene Diagnosen."

Und schon ging es los – jeder kannte mehrere Geschichten tragischster Fehldiagnosen und von Ärzten verursachter, vermeidbarer Todesfälle. Daraus wiederum entwickelte sich eine ziemlich kontrovers geführte Diskussion über Sinn und Unsinn `gesunder´ Ernährung: Udo hielt einen Vortrag über die Vorteile des fleischlosen Essens, Andreas verteidigte vehement sein Recht darauf, alles essen zu dürfen, was ihm schmeckte.

Nur mit Mühe schaffte er es, sich einen Seitenhieb auf Udos sicher nicht gesundes Übergewicht zu verkneifen. Und so lenkte er das Gespräch geschickt auf die in regelmäßigen Abständen nach oben kletternden Benzinpreise, über die sie sich dann in schöner Eintracht aufregen konnten.

Gegen halb elf merkte Andreas, wie müde er war, und machte sich eine Viertelstunde später auf den Weg nach Hause.

*

Bonn-Dottendorf
22.05 Uhr

Kenan hatte es sich mit dem Laptop auf seiner Couch gemütlich gemacht und schaute sich einen Thriller im Internet an. Aber seine Gedanken schweiften ständig ab zu Sven. Seit dem Morgen, an dem er bei der Polizei gewesen war, hatte er Sven nicht mehr gesehen.

Nachmittags hatte er versucht, ihn anzurufen, aber Sven ging nicht ans Handy. Er hatte ihm ein paar SMS geschickt, aber Sven antwortete nicht.

Kenan wusste nicht mehr, was er denken sollte. Er glaubte immer noch nicht, dass sein Freund, den er seit fast zwanzig Jahren kannte, auch nur eins dieser schweren Verbrechen begangen hatte. Aber warum ließ Sven nichts mehr von sich hören? War das eine Art Schuldeingeständnis? War er abgehauen ins Ausland?

Nein, die Polizei lag falsch! Wie es aussah, hatten die doch nicht mal brauchbare Beweise, sonst hätte sie Sven längst verhaftet!

Kenan konzentrierte sich gerade wieder auf den Film, als sich sein Handy meldete. Eine SMS von Sven: `Hi, hör auf zu nerven! Brauchte mal Auszeit. Bin spätestens morgen früh wieder da. Lg´

Kenan ärgerte sich – hätte der Blödmann nicht ein paar Stunden früher Bescheid sagen können?! Er hatte sich echt Sorgen gemacht!

Kenan holte sich ein Bier und beschloss, den Film zu Ende zu gucken, schlafen zu gehen und auf keinen Fall auf Sven zu warten! Vielleicht sollte er sich auch mal eine Auszeit von diesem Kerl nehmen!

9

Bonn-Dottendorf
Samstag, 31. März, nachts, 3.01 Uhr

Sven hatte ein ganz übles Gefühl ... etwas war hinter ihm. Er drehte sich langsam um und sah schon aus dem Augenwinkel heraus etwas Großes, Schweres auf seinen Kopf zurasen. Er wollte ausweichen, aber er war nicht schnell genug. Das Etwas knallte gegen seine Schläfe, ein kurzer, unvorstellbarer Schmerz – und Sven war wach.

Stöhnend wälzte er sich auf den Rücken. Verflucht, hörten diese Alpträume denn gar nicht mehr auf! Ein Blick auf die Uhr: 3.02 Uhr.

Verdammt! Er war erst um halb eins ins Bett gegangen! Er drehte sich auf die linke Seite, fünf Minuten später auf die rechte. Aber natürlich schlief er nicht mehr ein. Wie sollte man auch ruhig schlafen, wenn man wusste, dass um 4 Uhr sowieso der Wecker klingelte, und wenn man andererseits *nicht* wusste, ob nicht in der nächsten Minute die Polizei vor der Tür stand, um einen zu verhaften!

Also schloss Sven die Augen und ging in Gedanken noch einmal seinen Plan durch, den er geschmiedet hatte, als er am Vortag erfuhr, was mit Werners Mutter passiert war. Die Nachricht über dieses Ereignis hatte sich verbreitet wie die Windpocken.

Kenan wäre sicher begeistert gewesen von diesem genialen Plan, wenn Sven ihn denn hätte einweihen können ... aber Kenan lebte so durch und durch gesetzestreu, dass es schon fast dumm war! Andererseits gefiel ihm das an ihm: der Kerl war trotz seiner schwarzen Augen so blauäugig wie kaum ein zweiter! Und trotzdem intelligent. Es war schwer, ihm zu imponieren. Früher war es einfacher gewesen, früher hatte Kenan Svens Pläne bewundert als sie zum Beispiel Seeräuber spielten und auf Schatzsuche gingen.

Sven gähnte und wälzte sich wieder auf die andere Seite. Schade, dass diese Zeiten vorbei waren. Jetzt herrschten andere Zeiten. Heutzutage versuchte Sven Kenan mit Megakenntnissen in Anatomie zu beeindrucken, aber das war mächtig in die Hose gegangen.

Sven drehte sich auf den Rücken, und ihm wurde klar, dass er jetzt sowieso keine Ruhe mehr fand. Und so setzte er sich auf, schwang die Beine aus dem Bett und stellte den Wecker ab. Leise zog er sich ein paar dunkle Sachen an und eine dunkle Mütze auf den Kopf, die er sich am Vortag besorgt hatte.

Zwischendurch aß er einen Schokoriegel und trank ein paar Schlucke Wasser. Dann schlich er sich aus dem Haus, und zwar hinten hinaus in den Garten. Dort erleichterte er sich auf den Rasen, weil er das Bad, um Kenan nicht zu wecken, nicht hatte benutzen wollen.

Schließlich streifte er sich schwarze Handschuhe über und holte die Taschenlampe aus dem Rucksack, die er allerdings nur im äußersten Notfall einzuschalten beabsichtigte.

So gerüstet huschte er durch das Törchen am Ende des Gartens und befand sich auch schon auf dem schmalen Pfad, der zwischen den rückwärtigen Gärten hindurchführte. Um diese Zeit war es sehr finster dort, ein paar Katzen streunten umher, einmal schaltete ein falsch eingestellter Bewegungsmelder eine Terrassenlampe ein, aber Sven sprang hurtig in den Schatten einer hohen Hecke und wartete, bis das Licht wieder ausging.

Beinah jeder der Gärten, zwischen denen er entlang schlich, hatte ein Tor, manche waren abgeschlossen, andere nicht. Über ein ganz bestimmtes Gartentor hinüberzuklettern, war keine große sportliche Leistung, und so stand er eine Minute später (ungesehen, wie er hoffte) hinter dem Haus von Mario Werner.

Den Typ hatte er ja gefressen, seit er ihm das erste Mal begegnet war . Er konnte sich genau erinnern: kaum hatte er dem Kerl ein Problem mit seinem Computer beschrieben, als plötzlich dieses herablassende Lächeln in Werners fettem, pickligem Gesicht aufgetaucht und dieser verächtlich-spöttische Ton in seiner Stimme zu hören gewesen war! Und Sven war sich dämlich vorgekommen wie selten in seinem Leben, dämlich, dumm, verblödet!

Als er das Problem immer noch nicht in den Griff bekam, hatte er sich ein zweites Mal in den versifften Laden begeben, hatte sich gefühlt wie ein räudiger Straßenköter voller Flöhe, den man mit Füßen treten darf! Wie hatte er in jenem Moment diesen hässlichen, schmierigen, arroganten Fettwanst gehasst!

Jedenfalls war Sven am Vorabend, als es noch hell war, so unauffällig wie möglich durch das Gässchen zwischen den Gärten spaziert und hatte ausgekundschaftet, dass Werners Haus einen Kellerausgang zum Garten besaß. Eine willkommene Einstiegsmöglichkeit für jeden Einbrecher.

Er tastete sich die geflieste Treppe zur Kellertür hinab, und bemühte sich, nur mit Hilfe seines Tastsinns möglichst geräuschlos den Universalschlüssel, den er aus dem Internet hatte, ins Türschloss zu manövrieren. Es dauerte Minuten, bis sich die Tür öffnen ließ.

Im Keller setzte er dann doch lieber die Taschenlampe ein. Die obere Tür ins Haus war nicht verschlossen. Als er im Hausflur stand, horchte er erst einmal eine Weile. Aber nichts war zu hören, das Haus still und dunkel. Sven nahm an, dass die Schlafzimmer, wie in den meisten Häusern, im Obergeschoss zu finden waren; also schlich er sich die alte Holztreppe hinauf und hoffte, dass er auf keine knarrenden Stufen trat.

Er bewegte sich sehr langsam und ganz nah an der Wand entlang vorwärts, bereit, sofort in jeder Bewegung zu erstarren, sollte er ein Geräusch von der Treppe hören. Aber er hatte Glück.

Im oberen Flur angekommen, nahm er den Rucksack ab, holte die noch unbenutzte Pistole heraus und sah sich um. Drei Türen gingen vom Flur ab. Behutsam drückte er die Klinke der rechten Tür herunter und leuchtete in den Raum: das sah ganz nach dem Schlafzimmer der Mutter aus. Hier war niemand.

Dann die linke Tür. Ja, dort im Bett lag Werner und schnarchte lautstark vor sich hin. Neben dem Bett stand eine fast leere Weinflasche. Der Geruch nach ungelüftetem Schlafzimmer war so ekelhaft, dass Sven sich am liebsten die Nase zugehalten hätte.

Er leuchtete im Zimmer umher: ein Schreibtisch mit PC und schwerem, ledernem Sessel, ein Fernseher mit allem möglichen Zubehör, eine Sitzecke mit schäbigem Sofa und vollgemülltem Tisch. Zwischen Tür und Sofa gab es eine Stehlampe mit einem vermutlich 2000 Jahre alten Schirm aus goldgelber Spitze. Die schaltete Sven ein. Sehr gemütliches Licht. Die Taschenlampe machte er aus und legte sie auf den Boden in die halb geöffnete Tür. Nicht, dass er sie nachher vergaß.

Dann kramte er einen Schreibblock mit Kugelschreiber aus dem Rucksack, legte ihn auf ein freies Plätzchen auf dem Schreibtisch, nahm einen Strick heraus und drapierte ihn über eine der Armlehnen des Ledersessels. Gerade, als er Werner wecken wollte, fiel sein Blick auf etwas Rotes, das auf seinem Nachttisch lag. Vorsichtig schlich er über den grauen Teppichboden und den gestreiften Läufer vor dem Bett und griff nach dem roten Heftchen. Ein Sparbuch. Er schlug es auf: 237.000 €! Auf den Namen der Mutter. Na, das war ja eine Überraschung! Wer hätte gedacht, dass in der Bruchbude hier ein Vermögen zu finden war!

Ob er problemlos an das Geld herankam? Einen Versuch war es wert.

Schnell verstaute er das Sparbuch in seinem Rucksack und klopfte mit der Pistole ein paar Mal laut gegen die Tür. Werners Schnarchen stoppte, er grunzte einmal auf und drehte sich auf die andere Seite. Verdammt noch mal!

Dreimal klopfen, und Werner drehte sich auf den Rücken. Wieder hämmerte Sven an die Tür, und diesmal riss Werner die Augen auf und saß zwei Sekunden später senkrecht im Bett. Mit erschrockenem Blick starrte er Sven an und presste eine Hand auf die Brust, als habe er akute Herzbeschwerden.

Sven ließ sich in dem Ledersessel nieder und schlug ein Bein über das andere. „Na, Supermario, hab ich dich geweckt?“

„Was willst du hier, du Spinner?“ keuchte Werner und zog die braungemusterte Wolldecke ein wenig höher über das weiße Unterhemd, unter dem sich sein Bauch abmalte.

„Ich will, dass du gestehst, den Bankraub begangen und die drei Männer erschossen zu haben!“

„Verfluchter Scheißdreck, das hab ich aber nicht getan!“ schimpfte Werner und machte keine Anstalten, aus dem Bett herauszukommen.

„Natürlich nicht,“ beruhigte ihn Sven. „Ich weiß, wer es getan hat, aber dieser Jemand möchte nicht dafür ins Gefängnis gehen.“

„Bist du wahnsinnig oder was?! Ich geh doch nicht unschuldig in den Knast!“ gab Werner zurück und tippte mit dem Finger an die Stirn.

„Das musst du auch gar nicht.“ Sven würde jetzt zum Punkt kommen. Mal sehen, wie der Fettkloß darauf reagierte. „Ich hab hier Papier und Stift für dich, damit du ein schönes Geständnis schreiben kannst: dass du Geld für deine alte Karre gebraucht und deshalb den Geldboten überfallen hast, und dass Chris Heisterbach dich in der Bank erkannt und erpresst hat, weil er die Hälfte vom Geld haben wollte. Du bist zu ihm gegangen, es kam zum Streit, zum Handgemenge und unglücklicherweise zu zwei Toten.“

Werner hörte ihm stumm zu, während der Blick seiner kleinen, blauen, in Fett gebetteten Augen unruhig durch das Zimmer wanderte ... irgendetwas ging in ihm vor. Plötzlich sagte er: „Und was, wenn ich kein Geständnis schreibe?“

„Dann erschieße ich dich.“

Werner lachte bitter auf. „Und wenn ich gestehe, erschießt du mich auch!“

„Nein,“ versicherte Sven ernsthaft, „ganz bestimmt nicht.“

„Red keinen Scheiß!“ Werners Blick heftete sich auf den Strick, der über der Sessellehne hing. „Ich kann mir denken, was du vorhast! Ich soll kein Geständnis, sondern einen Abschiedsbrief schreiben, denn ich bin ja so verzweifelt über den Tod meiner Mutter und über meine schrecklichen Taten! Und wenn der Brief fertig ist, legst du mir den Strick um den Hals und hängst mich irgendwo auf! Warum also sollte ich irgendwas schreiben, wenn ich so oder so dran glauben muss?!"

Diese Frage brachte Sven ein wenig aus dem Konzept. Er musste kurz überlegen, bevor er antwortete.

„Eigentlich ist es ganz einfach. Wenn du nicht machst, was ich sage, dann werde ich dir so weht tun, dass du dir wünschen wirst, ich hätte dich erschossen!" Sven stand auf, stellte sich neben den Sessel und zielte auf Werners Bauch. „Du schwingst jetzt deinen fetten Arsch aus dem Bett, bevor ich sauer werde, kapiert?! Setz dich da hin!" Er deutete auf den Schreibtischsessel.

Werner starrte ihn noch ein paar Sekunden mit unbewegter Miene an, bevor er die Bettdecke zurückschlug. Karierte Shorts wurden sichtbar und Oberschenkel, über die Sven nur noch angewidert staunen konnte. Werner wuchtete die Beine aus dem Bett und versenkte die dicken Füße in grauen Pantoffeln. Dann drückte er sich ächzend vom Bett hoch, machte einen Schritt vorwärts – und sackte urplötzlich in sich zusammen. Er saß auf dem Läufer, die Beine ausgestreckt, der Rücken ans Bettgestell gelehnt, der Kopf hing auf die Brust herab.

Verdammte Scheiße, was war das denn?! Kreislaufzusammenbruch, Herzinfarkt, Schlaganfall?!

Sven trat näher heran und beugte sich vor. „He Mario! Willst du mich verarschen?!" Er berührte ihn mit der linken Hand an der Schulter. „Mann, du feige Sau, du kannst doch jetzt nicht schlapp machen!"

Werner reagierte nicht. Sven rüttelte an seiner Schulter, der Kopf baumelte ein wenig hin und her. War der Mistkerl etwa tot?!

In Svens Gehirn jagten sich die Gedanken: er könnte Werner in den Arm schießen, dann würde er schnell merken, ob der Mann simulierte ... aber er wollte die Waffe eigentlich nicht benutzen:

erstens könnte jemand den Schuss hören und die Polizei rufen, und zweitens wirkte ein Selbstmord mit Schusswunde im Arm nicht wirklich glaubwürdig. Dann war sein schöner Plan im Eimer!

Sollte er besser abhauen und sich eine andere Lösung einfallen lassen? Oder war der Fleischkloß nur ohnmächtig vor Schreck und kam gleich wieder zu sich? Vielleicht reichten ein paar Ohrfeigen, um ihn zurückzuholen!

Sven stellte sich über Werners Beine, nahm die Pistole in die linke Hand und streckte die rechte aus, um erst einmal den Puls an seinem Hals zu fühlen, als in seinem Unterleib ein Schmerz explodierte, dass er kaum noch Luft bekam. Ihm wurde kurz schwarz vor Augen, und bevor er richtig verstanden hatte, was passiert war, erhielt er einen Stoß vor die Brust, dass er rückwärts gegen den Schreibtischsessel flog.

Den Zusammenprall spürte er kaum, weil der Schmerz zwischen seinen Beinen immer noch alles andere übertraf. Reflexhaft drückte er die Hände dagegen und merkte, dass die Pistole weg war. Zur gleichen Zeit nahm er verschwommen hektische Bewegungen vor sich wahr: der Drecksack, der ihm ein Knie in die Weichteile gerammt hatte, versuchte aufzustehen. Das dauerte.

Sven hatte plötzlich nur noch einen Gedanken im Kopf: er durfte dieses fette Schwein unter keinen Umständen entkommen lassen!

Doch Werner hatte sich inzwischen aufgerappelt und tappte zur Tür.

Sven drehte sich um, damit er auf die Knie kam, atmete mit geschlossenen Augen dreimal tief durch und konzentrierte sich mit aller Kraft auf seine Aufgabe. Der Schmerz trat in den Hintergrund, die Sinne funktionierten wieder einigermaßen normal: er hörte, wie Werner die Treppe hinuntertrampelte, der Schlafzimmergeruch belästigte seine Nase nach wie vor, und er sah die Pistole unter dem Schreibtisch liegen.

Los, hinterher!

Er fischte sich die Waffe heraus, kam auf die Füße und humpelte zur Tür, was immer noch ziemlich weh tat. Freundlicherweise hatte Genie Werner in Flur und Treppenhaus das Licht eingeschaltet, so dass sich auch Sven schneller im fremden Haus bewegen konnte. Er verließ das Schlafzimmer und hörte im gleichen Augenblick, dass Werner unten im Flur Zahlen in ein Telefon tippte.

Verdammte Scheiße! Sven packte mit einer Hand das alte Treppengeländer, das ein leises Knarren von sich gab, beugte sich vor und zielte auf Werner, der direkt unter ihm stand und mit dem Handy am Ohr auf dem Weg zur Haustür war. In einem komischen, schwarzen Mantel, den er in aller Schnelle übergeworfen zu haben schien. In seinen grauen, schlappenden Pantoffeln.

Werner hatte wohl das Knarren des Geländers gehört: er wandte den Kopf, sah hoch, entdeckte Sven mit der Pistole, nahm das Handy herunter und stürmte auf die Haustür zu. Als er sie umständlich entriegelte und aufschloss, hätte Sven schießen können ... aber eine Kugel in Werners Rücken hätte sich bei einem vorgetäuschten Selbstmord definitiv noch schlechter gemacht!

Er überlegte vielleicht zwei Sekunden zu lange, denn plötzlich riss Werner die Tür auf und war verschwunden. Scheiße, Scheiße, Scheiße! Sven eilte mit zusammengebissenen Zähnen die Treppe hinunter. Was würde der Schweinehund jetzt tun?!

Als Sven auf die Straße trat, sah er es: Werner warf sich gerade hinter das Steuer seiner Antiquitätenkarre, die ca. 50 Meter entfernt stand. Svens Auto stand etwa genauso weit weg, aber in der anderen Richtung um die Ecke. Er vergaß seine Schmerzen und rannte los, so schnell er konnte. Verdammt, hatte er überhaupt seine Autoschlüssel dabei?! Er klopfte auf eine seiner Jackentaschen – ja! Gott sei Dank!

Hinter sich hörte er, wie Werner vor lauter Aufregung den Motor ein paar Mal abwürgte. Sehr gut. Und schon war Sven um die Ecke und saß kurz darauf in seinem Wagen, der auf Anhieb ansprang. Als er in die Winzerstraße einbog, fuhr Werner gerade aus der Parklücke.

Es war kurz vor fünf Uhr und noch stockfinster draußen. Kaum ein Mensch war unterwegs. Man hatte die Straßen für sich, und es musste doch möglich sein, dachte Sven auf einmal, Werner in einen tödlichen Unfall zu verwickeln!

Mario bog gerade mit quietschenden Reifen links in die Kessenicher Straße und dann rechts in die Dottendorfer Straße ein. Sven raste hinterher ... wo wollte der Kerl hin?! Die Straße führte Richtung Südbrücke ... und was war auf der anderen Rheinseite? Das Polizeipräsidium! Hatte der Kerl wirklich vor, seinen Lieblingskommissaren einen Besuch abzustatten?!

Das musste verhindert werden!

Sven trat aufs Gaspedal und hängte sich an Werners Kofferraum. Doch auch Marios Auto hatte ein Gaspedal. Und so jagte Sven den Jaguar die leere Dottendorfer Straße entlang, vorbei an den letzten Wohnhäusern in eine Gegend, in der sich um diese Zeit wirklich kein Schwein aufhielt: verkommene Fabrikgebäude neben schicken Versicherungsbauten.

Der Bahnübergang, hinter dem in der Ferne der Post-Tower in den dunklen Himmel ragte, kam in Sichtweite. Die Schranken waren offen. Rechts eine Reihe von alten, hohen Bäumen mit kräftigem Stammumfang.

Sven dachte blitzschnell nach: wie wäre es, wenn ...

Er schaltete das Licht am Auto aus und zog mit aufdröhnendem Motor seinen Wagen neben den von Werner und begann, ihn nach rechts zu drängen, auf die Bäume am Straßenrand zu. Mario versuchte zu entkommen und beschleunigte. Metall schrammte gegen Metall. Ein hässliches Geräusch.

Sven beschleunigte ebenfalls und drückte Mario mit dem rechten Vorderreifen auf den Bürgersteig. Mario bremste ab, und Sven gab ihm einen letzten Stoß nach rechts. Der Jaguar machte einen Schlenker und prallte mit dem rechten Scheinwerfer gegen einen mächtigen Baumstamm.

Sven machte eine Vollbremsung, und sein Wagen kam sechzig, siebzig Meter weiter zum Stehen. Sven atmete tief aus und legte für einen Moment den Kopf gegen die obere Rundung des Lenkrads. Seine Hände und Beine zitterten.

Das wäre geschafft. Jetzt noch ein Schuss in die Schläfe, dem Mann die Waffe in die Hand gedrückt, und Sven konnte sich mit dem Geld -

Verdammt noch mal! Der Rucksack mit dem Sparbuch war ja noch in Marios Haus! Das brachte Sven wieder zu sich. Er würde den Drecksarsch jetzt sofort abknallen, zurückfahren und alles aus dem Haus mitnehmen, was er brauchen konnte!

Er stieg aus dem Auto und sah sich um, aber niemand war in der Nähe. Rasch trabte er zu Werners Auto, dessen langgezogene Motorhaube vorne rechts ordentlich eingedrückt war. Ein Scheinwerfer brannte noch. Werner musste auf dem Sitz zusammengebrochen sein, denn von außen war er nicht zu sehen.

Sven zog die Pistole aus der Jackentasche. Schade, die Sache mit dem Abschiedsbrief konnte er wohl vergessen. Er schlich sich näher ans Auto. Es roch intensiv süßlich nach irgendwelchen blühenden Sträuchern. Und es war geradezu geisterhaft still ... bis auf ein leises Rascheln im Gebüsch irgendwo links von ihm.

Vorsichtig beugte sich Sven vor und guckte durch die Seitenscheibe: kein Werner weit und breit! Aber auf der rechten Seite war die Tür nur angelehnt. War der Schweinehund etwa abgehauen?!

Sven wirbelte herum. Woher war gerade das Rascheln gekommen?! Da – ein ganzes Stück entfernt stürmte eine rundliche Gestalt aus dem Gebüsch und lief quer über die Straße auf die andere Seite. Jetzt war er schon am Bahnübergang. Das musste Werner sein! Er floh einfach zu Fuß weiter - wenn das nicht ein schwerer Fehler war!

Sven überlegte nicht lange, steckte die Pistole ein und rannte hinterher. Gerade bog Werner hinter der Bahn links in eine Seitenstraße ein. Sven wusste, dass er schneller war als diese wandelnde Tonne. Er spurtete los.

Als er in der Seitenstraße ankam, war von Werner erst einmal nichts zu sehen. Was, wenn der Kerl sich irgendwo versteckt hatte und sich aus dem Hinterhalt auf ihn warf?! Mit seinem ganzen Gewicht?!

Sven zog die Waffe, wandte sich im Weiterlaufen immer wieder um, zielte mit der Pistole in alle Richtungen und blieb stehen. Dieser Fettsack hatte doch garantiert noch nie im Leben Sport getrieben, der musste doch völlig fertig und außer Puste sein ... vielleicht konnte man, wenn man sich ganz still war, sein Keuchen hören.

Sven lauschte angestrengt, aber statt eines Keuchens hörte er jetzt erst einmal das dezente, schnelle Rattern eines ICE, der links von ihm durch Dottendorf raste. Als der Zug endlich vorüber war, nahm Sven plötzlich nicht weit entfernt ein Knirschen wahr als zertrete jemand Glas.

Sein Kopf fuhr herum. Das war von rechts gekommen, aus einem großen, unbebauten, umzäunten Grundstück, das taillenhoch mit Gras und Unkraut bewachsen war. Ja, dort bewegte sich schemenhaft eine Gestalt von ihm weg, immer noch Richtung Rhein.

Sven steckte die Waffe wieder ein, setzte sich sofort in Bewegung, schwang sich sportlich über den Zaun und rannte hinter Werner her. Der rollte förmlich wie eine Walze über das Unkraut und quälte sich in seinen Pantoffeln über den gegenüber liegenden Zaun, während Sven leichtfüßig über den unebenen, nicht ganz müllfreien Boden lief und nur noch ein paar Meter von Werner entfernt war.

Er wollte schon die Pistole ziehen und Werner ins Bein schießen, als sein Fuß plötzlich irgendwo hängen blieb, und er der Länge nach auf den Boden schlug. Er stützte sich mit beiden Händen ab, und die rechte fing auf einmal an zu brennen, als habe er in Lava gefasst oder in eine Glasscherbe oder in ein Metallstück! Verdammte und verfluchte Scheiße! Tat das weh!

Werner hatte jetzt wieder einen Vorsprung! Sven ignorierte das

Brennen in seiner Hand, rappelte sich auf, klopfte sich hastig Jacke und Hose ab und rannte Werner hinterher. Allmählich wurde es heller, weil er ein gut beleuchtetes Institutsgebäude und fast die genauso hell erleuchtete Friedrich-Ebert-Allee erreicht hatte.

Werner war als erster da und wandte sich nach rechts. Wo wollte der Hundesohn hin?! Zu Fuß über die Südbrücke? Das würde er definitiv nicht schaffen! Er stand jetzt an der großen Kreuzung Ollenhauerstraße/ Friedrich-Ebert-Allee und ließ zwei Autos an sich vorüberfahren, die sich um diese frühe Stunde hierher verirrt hatten.

Auf den Gegenfahrbahnen herrschte auch nicht viel mehr Verkehr. Werner stand immer noch am Straßenrand, keine 10 Meter entfernt.

Auch Sven war stehen geblieben und hatte sich hinter einen Baum zurückgezogen. Vielleicht sollte man sich hier, wo es so viele Lampen gab, ein wenig unkenntlich machen. Er schlug die Kapuze seiner Jacke hoch und zog sie zu, so dass nur noch ein kleiner, runder Ausschnitt seines Gesichts zu sehen war.

Dann marschierte er mit den Händen in den Jackentaschen, die Pistole fest im Griff, auf Werner zu, dessen lauter, keuchender Atem jetzt deutlich zu hören war. Sven konzentrierte sich so sehr auf den fetten Wichser am Straßenrand, der sich augenscheinlich übernommen hatte, dass er die von rechts auf die Haltestelle zurauschende S-Bahn nur am Rande wahrnahm.

Doch kurz bevor er Werner erreichte, rannte der mit einem Affenzahn über die Fahrbahn und sprang so knapp vor der Straßenbahn über die Schienen, dass es sich nur um Millimeter handeln konnte, die er gerade dem Tod entronnen war. Der Straßenbahnfahrer ließ empört ein schrilles Klingelsignal ertönen, während er abbremste.

Sven trabte über die Straße und musste warten, bis die Bahn an seiner Nase vorübergefahren war. Und er fragte sich, ob es überhaupt noch Sinn machte, den Mistkerl weiter zu verfolgen, oder ob er sich nicht lieber schleunigst verdrücken sollte.

Andererseits ... wenn er es doch schaffte, den Kerl zu beseitigen, war er ein freier Mann. Mit viel Geld.

*

Nach Luft ringend stolperte Mario über den Bahnsteig, auf dem sich außer ihm niemand aufhielt. Er musste so weit wie nur möglich nach vorne laufen. Ganz nach vorne, dahin, wo der Bahnfahrer saß. Es ging um sein Leben, also weiter, nach vorne.

Während er sich kaum noch auf den Beinen halten konnte, bremste die Straßenbahn neben ihm ab und hielt an. Türen öffneten sich zischend. Mario wandte sich zur Seite, wo eine dieser Türen einladend offen stand, und warf schnell einen Blick zurück.

Und tatsächlich, dieser Irre kam um das Hinterteil der Bahn herumgeflitzt, blieb vor einer der Türen des hinteren Wagens stehen und starrte zu Mario herüber, als wolle er sehen, ob er auch wirklich einstieg. Das tat er auch, denn er hatte einfach nicht mehr genug Luft, um zu Fuß weiter zu flüchten.

Die Türen schlossen sich, die Bahn fuhr an. Mario war klar, dass ihm nicht viel Zeit blieb, um Hilfe zu holen, denn der blonde Irre würde die nächste Gelegenheit nutzen, vom zweiten in den ersten Wagen umzusteigen!

Während Mario noch überlegte, ob er den Fahrer um Hilfe bitten sollte, fuhr die Bahn an und bewegte sich kurz darauf deutlich abwärts. Damit war die Sache entschieden. Mario ließ sich auf eine Sitzbank fallen. Es war besser, den Kommissar anzurufen, als dem Fahrer lang und breit die Sachlage zu erklären. Mario zückte sein Handy - Scheiße, die Nummer des Kommissars hatte er natürlich nicht dabei! Also wählte er die 110.

Irgendjemand erzählte etwas von `Notrufzentrale´, aber Mario ließ ihn gar nicht ausreden, sondern sprudelte los: „Hören Sie zu – ich hab keine Zeit! Da ist ein Mann mit einer Waffe hinter mir her, und der will mich erschießen! Ich heiße Mario Werner, und Kommissar .... verdammt, mir fällt der Name nicht ein! Es ist der Kommissar mit dem Beueler Banküberfall von letzter Woche! Sagen Sie ihm, ich sitze in der 63, und die hält gleich im U-Bahnhof ... verdammt, wie heißt der noch mal?! Die Haltestelle nach der Ollenhauerstraße Richtung Innenstadt! Und ich bin nicht betrunken und auch nicht verrückt!"

Die Bahn wurde langsamer, Tunnelwände schoben sich vor die Fenster, Mario wurde panisch. „Haben Sie mich verstanden?! Ich bin Mario Werner, und der Blonde aus meiner Straße, der hat alles gestanden, und jetzt will er mich hier in der Straßenbahn umbringen! Sagen Sie dem Kommissar Bescheid! Ich muss jetzt auflegen!"

Mario nahm das Handy vom Ohr und bemerkte zum ersten Mal die drei Menschen, die gar nicht weit von ihm entfernt saßen und ihn mit großen Augen anglotzten. Weiter hinten im Wagen saßen noch vier weitere, die das Gespräch anscheinend nicht mitbekommen hatten.

Mario senkte den Blick, und der fiel prompt auf seine karierten Boxershorts, die dicken, nackten Beine und natürlich die grauen Pantoffeln, die ihm die Flucht auch nicht eben einfacher gemacht hatten ... was mochten die Leute wohl über ihn denken?

Das war ihm im nächsten Moment egal, denn die schwarzen Tunnelwände wichen einer gelb gekachelten U-Bahn-Station: \`Heussallee´ stand da.

Die Bahn wurde langsamer, hielt andeutungsweise an dem völlig menschenleeren Bahnsteig an und beschleunigte sofort wieder, anscheinend wollte hier niemand aussteigen.

Gut. Mario kam allmählich zu Atem. Er ließ die hinteren Türen nicht aus den Augen, bemerkte aber trotzdem, dass ihn ein in seiner Nähe sitzender kräftiger Mann mit rotem Gesicht und grauem Vollbart musterte. Er trug eine irgendwie zu kleine Hornbrille, die ihn aussehen ließ wie eine alte Eule, die das Verhalten der Maus abschätzt.

Unterdessen fuhr die Bahn in die nächste, braun gekachelte Station ein: \`Museum König´.

Als sie anhielt, stand ein Mittzwanziger im olivgrünen Parka, der zwei Meter von Mario entfernt saß, auf und stieg aus. Und als hätte sie es sich gerade überlegt, lief eine dunkelhaarige Frau im roten Blazer hinter ihm her.

Mario schaute den beiden nach, die geradewegs zwei Uniformierten in die Arme liefen, die eben um die Ecke bogen. Der Mann im Parka und die Frau im Blazer redeten aufgeregt auf die Polizisten ein und zeigten immer wieder auf die Bahn, während sich die Türen schlossen, und die Bahn kurz darauf schon in den nächsten Tunnel einfuhr.

Aus der Anwesenheit der beiden Polizisten durfte er hoffentlich schließen, dass man seinen Anruf ernst genommen hatte. Die Frage war nur, ob jetzt zu jeder Haltestelle Polizisten geschickt wurden ... und ob er dann nicht besser beim nächsten Halt aus dem Wagen sprang und bei ihnen Hilfe suchte.

Mario wandte den Kopf und starrte in den hinteren Teil des Wagens. Der eulengesichtige Mann in seiner Nähe machte es ihm nach. Zuerst war niemand zu sehen ... doch dann trat jemand in den Mittelgang, blieb dort stehen und schien sich einen Überblick über die Gesamtlage zu verschaffen. Ein mittelgroßer, schlanker Mann in graugrüner Jacke, die Kapuze hochgeschlagen und zusammengezurrt, so dass nur Mund, Augen und Nase zu sehen waren. Mario erkannte ihn trotzdem. An seinem einzigartigen Silberblick. Der Irre war an der letzten Station in den vorderen Wagen umgestiegen.

Marios Herz schlug schneller. Jetzt war es so weit. Jetzt musste er sich etwas einfallen lassen. An der nächsten Haltestelle aus der Bahn fliehen? Das war riskant, denn wenn dort noch keine Polizei zur Stelle war, konnte der Blonde ihn verfolgen und auf einem vielleicht wiederum menschenleeren Bahnsteig in aller Gemütsruhe erschießen!

Der Irre steckte die Hände in die Jackentaschen und kam langsam auf Mario zu. Nur ganz am Rande registrierte Mario, dass die Bahn die nächste Haltestelle anfuhr, abbremste und Sekunden später weiterfuhr. Sein Gehirn bastelte an einer Lösung , aber gab es überhaupt eine?

Vielleicht sollte er die Flucht nach vorn antreten, denn Mario fragte sich schon, ob einer der Anwesenden den blonden Irren identifizieren konnte, wenn der ihn erschoss. Er beschloss, alles auf eine Karte zu setzen.

Als der Kerl noch näher kam, rief Mario ihm so laut zu, dass alle im Wagen es hören konnten: „Du brauchst mich nicht umzubringen, weil ich die Polizei angerufen und denen alles erzählt hab, ... dass du der Blonde bist, der bei mir in der Straße wohnt, und dass du zugegeben hast, du hättest die Bank überfallen! Alle hier wissen das jetzt! Du kannst mir nichts mehr in die Schuhe schieben! Am besten verschwindest du einfach, so lange du noch kannst!"

Der ältere Mann mit Brille, dem der Bluthochdruck ins Gesicht geschrieben stand, nickte wie in voller Übereinstimmung und fügte mit kratzig-tiefer Stimme hinzu: „Genau, hauen Sie ab, bevor die Polizei alles abgeriegelt hat! Ich wette, an der nächsten Station kommen Sie noch raus, die können gar nicht so schnell hier sein!" Und er drückte auch gleich auf den Halteknopf in der Nähe einer der Türen.

Die schwarzen Tunnelwände flogen nur so vorbei, während der kapuzenvermummte Blonde über diesen Vorschlag nachzudenken schien, die Hände immer noch in den Taschen, der Blick nervös hin- und herwandernd ... und schon bremste der Zug ab, um in die nächste Haltestelle einzulaufen: `Juridicum´. Ein hoher, blau gekachelter Raum tat sich auf. Niemand, absolut niemand war auf dem Bahnsteig zu sehen.

„Na, was hab ich gesagt?" Der rotgesichtige Mann zeigte nach draußen. „Schnell, machen Sie, dass Sie wegkommen!"

Wie aufs Stichwort gingen die Türen auf, und der irre Blonde steckte erst nur den Kopf nach draußen, sah nach rechts, nach links, beäugte skeptisch die lange Rolltreppe, die nach oben führte, trat zwei Schritte vor, aus der Bahn heraus, stand zögernd da, schaute sich nochmals um und ging ein paar Schritte über den Bahnsteig.

Es war ein seltsamer Moment voller Anspannung, voller Ahnung, dass jede Sekunde etwas passieren würde … alle spürten das: Mario, der vor sich hin murmelte: „Mensch, mach die Türen zu, verdammt noch mal!“, der Blonde, der sich kaum vorwärts bewegte, der Mann mit dem roten Eulengesicht, der mit halboffenen Mund durch die Scheibe nach draußen starrte, und die vier Fahrgäste, die, bis auf einen, in einer der mittleren Türen standen und um die Ecke nach draußen gafften.

Die vordere und die hinteren Türen schlossen sich, aber die Tür, in der die Schaulustigen standen, war blockiert. Mario wollte den Fahrgästen gerade ein Zeichen geben, die Türen frei zu machen, als es endlich passierte: zwei Uniformierte tauchten auf der Rolltreppe auf, erspähten den Kapuzenmann, zogen ihre Waffen und stürmten mit unverständlich gebrüllten Anweisungen die Rolltreppe hinunter.

Auch der Blonde in der grünen Jacke holte die Pistole heraus, wandte sich um und war nach kurzem Spurt an der mittleren Tür, wo die Fahrgäste gafften, die jetzt von dem Irren zurück in den Wagen gedrängt wurden … bis auf einen jungen Mann, der sportlich unter dem Arm des Blonden hindurchhechtete, sich auf dem Bahnsteig abrollte und in einer ziemlich tief hängenden Hose davonrannte, so schnell er nur konnte.

Der blonde Irre griff nach einer verängstigten Frau im grauen Kostüm, hielt ihr die Waffe an den Kopf und schrie: „Sagt dem Fahrer, er soll sofort die Tür zumachen – sonst knall ich die Frau ab!“

Geistesgegenwärtig sprang Mario auf, donnerte mit der Faust gegen die Fahrerkabine und brüllte: „Schließen Sie die Tür, sonst knallt uns der Wahnsinnige ab!“

Es zischte, die Tür war zu.

Die beiden Polizisten draußen auf dem Bahnsteig blieben stehen, einer steckte seine Pistole weg, sprach aufgeregt in ein Funkgerät, und der Blonde rief aus der Mitte des Wagens Mario zu: „Der Fahrer soll langsam weiterfahren!"

An dieser Stelle meldete sich der untersetzte Vollbärtige mit der runden Brille wieder zu Wort: „Mit Verlaub, Herr ...?"

Der Blonde lachte kurz auf, dachte kurz nach und verkündete: „Ich heiße Werner, Mario Werner."

„Also, Herr Werner, ich –"

„Das ist ja der Hammer!" protestierte Mario lautstark. „*Ich* bin Mario Werner, und dieser verdammte Kerl - "

„Das ist doch jetzt nicht so wichtig;" versuchte der Mann zu beschwichtigen und stand zum ersten Mal auf. Er war kleiner als Mario und noch breiter. „Ich nenne Sie da hinten jetzt Werner I und Sie hier Werner II. Ich wollte nur sagen, Herr Werner I, dass es nicht sinnvoll ist weiterzufahren. Die Polizei wird an jeder Haltestelle auf Sie warten ... und wenn Sie immer weiter fahren, bis zur Endstation, was dann? Wieder zurückfahren? Und dann? Es ist einfach, mit Verlaub gesagt, keine gute Idee, eine Straßenbahn zu kidnappen."

„Ach ja? Und wer sind Sie, Sie Klugscheißer?"

Der ältere Mann, der ein kariertes Hemd und eine ausgebeulte, braune Lederjacke trug, strahlte den Blonden an: „Ich bin Professor Doktor Kirchberg-Niederhausen."

Der Blonde reagierte genervt. „Wissen Sie was, Professor Doktor? Sie halten jetzt mal Ihre Klappe! Und du, Werner II, sagst dem Fahrer, er soll langsam weiterfahren!"

Mario klopfte an die Fahrerkabine und wollte den Befehl gerade weitergeben, als sich die Kabinentür einen Spalt öffnete und eine dunkle, aber eindeutig weibliche Stimme verlauten ließ: „Ich bin nicht taub! Sagen Sie dem Verbrecher, wir können nicht weiterfahren, weil in den Streckenabschnitten vor uns und hinter uns der Strom abgedreht wurde .... haben die mir von der Leitstelle gerade durchgegeben. "

„Was ist los?!" *Werner I* schubste die Frau im Kostüm, die auch nicht eben schlank um die Hüften war, vor sich her, während er in den vorderen Wagenbereich marschierte. Dabei wäre er beinah übel über den Rollkoffer gestolpert, den die Frau gnadenlos hinter sich herzog, als schleppe sie die englischen Kronjuwelen mit sich herum.

„Verdammt, stell das Scheiß-Ding weg!" herrschte *Werner I* die stumm leidende Frau an, riss ihr den Koffer weg und warf ihn zwischen die Sitze. Dann brüllte er in Richtung Fahrerkabine: „Was war das gerade?!"

Die Fahrerin wiederholte, was sie gesagt hatte, und Mario hatte Angst, dass der Kerl vor lauter Wut die Beherrschung verlor und alle über den Haufen schoss.

Aber *Werner I* schwieg eine halbe Minute, bevor er die nächste Anweisung gab, und zwar der Fahrerin: „Du schaltest jetzt die Festbeleuchtung hier drin ab und kommst aus dem Kabuff da raus!"

Prompt gingen alle Lampen in der Bahn aus, und die Fahrerin, eine Frau um die Vierzig, unauffällig angezogen mit weißer Bluse unter dunkelblauer Strickjacke, mittelbraune Dauerwellfrisur, kaum geschminkt, zwängte sich aus der Tür an Mario vorbei und musterte mit bösen Blicken den Blonden, der sich hinter der erstarrten Frau im grauen Kostüm verschanzt hatte und ihr die Pistole jetzt in die Rippen drückte.

Mario ärgerte sich. Er war seinem Ziel, ein selbstbestimmtes, sorgenfreies Leben zu führen, so nah gewesen – und dann kam dieser Wahnsinnige daher und wollte ihm seinen Traum kaputt machen?!

„Und was hast du jetzt vor?" knurrte er den Mann in der Kapuze an.

Und schon mischte sich der Professor wieder ein. „Darf ich mal ein paar Vorschläge machen? So viele Möglichkeiten gibt es nämlich nicht, Herr Werner I: entweder Sie geben auf ... und da bisher noch nichts Schlimmes passiert ist, werden Sie sicher glimpflich davonkommen, oder Sie -"

„Was fällt Ihnen ein, mir Vorschläge zu machen!" schnauzte der

Blonde den Professor an. „Sie haben ja nicht alle Tassen im –"

„Doch, sogar mehr Tassen als Sie!" fiel der Mann ihm ins Wort. Ruhig, überhaupt nicht wütend. „Wir alle hier stehen unter massivem Druck, und da können Dinge schon mal höllisch schief gehen. Deshalb sollten wir die Sache mit Logik und Gelassenheit angehen. Wenn Sie nicht aufgeben wollen, sollten Sie per Handy Kontakt mit der Polizei aufnehmen und über Ihre Bedingungen verhandeln. Haben Sie schon darüber nachgedacht, was Ihre Bedingungen sind?"

Werner I sah reichlich ratlos aus.

Der Professor half weiter. „Sagen Sie der Polizei, Sie wollen unbehelligt mit einer Geisel die Station hier verlassen. Dann verlangen Sie vor dem Eingang zur U-Bahn einen Fluchtwagen. Ich stelle mich selbstverständlich als Geisel zur Verfügung."

„Was sind Sie doch für ein edler Mensch!" spottete der Blonde. „Dabei wissen Sie doch ganz genau, dass die mich abknallen, bevor ich oben angekommen bin!"

„Nicht unbedingt," behauptete der Professor und begann, seine Lederjacke auszuziehen. „Was für eine Alternative haben Sie denn? Wenn Sie uns erschießen, gehen Ihnen irgendwann die Geiseln aus, und dann sind Sie geliefert. Also, was wollen Sie?"

„Ich will jetzt mal in Ruhe nachdenken! Sie quatschen einem ja die Ohren ab!" *Werner I* zog die Frau rückwärts mit sich, an den beiden anderen Fahrgästen vorbei, die ihm hastig auswichen, und setzte sich mit der Frau, die mit weit aufgerissenen Augen durch ihre schmale, schwarze Brille guckte, auf einen Vierer-Platz.

Während der Blonde nachdachte, scharten sich die restlichen beiden Fahrgäste sowie die Bahnfahrerin und Mario um den breitgebauten Professor, der die Leute beruhigte und ihnen vorschlug, wie sie sich am besten verhielten: nämlich gelassen und unauffällig. Man einigte sich schnell darauf, sich vorzustellen und zu duzen.

Die Fahrerin, die ständig die oberen zwei Knöpfe ihrer Strickjacke auf- und wieder zuknöpfte, hieß Hanne; eine junge, pummelige Frau in schwarzer Hose und weitem, schwarzem T-Shirt, die auf dem Weg zu einer Putzstelle im Supermarkt war, hieß Verena; ein junger Mann, Anfang Dreißig, mit Namen Wolf, war Assistenzarzt in der Gynäkologie auf dem Venusberg und kam gerade vom Nachtdienst, was man seinen rot geränderten Augen ansah; des Professors Vorname lautete Christian.

Es dauerte nicht lange, bis Christian begann, ein paar unterhaltsame Anekdoten aus seinem Leben zu erzählen. Als er eine kurze Pause einlegte, ergriff Mario die Gelegenheit zu erklären, warum er in Shorts und Pantoffeln unterwegs war, und fügte – in Richtung Bahnfahrerin Hanne – grimmig hinzu: „Nur damit du Bescheid weißt, ich habe auch keinen gültigen Fahrausweis bei mir!“

Hanne machte einen Knopf ihrer Jacke auf. „Alles klar. Die 40 Euro kassiere ich später.“

Während Professor Dr. Christian Kirchberg-Niederhausen über eine Nordmeerkreuzfahrt mit seiner Frau zu berichten anhob, um angeblich die Fahrgäste auf andere Gedanken zu bringen, sah Mario zum blonden *Werner I* hinüber und ärgerte sich. Er konnte gar nicht mehr aufhören, sich zu ärgern.

*

Bonn-Oberkassel
5.30 Uhr

Andreas war schon wach, als das Telefon klingelte. Schließlich hatte er am Abend eine Verabredung mit Anthea. Wer konnte da ruhig schlafen!

Am Telefon war ein Kollege, der etwas von einer Geiselnahme in einer U-Bahn schwafelte und von einem gewissen Mario Werner, der sich von einem Nachbarn mit Waffe verfolgt fühlte.

„Habt ihr Sascha schon benachrichtigt?“ fragte Andreas, schwang die Beine aus dem Bett und rieb sich gähnend durchs Gesicht.

„Natürlich. Ich soll ausrichten, dass er in spätestens 15 Minuten bei dir ist."

10 Minuten später saß Andreas neben Sascha im Wagen, fühlte sich hungrig, müde und ungewaschen und schimpfte: „Was hat dieser verdammte Obermüller jetzt wieder angestellt!"

Sascha antwortete erst einmal mit herzhaftem Gähnen und meinte dann: „Ist doch egal. Wenn er Geiseln genommen hat, können wir ihn endlich aus dem Verkehr ziehen und weich kochen. Vielleicht gesteht er den Bankraub freiwillig."

An diesem frühen Samstagmorgen, es war immer noch dunkel draußen, konnte Sascha fahren, wie er wollte: kaum ein Auto war auf der Straße. Auf einmal schüttelte er den Kopf.

„Wie blöd muss man sein, um eine U-Bahn zu kidnappen?! Einen Bus, ok ... so wie in dem Film `16 Blocks´, in dem Bruce Willis einen Bus entführen muss, weil er -"

„Bitte Sascha, keine Filme auf nüchternen Magen. Obermüller hat sich die U-Bahn sicher nicht absichtlich ausgesucht."

„Gut, dann nicht," schmollte Sascha und schwieg.

Ein paar Minuten später rasten sie über die leere Adenauerallee und sahen schon von weitem die Ansammlung von Polizeifahrzeugen und Krankenwagen vor dem Eingang zur U-Bahnstation `Juridicum´. Sie trafen zu gleichen Zeit ein wie ein Wagen mit einem Dutzend SEK-Leuten.

Als Andreas aus dem Auto stieg, stürmte sofort ein uniformierter Kollege auf ihn zu, der einen jungen Mann im grauen Sweatshirt und tiefergelegter Hose am Arm hinter sich her zerrte.

„Morgen, das hier ist eine der Geiseln. Er ist vor ca. 25 Minuten aus der U-Bahn entwischt!"

„Morgen. Wie haben Sie das denn angestellt?"

Aufgeregt und doch sichtlich begeistert von sich selbst, schilderte der Mann, wie er, kurz bevor sich die Türen schlossen, aus der Bahn gehechtet war. Andreas tat, als sei er beeindruckt, und quetschte alles aus dem Mann heraus, was er sonst noch wusste, und ließ sich die beiden Kontrahenten beschreiben:

der füllige Mann in kurzen Hosen und Pantoffeln war eindeutig Mario Werner, der leicht schielende Mann in graugrüner Jacke mit Kapuze Sven Obermüller. Außer den beiden gab es mit dem Fahrer fünf weitere Menschen im ersten Wagen. Auch von ihnen ließ sich Andreas eine Beschreibung geben, die aber recht mager ausfiel. Sascha schrieb trotzdem fleißig mit.

„Was ist mit den Menschen im zweiten Wagen?“ fragte Andreas.

Ein weiterer Polizist, der sich zu ihnen gesellt hatte, antwortete: „Das waren nur zwei, und die werden da hinten im Krankenwagen versorgt ... leichter Schock, sonst nichts. Wir haben uns von hinten an die Bahn gepirscht und eine Tür aufgebrochen.“

Sascha schüttelte missbilligend den Kopf. „Also wirklich, kein Wunder, dass die Leute einen Schock haben!“

Der Leiter der SEK-Einheit, der inzwischen ebenfalls dabei stand, warf Sascha einen irritierten Blick zu und wandte sich dann an Andreas. „Wie gehen wir vor?“

„Kommissar Piel und ich sehen uns erst mal vor Ort um ... kommen Sie doch mit.“

Der Leiter, ein mittelgroßer, drahtiger Mann mit ernsten, dunkelbraunen Augen und kaum noch Haaren auf dem Kopf, nickte. „Gut, aber Sie gehen mir nicht ohne Schutzwesten da runter!“

Jetzt nickte Andreas, zog seine Jacke aus und ließ sich die Weste umschnallen. Anschließend war Sascha an der Reihe.

„Ich hoffe ja nur, dass unser Sven ein so hervorragender Schütze ist, dass er uns in die Brust trifft,“ brummte er.

Bevor es nach unten ging, sprach Andreas noch einmal seinen uniformierten Kollegen an. „Sind die einzelnen Stationen ausreichend gesichert?“

„Ja.“

„Gibt es zwischen den Stationen noch andere Ausgänge?“

„Ja, gibt es,“ bestätigte der Polizist. „Wartungsausgänge. Die sind verschlossen, nur die Fahrer haben einen Schlüssel. Und außerdem sind unsere Leute schon im Tunnel.“

„So, so," brummte Andreas und stieg vor Sascha und dem Einsatzleiter hinunter zur Haltestelle `Juridicum´.

Alles in Blau gekachelt. Extrem unattraktiv. Hohe Decke, ehemals schwarz gestrichen, dann weiß überpinselt, doch der Anstrich war bereits großflächig von der Decke gefallen. Seitlich von den normalen Treppen gab es auf beiden Bahnsteigen lange Rolltreppen, die oben, quer über den Gleisen, durch einen offenen, mit Gittern gesicherten Gang verbunden waren.

Die beiden Wagen der U-Bahnlinie 63 hielten am Bahnsteig, alle Lampen im Inneren ausgeschaltet. Ein paar Polizisten mit Waffen in den Händen hatten sich auf Treppe und Rolltreppe versteckt. Die abgedunkelte Bahn kam Andreas vor wie ein großes, lauerndes Tier.

Es fiel zwar etwas Licht vom Bahnsteig in die Wagen, aber im Moment war überhaupt keine Bewegung darin zu sehen ... lebte überhaupt noch jemand?

Der SEK-Leiter, mit modernster Technik ausgerüstet, lauschte eben auf etwas, das ihm durch einen Kopfhörer mitgeteilt wurde, dann raunte er „Ok," in sein am Kopf befestigtes Mikrofon.

„Die Zentrale stand bis vor kurzem in Kontakt mit der Bahnfahrerin," flüsterte er Andreas zu. „Man hat ihr gesagt, sie soll behaupten, man hätte vor und hinter der Bahn den Strom abgedreht. Wir haben uns gedacht, wenn der Geiselnehmer sich darauf einlässt, müssen wir nicht ständig von einer Station zur nächsten hetzen."

„Sehr umsichtig. Anscheinend hat er sich ja drauf eingelassen." Andreas ging auf die Bahn zu.

Sascha, der ihm dicht auf den Fersen war, meinte leise: „Wenn wir das Licht auf den Bahnsteigen ausschalten, könnten wir prima mit starken Lampen in den Wagen leuchten."

„Stimmt." Andreas näherte sich langsam und mit halb erhobenen Händen dem Wagen. „Aber wir wollen unseren durchgedrehten Obermüller doch nicht ganz in den Wahnsinn treiben, oder?"

Plötzlich tauchte dicht hinter einer der Scheiben ein Gesicht auf: das war eindeutig Mario Werner. Er klappte das schmale Fenster im oberen Teil der Scheibe nach innen auf.

„Da sind Sie ja endlich, Herr Kommissar, bitte helfen Sie uns!“ rief er nach draußen. In seinem breiten, blassen, pickligen Gesicht kämpfte Erschöpfung mit Verzweiflung.

„Dafür sind wir hier,“ erklärte Sascha von hinten, und für Andreas klang das definitiv wie aus einem Actionfilm mit knallharten Helden.

„Wo ist denn unser verehrter Geiselnehmer, Herr Werner?“ fragte Andreas und ließ die Hände vorerst halb oben.

„Da drüben.“ Werner wies mit der Hand nach irgendwo links hinten. „Er hat sich vorhin dort auf den Boden gesetzt und hält einer Frau eine Pistole an den Kopf.“

„Fragen Sie ihn doch bitte, ob er mal ein paar Worte mit mir wechseln möchte.“

Werner guckte wenig erbaut, aber im nächsten Augenblick war ein zweites Gesicht an der Scheibe, ein rotes, vollbärtiges, ebenfalls breites, aber deutlich älteres als das von Werner.

„Moment,“ warf der Mann im Flüsterton ein. „Kennen Sie vielleicht den Namen des Geiselnehmers?“

„Wieso? Wer sind Sie?“

„Professor Dr. Kirchberg-Niederhausen, Neurologe und Psychiater – *ich* würde gerne mit unserem Mitfahrer verhandeln, wenn Sie nichts dagegen haben, und ich rede Menschen gern mit ihrem Namen an.“

Andreas überlegte nicht lange: der Mann strahlte Ruhe und Kompetenz aus ... vielleicht war es keine schlechte Idee, ihn zwischen die beiden Todfeinde Werner und Obermüller zu schalten.

„Fragen Sie ihn doch einfach mal, ob er Sven Obermüller heißt,“ schlug Andreas dem Professor vor.

*

Als dieser beschissene Kommissar über den Bahnsteig heranspazierte, hätte Sven am liebsten alles hingeschmissen. Er hatte keine Ahnung, wie das weitergehen sollte ... er würde hier sowieso nicht rauskommen! Die hatten garantiert schon alles abgeriegelt!

Ja, bei seinem Pech garantiert! Das fing ja schon mit der bescheuerten Familie an, in die er hineingeboren worden war, und das hatte mit dem Scheißüberfall noch nicht aufgehört!

Erst dieser Bankangestellte, der den Helden spielen wollte, dann Heisterbach, der auch ausgerechnet an *dem* Tag dort sein musste, und der ihn dann auch noch erkannt hatte! An dieser gottverdammten Verbrennung hatte er ihn erkannt, die ihm ausgerechnet ein paar Tage vorher dieser Scheiß-Azubi verpasst hatte!

Und dass sich dieser Klops Mario wehren und abhauen würde, damit hatte er schon gar nicht gerechnet! Und die blöde Kapuze konnte er jetzt auch runterziehen, er kam sich vor wie halbblind und halbtaub!

Während er unwirsch die Kapuze abstreifte, sah er die Frau, die stocksteif neben ihm auf dem Boden hockte, nicht an. Er hatte die Schnauze voll von ihren erschrockenen, vorwurfsvollen Blicken!

Und jetzt kam auch noch dieser fette, alte Sack von Professor angewatschelt! Was mischte sich das Arschloch überall ein!

„Sie sind Sven Obermüller?“ fragte er mit einem Gesicht, als bereite ihm die Beantwortung der Frage jetzt schon Sorgen.

Sven reagierte gar nicht und bohrte seinen Blick in eine Gummi-Abdeckung über einem Wagengelenk.

„Herr Obermüller, Sie haben jetzt die Chance, hier rauszukommen. Da sind zwei Herren von der Polizei, die möchten mit Ihnen –“

Sven platzte der Kragen. „Seh ich aus, als wär ich hirntot oder was? Ich will mit den Wichsern nicht reden!“ fuhr er den Mann an. Die Frau neben ihm zuckte zusammen und rutschte ein Stückchen zur Seite.

„Gut, das habe ich verstanden ... aber wie sieht *Ihr* Plan aus, Herr Obermüller?“

Sven fühlte sich ertappt, denn er hatte keinen Plan. „Ich brauche noch fünf Minuten," knurrte er den Mann an. „Sag den Bullen, dass *ich* mich in fünf Minuten melde!"

Der Professor nickte und zog ab.

Sven wusste nach wie vor nicht, was er tun sollte. Statt nach einer Lösung zu suchen, spulte sein Gehirn nur ständig all die Dinge herunter, die in seinem Leben schief gegangen waren. Das schlimmste war, dass er sich mit 17 in Kenan verknallt hatte, und dass er genau wusste, dass er ihm das niemals sagen durfte ... denn Kenan war anders als er, Kenan stand auf Frauen.

Sven hatte es all die Jahre für sich behalten. Aber immerzu hatte er versucht, Kenan zu beeindrucken, ihn für sich zu gewinnen, ihn umzudrehen ... Kenan hatte etwas geahnt, ja, er hatte etwas gespürt, und er hatte sich ganz langsam, ganz allmählich, immer mehr distanziert. Und in Svens Seele hatten sich genauso allmählich Verzweiflung und Wut breit gemacht.

*

Mario versuchte, an seinen Fingernägeln zu kauen. Er hielt das hier nicht länger aus. Und absurderweise hatte er auch noch kalte Füße. Man musste doch irgendwas gegen diesen Wahnsinnigen unternehmen können! War die Polizei da draußen etwa noch hilfloser als die Fahrgäste hier drinnen?!

Genau, durchfuhr es ihn plötzlich, sie mussten sich selbst helfen! Was sie jetzt brauchten, war ein brillanter Plan!

Verena, die Pummelige in Schwarz (die, wie er fand, zumindest äußerlich als Freundin zu ihm gepasst hätte), saß neben dem rotblond gelockten Assistenzarzt, aber viel zu sagen hatten sie sich offensichtlich nicht.

Die Frau im grauen Kostüm mit der schmalen, schwarzen Brille, die ihren Namen noch nicht hatte nennen können, hatte sich neben Obermüller auf dem sicher ziemlich schmutzigen Boden niederlassen müssen. Sie machte einen völlig erstarrten Eindruck.

Während der aufdringliche Professor mit dem verrückten Obermüller schwatzte, zog sich Mario vom Fenster zurück und verdrückte sich in eine Ecke zwischen Tür und Abteilabtrennung. Dann fing er an zu überlegen und merkte, dass so manches zu berücksichtigen war: der Plan sollte nicht fantasievoll, sondern durchführbar sein, die Geiseln mussten dabei geschützt und nicht noch mehr in Gefahr gebracht werden, und nicht zuletzt durfte der Plan auch nicht zu tollkühn sein, denn er, Mario Werner persönlich, würde ihn in die Tat umsetzen.

Also kramte er in seinem Verstand nach Ideen ... und stieß plötzlich auf etwas ganz anderes, auf etwas, das seine Mutter kurz vor ihrem Tod gesagt hatte, etwas, das ihm nun eine Gänsehaut über Kopf und Rücken laufen ließ: `Fahr in nächster Zeit bloß nicht mit der Straßenbahn.´

Wie hatte sie das wissen können?! Nur eine ihrer vielen Schreckensahnungen, die zufällig wahr geworden war?! Oder ein ganz schlechtes Zeichen, dass sich hier an diesem Ort sein Schicksal erfüllen würde?! Nein, das war abergläubischer Unsinn! Und falls da doch was dran war, musste er sich erst recht etwas einfallen lassen!

Von irgendwo links hörte Mario Obermüllers nörgelige Stimme, die noch fünf Minuten Bedenkzeit verlangte. Das traf sich gut, denn bis dahin –

Marios Blick fiel auf die Klappe oberhalb der jetzt geschlossenen Tür. Gab es hinter dieser Klappe nicht eine Vorrichtung, mit der man diese Tür per Hand öffnen konnte? Er musste unbedingt unauffällig mit Bahnfahrerin Hanne Kontakt aufnehmen, die sich nicht weit entfernt auf einen der vielen freien Plätze gesetzt hatte und emsig Knöpfe auf- und zumachte.

Er sah zu ihr hinüber, aber Hannes Blick klebte an Obermüller und seiner Pistole. Auch gut. Vielleicht sollte er sowieso erst einmal seinen Plan bis zum Ende durchdenken.

*

Sascha sah auf seine Uhr. Fünf Minuten konnten eine verdammt lange Zeit sein! Sowohl für die Polizei, als auch für die gestressten Geiseln.

Sascha hätte längst den Wagen stürmen lassen, und zwar von der Rückseite aus, während man Sven hier an der Vorderseite ablenkte: ein gezielter Schuss in die rechte Schulter des Verbrechers, und die Sache wäre (wie in der 289sten Staffel von `24´) vorbei gewesen! Aber nein, die Polizei von heute zog ja das Gespräch vor!

Sascha spazierte ein paar Schritte hin und her, sinnierte darüber, dass Kiefer Sutherland ein fast identisches Gesicht hatte wie sein Vater in jüngeren Jahren, und sah wiederholt auf die Uhr. Unterdessen schien sich Andreas mit dem Einsatzleiter leise über diverse Taktiken auszutauschen.

Nach gut 7 Minuten tauchten endlich zwei Gesichter am Fenster auf: eine Frau um die Vierzig mit schmaler schwarzer Brille und dunklem Haar und hinter ihr, kaum sichtbar, ein blasser Sven Obermüller, der sich mit einem aggressiven „Hallo?“ bemerkbar machte, womit er natürlich sofort die volle Konzentration aller Beteiligten auf sich zog.

Andreas antwortete ihm, und sein Tonfall war nicht wirklich freundlich. „Ah, Herr Obermüller, endlich fertig? Also, was wollen Sie?“

„Ich will, dass sofort alle – auch Sie! – die U-Bahnstation verlassen!“

„Kein Problem.“

„Und dann will ich oben vor dem Ausgang einen Hubschrauber!“

„Einen Hubschrauber? Herr Obermüller, ich bitte Sie, geht's nicht eine Nummer kleiner? Wie wär's mit einem schnellen Sportwagen in Schwarz und –“

„Nein, verdammt! Ich will einen Hubschrauber! Und eine Million Euro! Und zwar in einer halben Stunde!“ Auch Obermüller klang ungehalten. „Und jetzt erzählen Sie mir bloß nicht, dass das nicht geht!“

Andreas flüsterte dem Einsatzleiter etwas zu und der nickte und trabte davon. Dann wandte er sich wieder Obermüller zu. „Mein Kollege hört nach, ob wir Ihre Forderungen in der kurzen Zeit erfüllen können."

Das gefiel Obermüller gar nicht, und er ließ ein paar saftige Beschimpfungen von Polizei, von Banken und von Autohändlern vom Stapel. Andreas hörte ihm schweigend und mit unbewegter Miene zu.

Während Sven seinem Herzen Luft machte, meinte Sascha im vorderen Teil der Straßenbahn eine Art Klumpenbildung auszumachen ... so, als versammelten sich die anderen Geiseln alle an einer Stelle. Warum taten sie das?

Inzwischen schien Andreas der Geduldsfaden zu reißen.

„Haben Sie's bald auf der Reihe, Obermüller?" fiel er ihm ins Wort. „Ich frage mich langsam, ob einer wie Sie tatsächlich genug Mumm in den Knochen hat, um eine Bank auszurauben!"

Sven stockte kurz. „Sie wollen ein Geständnis von mir hören? Ja, bitte sehr: ich hab die Bank überfallen, und ich hab den Angestellten erschossen, aber das war Notwehr! Der hätte mich mit dem schweren Ding doch erschlagen! Das war eindeutig Notwehr!"

„Da könnten Sie Recht haben." Andreas′ Stimme war milder geworden, er hatte die Hände heruntergenommen und auf die Hüften gestützt. Jetzt benutze er also die Verständnis-Schiene, um Sven das Gehirn so weich zu schwatzen, dass der Kerl freiwillig aufgab.

„Heisterbach hat Sie in der Bank an Ihrer Verletzung am Hals erkannt?"

„Ja, Scheiße! Womit hab ich so einen Scheiß-Zufall verdient, dass der Typ genau an *dem* Morgen in *der* Bank ist?!"

„Das weiß ich nicht, Herr Obermüller .. aber vielleicht war es kein Zufall, vielleicht hat das alles einen tieferen Sinn, den wir noch nicht verstehen können."

Sascha verkniff sich ein Grinsen, jetzt war Andreas schon beim `wir´! Es war sehr still in der U-Bahnstation. Alle, die Geiseln und auch die SEK-Leute, die sich auf der Rolltreppe versteckten sowie die, die sich vermutlich schon hinter die Bahn geschlichen hatten, konnten den Wortwechsel zwischen Sven und Andreas mitverfolgen. Oben, in dem Übergang zwischen den Bahnsteigen standen zwei Scharfschützen, die ihre Gewehre durch die Gitter auf den Bahnsteig gerichtet hatten. Sascha schaute zurück zum Wagen ... was trieben diese Geiseln da nur?

„Gianfranco Massini hat beim Überfall mitgemischt, nicht wahr?" fragte Andreas, und Sven bestätigte rasch: „Ja, natürlich! Der hatte ja überhaupt die Idee dazu!"

„Woher kennen Sie sich?"

„Meine Mutter ist mit seiner Frau in einem Sportkurs irgend so was für ältere Frauen."

Andreas redete sehr konzentriert weiter. „Heisterbach hat Sie also erpresst und wollte was von der Beute abhaben." Sven nickte missmutig. „Und Sie haben direkt nach dem Überfall von Heisterbachs PC aus eine E-Mail an Mario Werner geschickt, und zwar weil ..." Andreas machte eine Pause und überlegte kurz, „weil Sie wussten, dass Heisterbach Sie erkannt hat, und Sie konnten sich denken, dass er Sie erpressen würde, weil er Sie noch nicht bei der Polizei verpfiffen hatte. Sie mussten ihn umbringen, wenn Sie ihm nicht einen Teil der Beute abgeben oder im Gefängnis landen wollten." Noch eine Pause. Dann machte Andreas ein anerkennendes Gesicht. „Raffiniert war auch die Idee, mit dieser E-Mail alles Mario Werner in die Schuhe zu schieben. Zu dem Zweck diente ja auch die Verkleidung, nicht wahr? Nicht schlecht, der Plan, alle Achtung."

„Danke," sagte Sven doch tatsächlich. „Aber so war das nicht! Ich hab Chris und Micha nämlich nicht erschossen!"

„Nein? Wer dann?"

Sascha beobachtete nach wie vor mit einem Auge die ganz vorne an einer der Türen versammelten Geiseln.

Sven zögerte nicht mit seiner Antwort. „Massini. Ich wollte

Chris ja vom Bankraub was abgeben, aber eben nicht nur von *meinem* Geld. Und Massini wollte keine Kohle rausrücken. Er hat sich meine Pistole geholt und Chris erschossen. Micha hatte nur Pech, dass er sich im selben Zimmer befand."

„Herr Obermüller, ich weiß nicht, ob ich Ihnen das glauben soll." Andreas sprach im freundlichen Plauderton, so als säßen er und seine Mutter bei Kaffee und Kuchen zusammen. „Die Sache mit der E-Mail spricht eigentlich -"

„Doch! Massini war es! Er hat Chris die Pistole in die rechte Hand gedrückt, weil er eben nicht wusste, dass er Linkshänder war!" protestierte Sven fast beleidigt und wollte womöglich gerade mit einer noch ausschweifenderen Beweisführung loslegen – als die Dinge plötzlich ins Rollen kamen.

Eine der Geiseln trat an die vordere Tür, hantierte irgendwo herum, und die beiden Hälften der Tür zischten auseinander. Die Person trat zurück und zwei andere Menschen liefen durch die Tür auf den Bahnsteig: eine pummelige junge Frau in schwarzer Hose und weitem, schwarzem Shirt und ein junger, rotblonder Mann in Jeans und hellblauem Strickpullover.

Gleichzeitig hörte man verärgertes Fluchen von Obermüller, der seine Lieblingsgeisel im Stich ließ und die paar Meter durch das Abteil hetzte und dann in der Tür, noch in der Bahn, stehenblieb.

„Kommt zurück, ihr Ärsche!" schrie er hinter den Flüchtenden her und zielte mit der Pistole auf sie. Sofort zogen Sascha und der Einsatzleiter ihre Waffen, um auf Svens Arm zu schießen, als etwas Großes, Schweres von hinten in Svens Rücken flog und ihn nach draußen auf den Bahnsteig warf.

Das Große, Schwere war Mario Werner, der auf Sven lag und versuchte, ihn unten zu halten und ihm die Pistole, die er nicht losgelassen hatte, aus der Hand zu reißen. Aber Sven wehrte sich mit der Kraft dessen, der nichts mehr zu verlieren hat, und wälzte sich unter Mario, der in Shorts und Pantoffeln kämpfte, hervor. Beide fluchten und keuchten.

Gerade, als sich Sascha dazwischen werfen wollte, löste sich ein Schuss aus Svens Pistole, vermutlich versehentlich, aber die Kugel hätte jemanden treffen können.

In der Bahntür tauchte kurz eine Frau auf, die hektisch die Tür schloss. Die Geiseln, die aus der Bahn geflohen waren, um Sven an die Tür zu locken, waren bereits von Polizisten auf der Treppe in Empfang genommen und in Sicherheit gebracht worden.

Die beiden Kontrahenten Mario und Sven hatten sich wieder gepackt und wälzten sich auf dem Boden. Sascha tanzte um sie herum wie ein Schiedsrichter um zwei Boxer, immer darauf bedacht, Svens Pistolenmündung aus dem Weg zu gehen. Er versuchte, auf Sven zu zielen, aber er hatte einfach kein freies Schussfeld.

Dem Einsatzleiter erging es ebenso: er passte auf, dass er nicht in die Schusslinie von Svens Pistole geriet, und wartete auf die Gelegenheit, selbst einen gezielten Schuss anbringen zu können. Er rief seinen Männern, die hinter dem Geländer der Rolltreppe aufgetaucht waren, zu, mit dem Schießen zu warten und in Deckung zu bleiben.

Sascha warf einen kurzen Blick über die Schulter: Andreas hielt sich mit gezogener Waffe abseits und sprach in sein Funkgerät.

Wieder löste sich aus Svens Waffe ein Schuss. Die Kugel pfiff an Sascha vorbei und schlug in einem der Bahnfenster ein. Glas klirrte. Sascha gab der Frau in der Bahn vehement Zeichen, sie solle die Wagen aus der Gefahrenzone bringen und in den Tunnel fahren. Doch die Frau glotzte ihn, beide Hände auf dem Mund, nur entsetzt an.

Währenddessen balgten sich Sven und Mario immer noch keuchend und fluchend auf dem Boden. Mal war Mario oben, mal Sven, der mit der Waffe herumfuchtelte und Mario sicher am liebsten erschossen hätte.

Sascha traute sich immer noch nicht zu schießen. Wieder machte er winkende Zeichen zu der Frau hinüber und brüllte: „Fahren Sie die Bahn hier weg!“

Endlich rührte sie sich und lief die paar Schritte bis zur Fahrerkabine. Jetzt wälzten sich Sven und Mario auf das Ende des Bahnsteigs zu, wo eine vielleicht drei Meter breite Lücke zwischen dem Beginn der Tunnelwand und der Bahn klaffte.

Auf diese Lücke bewegten sich die beiden zu ... und gerade, als die Frau mit der Bahn anfuhr und beschleunigte, rollte Mario über die Kante des Bahnsteigs nach unten und riss Sven mit sich. Und weg waren sie.

Die Bahnfahrerin machte eine Vollbremsung, ein kurzer, schrecklicher Schrei hallte durch den Tunnel, die SEK-Leute stürmten mit ihren Gewehren die Rolltreppe hinunter auf den Bahnsteig, und die U-Bahn kam mit markerschütterndem Kreischen zum Stehen.

Sascha hielt die Luft an. Andreas eilte herbei und verlangte über Funk Ärzte und Sanitäter, der Einsatzleiter rief seinen Männern Befehle zu, und die Türen der Bahn öffneten sich.

Die Bahnfahrerin in der dunkelblauen Strickjacke schaute sich entsetzt um, als sie auf den Bahnsteig trat. Hinter ihr tauchte der Professor auf, den Arm um die Geisel im grauen Kostüm gelegt. Die Frau war kreideweiß im Gesicht, ging mit unsicheren Schritten vorwärts und weinte lautlos vor sich hin. Ärzte und Sanitäter eilten die Rolltreppe herunter und kümmerten sich um sie.

„Haben Sie gesehen, was auf den Schienen passiert ist?" fragte Sascha die Frau, die die Bahn gefahren hatte. Aber sie schüttelte den Kopf und begab sich ebenfalls in die Obhut der Ärzte.

„Lass mal," meinte Andreas, der auch nicht wirklich gut aussah. „Ich frag die Leute, die sich gerade hinter die Bahn geschlichen haben, die müssten alles gesehen haben." Dann wandte er sich an den Professor. „Danke für Ihre Vermittlungsversuche ... und dafür, dass Sie die Leute beruhigt haben. Wenn Sie sich danach fühlen, kommen Sie doch im Laufe des Tages aufs Präsidium ... dann können Sie uns die Einzelheiten erzählen."

„Mache ich," versicherte der Professor, dessen vorhin noch

rotes Gesicht nun ebenfalls eine vornehme Blässe angenommen hatte.

Ein älterer Arzt nahm sich seiner an, während Andreas schon wieder in sein Funkgerät sprach. Eine blecherne Stimme antwortete unter Knacken und Knistern, man habe die beiden Männer geborgen: „Der eine scheint relativ unverletzt zu sein, aber der andere ...“ der Kollege stockte, „... also, der andere hat keine Beine mehr.“

*

6.10 Uhr

Um diese frühe Stunde war wenig los auf der Autobahn Richtung Siegburg. Es war noch dunkel und kühl draußen. Andreas wollte kein Risiko mehr eingehen und bat um Unterstützung der Siegburger Kollegen.

Sascha gab sich auffallend ungesprächig, und so fragte Andreas nach ein paar Minuten: „Was ist los mit dir? Stehst du unter Schock?“

„Sag mal, geht's noch?! Ich hab keinen Schock!“ polterte Sascha los, aber nach einem Weilchen fügte er kleinlauter hinzu: „Mir gehen Obermüllers Beine nicht aus dem Sinn. Der Mann muss für den Rest seines Lebens im Rollstuhl sitzen!“

„Vielleicht kann man ihm die Beine wieder annähen.“

„Nein. Der Notarzt meinte, die Beine seien so zerquetscht, dass man ...“ Sascha hörte mitten im Satz auf zu reden. Die Sache schien ihn tatsächlich mitzunehmen. Und so gab ihm Andreas gleich einen guten Rat.

„Es gibt Menschen, die haben ihre Beine bei Autounfällen verloren ... vielleicht solltest du in Zukunft etwas vorsichtiger fahren.“

Andreas schielte heimlich hinüber zum Tacho, und Sascha ging wirklich vom Gas und raste mit nur noch 150 km/h über die leere

Autobahn. Wie lange mochte dieser Effekt anhalten?

Zumindest bis in die `Alte Poststraße´ in Siegburg, wo Massinis Haus bereits fachgerecht von der Polizei umstellt und gesichert worden war.

„So, und jetzt werfen wir Gianfranco mal aus den Federn," kündigte Sascha an und presste seinen Finger auf den Klingelknopf. Niemand öffnete, obwohl der Mann laut Überwachungsteam zu Hause sein musste.

Sascha klingelte ein zweites Mal, ein drittes Mal, und beim vierten Mal parkte er den Finger sicher eine halbe Minute auf dem nicht mehr ganz weißen Plastikknopf. Da allerdings quäkte eine verärgerte Stimme aus der Gegensprechanlage: „Wer ist da, Scheiße verfluchte!"

„Hier sind noch mal die Kommissare Montenar und Piel von der Bonner Mordkommission. Wir haben ein paar Fragen."

„Kommen Sie später wieder!"

„Nein, wir möchten jetzt sofort mit Ihnen reden! Öffnen Sie die Tür!"

Nach kurzer Denkpause lenkte er ein. „Ja, ok. Ich zieh mich an, und dann ich mache auf."

„Beeilen Sie sich," ordnete Sascha an. Er wirkte ungeduldig und gereizt.

Sie standen vor Massinis Haus, und nichts tat sich. Gerade, als Andreas die Geduld verlor und die Wohnung stürmen lassen wollte, rief eine Stimme aus dem Garten hinter dem Haus: „Wir haben ihn!"

„Der Hundesohn wollte also abhauen!" knurrte Sascha und trabte Richtung Garten davon.

*

„Der lügt doch, wenn er aufmacht den Mund!" schimpfte Massini und verlangte nach einer Zigarette.

„So früh am Morgen?" tadelte Sascha, öffnete aber ein Fenster.

„Was geht Sie das an!“ Massini zog eine Schachtel aus der hellen Jacke, die er in aller Eile über den Schlafanzug gestreift haben musste, bevor er die Strickleiter am Balkongeländer festgebunden hatte, um durch den Garten zu fliehen. Sascha hatte sich das angesehen.

„Sie haben also Christoph Heisterbach und Michael Lehmann nicht erschossen,“ fasste Andreas zusammen. „Sie waren zur Tatzeit, am Samstag zwischen 14 und 17 Uhr, mit ihren Söhnen auf dem Fußballplatz. Und Sie waren die ganze Zeit dort und haben mit vielen Leuten gesprochen, die das auch bestätigen werden.“

„Ganz genau so ist das!“ Massini zog kräftig an seiner stinkenden Zigarette. „Keinen habe ich erschossen!“

Sascha neigte dazu, ihm zu glauben. Dieser Sven Obermüller war ein hinterhältiges Schwein.

„Warum, Herr Massini, sind Sie dann vor uns davongelaufen?“ fragte Andreas harmlos.

Massini hüllte sich in graublaue Rauchschwaden und kurzfristig auch in Schweigen, bevor er bedächtig verlauten ließ: „Im Fernsehen Polizei irrt sich auch dauernd und erschießt unschuldige Leute. Ich sag jetzt nix ohne Anwalt!“

Das konnte Sascha auf keinen Fall kommentarlos im Raum stehen lassen. „Sie sind also aus Angst vor der barbarischen deutschen Polizei vom Balkon geklettert, weil wir Tag für Tag wahllos unbescholtene Bürger abknallen?!“ Sascha fing einen warnenden Blick von Andreas auf, woraufhin er sein Temperament zu zügeln versuchte. „Nun gut, ich kann Ihnen erstens versichern, dass wir Unschuldige nur extrem selten erschießen, und zweitens würde ich meinen Arsch drauf verwetten, dass Sie uns hier kackfrech was vorlügen!“

Massini drückte seine Zigarette aus und spielte den Irritierten. „Ich weiß nicht, was Sie wollen mir sagen.“

„Was ich will Ihnen sagen,“ äffte Sascha ihn nach, „ist: Sie waren an dem Bankraub beteiligt! Sie selbst haben uns gesagt, das

Geld wäre wertlos, weil mit Farbe markiert. Aber das Geld, das Obermüller ausgegeben hat, war nicht markiert! Und wer, außer Ihnen, kennt sich mit der Farbmarkierung aus und konnte den Koffer manipulieren? Also, Massini, wie haben Sie das gemacht?“

Massinis schwarze Augen funkelten. „Ich sage nix! Ich will Anwalt!“

„Ich denke, den werden Sie auch brauchen,“ schaltete sich Andreas ein. „Besonders, wenn wir bei Ihnen und Obermüller eine Wohnungsdurchsuchung durchgeführt haben ... und die werde ich jetzt veranlassen. Bin gespannt, was wir bei Ihnen so alles finden.“

Vor lauter Nervosität steckte sich Massini schnell noch eine Zigarette an. „Ich will telefonieren mit meine Frau!“

„Sicher, Herr Massini, kein Problem. *Nach* der Durchsuchung.“ Andreas ließ Massini abholen und zurück in seine Zelle bringen.

Als sie wieder allein waren, schlug er plötzlich mit der Hand auf den Tisch. „Dieser verlogene Obermüller! Erst sucht er sich als Sündenbock Werner aus, dann lenkt er den Verdacht schnell mal auf seinen besten Freund Kenan ... und dann soll es Massini gewesen sein ... und als nächstes erzählt er uns, sein Vermieter war der Täter!“

„Ja, oder einer seiner drei Brüder, dann hätten wir doch noch was zu tun.“ Sascha machte frischen Kaffee. „Dr. House hätte gesagt: Lügner haben kurze –“

„Sascha, du bist und bleibst taktlos!“ Andreas griff zum Telefon. „Morgen. Ist Mario Werner schon eingetroffen? ...... Gut, bringt ihn rauf.“

Er hatte kaum aufgelegt, als das Telefon klingelte. „Ja? ... Ach Cedrik ... das freut mich ... sehr schön, damit haben wir ihn!“

Andreas legte auf und wollte Sascha wohl gerade eine freudige Mitteilung machen, als sich die Tür öffnete und Mario Werner von einem uniformierten Kollegen hereingeschoben wurde. Jemand hatte ihn gnädigerweise mit einer langen Hose und Schuhen versorgt. Sein breites, pickeliges Gesicht zierten ein paar blutige Schrammen.

Andreas eilte mit ausgestreckter Hand auf ihn zu, und Mario machte erschrocken einen Schritt rückwärts.

„Herr Werner, schön, dass Ihnen nichts passiert ist! Sie sind ja quasi ein Held! Kommen Sie her, setzen Sie sich. Möchten Sie einen Kaffee?"

Werner erholte sich schnell von seinem Schreck, nahm gerne einen Kaffee, sonnte sich in Andreas' Lob und erzählte bereitwillig, was ihm in den frühen Morgenstunden widerfahren war.

„Ich verstehe einfach nicht, warum mich dieser Kerl so hasst! Ich hab ihm doch nichts getan," beklagte er sich, trank einen Schluck Kaffee und fragte: „Wird er überleben?"

„Das wissen wir noch nicht." Andreas lehnte sich auf seinem Stuhl zurück und ließ ein seltsames Lächeln sehen. „Aber wir wissen etwas anderes, Herr Werner." Er machte eine kurze Pause und wurde ernst. „Wir haben unter Ina Schäfers Fingernägeln Hautpartikel gefunden – die findet man schon mal, wenn sich Mordopfer heftig wehren."

Kam es Sascha nur so vor, oder wurde Mario um zwei Schattierungen blasser? Jedenfalls begannen seine Blicke ziellos im Zimmer umher zu wandern.

„Diese Hautpartikel stammen laut DNA-Analyse eindeutig von Ihnen, Herr Werner," schloss Andreas und beobachtete Mario genau.

„Woher haben Sie meine DNA?!" zischte Mario.

„Nachdem Sie das letzte Mal hier waren, entdeckten wir ein Haar von Ihnen auf dem Stuhl," log Andreas.

Sascha fand ihn überzeugend. Mario anscheinend auch, denn er sah zu Boden, versuchte an seinem kaum noch vorhandenen Daumennagel zu kauen, griff dann nach der Tasse, drehte sie in den Händen und schien verzweifelt nach einer Ausrede zu suchen. Gerade als Sascha dachte, er werde sich ohnmächtig vom Stuhl fallen lassen, sprudelte es aus ihm heraus.

„Ja, ich hab sie erwürgt! Aber ich wollte das nicht! Das war ein Unfall! Ich wusste nicht mehr, was ich tat!"

Und mit weinerlicher Stimme erzählte er seine ungeheuerliche Geschichte, die sogar Sascha in Staunen versetzte: er berichtete von den unfassbaren Intrigen seiner Mutter und ihrer Idee, ihm eine Freundin zu kaufen, vom niederträchtigen Verhalten der Ina Schaefer, die ihm Zuneigung vorgeheuchelt und ihn in jeder Sekunde, die sie zusammen waren, angelogen hatte, und von seinem eigentlich doch völlig harmlosen Racheplan, der so plötzlich aus dem Ruder gelaufen war.

„Als ich dieses Ausmaß an Verrat durchschaut hab, hätte ich mir am liebsten einen Strick genommen," murmelte Mario und erläuterte seinen Plan, Ina zur Strafe nackt im Wald auszusetzen. Aber als sie sich auszog und ihn währenddessen aufs Übelste beschimpfte und lächerlich machte, habe er komplett die Kontrolle verloren.

An dieser Stelle brachte Sascha so etwas wie Verständnis für Mario auf. Auch Andreas schien Mitgefühl zu empfinden, denn als Mario mit seinem Geständnis fertig war, bemerkte Andreas mit Milde in der Stimme: „Ich kann nachvollziehen, dass Sie sich nach diesen Vorfällen auch an Ihrer Mutter rächen wollten."

Mario schlug kurz die Augen nieder, dann aber sah er Andreas an. „Ja. In den ersten Tagen hab ich immer wieder gedacht: `Ich bring das Miststück um!´ Doch irgendwann war das vorbei ... als ich nämlich begriff, dass meine alte, einsame Mutter diesen ganzen Irrsinn nur veranstaltet hat, damit ich bei ihr bleibe." Marios Blick ging traurig ins Leere.

Sascha glaubte ihm nicht. Andreas anscheinend auch nicht. In sanftem, aber eindringlichem Ton bohrte er weiter: „Nun kommen Sie schon, Herr Werner, gestehen Sie, dass Sie ein bisschen nachgeholfen haben, als sich Ihre Mutter an dem Fleisch verschluckt hat. Erzählen Sie uns, wie es wirklich war. Sie haben ja keine Ahnung, wie eine solche Tat Ihr ganzes Leben belasten und vergiften kann ... nutzen Sie die Gelegenheit, Ihr Gewissen zu erleichtern, es wird Ihnen danach besser –“

„Nein! Ich hab ihr nichts getan!“ Mario sprang auf und schlug einmal mit der flachen Hand auf den Tisch. „Ich gehe jetzt nach Hause!“

Sofort war Sascha bei ihm und packte ihn am fleischigen Oberarm. „Was für Fantasien haben *Sie* denn?! Sie gehen jetzt in U-Haft und sonst nirgendwohin!“ Als Sascha merkte, dass Mario in sich zusammen zu sinken drohte, fügte er barsch hinzu: „In Ohnmacht zu fallen, nützt Ihnen hier gar nichts! Gerade haben Sie noch die Leute in der U-Bahn gerettet, und jetzt stellen Sie sich an wie ein Kleinkind?! Was für ein Mensch sind Sie?!“

Mario riss sich aus Saschas Griff los, ließ sich nicht auf den Boden fallen, sagte kein Wort mehr und leistete dem Polizeibeamten, der ihn abführte, keinen Widerstand.

Als er weg war, murmelte Andreas: „Sieht ganz so aus, als würde unser reizender Mario mit dem Mord an seiner eigenen Mutter durchkommen. Wir haben keinerlei Beweise gegen ihn in der Hand.“

*

Vinxel
12.35 Uhr

Wie gut, dass Sven auf die Idee gekommen war, Mario so früh am Morgen zu überfallen – Sascha hatte nämlich mit dem Samstag andere Pläne gehabt, als ihn in einer unfreundlichen U-Bahnstation zu verbringen. Dieser Tag war als Versöhnungstag gedacht gewesen, nur dazu da, Annika eine Freude nach der anderen zu machen.

Zuerst würde er sie in einen Film ihrer Wahl einladen, dann durfte sie sich das Restaurant aussuchen, in das er sie ausführen würde, und nach dem Essen würde er Annika in nach allen Regeln der Kunst verführen und nach Strich und Faden verwöhnen.

Annika hatte sich an diesem Samstag schon mittags frei genommen. Um Viertel nach eins hörte Sascha, wie sie die Wohnungstür aufschloss. Er eilte in den Flur, wo sie gerade ihre Jacke an den Haken hing.

Sie schenkte ihm ein müdes Lächeln. „Hallo Schatz, ich bin vielleicht kaputt! Wir hatten so viel Betrieb heute, dass ich schon dachte, ich bin im falschen Geschäft."

Sascha gab ihr einen zärtlichen Kuss. „Dann ruh dich ein bisschen aus, und ich koche uns schnell eine Tomatensuppe."

Annika runzelte die Stirn. „Tomatensuppe?"

„Ja, ich dachte, wir gehen gleich ins Kino, und danach lade ich dich zu einem richtig guten Essen ein."

Sah er da leichte Missbilligung in ihrem Blick?

„So, so. Da hast du mich ja schon wieder ganz schön verplant. Ich wollte mir eigentlich einen gemütlichen Nachmittag machen." Ihr Blick wurde noch eine Spur kritischer. „Geht's auch mal ohne Aktionismus?"

„Aktionismus?! Und wenn ich mal zwei Stunden vor dem Fernseher sitze, passt dir das auch nicht!" Halt, jetzt nicht auf dieser Ebene weiterreden! Sascha mühte sich ein Lächeln ab. „Also ich mach dann mal schnell die Suppe."

Er floh in die Küche. Da war es ja wieder, das alte Problem: er wollte dies, sie wollte jenes. Was jetzt? Einen dieser faulen Kompromisse schließen?

Als er die Suppentüte aufriss, kam Annika zu ihm in die Küche.

„Was hältst du davon, *morgen* ins Kino und hinterher essen zu gehen?" fragte sie sanftmütig, trat hautnah an ihn heran, legte von hinten die Arme um seine Taille und ihren Kopf an seine Schulter und fing an, ihn zu streicheln. Sie roch wieder so gut.

„Weißt du, ich hab gar keinen Appetit," schnurrte sie mit dunkler Stimme. „Ich lege mich jetzt ein bisschen hin und ruhe mich aus. Kommst du mit?"

„Kann ich gerne machen ... aber mit dem Ausruhen wird das

dann vorerst nichts.“ Sascha drehte sich in ihren Armen um, nahm sie ebenfalls in den Arm, und ihre Lippen fanden sich ohne weitere Probleme.

*

Beuel
18.42 Uhr

Anthea stand im Badezimmer vor dem Spiegel und fasste mit einer strassverzierten Spange ihr Haar seitlich zusammen. Fünf Sekunden später nahm sie die Spange wieder heraus. Sie konnte sich nicht entscheiden, ob sie sich für ihre Verabredung elegant, schlicht oder besonders weiblich zurechtmachen sollte ... was würde dem Kommissar am besten gefallen?

Sie wusste es nicht. Im Moment wusste sie nicht einmal, ob sie überhaupt Gefühle für ihn hatte. Sie mochte ihn, weil er ihr sympathisch war, aber reichte das?

Sie legte die Spange beiseite und griff nach dem Lippenstift. Bei ihrer letzten Begegnung im Restaurant war ihr durchaus noch etwas anderes aufgefallen. Auf bestimmte Weise war er ebenso verschlossen wie der Mann, mit dem sie noch verheiratet war, hatte ebensolche Eigenheiten wie er, und er war auch nicht immer ganz ehrlich gewesen ... gut, er hatte ihr wohl imponieren wollen. Welcher Mann tat das nicht?

Sie zupfte am Kragen ihrer olivgrünen Bluse herum und seufzte. Irgendwie ging ihr das alles zu schnell. Aber war nicht *sie* es gewesen, die die Initiative ergriffen hatte? Konnte sie jetzt einfach einen Rückzieher machen?

*

Beuel
19.00 Uhr

Um 19 Uhr holte Andreas Anthea von zu Hause ab, um zum Chinarestaurant am Rhein zu fahren. Unterwegs plauderten sie belangloses Zeug.

Als sie sich schließlich an einem kleinen Tisch gegenüber saßen, musterte er sie verstohlen. Ihre grüne Bluse war bis fast obenhin zugeknöpft. War das Zufall, ihr eigentliches Wesen oder ein schlechtes Zeichen?

„Sie sind ja heute so gut gelaunt, Herr Kommissar! Ist der Fall gelöst?“ Selbst ihr Lächeln war zurückhaltend.

„Ja, wir haben heute zwei Verbrecher gefasst.“ Andreas machte eine Pause und sah sich im Restaurant um, dessen Tische fast alle besetzt waren. Es roch wunderbar nach gebratenem Geflügel. Er hatte den Eindruck, dass Anthea eigentlich gar nicht über das Thema `Verbrecher´ reden wollte. Aber worüber sonst? Er hatte sich in ihrer Gegenwart noch nie so befangen gefühlt. Er forschte nach. „Und Sie kommen mir heute ein wenig bedrückt vor. Stimmt was nicht?“

„Ja, kann man so sagen,“ druckste sie herum, spielte an ihrem Ehering, den sie immer noch trug, und wich Andreas’ Blick konsequent aus. „Ich glaube, ich habe einen Fehler gemacht ... nicht mit Ihnen, nein, das hat mit Ihnen nichts zu tun ... sondern mit dem Zeitpunkt, ich bin ein bisschen zu schnell vorgeprescht. Ich glaube, ich bin einfach noch nicht so weit.“

Andreas konnte das verstehen, natürlich, nach dem, was die Frau im letzten Jahr erlebt hatte, konnte er das verstehen. Und trotzdem – es gab ihm einen Stich mitten in sein neues Selbstbewusstsein: vielleicht war es doch nicht der falsche Zeitpunkt, sondern er war der falsche Mann. Nicht attraktiv genug, nicht klug genug, nicht gut genug.

Diese Überlegung nagte an ihm. Schnell schaute er stirnrunzelnd zum Fenster hinaus auf den Rhein, über dem schon die

Dämmerung schwebte. Als plötzlich die Kellnerin am Tisch stand, wusste er kaum, was er trinken sollte.

„Ein Pils, bitte."

Anthea sagte irgendetwas, aber Andreas hörte nicht wirklich zu. Er hatte sich den Verlauf des Abends komplett anders vorgestellt, und diese Wendung jetzt traf ihn härter, als er gedacht hatte. Ja, diese Wendung verärgerte ihn sogar!

„Andreas, ist Ihnen nicht gut?"

Er riss sich zusammen. „Mir war etwas schwindlig, weil ich so lange nichts gegessen habe," log er. Dabei hatte er nicht den geringsten Appetit. Am liebsten hätte er die Frau einfach da sitzen lassen und wäre nach Hause gefahren!

Gut, dann tu's doch! Los, mach dich lächerlich! Tu's, und du wirst sie nie wiedersehen! Verdammt noch mal, mach ein freundliches Gesicht!

Aber das konnte er nicht. Er konnte nicht nett und freundlich sein, wenn er sich ärgerte. Er konnte sich nicht verstellen! *Dann vergewissere dich wenigstens, ob du nicht alles falsch verstanden hast!* Das kam nämlich vor.

Er griff nach der Speisekarte, die die Bedienung dagelassen hatte, vertiefte sich scheinbar darin, wälzte in Gedanken ein paar Formulierungen hin und her und sah auf. „Anthea, ich will mich Ihnen weiß Gott nicht aufdrängen ... aber ich hatte den Eindruck, dass unser Interesse gegenseitig ist. Und ich frage mich –"

„Ja, ja, das stimmt," fiel sie ihm hastig ins Wort, die braunen Augen weit aufgerissen. „Ich wollte damit doch nicht sagen, dass ich Sie nie wiedersehen will! Im Gegenteil! Ich würde mich freuen, wenn wir uns mal öfter treffen könnten ... wenn auch vorerst nur so ... so auf freundschaftlicher Basis."

Freundschaftlich. Toll. Das hatte er sich doch schon immer gewünscht! Hatte er für solche Freundschaften überhaupt Zeit? Oder wirkliches Interesse?

Glücklicherweise kam ihm Sabine in den Sinn, Sabine, die Offene und Leidenschaftliche, die sich bei ihm holte, was sie brauchte. Wie umgekehrt auch. Wie gut, dass er die Frau hatte!

Andreas entspannte sich. Jetzt würde er erst einmal etwas Leckeres essen und sehen, wie die Unterhaltung so voranging. War die Frau in der Lage, ihn aufzumuntern? Oder wenigstens seinem Kopf etwas zu bieten? Schließlich musste er sich nicht jetzt gleich und auf der Stelle entscheiden, ob es sich lohnte, auf sie zu warten.

*

Bonn-Venusberg
Montag, 2. April, 10.15 Uhr

Andreas und Sascha standen im Gang vor der Intensivstation und verhandelten mit Professor Dr. Schöne, seines Zeichens Gefäßchirurg, über fünf Minuten Gesprächszeit mit Sven Obermüller. Andreas wollte endlich ein komplettes Geständnis, um den Fall abzuschließen.

„Na gut, fünf Minuten," ließ sich Schöne, dessen Gesicht mit besorgniserregenden Mehrfachtränensäcken ausgestattet war, endlich erweichen. „Aber ich komme mit rein."

Das Zimmer, das rund um die Uhr bewacht wurde, hatte Sven für sich allein. Leichenblass lag er in den Laken und öffnete, als er die drei ins Zimmer kommen hörte, die blauen Augen mit dem harmlosen Silberblick.

Sobald er Andreas und Sascha erkannte, stieg sein Blutdruck an, sein Herz schlug plötzlich (Sascha informierte sich auf dem Monitor) 108mal pro Minute. Gleichzeitig bedeckte Sven mit beiden Händen das Gesicht, als wolle er sich verstecken, und nuschelte: „Gehen Sie weg!"

Andreas meinte sofort mit größtem Verständnis: „Gern, Herr Obermüller. Sie brauchen uns nur eine Frage wahrheitsgemäß zu beantworten, und schon sind wir verschwunden."

„Ja! Ja verdammt! Ich hab Heisterbach und Lehmann erschossen!“ gestand er quengelnd hinter seinen Händen hervor. „Und jetzt gehen Sie!“

„Natürlich. Danke, Herr Obermüller. Und gute Besserung.“

Daraufhin fing Sven an zu wimmern, sein Puls stieg noch höher. Plötzlich nahm er die Hände vom Gesicht und riss sich unter geradezu hysterischem Schluchzen die Infusion und die Kabel vom Körper. Die Apparaturen gaben Alarm, und Sekunden später stürzten eine Schwester und ein Pfleger ins Zimmer. Professor Schöne schickte Andreas und Sascha hinaus.

„War das eine Art Selbstmordversuch?“ fragte Sascha.

Mit zufriedenem Gesicht steuerte Andreas auf den Ausgang zu. „Vielleicht. Keine Beine mehr und die Aussicht auf lebenslänglich Gefängnis ... das liegt nicht jedem.“

„Stimmt, das ist ein wenig deprimierend.“

Andreas trat ins Freie, wo es blühte und jubilierte, und nahm einen tiefen Atemzug voller frischer Venusbergluft. Aber auf dem Weg über den Parkplatz brach sich dann doch Andreas eigentliche Einstellung wieder Bahn.

„Weißt du, was mich ärgert?“ Er rückte die Brille zurecht und ärgerte sich. „Das wir Mario Werner nicht nachweisen können, dass er seine Mutter umgebracht hat.“

„Ja ... aber ist der Mann nicht schon mit seinem Aussehen bestraft genug?“

Sie kamen beim Auto an, und Andreas blieb noch einen Moment vor der Tür stehen. „Wenn Werner aus dem Gefängnis kommt, erbt er alles, was seiner Mutter gehört hat, und dann kann er von einem Schönheitschirurgen zum nächsten pilgern.“

„Ja, sehr ungerecht. Wir müssen uns da was anderes einfallen lassen.“

„Um ihn zu überführen?“

„Nein, um unser Aussehen zu verbessern.“

„Dann lass dir was einfallen,“ brummte Andreas und stieg ins Auto. „Ich hab so was nicht nötig.“

„Ach ja, hatte ich vergessen.“ Sascha setzte sich hinters Steuer. „Du hättest auch keinen Spaß an einem knackigen, weiblichen Fitness-Coach?“

„Weißt du, was einige Menschen viel dringender bräuchten? Einen Gehirn-Coach!“

„Tolle Idee. Mach dich doch damit selbstständig.“

„Ich würde verhungern. Aber vielleicht mach ich das mal als Nebenjob, wenn ich in Rente bin.“

„Gut, dann werde ich dafür sorgen, dass du das Rentenalter auch erreichst.“

Andreas hielt sich am Griff über der Tür fest, als Sascha rasant anfuhr. „Meinst du nicht, ich kann auf mich selbst aufpassen?“

Sascha schüttelte lächelnd den Kopf. „Nein.“

Weitere Titel in der **Edition Lempertz**

Inge Lempke

Alles hat seinen Preis

Softcover, Format: 125 x 190mm,
ca. 240 Seiten
ISBN: 978-3-941557-73-4
Erscheint ca. Sommer 2011

€ (D) 9,95 /
€ (A) 10,20 / SFR 17,-

Als Daniel die Augen aufschlug, fühlte er sich sekundenlang wie in einem bösen Traum. Denn das konnte nicht die Wirklichkeit sein ... nicht schon wieder.
Er lag in einem mittelgroßen, weiß gestrichenen Raum ohne Fenster.
Was war nur passiert? Langsam und behutsam drehte er sich auf den Rücken, bohrte den Blick in die fleckige Zimmerdecke und kramte in seinem Gedächtnis: Eine Straßenlaterne ... eine Wiese in der Dunkelheit .... Cherie, die ihm fast abgehauen wäre ... und dann ein Schlag durch den ganzen Körper, als hätte er in eine Steckdose gefasst (zumindest stellte er sich das so vor) - und dann nichts mehr.
Das ließ ihm Tränen in die Augen schießen. Er wälzte sich wieder auf die Seite, rollte sich zusammen, hielt sich den schmerzenden Bauch und murmelte schluchzend: „Warum tust du mir das an? Warum?“

Ein 13jähriger Junge verschwindet spurlos aus einer Neubausiedlung in Beuel. Die Hauptkommissare Andreas Montenar und Sascha Piel ermitteln und stellen bald fest, dass die Kindesentführung nicht das einzige Verbrechen in dieser Siedlung ist.

Wilfried Esch

Das Geheimnis der Rosenlinie – Teil 2

Die Hexenjäger

Hardcover, Format: 125 x 190 mm,
ca. 600 Seiten
ISBN: 978-3-939908-87-6
Erscheint ca. Herbst 2011

€ (D) 12,95 /
€ (A) 13,40 / SFR 21,-

Das Kurfürstentum Köln, a.d. 1626:
Der kurfürstliche Ermittler und Anwalt Matthias Liebknecht und der Jesuit Maurus van Leuven sollen klären, ob das 400 Jahre alte Vermächtnis der Fürstin Sophie von Limburg echt ist. Dieses Vermächtnis wirft dem damaligen Kurfürsten und Erzbischof von Köln, dem Grafen Engelbert von Berg, mehr als nur unheilige Handlungen vor. Der Plan des Kurfürsten Ferdinand von Wittelsbach, seinen Amtsvorgänger Engelbert heilig sprechen zu lassen, ist dadurch mehr als gefährdet.
Während sich Maurus van Leuven auf eine gefährliche Reise in das wallonische Brabant begibt, um die Echtheit des Vermächtnisses zu klären, muss Matthias Liebknecht als Sonderkurier nach Rom reisen. Dort erwartet ihn eine böse Überraschung: Seinem Freund Juan Eriz Martinez, Abt von San Juan de la Pena, wirft die Inquisition den Handel mit verbotenen Büchern, sowie die Verbreitung häretischen Gedankenguts vor. Um den Abt vor grausamer Strafe zu bewahren, soll Matthias im Auftrag des Vatikans den mysteriösen Tod des Michelangelo Merisi, genannt Caravaggio klären. Seine Nachforschungen führen ihn schließlich auf die Spur des Evangeliums der Maria Magdalena und er erahnt den wahren Grund seines Auftrags.
Aber noch wissen weder Maurus van Leuven noch Matthias Liebknecht, wie eng ihre scheinbar unterschiedlichsten Aufgaben miteinander verbunden sind. Denn schließlich stoßen beide bei ihren Recherchen auf zwei alte, verfeindete Bruderschaften und geraten in ein perfides Ränkespiel von Ordensgemeinschaften, geheimen Bruderschaften, Kirche und Staat, ein höchst gefährliches Spiel der Mächtigen um die Vorherrschaft im Heiligen Römischen Kaiserreich.

Bernhardt Hatterscheidt /
Ludwig Kroner

Mörderischer Fastelovend

Softcover, Format: 130 x 190 mm,
272 Seiten
ISBN: 978-9415597-69-7

€ (D) 9,90 /
€ (A) 13,40 / SFR 21,-

Kriminalhauptkommissar Westhoven und seine Mitarbeiter stehen Karneval vor einem Mord ohne erkennbares Motiv. Werden sie Zeuge eines spannenden Kriminalfalls und dessen realitätsnaher Aufklärung. Dieser Roman orientiert sich eng an der täglichen kriminalpolizeilichen Arbeit, denn Realität ist oft spannender als Fiktion.

„Ein echter Köln-Krimi, spannend, realitätsnah…"
Dr. Mark Benecke

„Spannend, authentisch, ein Krimi vom Fachmann."
N. Wagner , Leiter der Kriminalpolizei Köln

„…beschreibt sehr genau und glaubwürdig den Alltag und die Vorgehensweise in einer Mordkommission…"
WDR / Film und Serie

Math. Lempertz GmbH
Hauptstr. 354, 53639 Königswinter
Tel.: 02223 / 90 00 36, Fax: 02223 / 90 00 38
info@edition-lempertz.de
Besuchen Sie auch unsere Homepage: www.edition-lempertz.de

Moritz Dunkel / Simon Schmitz

Kölner Veedelsführer

Deutz
ISBN: 978-3-941557-55-0

Belgisches Viertel
ISBN: 978-3-941557-54-3

Altstadt
ISBN: 978-3-941557-56-7

Neuehrenfeld
ISBN: 978-3-941557-57-4

Der erste Veedelsführer für Jung und Alt.
Ein praktischer Reiseführer für die Hosentasche.
Mit Geschichte, Geschichten, Informationen und Highlights aus den Kölner Vierteln – ein wirklich aktuelles Stadtporträt mit vielen nützlichen Adressen rund um die Restaurant-, Hotel- und Kneipenszene.

Softcover, Format 12 x 12 cm, 28 Seiten,
durchgehend vierfarbig

nur € (D) 2,50 /
€ (A) 2,60 / SFR 4,90